JN173160

荷風を追って

――1945夏・岡山の80日

三ツ木 茂

山陽新聞社

多くの作家が軍部になびいて筆を曲げる中、戦争を憎み、愛国心を強制する国家と軍部を痛罵し、嘲笑を浴びせ続けた永井荷風（1948年ごろ、千葉県市川市）。荷風が岡山に疎開した80日は彼の日記『断腸亭日乗』のほんの一部にすぎないが、荷風にとっても、日本にとっても、私たちにとっても、忘れてはならない時代の瞬間であった（写真提供：日本近代文学館）

若き日の作曲家・菅原明朗。岡山への疎開で永井荷風と行動を共にした＝松下鈞編『マエストロの肖像　菅原明朗評論集』（1998年国立音楽大学附属図書館発行、大空社発売）から

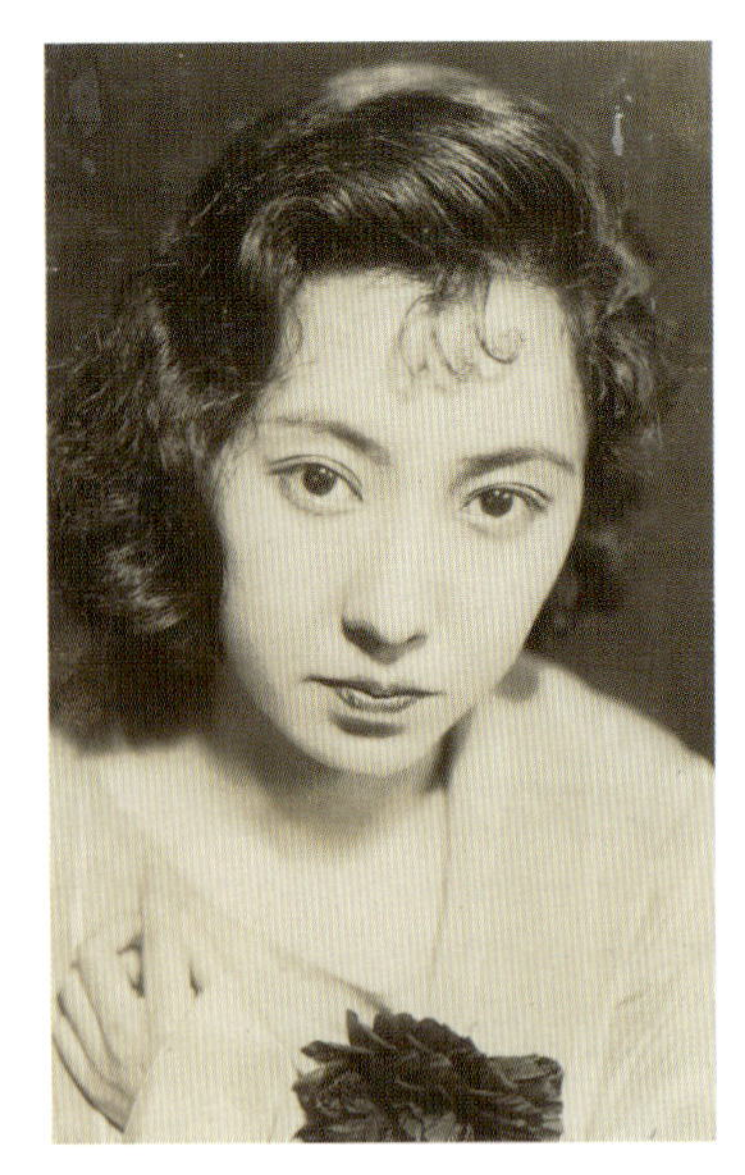

『断腸亭日乗』で「美貌と美声とを以て成功し……」と紹介された歌手の永井智子（写真提供：古河文学館）

岡山に到着したその夜、永井荷風らが宅孝二のピアノ独奏会を聴きに行った岡山市旭東国民学校（現旭東小学校）。校舎は1908（明治41）年に建てられ、戦災を免れ戦後も使われていたが現存しない（1953年10月撮影、P31参照）

永井荷風らが滞在した旅館「松月」があった場所は現在割烹店。岡山市が設置した黒い案内板「岡山歴史のまちしるべ」が左手前に見える（P48参照）

相生(あいおい)橋から北に岡山城を望む。旭川を挟んで東に後楽園の森が広がる。「松樹竹林粛然として其影を清流に投ず、人世の流離転変を知らざるものの如し」（P61 ～ 65 参照）

ビルが撤去され往時の姿を見ることができるようになった岡山城西丸西手櫓（右奥）。左は岡山禁酒会館（2015年2月撮影、P91、P115参照）

敵兵を竹やりで突く訓練を受ける女性たち（岡山市の御休国民学校校庭、1944 年）＝岡山空襲展示室蔵（P94 参照）

朝礼で「すべてを戦争へ」と、県庁バルコニーから職員に訓示する横溝光暉岡山県知事（1941 年 12 月 8 日撮影）

岡山市内山下国民学校で行われた陸軍少年兵の採用試験風景。「海軍の神風特攻隊に続け」とたくさんの国民学校生徒や中学生が少年飛行兵に志願した（「合同新聞」1944年11月17日付。P91、P271参照）

三菱重工業水島航空機製作所の協力会社「倉敷工業万寿航空機製作所（旧倉敷紡績万寿工場）」で戦闘機の翼を造る女子挺身隊の女性（「合同新聞」1944年6月4日付）

小説家小手鞠るいさんの父・川瀧喜正さん（84）＝岡山市北区一宮＝が第一岡山工業学校（岡山工業高校の前身）に通っていた1945年7月24日の体験を描いた漫画（「マンガ自分史（2）岡工時代」より。吉備路文学館蔵。P188参照）

岡山空襲後に現在の県庁通り東端あたりから西方向を撮影した写真。中央の通りが現在の県庁通り。中央奥が中国銀行、左奥が天満屋（矢延真一郎氏撮影、岡山空襲展示室蔵。第6章参照）

岡山空襲の最中に上空から撮影された写真（米国立公文書館所蔵、工藤洋三氏、岡山空襲展示室提供。第６章参照）

荷風が寄寓した武南（たけなみ）家のある岡山市の三門地区。戦災に遭わなかったため旧山陽道沿いには古びた白壁、格子窓の家が立ち並んでいた。右手の玉垣は国神社。旧道に沿って用水が流れており、荷風は戦後の随筆「草紅葉」でこの風景にふれている（1984年7月撮影、P117参照）

永井荷風らが身を寄せた武南家（現在の岡山市北区三門東町）。今は建て替えられ、もうない。荷風らは2階（写真右）に間借りしていた（提供：武南和宏氏、P117参照）

自炊生活をする永井荷風（1949年撮影、写真提供：朝日新聞社）

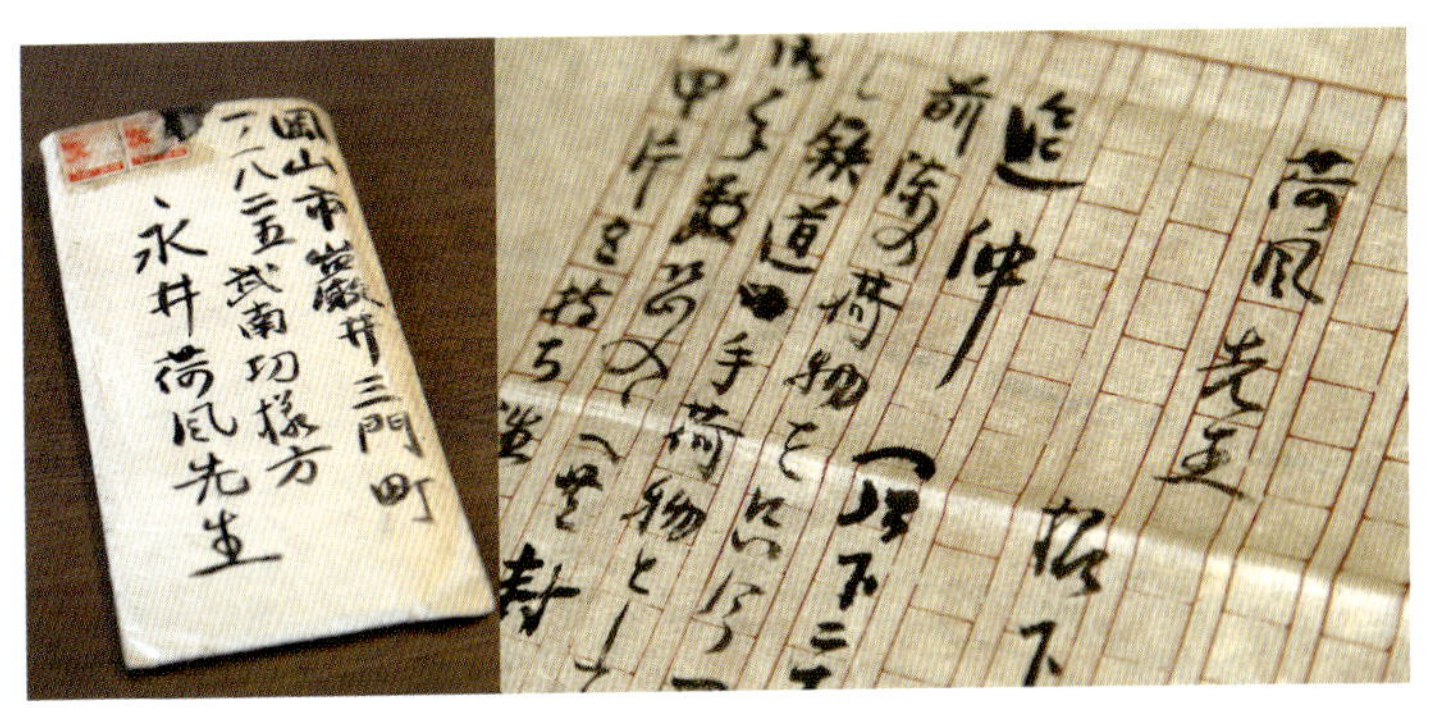

岡山市巌井三門町
一八二五 武南功様方
永井荷風先生

荷風先生

勝山（現真庭市勝山）に疎開していた谷崎潤一郎から岡山市の永井荷風に届いた封筒（左）と手紙の文面（写真提供：武南和宏氏。P179参照）

広島県産業奨励館（原爆ドーム）と爆心地付近（1945年11月米軍が撮影、写真提供：広島平和記念資料館。第14章参照）

疎開当時の谷崎潤一郎（真庭市蔵）。この写真など勝山疎開に関した資料を集めたコーナーが勝山郷土資料館に設けられている

谷崎潤一郎が疎開した旦酒店（左）。その右奥に見えるのが永井荷風が泊まった旧赤岩旅館（P290 参照）

谷崎潤一郎が疎開した勝山（現在の真庭市勝山）は､「作州の小京都」と呼ばれる（P132、P283 参照）

谷崎潤一郎が勝山で『細雪』を執筆していた部屋（1960 年 4 月撮影、P283 参照）

永井荷風が絶命した部屋。買い物かごと下駄(げた)と傘は、実際に荷風が愛用した遺品だ（千葉県市川市、2017年2月25日撮影。写真提供：朝日新聞社）

まえがき

本書は、二〇一六年五月九日から十一月十一日までの約半年、計百二十八回にわたり、山陽新聞夕刊に連載した「荷風を追って——1945夏・岡山の80日」を単行本化したものです。

筆者の三ツ木茂さんは、元山陽新聞記者でした。「話せばわかる　犬養毅とその時代」「検証　激動の昭和」など、数々の連載企画を執筆され、社内では一目置かれる存在でした。二〇〇八年に退職された後、岡山県、岡山県郷土文化財団が主催する岡山県「内田百閒文学賞」に応募された短編小説「伯備線の女—断腸亭異聞」は二〇一三年（第11回）の優秀賞に輝き、さらに短編小説「漱石の忘れもん」は二〇一五年（第12回）の最優秀賞を受賞されました。

そうした受賞作に続く、畢生の労作といえるのがこの「荷風を追って」です。文豪・永井荷風が東京の空襲を逃れて岡山に疎開したのは一九四五年夏。日記文学の傑作と称される荷風の「断腸亭日乗」を基に、八十日間の足跡を辿り、現地踏査を重ね、膨大な文献で裏付けをしながら、実に八年がかりで書き上げられました。

わずか八十日間の岡山滞在とはいえ、日本にとって敗戦へと向かう激震の日々と重なります。日を追うごとに高まっていく軍部の暴走、狂気と無責任体制が見事に浮き彫りにされています。

ここで、個人的な思い出を記す失礼をお許しいただきたいと思います。三ツ木さんは山陽新聞の社歴で私の十年先輩にあたります。現役時代は三ツ木さん率いる連載企画班のチームに記者の一人として加えていただいたこともあるのですが、そのときは先輩の教えが十分に理解できず、少なからず反論さえしていました。誠に未熟で、不遜な後輩でした。昨年、「荷風を追って」を連載する際には編集局におり、三ツ木さんの原稿を最初に手にして読むという役割を担うことになりました。第二次世界大戦史に関して一通りのことは聞きかじっていたつもりでしたが、「荷風を追って」の連載によって、終戦の年の庶民の日常生活（例えば建物疎開）や米軍の艦砲射撃による本州の被害など、初めて知る事実がたくさんありました。読み進むうちに、荷風という作家はエピソードに事欠かない、非常に面白い人物だけど、もし、一緒にいたとしたらとても耐えられない、自己中心的な人だと感じさせられました。それもこれも、三ツ木さんならではの優れた筆致のなせるわざにほかなりません。数十年たっても変わらぬ先輩の筆力に脱帽すると同時に、五感を使っての取材や人物描写のあり方など、かつての教えの深い意味が今頃になって腑に落ちるような気がしました。

四百ページもの大冊となりましたが、さまざまに伏線が張り巡らされ、細部まで丹念に描き込まれているため、次の展開が気になり、それほど長いとは感じられません。むしろ、まるで幾つもの支流が集まり、堂々たる大河の流れになっていくような、そんな読後感でした。夕刊連載時も、読者から「毎回興味深く読んでいる」「ぜひ本にしてほしい」との賛辞が寄せられるなど、大きな反響を呼びました。

戦後七十二年が過ぎ、また終戦記念日が巡ってきました。戦後生まれの人は日本の総人口の八割を超え、先の大戦を知る人が少なくなりつつあります。戦争がどれほど国土を荒廃させ、信頼していた人々の心まで壊していったのか――。そして、軍部の狂気、無責任体制は現代の日本社会にも姿を変えて残っているのではないか、とさえ思えてきます。戦争の愚かさ、悲惨さをこれほど凝縮した本は少ないでしょう。特に若い世代に、一読を薦めたいと思います。

二〇一七年八月

山陽新聞社取締役総務局長　日下　知章

「荷風を追って——1945夏・岡山の80日」目次

凡例

・文中の「断腸亭日乗」は一九六四（昭和39）年初版発行の岩波書店『荷風全集第二十四巻』を中心に、一部第二十二、二十三巻＝いずれも一九六三（昭和38）年初版発行＝を引用した。

・文献、資料の引用に際しては、旧仮名づかいは原則として現代仮名づかいに改め、踊り字「ゝ」「〱」等には適宜仮名を当てた。

・漢字は新字体を基本とし、ルビは適宜補った。文中、原則として故人は敬称略とした。

・引用文には配慮すべき言葉や表現があるが、当時の社会現象を反映したものであり、原則として原文に従った。

・本文中の年齢や肩書などは、原則として新聞掲載時のものをそのまま使用。掲載日は巻末に記した。

荷風を追って——1945夏・岡山の80日

三ツ木茂

プロローグ

一九五九（昭和34）年四月三十日未明、千葉県市川市で独り暮らしの老人が死んだ。小さな平屋建ての万年床で、布団から上半身を出し、うつぶせで息絶えていた。男である。古びたズボンに上着。頭にマフラーをかぶっていた。

春とはいえ朝晩はまだ冷え込む季節。その六畳間には火鉢と小さな机、七輪が置かれ、床の周りには衣類や缶詰のカンなどが並べてあった。

その朝、通いのお手伝いの女性がいつものようにやって来て異変に気付き、警察に届けた。老人は血を吐いていた。死因は胃潰瘍による吐血がのどに詰まったための窒息死とされた。

孤老を襲った突然の死。通常なら、町内会や市の福祉担当者らで近親者を探し、検視を受けてひっそりと葬儀を済ませ、一件落着となっただろう。

しかしこの老人の場合はそうはいかなかった。検視の医師や警察官が帰った後から、報道陣や出版関係者が詰めかけ、家の周りは騒然となった。その日の夕刊やテレビ、ラジオのニュースは老人の死を大きく報じ、翌日の新聞各紙は第一面に訃報を載せ、社会面にはその死を悼む文壇関係者らの談話を並べた。

死亡したのは永井荷風という七十九歳の作家だった。本名を永井壮吉といい『あめりか物語』『ふらんす物語』『濹東綺譚』『すみだ川』など明治、大正、昭和の三代にわたって数々の作品を世に出し、七年前には文化勲章を受章していた。戦後の出版ブームの中、荷風は引く手あまただった。通帳には当時としては莫大な数千万円もの預金があったといわれる。

荷風は日頃から「死ぬ時はひとり」と語った。家庭も持たず、家族とも縁を切り、自由人として一生を送り、望んだ通りの死を迎えたのである。

その二十日前、桜の咲く中で皇太子と美智子妃（現在の天皇・皇后両陛下）の結婚式が挙行された。パレードの馬車から手を振る幸せに満ちた二人の姿を覚えている人も多いだろう。荷風の死は、日本中にその祝賀の余韻がまだ残る日のことだった。

著作には小説や随筆のほかに有名な日記『断腸亭日乗』がある。一九一七（大正6）年から死の前日までの四十二年間、毎日綴られた日記は荷風とともに昭和の戦争の時代をくぐった。

一九四五（昭和20）年八月十五日、太平洋戦争は日本の敗戦で終わった。昭和の初め、戦雲がたなびき始めた頃から荷風は一貫して戦争を恨み、国民を破滅へと導く軍人政治と国家に反発した。

戦火はそんな荷風を容赦なく襲った。米軍のB29による東京大空襲で自宅を焼失。オペラ公演で知り合った作曲家の菅原明朗、歌手の永井智子と三人で東京を脱出し、たどり着いたのが岡山市。六十五歳の初夏だった。

荷風は岡山で八十日を過ごした。この間、圧倒的な米軍の前に沖縄は陥落、広島、長崎は原爆で地獄と化した。御前会議、玉音放送……そして終戦。

荷風が記した『断腸亭日乗』を手に、岡山での足跡を追いかけてみようと思い立ったのは二〇〇八（平成20）年のことだった。

第一章　正午岡山着

一日目　六月十二日（火）

六月十二日、暁三時半に起出で晩飯の残りたるを粥にして一二碗を食し行李を肩にして寺を出ず、入梅の空明け放れんとしてあかるきまま雨しとしとと濺ぎ来る、一行三人傘を持たねば濡れに濡れて停車場に至る、その困苦東京駒場の避難先より渋谷の駅に至りし時の如し、初発博多行の列車は雑沓して乗るべからず、次の列車にて姫路に至りここにて乗つぎをなし正午岡山に着す、宅氏の知人最相氏の家に至り昼飯及晩飯の恵みに与る、此夜小学校講堂にて宅氏洋琴弾奏の会あり、雨中皆々と共に行く、帰り来りて最相氏の家に宿す、

〔欄外墨書〕六月十二日

【小学校】岡山市旭東国民学校。現在の旭東小学校

【洋琴】ピアノ

作家の永井荷風が岡山の地を踏んだのは一九四五（昭和20）年の六月十二日だった。

この日未明、荷風は作曲家の菅原明朗、歌手の永井智子と三人で兵庫県明石市の海辺の寺「西林寺」を出発した。空襲に追われて東京を逃げ出し、しばらく世話になった真宗の寺である。

傘のない三人を雨が濡らした。その惨めさは先の五月、東京で米軍機Ｂ29の空襲に遭い、避難先の駒場の知人宅から東京脱出の汽車に乗るため、渋谷駅まで歩いた日のことを思い起こさせた。明石でも三日前に空襲に遭った。逃げ惑う日々である。

三人が目指したのは明石から西へ約百二十五キロの岡山市。国鉄明石駅で乗る予定の博多行きは満員で乗れず、次の列車で姫路駅へ。そこで別の列車に乗り継ぎ、岡山駅に着いた時は正午になっていた。荷風六十五歳、菅原四十八歳、智子三十七歳。著名な作家の荷風は百八十センチ近い長身。面長顔に丸眼鏡をかけ、バッグと行李を抱えていた。

岡山駅に降り立った三人は服装も物腰も都会的に洗練され、駅頭では人目を引いた。美人歌手として知られた智子はひときわ目立ったはずである。

一行は岡山駅近くの〈宅氏の知人最相氏の家〉に旅装を解いた。宅氏とは、ピアニストの宅孝二。この時四十一歳。若い頃フランスの名ピアニスト、アルフレッド・コルトーに師事し、帰国後はプロの演奏家として東京で活躍した。荷風研究家秋庭太郎の著書『永井荷風伝』によると、東京五輪体操の床演技のピアノ演奏者がこの宅だったという。当時の体操床演技は会場に置かれたピアノの生演奏で行われた。

宅は荷風や菅原らと親しい間柄で、一足早く東京を逃れて岡山に疎開していたのだった。最相氏とは岡山市上石井大正町に住む最相楠市のこと。娘が東京で宅のピアノの教え子で、荷風らが岡山へ来たのは宅の仲介によるものだった。

上石井大正町は戦前、岡山駅の西口にあった町名で、現在の住居表示は岡山市北区駅元町。ＪＲ岡山駅の西口から歩いて数分のところである。ＮＨＫ岡山放送局などが入居する岡山市リットシティビルの北側に隣接する地域だ。

西口一帯は再開発で大きく変貌したが、旧大正町辺りにはまだ下町の風情が漂う路地が残っていて、戦災を免れた古い木造家屋も混在し、戦前の匂いがかすかに残っている。通りで出会った年配の女性によると、大正町の町名はいまも町内会の名前として残っているそうだ。しかし最相家は戦災に遭い、いまはもうない。

最相家に落ち着いた荷風たちは、昼飯と晩飯をご馳走(ちそう)になる。食糧難は日増しに深刻になっていて、この頃二食もてなしを受けるのは大変なことだった。〈昼飯及晩飯の恵みに与る〉——荷風が「断腸亭日乗」にこう記したのも、感謝の念をこめてのことだったろう。

宅はその晩、岡山市内の小学校でピアノコンサートを開く予定だった。


時は太平洋戦争の末期。米軍は四月一日に沖縄本島に上陸し、六月半ばのこの頃には、日本軍の守備隊は本島の南端に追い詰められて壊滅寸前だった。本土の主要都市はＢ29の空襲で次々に焼かれ、新聞には切迫した記事が連日載った。

「一部の敵・那覇西南へ上陸」「我主力依然健闘　悪天候衝(つ)き特攻隊出撃」「大阪周辺に来襲　南方地区のＢ29二百五十」

岡山市に本社のある合同新聞の六月八日付一面の見出しである。本土から特攻機が出撃する沖縄では、島民を巻き込んだ死闘が続いていた。

まさかこんな時にピアノ演奏会とは。しかも純然たるクラシックコンサートである。六月五日付合同新聞に載ったコンサートの予告記事がある。

宅孝二氏ピアノ独奏会

岡山県音楽連盟今年度第一回演奏会として宅孝二氏の「ベートーヴェン・ピアノ・ソナタ独奏会」を、来る十二日午後六時半から岡山市旭東国民学校講堂で開く。宅氏は滞仏十年、本邦における唯一のコルトーの直弟子である、曲目左の通り。

【第一部】「ソナタ作品二七番の二」（月光）▼「ソナタ作品一一一番」ベートーヴェン曲

【第二部】「エチュード」「円舞曲」「ポロネーズ」ショパン曲▼「スパニッシュ・セレナード」スタウベ曲▼「セレナード」ピエルネ曲▼「アルハムブラ物語」「歓喜の踊」宅孝二曲▼「スペイン舞曲」グラナドス曲▼「火の踊」ファリア曲

……

合同新聞社と岡山市内の老舗楽器店が共催した演奏会だった。荷風一行が岡山に着いた日の紙面にも「十二日（火）宅孝二氏ピアノ独奏会（後六時半、旭東校）」と短いお知らせ記事が載っていた。新聞社がこの催しに力を入れていたことがよく分かる。

同紙は岡山県を代表する地方紙、現在の山陽新聞の前身である。一八七九（明治12）年に山陽新報の名で創刊された。

戦時に備えて言論統制が進む中で、岡山県内では国が推進する「一県一紙」体制を先取る形で一九三六（昭和11）年に山陽新報、中国民報の二紙が合併して合同新聞が誕生。国内では軍人の力が強まり、国号も「大日本帝国」といかめしくなっていた。

一九三七年に始まった日中戦争を解決できないまま、一九四一年十二月八日の太平洋戦争開戦へと踏み切った日本。新聞や雑誌、ラジオは政府と軍部の統制の下で戦争報道を繰り広げ、国民も「万歳！」の歓呼で兵士を戦場に送り出した。

そんな世の中を荷風は冷ややかに見ていた。多くの作家や文化人が国家に協力し、国民鼓舞の旗振り役となった時代。戦争に非協力を貫く荷風のそんな姿勢は国家の方針に逆らうもので、当局から睨(にら)まれた。

ピアノ演奏会場の旭東国民学校（現旭東小学校）は、岡山市街地を流れる旭川の東岸にあり、最相家からは歩いて四十分以上はかかる。駅の東口からは路面電車が学校のそばまで走っているので、その日未明に起きて疲れていた荷風らは電車を利用したかったはず。が、日乗には電車のことは書いていない。

この夜、宅の演奏を聞いた少年がいた。岡山市生まれの詩人飯島耕一（二〇一三年死去）である。飯島少年は旧制中学四年（現在の高校一年）だった。その著書『永井荷風論』で飯島は〈最相氏の令嬢は、岡山の女学生の頃にわたしの母にピアノを習っていた〉と書き、そんな縁でこの演奏会に母親と行った、という。

当時、旭東国民学校には名器として知られるスタインウェイ社製のグランドピアノがあった。同校の創立百周年記念誌に〈昭和四年四月一日、御大典記念として旭東奨学会より本校へピアノ（スタンウエーB型、三〇〇〇円）一台寄贈を受く〉とある。小学校教員の初任給が四十五～五十五円の頃だから相当高額なピアノであることが分かる。

旭東校には立派な講堂があった。この夜、その講堂内に戦争を忘れさせてくれるベートーベンやショパンの名曲が響いた。訪れた市民は、宅の演奏をどんな思いで聴いたのだろうか。

戦争の暗雲は国を覆い、同校の鉄製校門や国旗掲揚塔は物資不足を補うための金属回収で、このとき既に姿を消していた。

演奏会の後、荷風ら一行は灯火管制下の街中を通り最相家へ戻った。岡山初日の長い一日は終わった。

——それは、先の見えない流浪の始まりだった。

二日目　六月十三日（水）

六月十三日、梅雨霏々、午前菅原氏と共に其知人池田優子なる婦人を巌井下伊福の家に訪い昼飯を恵まる、此の婦人の世話にて住友銀行支店に行き三菱銀行新宿支店預金通帳を示し現金引出の事を請う、引出金額一個月五百円かぎり、一回引出し金額金二百円也と云、一同岡山ホテルに宿す、蚊多くして眠り難し、

【霏々】雨や雪が降りしきるさま

長雨が続いている。一宿一飯の恩義を受けた最相家を辞し、荷風ら三人はこの日午前中、岡山市巌井下伊福の池田優子という女性の家を訪ねた。住所は下伊福四三三番地。岡山駅西方の郊外にあった。岡山市立中央図書館にある「昭和初期旧市内地番図」（昭和9年）にその地番が見える。場所は岡山駅から西へ延びる鉄道・吉備線（愛称・桃太郎線）の備前三門駅の少し手前、線路の南側になる。現在の岡山三門郵便局（岡山市北区三門中町）から南に国道一八〇号と吉備線を越えて少し南へ下った付近だ。家の周囲には地図記号の「水田」のマークがたくさんある。

現在この一帯は宅地化が進み、田んぼも消滅。池田家があった場所にはマンションが建っている。

季節は梅雨。荷風ら一行は田んぼ道を進んだ。水田には水が入り、カエルの声がうるさかったことだろう。『断腸亭日乗』には〈午前菅原氏と共に其知人池田優子なる婦人を巌井下伊福の家に訪い……〉とあるが、菅原明朗だけでなく永井智子も一緒だった。というのは、そもそも三人が岡山へ来るに当たって事前に交渉したのは智子で、六月九、十の二日間、明石市から岡山市に来て知人の池田優子に借家探しを依頼していた。智子だけが優子と顔見知りで、家も知っていたのである。

智子はその際さまざまな情報を明石に持ち帰った。岡山市には三人と親しいピアニストの宅孝二が、津山市には荷風の親友の作家谷崎潤一郎が疎開していることなどだ。それが荷風らを岡山へ引き寄せる要因となった。

菅原は戦後、智子と一緒に岡山を再訪。『断腸亭日乗』と対照しながら当時を思い返して回想記『荷風罹災日乗註考』をまとめた。それには、この日のことを次のように書いている。


〈六月十三日。荷風は優子及び其の父母と此日始めて顔を合せた。下伊福町は後に我々の寄寓した三門町と大路一つを隔てた場処である〉


荷風らが訪ねた池田家にはこの日、優子の両親もいたことが分かる。三門町は、やがて荷風らにとって忘れられない町名となる。

菅原の回想記は、二〇〇〇（平成12）年に遺族が私家版として五十部だけ限定出版したが、戦時下、荷風と寝食をともにした人物の手記だけに、日乗を補足する証言がたくさん盛り込まれている。

池田優子は親切な女性だった。二十代の独身。特別に義理もないのに、以後何かと荷風らに心を配ってくれた。

池田家で昼飯をよばれた荷風らは、優子の案内で市内の住友銀行岡山支店に向かう。荷風はここで、三菱銀行新宿支店の預金通帳を見せて現金引き出しの交渉をした。

岡山市内には三菱銀行の支店もあるのになぜ住友銀行なのか。これにはわけがあって、実は優子や菅原らの事前の交渉があったのだった。

住友銀行岡山支店は、市街地中心部の柳川交差点の北西角にあった。ロータリー化が進む柳川交差点を空撮した一九五七（昭和32）年の写真をみると、北半分はまだ昔のままの姿が残っている。その角にあるすけた白っぽいビルが住友銀行岡山支店。建物は荷風が訪ねた時と同じもので、その右上にあるやや大きな白いビルが移転に備えて新築された支店である。

写真中央を走るのが電車通り。写真には写っていないが、道の左上方が岡山駅。交差点下方の電車通りは拡幅工事の進む現在の桃太郎大通りである。

旧支店はこの後取り壊され、跡地はロータリーの中に取り込まれてしまった。新築された支店ビルもその後撤去され、その位置には現在、高層マンションが二棟並んで建っている。

この日荷風らが訪ねた住友銀行岡山支店は

写真上　拡幅工事の進む柳川近辺。交差点の北西には取り壊される前の住友銀行岡山支店の新旧ビルが並ぶ。左上が岡山駅方面（1957年3月撮影）

写真下　左手の旧支店の玄関を出たところで、独特の金銭感覚の荷風が池田優子を怒らせてしまったのだろうか（同年4月撮影）

岡山市内ではまだ少なかった鉄筋コンクリートの建物。同支店は池田優子の父親の会社と取引があり、父親は銀行の支配人と知り合い。その支配人は、菅原明朗の知人で大阪に住む熊谷忠四郎という男性とも知り合いで、支配人にはあらかじめこの二ルートから話が通してあったのだ。

太平洋戦争の開戦当時は預金を下ろす場合、他の銀行の通帳で下ろすことはできなかった。しかし米軍による空襲が激化し、通帳を持って地方に疎開する国民が増えたため、当局は他行での代払いを許可していたのである。戦前、日銀マンとして岡山支店に赴任した吉野俊彦が著書『「断腸亭」の経済学　荷風文学の収支決算』でその背景を解説している。

吉野は他に興味深いエピソードを同書で紹介している。それは、岡山へ来た荷風らに一夜の宿を提供した最相氏のことで、以下のように書いている。

〈（岡山に）赴任当時は地縁もなく心細かったので、東京出発前知人から岡山の有力者を何人か紹介してもらった。その中の一人が、岡山に到着した直後の荷風を歓待した最相楠市氏で、私も昭和十四年一月、赴任早々紹介状を持って、同氏の御宅に挨拶に伺った。確か岡山郵便局長だったという記憶があるが、その最相氏の名前を「日乗」で発見した時、あまりの偶然に私は一驚せざるを得なかった〉

早速、岡山中央郵便局に問い合わせてみた。しかし局の歴代局長名簿の中に最相の名前はなかった。同局で「市内には郵便局が多い。どこか別の局では」（総務課）とのヒントをもらい、後にその名前を一九五八（昭和33）年一月二十六日付山陽新聞に見つけることができた。記事には、終戦から五年後に二日市郵便局長を退いた最相が、地域の子どもたちに無償で習字を教えている姿が紹介されていた。

それはともかく、荷風は住友銀行でひと月当たりの引出金額五百円まで、一回当たりの引出金額は二百円までという条件で現金支払いの約束を取り付けたのだった。

悪くない条件である。菅原の回想によると、支配人は一万円までなら無担保で現金引き出しの便を図るとまで言ってくれた（『荷風罹災日乗註考』）。ところが銀行を出ると、荷風は思わぬことを言い出した。

「自分たち初対面の者に一万円まで無担保で立て替えるというのは腑におちない。この銀行は安心できない」

金銭に厳重で、疑り深い荷風の性格が少し顔をのぞかせたようだった。

「私たちが前もって話をしてあるので、心配はないです。先生が高名な作家だからこそ銀行も好意的に対応してくれてるんですよ」菅原がこれまでの経緯をいくら説明しても、荷風は納得しなかった。菅原は『荷風罹災日乗註考』に書いている。〈わざわざ遠い路を親切一心でやってきた優子はイライラして、しまいには怒り出してしまった〉

柳川交差点の北東角には岡山ホテルが営業していた。三階建てのホテルで、住友銀行岡山支店からは道を挟んだ目の前だ。一行は当面の宿を同ホテルに決めた。

だが、その宿選びは正解ではなかった。

三日目　六月十四日（木）

六月十四日、陰、終日ホテルに在り、無聊甚し、午後復住友銀行に赴き支配人米沢氏に面会す、

【無聊】退屈なこと

荷風と菅原明朗、永井智子の三人が宿を取った岡山ホテルの当時の住所は岡山市西中山下一七五番地。ホテルのあった場所は、住友銀行岡山支店と同じようにいまは柳川交差点の中にのみ込まれている。ホテルがあった交差点北東角の現在の住所は岡山市北区蕃山町である。

三人が通されたのは最上階の三階だった。荷風が一つの部屋を、菅原と智子は別の部屋を借りた。どちらの部屋も往来に面していた。東西に走る路面電車通りと、市街地を南北に貫く柳川筋がクロスするのが柳川交差点。部屋は明るく、岡山の街並みが見えた。しかし居心地はよくなかったようだ。〈無聊甚し〉荷風はホテルにこもって退屈に耐えていた。おまけに昨夜は蚊が多くてよく眠れていない。

ホテルの待遇への不満もあった。出てくる食事がひどい。しかも夜には電気を切られ、部屋は真っ暗。警報が出ていない時ぐらいは電灯に覆いをしたり、窓に暗幕を張って最小限の明かりは確保してくれてもよさそうなのに、そんな気配りもない。

三人はここに三日間泊まるが、菅原はその回想記で〈今思い出してもぞっとする不便不愉快な数日であった〉（『荷風罹災日乗註考』）と振り返っている。

午後、荷風は再び住友銀行へ行き、支配人に会った。異郷での今後の生活を考えると、頼れるのはやはりお金。金策の目途をつけておかないと夜も眠れない心境だったのか、前日は銀行への不信感をあらわにし、現金の引き出しを保留した荷風もどうやら考えを改めたようだった。

菅原によると、荷風はこのときかなりの現金を持っていたらしい。三カ月前の東京大空襲（三月十日）で、東京・麻布市兵衛町の「偏奇館」と名付けた洋風建築の自宅を焼失し、一週間後の三月十七日、荷風は銀行で預金を下ろしてきた。その日の『断腸亭日乗』には〈午後警報解除の後丸の内三菱銀行に至り直に帰る〉とある。金額などは書いていないが、菅原はこのとき荷風から百円紙幣で十センチほどの札束を見せられたという。だから、あわてて金策に走る必要はなかったはずなのだ。

遠い岡山へ来て「またいつもの取り越し苦労が始まった」と菅原は思った。荷風は鋭い観察眼、批評眼を持つ一方で、時に子どものようにわがままになり、情緒不安定になった。荷風と親交の長い菅原は、その点は十分に承知していた。

二人の付き合いは一九三七（昭和12）年の暮れに遡る。最初の出会いは東京の銀座だった。その年、荷風は生涯の傑作「濹東綺譚」を朝日新聞の夕刊に連載（四月十五日～六月十五日、三十五回）し名を上げた。

〈十二月十七日。（……）昏暮月明なり。銀座食堂に飰(注)し不二地下室に至る。安東小田大庭菅原音楽家空庵の諸子相会す。（……）〉「断腸亭日乗」に菅原の名が出てくる最初の下りである。人嫌いで有名な荷風だが、音楽家の肩書を持つ菅原は好感されたようだ。

※注＝飰は「飯」の異体字

若い頃、米仏に留学した荷風は文学のほか音楽、とくにオペラに興味を持っていた。留学中には頻繁に歌劇場に出かけ、本場の魅力に浸った。師と仰ぐ森鴎外がオペラに関心を持ちながら実現できないまま世を去ったこともあって、荷風は「いつか日本でオペラを」とひそかに考えていた。そこに若い音楽家の出現。荷風は菅原に自分の夢を語り、やがて「葛飾情話」というオペラが生まれた。台本と作詞は荷風、作曲は菅原。二幕二場の小品で、一九三八（昭和13）年五月に浅草のオペラ館で上演された。作品は下町の茶店の娘とバスの運転手、車掌の人情話だが、荷風作ということで話題を呼び連日大盛況だった。

　主役に起用されたのが美人歌手の永井智子で、このオペラが縁となって菅原と智子は作曲家と歌手の一線を越えた仲に。以後二人はそれぞれの家庭を捨て、岡山に来た頃には事実上の夫婦だった。創作のオペラが、本物の恋愛まで生んでしまったのである。ちなみに智子は歴史小説家の永井路子氏の母親で、路子氏は最初の夫との間に生まれた娘である。

　菅原は作曲を独学し、ドビュッシーなどフランスの現代音楽を日本に紹介した人物。あまり知られていないが、教え子には服部正や古関裕而（こせきゆうじ）など有名作曲家がいる。また慶応義塾大学の学生歌「丘の上」の作曲者でもあり、かつて同義塾で教鞭（きょうべん）を執った荷風と話が合ったようだ。

　オペラ上演を機に、荷風は劇場の踊り子たちと親しくなる。愛人の囲い込みや色町通いに加えて、女優や踊り子たちの禁断の楽屋に出入りする老作家。そんな荷風に世間は「好色作家」の烙印（らくいん）を押す。世の流れは、荷風にとって逆流になりつつあった。

　中国大陸では一九三七（昭和12）年七月七日の盧溝橋事件以来、日本は日中戦争の泥沼に足を踏み入れていた。翌三八年一月、近衛文麿（このえふみまろ）首相は「国民政府を対手（相手）とせず」の声明を出し、底なし沼にはまり込む。五月には国家総動員法の施行。国を挙げての戦時体制の強化である。

　浅草・オペラ館で「葛飾情話」が上演されたのはその直後のことで、夏には将兵の奮戦を伝えるための作家による「ペン部隊」が発足し、日本文芸家協会会長の菊池寛ら有名作家が名を連ねた。そんな動きにも荷風はそっぽを向いていた。

憲兵隊や特高警察が彼のこうした行状を見逃すはずはなかった。「戦争に役立たない小説、時局にそぐわない演劇などはクズだ」。当局は当然、荷風を快く思っていなかった。

一九三九（昭和14）年二月十九日の日乗である。


〈風漸く暖なり。夜浅草に飰す。オペラ館演劇花と戦争と題する一幕憲兵隊より臨検に来り上場禁止せられし由（昨夜起りし事なり）浅草の踊子戦地へ慰問に赴き昔馴染の男の出征して戦地に在るものに邂逅するというような筋なりしと云う。（……）〉


臨検――「その筋」が劇場に踏み込んで強権を行使してきたのだった。

オペラの成功をきっかけに、荷風と菅原夫妻の交際は深まった。日中戦争が太平洋戦争へと拡大したその後も、三人の交流は続いた。東京大空襲で自宅を失った荷風は、誘われて菅原夫妻の住む東京・中野のアパートに移る。夫妻が高齢の荷風を見守りながらの共同生活。しかし一九四五（昭和20）年五月二十五日に再び空襲に遭い、アパートは全焼してしまった。

「このままではいつか殺される」三人は東京を脱出し、菅原の故郷の兵庫県明石市を経て岡山へと流れた。「岡山は食糧が豊富。空襲の危険も少ない」と聞いた。それが三人を引き寄せた。

四日目　六月十五日（金）

六月十五日、細雨空濛（くうもう）、午前九時警報あり、大坂堺の辺襲撃せられしと云、菅原氏夫妻 各（おのおの） 知るべをたより借家借間をさかせ（ママ）ども見当らず、この夜も空（むな）しくホテルに宿す、宿賃一日分税供金十円也、と云、

【空濛】暗くうっとうしい

岡山の街は朝から雨に煙っていた。ガタンゴー、ガタンゴー。ホテルの前を走る路面電車の響きも湿っていた。

午前九時、空襲警報のサイレンが鳴った。地元紙の合同新聞は翌十六日付紙面で「大阪東部へ三百機　焼夷弾（しょういだん）、爆弾を混投」と報じる。荷風は〈大坂堺の辺襲撃せられしと云〉と書いているが、ラジオの速報でも聞いたのだろうか。それともどこかで聞き込んできた情報だったのか。

ここで、荷風の日記『断腸亭日乗』について確認しておきたい。

荷風はいつも手帳を持ち歩いていた。日々見聞したことを鉛筆で手帳に書き留めておき、後にそのメモをもとに和紙に筆で清書した。東京で空襲に遭って以降は毎日つけるのは難しかったはずで、何日分かをまとめて書いたこともあったようである。読み返して削除したり、加筆や書き直しをすることもあった。

この日、菅原明朗・智子夫妻はそれぞれ雨をついて借家探しに出かけたが、空しく帰って来た。三人はその夜も岡山ホテルの部屋に身を横たえた。

〈この夜も空しくホテルに宿す〉日記をつける荷風の気持ちも湿っているようだ。

荷風らは決して行き当たりばったりに岡山へ来たのではなかった。前にも書いたが、智子は事前に岡山まで来て池田優子に借家探しを依頼し、優子の骨折りで岡山市郊外に家を借りる手はずになっていたのである。ところが、これは後で分かるのだが、一行が来岡する直前に家の持ち主である女性が大阪へ出かけて不幸にも空襲に遭い、死んでしまった。その女性と連絡がとれないまま、一行は岡山ホテルで日を潰（つぶ）していたのだった。そのことは菅原明朗が『荷風罹災日乗註考』で明らかにしている。

米軍のB29による空襲は、その年の東京大空襲（三月十日）の後、名古屋、大阪、神戸と西へ拡大。大阪は三月十三日の大空襲に続いて六月一日、七日と襲われ、この十五日も焼夷弾や爆弾を浴びた。大阪は終戦までに計八回の大きな空襲を受け、この六月十五日は四回目。午前九時前から二時間余り続いた空襲で、大阪市や尼崎市のほか堺、豊中、布施（現東大阪市）などの市が被災した。

〈大坂堺の辺襲撃せられ……〉とした日乗の記述は正確だったわけで、この日B29など五百機以上が来襲し、五百人近くが犠牲となった。

重い気分のまま三人はこの夜もホテルで寝た。荷風は日記に記す。〈宿賃一日分税供金十円也〉

この年一月二十一日、荷風は東京で大根一本を二円で購入したこと、五分づき麦入りの米一升は闇値で十五円であることを『断腸亭日乗』に書いている。また二月三日には、白米一升の闇相場を〈金四十円なりと言う〉と記している。

地方の物価を、東京価格と単純に比較はできないが、これからすると食事付きで宿賃十円なら決して高くはないようにも思える。だがその字面にはどこか不満がにじむ。

第二章　旅館「松月」

五日目　六月十六日（土）

六月十六日、晴、停車場前の路傍に靴直し多く出ず、通りがかりに立たずみて靴の修繕をなさしむ、古本屋にて菊池三溪の虞初新誌を買う、行李の中に漢文の書一冊もなければなり、午後ホテルの食膳あまりに粗悪なれば池田優子の来るを待ち、其の周旋にて弓之町松月という旅館に宿替をなす、

【菊池三溪】幕末から明治にかけての漢学者

太陽がやっと顔を出した。永井荷風らが岡山へ来て初めての晴れ間だ。

荷風は岡山ホテルから六百メートルほど離れた岡山駅前に出かけ、靴直しの出店で靴の修繕をしてもらい、時間をつぶす。

戦後、荷風が「断腸亭日乗」から一九四五（昭和20）年の一年間分だけを抜粋し、『罹災日録』と題して公表した日記にはその時の修繕代金が〈十八円なり〉と書いてある。

次に引用するのは戦後荷風が発表した小説『問はずがたり』の一節。岡山県総社町（現総社市）出身の主人公の画家が東京から帰郷した際、汽車の時間待ちの間に久しぶりに目にした岡山駅頭の初夏の光景だ。

〈駅の外に出て町を眺めると、（……）燕が電車の屋根を掠めて飛びちがっている。路傍の並木は到る処涼し気な夏蔭をつくり、市街を囲繞する四方の山々は新しい深緑の頂を明い藍碧の空に輝している。〉

岡山駅前には戦前から路面電車の発着場があった。停車中の電車の屋根をかすめてツバメが飛び交う。空襲の惨禍をまだ知らない岡山ののどかな情景が描写されている。

おそらく荷風が岡山で実際に目にした駅頭風景だろう。もしかしたらこの日、靴を直してもらいながら眺めた光景だったかもしれない。

『問はずがたり』は荷風の代表作ではないが、多くの荷風作品の中で特異な存在。荷風文学の舞台はほとんどが東京、あるいはその近辺である。生まれ育った東京が好きで、旅行を嫌った荷風。地方都市が登場する唯一の例外作品といわれるのがこの小説であり、荷風研究家の秋庭太郎は東京から遠く離れた岡山・吉備地方を背景として描かれていることについて「稀有のことといわねばならぬ」（『永井荷風伝』）といっている。

荷風は戦後、岡山疎開の体験を踏まえてそれまでに書き上げていた『問はずがたり』の最終章に手を加え、岡山地方を点描した。戦争がなければ岡山まで来ることはまずなかったはずだから、その駅頭風景が荷風の作品に残ることもなかっただろう。

当時、岡山駅から二時間余りの汽車旅で岡山県北部にある城下町・津山に着く。そこには作家の谷崎潤一郎が暮らしていた。荷風より七歳若い五十八歳。『痴人の愛』『卍』『春琴抄』などの話題作で知られる作家である。

谷崎がまだ無名だった一九一一（明治44）年、荷風は自分が編集責任を務める文芸誌『三田文学』に「谷崎潤一郎氏の作品」と題する評論を発表し、谷崎の短編小説「刺青」を絶賛した。二十代半ばの谷崎はこの一文で文壇に躍り出た。以来、谷崎は荷風を文学の恩人と仰ぎ、感謝の心を忘れなかった。

谷崎は戦火の迫るこの年の五月十五日、神戸から津山市内に疎開した。妻松子の妹の夫が、旧津山藩主松平康民の三男だったことからその別邸の愛山宕々庵（津山市小田中八子）を借りて住んでいた。

荷風が岡山駅前で靴の修繕をしたこの日、谷崎は外出先から帰って思わぬ知らせを聞いた。〈留守中岡山合同支社長来訪永井荷風氏の伝言を伝う。氏は津山と岡山間の某所に疎開の目的を以て西下、目下岡山ホテルに滞在中の由なり。まことに意外の吉報と云うべし〉谷崎の戦中日記「疎開日記」六月十六日の記述である。岡山合同支社長とは合同新聞津山支社長のこと。荷風が新聞社に依頼して谷崎に連絡をつけたとみてまず間違いないだろう。

荷風は岡山へ来てすぐ合同新聞の編集局長と懇意になり、何度か本社を訪ねたことを同行の菅原明朗が『荷風罹災日乗註考』に書いている。谷崎が津山にいることは岡山に来る前から分かっていたので、素早く地元新聞社に駆け込み、谷崎への連絡を頼んだのだった。

合同新聞の本社は当時、岡山市東中山下（現同市北区中山下）にあった。天満屋百貨店や岡山中央郵便局などに近い町の中心部で、岡山ホテルからは近い。編集局長は谷龍太郎。戦後、社長になった人物である。

舞台を再び岡山駅前に戻そう。

荷風は古本屋に入り菊池三渓の書を購入する。三渓は幕末の儒者で、後に紹介するが荷風が尊敬する明治のジャーナリスト成島柳北（なるしまりゅうほく）と親しく、互いに文名を競った間柄。漢文小説『本朝虞初新誌（ほんちょう）』は三渓の代表作で、森鴎外の『ヰタ・セクスアリス』に、鴎外が少年のときに愛読していたことが書かれている。荷風は鴎外を師と仰いでいるので、当然そのことを知っていた。柳北や鴎外を想（おも）い起こさせてくれる三渓の書を遠い岡山の地で見つけ、思わず買ったのだろう。〈行李の中に漢文の書一冊もなければなり〉常人にはなかなか言えないひとことだ。住居も定まらない異郷で、のんびりと本など読める境遇ではなかったはずなのだから……。

午後、宿を引っ越す。ホテルの食事のひどさに音を上げた荷風らの訴えに応えて、池田優子が見つけてくれた新宿は旅館「松月」といった。

松月は、岡山ホテルから東へ二百メートル余りの岡山市弓之町（現同市北区天神町）にあった。先の見えない不安を抱えての宿替え。荷物を抱え、優子を先頭に歩く三人の姿が目に浮かぶようである。

六日目　六月十七日（日）

六月十七日日曜晴、午前岡山神社を拝し祠後の堤に出て岡山城を望見す、風光頗佳なり、帰り来りて一同と共に朝飯を喫す、夜旅宿の室内蚊多く欝蒸甚しければ出でて近巷を歩す、裁判所県庁等あり、街路静にして堤防の方より蛍の飛び来るを見る、郷愁禁じがたし、旅宿にかえり燈下に書を裁して凌霜五叟の許に郵送す、

【欝蒸甚し】ひどく蒸し暑い
【書を裁して】手紙を書いて
【凌霜五叟】荷風の友人、相磯凌霜と杵屋五叟（大島一雄）

岡山市弓之町にあった旅館「松月」は、がっしりした二階建ての和風旅館。電車通りの上之町停留所から北へ入ったところにあった。（口絵３頁）

道を挟んで北向かいは岡山地方裁判所。周辺には岡山県庁、岡山東警察署、県立図書館などが建ち並び、銀行や学校、民家も混在する県都・岡山の心臓部ともいえる地域だった。

この一帯はいまは岡山市北区天神町と呼ばれるエリア。岡山地方裁判所跡は現在岡山東税務署に、岡山県庁や東警察署があった場所は岡山県立美術館になっており、当時の官庁街の雰囲気はもうない。

「昭和初期旧市内地番図」（岡山市立中央図書館蔵）を見ると、裁判所のはす向かいに宿屋を表す（や）の印のついた敷地があり「一二七番地」と書いてある。ここが旅館「松月」である。旅館は戦後しばらく営業していたが後に廃業。現在旅館跡は割烹店になっている。

荷風らは松月の二階に部屋を取った。荷風は六畳、菅原夫妻は八畳の部屋で隣り合っていた。若い女将（おかみ）はきさくで、三人はこの宿を気に入ったようだ。

好天に誘われるように荷風はこの日早朝から散歩に出る。岡山に来て初めての散歩である。日記、女性、散歩――これが作家荷風の日常生活には欠かせない要素だった。戦争に追い回されて漂泊する境遇では、日記以外に気を向けるゆとりもなかったが、散歩がどうやら復活の兆しをみせてきたらしい。

旅館の東方にある岡山神社。その東側の旭川の堤防からは岡山城が見えた。対岸に広がる後楽園の樹林と流れが織りなす景色の中に、別名烏城（うじょう）と呼ばれる城郭（国宝）が黒い威容を見せていた。

この辺りは岡山でも選（よ）りすぐりの景観地。その光景を堪能した後、荷風はいったん宿に帰って菅原夫妻と朝食をとり、夜また出る。岡山特有の蒸し暑さに、夕涼みを兼ねての外出だったろう。

夕闇の中、旭川堤防の方から飛んで来たホタルに〈郷愁禁じがたし〉。岡山滞在六日目になって荷風にはやっと景色や風物に目をやる余裕が出てきたようだ。

津山市に疎開していた作家谷崎潤一郎も、松子夫人と市内を流れる吉井川のほとりに夕涼みに出て、ホタルを見ている。初めて訪れた異郷で、灯火管制の夕べに見たホタルの光。谷崎は歌三首を残している。

のがれ来てくらすもよしや吉井川
河原のほたる橋のゆふかぜ
涼みにと川辺へいづる吾妹子に
蛍も添うてわたる石橋
燈火（ともしび）をいましむる町を小夜ふけて

われは顔にも飛ぶ蛍かな
（谷崎潤一郎「都わすれの記」より）

都会から遠く離れた山間の地にもにじり寄る戦争の影。愛する妻を連れてさすらう谷崎の想いが、蛍の点滅のように城下町の宵闇を漂っている。

荷風は、ホタルを見て里心がついたのか、宿に帰って親しい友人の相磯凌霜（本名・相磯勝弥）と、親戚の杵屋五叟（本名・大島一雄）に宛てて手紙を認めた。

この夜、東京の杵屋五叟こと大島一雄宛てに書いた手紙を紹介する。大島は長唄の師匠で、荷風の父・永井久一郎の弟の息子、つまり五叟は荷風の従弟である。兄弟や親戚と交際を絶っていた荷風と、唯一親しく付き合っていた人物だ。

拝呈 陳者（注） 其後御変も無之候や心配致居候 出発の際御目にかかれず遺憾に存居候 唯今菅原君一所にて岡山迄落ちのび申候 まだ住所一定せずいろいろな人の厄介になり浮かぬ月日を送居候（……）（『荷風全集 第二十五巻』書簡集）

※注＝陳者は「申し上げますが」の意

七日目　六月十八日（月）

六月十八日、晴、菅原君夫婦朝の中より出でて在らず、独昼飯を喫して後昨朝散策せしあたりを歩む、県庁裁判所などの立てる坂道を登り行くにおのずから後楽園外の橋に出ず、道の両側に備前焼の陶器を並べたる店舗軒を連ねたり、されど店内人なく半ば戸を閉したり、橋を渡れば公園の入口なり、別に亦一小橋あり、蓬莱橋の名を掲ぐ、郊外西大寺に到る汽車の発着所あり、眼界豁然、岡山市を囲める四方の峰巒を望む、山の輪郭軟かにして険しからず、京都の丘陵を連想せしむ、渓流また往時の鴨川に似て稍大なり、河原に馬を洗うものあり、網を投げ糸を垂るる者あり、ボートを泛るものあり、宛然画中の光景人をして乱世の恐怖を忘れしむ、晡時客舎にかえる、

【眼界豁然】視界がぱっと開ける
【峰巒】山々
【宛然】さながら
【晡時】午後四時ごろ。転じて夕方のこと

旅館「松月」の女将の名前は平松保子といった。三十代半ばのはつらつとした女性だった。戦後、新聞各紙の取材に応じて宿泊客・永井荷風の思い出を語っている。ここでは中国新聞（本社・広島市）の記事を取り上げてみよう。

彼女の談話である。〈昭和二十年といえば、統制で食糧難の時代でしたが、さいわい旅館をしていたおかげでサッカリンやズルチンなど甘味料に不足しなかったので、よくおはぎやおしるこを作って荷風さんにご馳走しました。（……）「荷風さん、できましたよ」と声をかけると、急いでトコトコ階

段を下りて来たものです〉＝一九六一（昭和36）年一月十九日付連載記事「山陽山陰文学地図」。

荷風は松月の食膳に満足したようだ。日記でそれが分かる。この日の〈独昼飯を喫し〉もそうだが、前日も〈一同と共に朝飯を喫す〉と記した。岡山ホテル滞在中は全くなかった食事の記述が、松月に宿替えした途端に出てきたのは、松月の食膳が記すに足るものだったと推測される。

女将の実家は岡山市の西方の妹尾崎（せのおざき）という所にあり、農家で果樹園を持っていた。客に主食の米や麦のほか、季節の野菜や果物を比較的多く出せたのはそのため。農家にとってこの季節は、夏野菜のナス、キュウリ、トマトなどはもちろん、主食の代用食となるジャガイモ、カボチャ、トウモロコシなどが豊富なときだ。

大都会の周辺では、サラリーマン家庭の主婦などがリュックを背負って田舎へ買い出しに行く姿がよく見られた時代。なけなしの着物や洋服を食糧と物々交換することが多かったという。

松月の女将が語るサッカリン、ズルチンは当時の代表的な人工甘味料。戦時中、砂糖は白米などと並んで貴重品の代表格で、一般庶民にはなかなか回って来なかった。たとえ人工甘味料でも、甘味に飢えた国民にはとても喜ばれたものだった。

甘味料の話が出たついでに、砂糖にまつわる荷風の行状を紹介しておこう。これも菅原夫妻が後に語ったことである。

東京大空襲で家を失った荷風は、菅原夫妻を頼って東京・中野のアパートに引っ越し、夫妻と共同生活を始めた。配給の食べ物などは互いに分け合って家族同然に暮らしたが、夫妻は荷風が砂糖を隠し持ってこっそりなめているのを知っていた。が、決して分けてはくれなかったという。

荷風は著名作家なので、出版社や愛読者、あるいはその他取り巻きなどから食品をもらうことが多かった。そんな場合、細かく日乗に記す。〈恵みに与（あず）かる〉〈有り難し〉〈感謝に耐えず〉……大抵、こんな言葉が添えてあるのが通例だ。

もらう喜びは人一倍だった荷風だが、他人に分け与える意識は極めて薄く、単純にケチというよりは自分本位の子どものようなところがあった。


旅館「松月」から北へ少し歩くと緩やかな丘になる。そこは天神山と呼ばれ、いまは岡山県立美術館（岡山市北区天神町）が建っている。美術館南の道は勾配の緩い坂である。

荷風が滞在していた頃、この天神山には一八七九（明治12）年に建てられた洋風木造二階建ての岡山県庁本館や鉄筋の新庁舎があった。

菅原の『荷風罹災日乗註考』によると、荷風は県庁本館に興味を示し、よく坂道の途中の門前から眺めたという。県庁本館の正面の壁には大きな菊の御紋章が光っていた。

米軍の空襲に備えてその年、一九四五（昭和20）年の六月一日、県庁は少し南の内山下（うちさんげ）国民学校（内山下小学校、現在は閉校）に一部疎開し、知事室を本庁と内山下校の二カ所に分散し空襲に備えていた。鉄筋の新庁舎には岡山東警察署が入居していた。

菅原夫妻が朝から借家探しに出かけたため、昼飯を済ませた荷風は一人で散歩に出た。県庁前の坂を上って県庁門、東署の前を抜ければそこは番町線の電車通り。一九六八（昭和43）年に廃線となるまでここを路面電車が走っていた。

電車通りを渡って東に進むと鶴見橋に出る。橋の手前に備前焼の店が何軒かあり、菅原によると荷風は店に立ち寄ったこともあったらしい。

伝統工芸である備前焼も当時は作陶どころではなく、軍の命令で陶器製の手榴弾（しゅりゅうだん）を作らされていた。金属不足にあえぐ日本軍は陶器の手榴弾を国民に持たせ、一人一殺の本土決戦に備えようとしていた。

鶴見橋の西詰めにはいまも備前焼の看板を掲げる店が少数残っている。

橋を渡れば深緑に包まれた岡山後楽園だ。旭川に架かるこの橋は一九三〇（昭和5）年、二十九歳の昭和天皇（大元帥）を迎えて岡山県内などを舞台に陸軍特別大演習が行われ、その際、後楽園に大本営が置かれたのを機に建設された。純日本様式の橋は全長約百四十五メートル。後に橋は拡幅されたが、いまも後楽園の玄関橋として当時の面影を残している。

国内屈指の大名庭園として知られる後楽園は、江戸時代の岡山藩主・池田綱政が土木事業の天才といわれた家臣の津田永忠に造らせた。旭川を挟んで南には岡山城の天守閣がそびえ、園内からその姿が望める。川の流れを庭園美と城の防備の両面にとり入れ、園そのものが川に浮かぶ緑の島になっている。のびやかな空間の広がる園内はおよそ十三ヘクタール。岡山が世界に誇る庭園だ。

鶴見橋がまたぐ旭川本流とは別に、後楽園の東側には細い分流があって、園の南端で再び本流に合流する。この分流に架かるのが蓬莱橋。

その橋を渡ると目の前に西大寺軽便鉄道の岡山側の発着点「後楽園駅」があった。岡山と西大寺を結び、一九六二（昭和37）年まで活躍した鉄道。二月に西大寺観音院で行われる裸祭り（会陽）には、客車が丸く膨れるほどの満員客を詰め込んで走った。

後楽園駅の跡には現在「夢二郷土美術館」が建ち、画家で詩人の竹久夢二の作品を展示している。

荷風は夢二が岡山県の出身だということを知っていただろうか。夢二の出生地は西大寺の東方の邑久町（現瀬戸内市）である。夢二は、後楽園周辺の旭川堤をイメージして大正時代に大流行した「宵待草」の歌詞をつくったとされる。

待てど暮らせど来ぬ人を

宵待草のやるせなさ
今宵は月も出ぬそうな……

大正ロマンを代表する有名な歌である。歌詩は千葉県銚子市でつくられたが、後に旭川畔を訪れたことにちなんで蓬莱橋の西詰めに詩碑が建立されている。

蓬莱橋を渡って北を望むと〈眼界豁然〉という言葉にふさわしい景色が開けていた。新鶴見橋が建設されたいまでは景色も一変したが、当時は上流に河川敷が広々と見渡せ、遠くには岡山市の北郊を囲う連山、南には後楽園の借景としても知られる操山連峰があった。山々の軟らかな稜線(りょうせん)と旭川の流れに、荷風は京都を連想している。

のんびり歩いたこの日の散策コース。ここを、十日後には命からがら走ることになろうとは——。

堤防からほど近い岡山市浜地区にある第一岡山高等女学校（現県立岡山操山高）には前日の十七日、米軍の空襲に備えて高射砲隊が進駐した。

八日目　六月十九日（火）

六月十九日、晴、客舎より四五軒隔りしところに銭湯あり、沼尻温泉という浅葱染の暖簾をさげたり、浴槽流し場皆見影石なり、湯銭八銭、京坂の例にて上り湯なし、浴客東京の如く雑沓せざるが如し、昨来暑気漸く強し、路傍の菜圃に茄子の花むらさきに人家の門に石榴の花紅く咲き出でたり、東京麻布あたりの町のさまを思起して暗愁に沈む、晩食の後菅原君と相携えて旭川の堤上を歩す、雲の間に半輪の月を見る、

【見影石】御影石。花崗岩のこと
【菜圃】畑

夏らしくなってきた。しかし本物の夏はもう少し先。「瀬戸の夕凪」と呼ばれる岡山特有の蒸し暑さを荷風はまだ知らない。

荷風はこの日、菅原明朗と銭湯に行く。「昭和初期旧市内地番図」を広げると、旅館「松月」から西へ数軒のところに銭湯がある。暖簾をくぐって入ったのはここだろう。現在この場所には眼科医院の看板などがかかるビルが建っている。

「見影石」は御影石（花崗岩）のこと。脱衣場から風呂場に入って、浴槽と流しに立派な御影石が使われているのに二人は驚いたようだ。後に知ったのは、岡山市内には万成石と呼ばれる有名な御影石産地があるということ。やがて荷風らは岡山市西郊のその地に近い民家に間借りをすることになるのだが、そんな巡り合わせになるとも知らず、二人は客の少ない湯船にゆったりと身を沈めたようだ。

荷風は岡山では地元の合同新聞をうまく利用したが、本当は大の新聞嫌い。作家としての名声を確立して以来、東京では記者がよく家を訪ねて来た。そんなときはしょっちゅう居留守を使った。それでも帰らなければ自ら出て行って「先生はお留守です」と大トボケ。顔は割れているので記者がなおも粘ると、こう答えたという。「先生はお留守です。本人が言ってるんですから間違いはない」

荷風は「新聞は読まない」と公言していたが、肝心なことはちゃんと読んでいた。『断腸亭日乗』からもそれはうかがえる。

さて、話は六月十九日付の合同新聞のことになる。松月は合同新聞を多分購読していたはずだが、この日の紙面に荷風の名前が載ったのを荷風自身は気付いただろうか。岡山県勝間田町（現勝央町）出身の評論家木村毅が第一面に「国難と文化問題」のタイトルで評論の連載を始めていた。その一節を要約すると――。

「伝聞するところによると永井荷風氏は、今の時代には超然として、後世に知己を待つべき創作の執筆中だそうである。

多くの文士が時局便乗の際物を書いて、読者よりもむしろ監督官庁に媚びる傾きさえある矢先、永井氏の態度は反語的で痛快でもあるし、反省も促すとは思うが、しかし一億国民みんなが国難打開に血眼になっている時、自分だけ頬かむりをして時局を素通りして、幸いにみんなの努力で平和な時代が来たら、一番にその幸福に均霑しようという態度は、私には首肯できない」（引用者注・均霑は「平等に利益を得る」という意）。

木村は、権力に媚びず超然とした荷風の態度に敬意を表する一方で、そうはいっても戦時に知らん顔をしておいて、平和な時代が来たら一番に恩恵にあずかろうという荷風の態度は肯定できない、と結論づけている。

木村は荷風の反骨ぶりを伝え聞いて内心は敬服しながら、結局はこう書かざるを得なかったのだろう。一九四一（昭和16）年十二月八日の太平洋戦争開戦以来、政府の言論統制は一層厳しくなり、新聞はすべて情報局や軍の報道部に検閲されていたのである。

新聞や雑誌は米英を撃滅する「紙の爆弾」となることを強要され、国家の方針に背を向ける荷風ら一部の文人や言論人は、当局の監視状態にあった。

人間はそう強くはない。筆に生きる人間も家族を守らねばならず、自分の命も大事。日中戦争から太平洋戦争と戦争漬けの日本では、木村がいうように多くの文士が「時局便乗の際物」を書いて生活の糧を得たのも事実だった。

日中戦争がこう着状態に陥っていた一九三八（昭和13）年八月のこと。内閣情報部の呼びかけに応じて菊池寛が音頭を取り、作家たちによる「ペン部隊」が発足。著名作家が名簿に名を連ねた。菊池は文藝春秋社社長で当時の文壇の重鎮。戦地に出かけ「将兵の奮闘ぶりや労苦を国民に伝えよう」というのがペン部隊の目的だった。

軍人がのさばる社会を嫌った荷風は、当然参加しない。誘いもなかったらしい。菊池の『文藝春秋』はかつてこんな荷風を激しく糾弾する記事を載せた。

〈今日荷風の如き生活をしている事は幸福な事でも又許すべき事でもない。かくの如く社会に対して冷笑を抱いていい、社会に対して正義感を燃焼させないとしたなら当然社会は彼を葬ってもいい〉（『文藝春秋』昭和四年四月号）

以来、荷風と菊池は敵対関係にある。菊池は、国家の非常時を承知の上で花柳界の女性や劇場の踊り子にうつつを抜かす荷風を「許せない」と見ていた。

ペン部隊参加者の中に荷風が自分の門下生として出入りを許していた詩人で小説家の佐藤春夫もいた。慶応義塾の荷風の教え子だ。「秋刀魚の歌」の作者といった方が分かりいいかもしれない。以後、荷風は時流に傾いた佐藤と絶交した。

太平洋戦争開戦から半年後の一九四二（昭和17）年五月、菊池の呼びかけで今度は「日本文学報国会」が設立され、戦争謳歌、戦意高揚の文学が推奨される。その年末には「大日本言論報国会」が発足した。いずれも会長はジャーナリストで評論家の徳富蘇峰。大東亜戦争推進の理論的指導者であり、当時は毎日新聞の社賓だった。

思想家や評論家、ジャーナリストなど言論人は東亜新秩序の建設、すなわち大東亜戦争勝利のために互いに切磋琢磨し、思想戦の先頭に立ってまい進しよう――というのが言論報国会の目的だった。そんな動きに荷風は無関心を装った。家庭もなく、兄弟とも縁を切り、守るのはわが身一つ。幸い親の遺産と蓄えがあったので、作品発表の場を奪われてもなんとか金利生活で食いつないできた。

同様の姿勢を貫く文学者を挙げるとすれば、それは谷崎潤一郎だろう。先に出てきた岡山市生まれの詩人飯島耕一は〈戦争末期に執筆した作が、筆を加えたり行文を抹消したりすることなく、戦後ただちに印刷屋に入稿してそのまま立派に通る小説家は、荷風、谷崎の他に果して何人いたであろうか〉（『永井荷風論』）と明言している。

その谷崎の名前も、木村毅の合同新聞連載の第三回（六月二十一日付）に出てくる。岡山出身の文化人らの県内疎開情報を伝えた後に木村はこう書く。〈よそ生れの人では、意外にも谷崎潤一郎氏の津山疎開、画家では内田巌君の備中疎開がある。二人とも東京の生れだが、谷崎氏は大震災の時、阪神線に移住して、今ではあのあたりの生えぬきの作家のように思いこまれてしまう程、上方が身につ

いた（……）〉

この連載で木村は、戦争のために文化人が地方に移動し、東京中心の文化から転じて地方色豊かな文化が芽吹いてくるだろう、と結論づける。

内田巌は洋画家。明治から昭和初期にかけて評論・翻訳・小説家として活躍した内田魯庵（ろあん）の長男で、当時は妻の郷里である岡山県刑部（おさかべ）町（現新見市大佐町）に疎開していた。後に津山から勝山（現真庭市）に移った谷崎潤一郎を訪ね、谷崎の肖像画を描いたエピソードは有名。

話を戻そう。

紫や紅色の花々……通りがかりに見た畑のナスや民家のザクロの木を荷風は目に留め、そして思いをかつて自宅のあった東京・麻布に飛ばしている。

夜、菅原と散歩に出て雲間に半月を見た。日乗に月が登場するようになると、荷風の筆が快調になった証拠である。

第三章　京橋界隈・岡山城

九日目　六月二十日（水）

六月二十日、晴、午前暑さ甚しからざる中菅原君と共に市中を散歩す、まず電車にて京橋に至る、欄に倚りて眺るに右岸には数丁にわたりて石段あり、帆船自動船輻湊す、瀬戸内の諸港に通う汽船の桟橋あり、往年見たりし仏国ソーン河畔の光景を想い起さしむ、絵の道知りたらば写生したき心地もせらるる景色なり、水を隔てて左岸には娼楼立ちつづきたり、中島町と称えて楼の前後皆水流なり、娼家の間を歩み小橋をわたりて対岸の塘に登る、河原はいずこも皆耕されて菜圃となり老柳路傍に欝蒼たり、河の上流を望めば松林高く人家の屋上に聳ゆるあたり岡山城の櫓を見る、堤上を歩み行くに亦橋ありて其工事半既に成る、貸舟屋あり、児童舟を泛べて游泳す、仮橋を渡れば道おのずから城内に入る、処処に札を立てて旧跡の由来を掲示す、人家の門墻中今猶維新前武家長屋の面影を残せしものな

【丁】丁は距離の単位で約百九メートル
【輻湊す】込みあう
【娼楼】客を遊ばせる店
【塘】土手・堤防
【門墻】門と垣のこと。家のかどぐち

しとせず、荒廃の状人をして時代変遷の是非なきを知らしむ、況（いわん）や刻下戦乱の世の情勢を思うや、諸行無常の感一層切なるを覚ゆ、城郭、断礎（だんそ）の間の道を歩みて再び堤上に登れば、水を隔てて後楽園の松樹竹林粛然として其影を清流に投ず、人世の流離転変を知らざるものの如（ごと）し、客舎にかえれば日影亭午（ていご）に近し、

【断礎】壊れた礎石
【亭午】正午のこと

永井荷風は、涼しい朝のうちに菅原明朗と路面電車の東山行きに乗り、京橋停留所で降りた。料金は十銭。軍人は半額だ。徴兵で男が減り、この年六月一日から岡山の路面電車には女性運転士二人が登場していた。

この日の『断腸亭日乗』の記述は有名。岡山を代表する歴史的な風景の中を二人はそぞろ歩いた。電車でまず京橋へ。欄干にもたれながら橋上からの景色に目を奪われる。南に向かって右手は京橋港。瀬戸内の港や島を巡る内海航路のターミナル港である。帆掛け舟からポンポン船、やや大きい定期貨客船……と、出船入り船でにぎわう桟橋が眼下にあった。岡山駅を陸の玄関とすれば、この京橋港は海の玄関といえた。旅客以外に農産物や石炭などを満載した貨客船でいつも混み合っていた。

港は桟橋から堤防にかけての斜面が大きな石段になっていて、荷担ぎの労働者や乗降客が上り下りし、活気にあふれていた。京橋の西詰めにいまも残る石段の一部が、かつてのにぎわいを伝える。

京橋界隈（かいわい）は、城下町岡山の中心だった。岡山城から少し下った旭川には二つの中州（東中島、西中島）があって、そこに架かるのが西から京橋、中橋、小橋。最も大きい京橋は全長約百三十メートル、幅約十五メートル。中橋、小橋は京橋の三分の一ほどの長さだ。旧山陽道が通る三つの橋は宇喜多秀家（うきたひでいえ）（岡山領主）の時代から城下町の中心で、日本橋が東京の原点なら、岡山の原点は京橋だった。

橋からの眺めに、荷風は若い日見たフランスのソーヌ河畔の風景を重ね、懐かしんでいる。一九〇三（明治36）年秋、二十三歳の荷風は単身渡米。アメリカで四年近く暮らした後フランスへ渡り、銀行に勤めた。その町はフランス南東部のリヨンで、ソーヌ川とローヌ川が合流する美しい都市。働きながらオペラや音楽会に通い、河畔の散策などを楽しんだ。

五年間の米仏遊学を終えて帰国し『あめりか物語』『ふらんす物語』と話題作を発表する。当時、欧米留学から帰国した作家としては森鷗外（ドイツ）、夏目漱石（イギリス）が有名だが、この二人は国費留学。荷風のような私費留学はごくまれだった。荷風の父は上級役人から日本郵船に移り、要職にあった。裕福な家庭に育った荷風は恵まれていた。

この米仏留学が青年荷風を大きく変貌させた。欧米の個人主義を身につけ、文学に生きる決意を固めた荷風は、世俗的な人間関係や義理人情などにとらわれない思想を持ち帰った。その精神は一生貫かれる。

ところで、鷗外と漱石は日本を代表する文豪だが、鷗外は荷風が師と慕った唯一の作家である。漱石も荷風とは少なからぬ縁があった。荷風はフランスから帰国した翌年の一九〇九（明治42）年十一月、漱石の依頼を受けてその年の暮れから朝日新聞に小説「冷笑」を連載する。「吾輩は猫である」「坊っちゃん」などを発表した漱石は、当時は朝日新聞社に特別社員として迎えられていた。

朝日に連載後の一九一〇年二月、荷風は慶応義塾の教授に就任する。森鷗外の推挙によるものだった。荷風は『三田文学』の編集もまかせられ、慶応の文学科の刷新や若手の育成に尽力した。

鷗外と同様、荷風は漱石に対しても尊敬の念を抱いていた。『断腸亭日乗』にはその漱石の名が七、八回出てくるが、こんな場面もある。〈（……）此日糊を煮て枕屏風に鷗外先生及故人漱石翁の書簡を張りて娯しむ〉（大正八年三月二十六日付）

二人の文豪にもらった手紙に糊を塗り、枕屏風に貼り付ける荷風の姿が浮かんでくる。その三年前に漱石は他界、鴎外は三年後に世を去る。

漱石は青年のころ岡山を訪れたことがあった。この日、荷風と菅原が訪れた京橋の上流西岸は現在、河畔公園になっており、その一隅に小さな猫の像がある。猫の下の石碑には漱石の有名な句「生きて仰ぐ　空の高さよ　赤蜻蛉」が彫ってある。一九一〇（明治43）年夏、漱石は静養先の伊豆・修善寺で吐血。一命をとりとめて詠んだのがこの句だった。

この碑の付近にその昔、漱石の次兄の妻だった小勝という女性の実家（片岡家）があった。一八九二（明治25）年夏、漱石は片岡家に約一カ月逗留した。当時二十五歳。

漱石はそのとき見た京橋界隈のにぎわいを、友人の正岡子規に宛てた手紙に書く。また、滞在中の七月二十三日には旭川の大洪水に遭った。〈水が出はじめると、金之助（引用者注・漱石）はひと声「大変だ」と叫んで自分の本のはいった小さな柳行李をかつぎ、県庁のある小高い丘にひとりでいちはやく難を避けた〉（江藤淳著『漱石とその時代』）

岡山の市街地が浸水し、七十四人が死亡。中橋、小橋は流失し、京橋も損壊する大水害だった。漱石はこのとき知り合いの岡山市議会議長の離れ座敷に避難する。その家は後に料亭となり、漱石が泊まった部屋は「夏目漱石避難座敷」として評判になったといわれる（岡長平『ぼっこう横丁』）。驚くことに、その料亭は荷風が滞在する旅館「松月」のすぐ西にあった。荷風が漱石のそんな実話を知っていたら、間違いなく日乗に書き留めたはずなのだが……。

京橋から目を左に転じると、西中島がある。隣の東中島と併せて地元では「中島」と総称する。一八七七（明治10）年から岡山県は東・西中島で遊廓の営業を許可し、紅灯街として栄えた。

荷風と菅原は中島の娼家の間を抜けて旭川の東岸に出た。初めて岡山の地を踏んだ六月十二日の夜、宅孝二のピアノ演奏を聴いた旭東国民学校はすぐ近くだ。

堤から見渡すと河原は一面野菜畑。市民は食べるのに懸命だった。〈老柳路傍に欝蒼たり〉とあるが、戦後しばらくの間、小橋の東詰め下流の堤防沿いには柳の大木が並んでいた。わきを通る路線バスのボディーをこするほどボリュームのあった柳並木もいまはもうない。

上流遠くに岡山城の天守閣が見えた。城に向かって堤を北へ歩くと相生橋。橋は工事中だった。二人は仮橋を西へ渡った。その際には右手上流に岡山城の天守が大きく見えたはず。貸しボート屋があり、子どもたちが川にボートを浮かべて遊んでいた。仮橋を渡った左手は洋風建築の岡山市公会堂。現在、岡山県庁の建つ場所である。

公会堂前を右へ折れ、しばらく歩くと道は自然に岡山城内に。周辺には武家長屋の面影を残す人家もあった。その荒廃ぶりに、荷風は戦乱の世の諸行無常を感じるのだった。

城内を抜けると、再び旭川堤に出る。流れの向こうは後楽園。生い茂る樹木や竹林が清流に影を映す。川の南にそびえるのは岡山城北面の荒々しい石積みと天守閣。この景観は二人の心をつかんだに違いない。

付近には城と後楽園を結ぶ渡船があって、一帯は「岡山ライン」と名付けられた観光スポットだった。戦後の一九五四（昭和29）年、ここに歩行者・自転車専用の月見橋（全長百十五メートル、幅三メートル）が架けられた。貸しボート屋は現在、この橋のたもとに移転。手こぎボートやスワンボートが客待ち顔に並んでいる。

街歩きを終え、荷風らが宿に帰った時にはもうお昼が近づいていた。

十日目　六月二十一日（木）

六月二十一日、晴、午前近隣の理髪舗に入る、客の鬚を剃るに西洋剃刀を用いず日本在来の剃刀を以てせり、通りかかりの郵便局にて端書を買うに一人一枚ズツなりと言えり、帰りて後小堀氏の許に問安の書を送る、午後東京より携来りし仏蘭西訳トルストイのアンナカレニンを繙読す、夕日二階にさし込み来りて暑ければ出でて門口に立つ、軒裏に燕の巣ありて親鳥絶間なく飛去り飛来りて雛に餌を与う、この雛やがて生立ち秋風立つころには親鳥諸共故郷にかえるべきを思えば、余の再び東京に至るを得るは果して何時の日ならんと、流寓の身を顧み涙なきを得ず、晩飯を喫して後月よければ菅原氏と共に電車にて京橋に至り、船着場黄昏の風景を賞す、暮靄蒼然、広重の風景版画に似たり、橋下に小舟を泛べ篝火を焚き大なる四手網をおろして魚を漁るものあり、橋をわたりて色町を歩む、娼家の戸口にはいずこも二級飲食店の木札を出し燈火ほの暗き暖簾のかげに女の仲居二三人立ちて人を呼び留む、されど登楼の客殆無きが如く街路寂然たり、店口に写真を掲るものと然らざるものとあり、掲るものは小店なるが如し、たまたま門口に立出る娼婦を見るに紅染の浴衣にしごきを巾びろに締め髪を縮したるさま、玉の井の女に異らず、青楼の間に寺また淫祠あり、道暗くして何の神なるを知らねど情景頗画趣あり、歩みて再び表通に出

【小堀氏】洋画家の小堀四郎

【問安の書】ごきげんうかがいの便り

【繙読】書物をひもとく

【流寓】流浪して他郷に住むこと

【暮靄蒼然】日暮れの青っぽいもやの漂うさま

【寂然】ひっそりさびしい

【青楼】妓楼。客を遊ばせる店

【淫祠】何かを祭ったやしろ・ほこら

で電車の来るを待ちしが、付近に映画館ありて今しも閉場せしとおぼしく、屐声俄に騒しく人影陸続たり、電車来るも容易に乗りがたきを思い月を踏んで客舎にかえる、

【屐声】はき物の足音
【陸続】次々と絶え間なく

午前中、荷風は近くの理髪店に入った。先月の二十五日に空襲で東京・中野のアパートを焼け出され、命からがら逃げ惑って以来、菅原夫妻と東京を脱出して明石、岡山と流転する間、頭を整える余裕もなかったが、旅館「松月」に宿を定めてやっと落ち着いたようだ。

日乗の記述も充実してきた。荷風が散髪をしている間に、菅原夫妻の方に目を移してみたい。

菅原明朗は、前日荷風と見た岡山城と後楽園、それに旭川の清流が織りなす美しい景色を妻の智子にも見せたくて、貸しボート屋のところへ連れて行った。菅原の『荷風罹災日乗註考』にその時のことが書いてある。

「ボートに乗ってみたいわ」と智子がせがんだらしく、二人は堤防から舟着き場へ降りた。ところがボート屋に断られてしまう。

「あんたら二人で？　そりゃあ貸せん、貸せん」ボート屋のおやじはつれない返事。どう頼んでも乗せてくれなかった。

どこに当局の目が光っているか分からない。男女でボート遊びなどをしていると「時局をわきまえろ！」と憲兵や警官に叱責をくらう時世だったので、ボート屋もカップルは敬遠したのだ。

当局の目といえば、荷風はスパイと疑われたこともあった。散歩好きの荷風はあちこち歩き回って、時々立ち止まっては手帳にメモを取る癖があった。日記をつけるための行為だったが、これが憲兵の目にふれたのである。背が高く、どこか垢抜けた荷風は田舎町ではどうしても目立ってしまう。幸い地元紙・合同新聞の記者が「ありゃあ、永井荷風ちゅうて有名な物書きじゃけえ」と憲兵に教えて、検挙は免れたという。

この件は菅原が後に池田優子から聞いた話だった。優子の情報源がどこにあったのかは分からないが、そのころ誰もが恐れた憲兵隊の本部が「松月」の近所、現在の新鶴見橋の西詰め付近にあったのである。

旅館「松月」の東二軒隣には「吉田薬局」という薬屋があった。そこの娘だった今田弘子さん＝瀬戸内市邑久(おく)町(ちょう)在住＝は母親から「変な人が松月に泊まっとるから、話をしちゃあだめよと注意された」と話す。当時、弘西国民学校六年、十二歳だった。

「憲兵が監視しているそうよ」と母親。道でこっそりその男（荷風）を見た弘子さんは「よれよれのおじいさんに見えた」と言う。

憲兵隊は軍隊の秩序維持のための組織だったが、この頃は思想統制や防諜(ぼうちょう)などにも権力を振るっていた。また開戦以来、思想や言論を取り締まる警察の特高課員も新聞社に常駐体制をとり、監視や情報収集に当たっていた。

さて、頭をさっぱりした荷風は宿に戻る途中、郵便局に立ち寄ってはがきを求めた。物資不足で、一人に一枚だけの制限販売だ。知人の洋画家小堀四郎（東京都世田谷区世田谷二丁目）に近況を知らせるため、買ったのだった。

小堀は当時四十二歳。江戸期の作庭家・建築家として知られる小堀遠州(えんしゅう)の末裔(まつえい)という。森鴎外の次女杏奴(あんぬ)の夫。夫妻は荷風に信州疎開を熱心に勧めてくれたのだが、荷風は思案の末、菅原らとの関西行きを選んだいきさつがあった。

拝呈陳者　出発の際ハ度々御見舞被下御親切　忝く奉存候　其後御地御無事ニ候や一同心配致居候　私供六月二日東京出発無事明石に着し十日程滞留（……）それより一同岡山へ参り当分滞在時節を見はかり帰京の心組に御坐候（……）

岡山市、上石井、大正町二八五　最相楠市方　永井壮吉

住所がまだ定まっていないため、はがきには「連絡は最相方へ」の添え書きがあった。

時間を少し先送りするが、『木戸幸一日記』のこの年六月二十七日の項に小堀の名前が出てくる。〈(午前)十時半、小堀四郎氏、信州に疎開する由にて暇乞に来訪、面談〉

木戸幸一は内大臣という役職で、宮中で常に天皇のそばにいて補佐する重職。現在はない職だが、当時は一般人が簡単に面談が叶うような人物ではない。小堀は何らかの縁で木戸と面識があったようだ。

この記述から、小堀は少なくとも六月二十七日まではまだ東京に残って頑張っていたことが分かる。

荷風のこの日の動きは積極多彩だ。午後は東京から持って来たロシアの文豪トルストイの「アンナ・カレーニナ」(仏語訳)を読み始める。若いころフランス留学しているので仏語もお手のもの。東京・中野のアパートで空襲に遭った際に泊めてもらった駒場のピアニスト宅孝二の家で見つけた本である。大作なので分厚くて重かったはずなのに、遠路岡山まで持って来たのだから驚く。

旅館の玄関軒下には「松月」の看板が掲げてあり、ツバメは毎年その看板の上に巣を作った。夕方、荷風は巣を見上げて感慨にひたる。餌を運んでくる親鳥に、大きく口を開ける子ツバメもやがて巣立っ

て南方へと帰って行くだろう。それにひきかえ、自分が東京へ帰る日はいつになるのか。〈涙なきを得ず〉と大げさに嘆くのは荷風流である。

　夕飯の後、荷風は前日に続いて菅原を誘い、京橋へ。黄昏の京橋港は靄に包まれ、歌川広重の浮世絵を彷彿させるようだった。橋の下では四手網漁の小舟のかがり火が水面を照らしていた。

　この時期は一年で最も日が長い。岡山の日没は午後七時二十分過ぎ。荷風らが夕風に吹かれて京橋の上にたたずんだのはちょうどそんな時刻だっただろう。

　色町・中島はきのうとはまた別の顔を見せていた。しかし灯火管制下、紅灯輝くようなあでやかさはなかった。京橋から西中島、東中島と二人は娼家の間を進むが、客の姿はほとんどなく、荷風は歩きながら店のたたずまいや店頭に立つ女性の装いなどを観察している。東京・東向島にあった玉の井の私娼街を舞台にした名作『濹東綺譚』を書いた作家だけに、特別な思いがあったのかもしれない。〈青楼の間に寺また淫祠あり、道暗くして何の神なるを知らねど情景頗画趣あり〉これは東中島の情景。東中島には北から源照寺、霊巌寺、教徳寺と三つの寺が娼楼街に囲まれるように並んでいた。

　荷風には東京・下町の淫祠（お地蔵さんやお稲荷さん）、寺、樹木、路地、坂などを足で訪ねた「日和下駄」という有名な随筆がある。一九一四（大正3）年から一九一五年にかけて『三田文学』に発表した異色の東京散策記だ。ひっそりとたたずむ寺や祠などに目がいくのは荷風の習癖なのだった。

　電車通りに戻ると突然、夜の町にげたや草履の足音が響いて、人が湧いて出て来た。上映を終わった映画館からの人波らしかった。近くには千日前という岡山最大の娯楽街があって、帝国館、金馬館、若玉館、文化劇場などの映画館や劇場が軒を連ねていた。

　この日は新作を封切った館が多く、帝国館は「続姿三四郎」、金馬館は「乙女のいる基地」、文化劇場は澤村文子一座の少女剣戟がそれぞれ初日だった。「続姿三四郎」は黒澤明監督の作品で、同監督のデビュー作「姿三四郎」の続編。

映画は戦時中の娯楽の代表格で、空襲警報が出ても大入り満員の盛況だったという。金馬館ではその前日まで海軍省の肝いりで松竹が製作した国産アニメの大作「桃太郎　海の神兵」が上映されていた。

映画がはねて、乗客が急に増えて電車には乗れそうにもないので、荷風と菅原は月明かりの下を歩いて宿まで帰った。この夜、荷風は東・西中島の歓楽街を巡りながら登楼する気配を全く見せていない。戦争が激化し、明日の生死さえ見通せない不安の方がはるかに大きかったということだろうか。

岡山の郷土史家岡長平の『ぼっこう横丁』によると、売春防止法が一九五八（昭和33）年に施行されて中島遊廓の灯が消えた時、東中島には六十九軒、西中島には五十五軒の店があり、三百七十三人の女性が働いていたという。

第四章　前兆

十一日目　六月二十二日（金）

六月二十二日、軽陰、風冷なり、早朝警報あり、忽（たちまち）砲声を聞く、解除のサイレンをききしは正午に近き時なり、倉敷尾の道の辺爆撃せられし由（よし）、この地の人開戦以来一たびも戸障子を震動せしむるが如（ごと）き爆音を知らず、倉皇狼狽（そうこうろうばい）後楽園の河畔に走りしものも多かりしと云（いう）、午後池田優子来り明石より転送せられし大島五叟の書を持来る、発信の日は六月十二日なり、代々木駅前の避難先今猶恙（なおつつが）なきを知る、直に返書を送る、此（この）日終日読書、旅宿に在り、

【倉皇狼狽】あわてふためくさま

うす曇りの涼しい朝だった。永井荷風はこの朝、旅館で空襲警報のサイレンと砲声を耳にする。対空砲火の音なのか、それとも爆撃音だったのか。よく分からなかったが、警報は正午頃まで解除されなかった。後で分かるのだが、これは後に「水島空襲」と呼ばれる米軍の空襲だった。

岡山市の西隣の倉敷市。一九三〇（昭和5）年に実業家の大原孫三郎が開いた国内初の西洋近代美術館「大原美術館」のある市街地中心部から南へ七、八キロ行くと瀬戸内海に出る。そこは水島灘と呼ばれ、海辺に広がる水島地区（当時は浅口郡連島町と児島郡福田村にまたがる一帯）には重要な工場があった。

太平洋戦争開戦から二年後の一九四三（昭和18）年に建設された三菱重工業水島航空機製作所である。日本海軍の主力陸上攻撃機「一式陸攻」を造る水島工場は、わが国の航空機生産の新鋭工場だった。三菱の本拠地である愛知県の名古屋工場は既に空襲され、水島は名古屋に代わる生産基地として期待を担っていた。米軍は偵察飛行を重ね、ターゲットを定めてこの朝来襲したのである。

岡山空襲資料センター（岡山市中区御成町、日笠俊男代表。二〇一七年六月閉館）の調査などによると、この日の空襲はグアム島から発進した百八機のB29によるもので、午前八時三十六分から九時半まで続いた。二千四百発を超える爆弾が投下され、工場構内に翼を並べていた一式陸攻は破壊され、工場は壊滅状態となった。

県南地域から動員された勤労学生らも働いていたが、たまたまこの日は工場の休日だったので人的被害は少なくてすんだ。とはいっても死傷者は五十七人を数えた。それまでに工場は四月十二日、同二十五日の二回空襲を受けている。いずれも単機での襲撃だったので被害は軽微だったが、ついに恐れていた大編隊がやって来たのだ。

〈倉敷尾の道の辺爆撃せられし由〉――と荷風は日記に書いたが、尾の道（広島県尾道市）は誤報。歴史ある港町は空襲を免れていまに残る。

空襲経験のない岡山市民はあわてふためいて後楽園周辺の旭川河畔へ逃げ出す者も多かった。

この日、岡山市街地の上西川に住んでいた金木孝四さん＝同市北区今五丁目＝は『岡山空襲63年目の証言』（岡山空襲を語る深柢国民学校四年有志の会編）の中で水島空襲の記憶を次のように語っている。〈（……）警報が出て下校中、磨屋町を帰っていた。突然「ドーン」という地響き、道の両側の民家の窓ガラスがビリビリと震えた。「家の中に入れ」警戒していた警防団員に叱られ近くの店に飛び込んだ。それから何発の爆弾の音がしたか、家の中で震えていた。どこに落ちたのだろう。すぐ近くに思えたが分からなかった〉……翌日、金木少年は水島の飛行機工場が空襲されたことを知る。水島は岡山からは遠い。なのに強烈な爆撃音と震動が伝わってきたのだった。

荷風は日乗に〈この地の人開戦以来一たびも戸障子を震動せしむるが如き爆音を知らず〉と記す。旅館「松月」の窓もビリビリと震えたのかもしれない。

水島航空機製作所のあった倉敷市水島地区は現在、製鉄所や製油所の立地する日本有数のコンビナート地帯になっており、同製作所は三菱自動車製作所に生まれ変わっている。

荷風はこれまでに三度も空襲に遭った。空襲に関しては経験豊富と言ってもいいだろう。重複を恐れずここで荷風の空襲体験を整理しておきたい。

初回がこの年三月十日。荷風は東京・麻布の自宅「偏奇館」を蔵書もろとも焼失し、無一物になった。二度目が五月二十五日。菅原夫妻と暮らしていた東京・中野のアパートは全焼し、爆音と猛火に追われた。三度目は兵庫県明石市の西林寺にいた六月九日で、爆風に吹き飛ばされ、命からがら防空壕に逃れた。東京では爆音や砲声で家が震える体験は何度もした。戦時中、東京が米軍から受けた空襲は百回を超えたともいわれる。最も悪夢だったのはやはり三月十日の東京大空襲。帝都が受けた最大の空襲で、死者・行方不明者は十万人以上に上ったとされる。

水島空襲のあったこの日朝、岡山市の上空からアルミ箔のテープ状のものが市街地に舞い降りてきた。太陽光を受けて空中でキラキラ輝く不気味なテープに、さまざまなデマや憶測が飛んだが、米軍機がまいた電波探知妨害用のものと分かった。――そのキラキラは、一週間後の大惨事の前兆だった。

午後、池田優子が旅館に届けてくれたいとこの大島一雄（杵屋五叟）の手紙に荷風は返事を書いた。宛先は「東京都渋谷区千駄ヶ谷五丁目八三八　鈴木薬局方」。この住所は、空襲で千駄ヶ谷の自宅を焼け出された大島一家が間借りした家だった。

「東京出発の際はゆっくり顔を合わせる暇もなく遺憾に思っております」という前置きに続いて「明石も安全ではないので岡山まで落ちのびましたが、ここも遠からず危険になるとみんなびくびくしています」などと近況を報告。「私も無事に名所見物などで日を送っています」といくらか余裕をみせているが、文末にはこう書いてあった。

「二伸　日記ハ他見を憚り候もの故此儀くれぐれも御注意の程御願申上候（……）」

流浪の身になっても気になるのはやはり「断腸亭日乗」のこと。軍隊や軍人批判なども書いてあり、憲兵や特高に見つかれば追及を受けるのは必至なのである。荷風はそれまで書きためた日記を東京大空襲の前に大島一雄に預けて保管を頼んでいた。焼失を恐れた大島は静岡県・御殿場に住む知人に預けた。この機転があったからこそ日記は焼けずにすんだ。ただしそれは日記の複製が主で、ブリキ缶に入れ、土中に埋めてあったらしい。

これらの裏話は、大島の次男で、荷風の養子となった永井永光氏が著書『父荷風』で明かしている。コピー機のない時代、大事をとって複製をつくるのは分かるが、では本物はどこに？　という素朴な疑問も湧いてくる。本物はやはり、荷風本人が持ち歩いていたのだろうか。一九一七（大正6）年九月に起筆して以来一日も欠かさず書き継いだライフワークなのだから、むしろそう考えた方が自然なのかもしれない。日記は上質和紙をとじたもので、紙は薄く、かなりコンパクトだという。現在、本物は永光氏が保管している。同氏は〈(荷風の死後)もう複製はありませんでした。処分してしまったのではないでしょうか〉(『父荷風』)と書いている。

この日、荷風は読書で日を過ごした。前日から読み始めたトルストイの『アンナ・カレーニナ』を読み続けたのだろうか。

十二日目　六月二十三日（土）

六月二十三日、朝微雨、正午に歇む、菅原君に案内せられて旧藩校の堂宇を見る、堂は県立師範学校女子部の構内に在り、路傍の長屋門より堂を望む光景おのずから人をして敬虔の心を起さしむ、堂の前に一樹の古松偉大なる其幹を斜にしたるあり、半円形の小池ありて石橋を架す、橋をわたれば左右に堂の前房あり、白壁にの如き形したる窓二ツずつあり、回廊も亦左右にありて中庭を囲む、本堂の階段を登りて入るに一面の板敷にて唯幾本の円柱の粛然として立てるを見るのみ、往時は畳を敷きつめ孔子また程朱の像にても安置せしならん歟、然るに驚くべきは堂内の片隅に一台のピアノを据えたることなり、大祭日其他の時女生徒をして洋楽を奏し唱歌をなさしる為なるべし、現代人の為すところ実に人の意表に出でたり、堂は今朽廃するに任かせ特に保存の道を謀らざるが如し、其構造甚大ならずと雖、神社に非らず仏閣にあらざる一種の様式稀に見るものなり、古雅静粛の趣余の見る所を以てすれば寧後楽園内の亭榭に優るものあり、堂にピアノを置きたる暴挙と冒瀆とは返す返す憎むべく笑う可し、旅宿に帰らんとする道すがら菅原氏の友人村田某氏の来るに会う、氏は慶応義塾の教授、今春家を携えて避難し来れるなりと云、夜ふけて雨声頻なり、就寝後サイレンの鳴るをきく、

【堂宇】講堂などの大きな建物

【房】小部屋

【程朱】中国・宋の時代の儒学者である程顥、程頤、朱熹のこと。程顥、程頤は兄弟で朱熹はこの二人の学説などを合わせて朱子学を大成

【亭榭】建物

【村田某氏】村田武雄（82頁参照）

この年は前日の六月二十二日が夏至。この日二十三日の午前四時半といえば、岡山では東の空が白む頃だが、沖縄はまだ未明。

その時刻に、沖縄本島南端の第三十二軍沖縄守備軍司令部の置かれた摩文仁丘陵（現糸満市）の洞穴の入り口で、牛島満司令官と長勇参謀長が自決し、沖縄本島で八十日余続いた日米両軍の死闘は終わった。洞穴はガマと呼ばれた。石灰岩でできたガマは沖縄にはおよそ二千カ所はあるといわれ、追い詰められた兵士や島民が隠れていた。降伏に応じないとみると米軍はガマに手榴弾を投げ込み、火炎放射器で攻撃をかけた。中にいた者は逃げ場もなく死んだ。

〈四月一日敵沖縄に上陸以来奮戦を続けたる第三十二軍も去る十九日（引用者注・正しくは六月十八日）最後の電を発し爾後敵情も全く無きに至れり〉

岡山県赤磐郡潟瀬村（現岡山市）出身の海軍中将宇垣纏は前日二十二日の日誌「戦藻録」に、絶望的な沖縄の戦況を綴っている。当時、第五航空艦隊司令長官として鹿児島県・鹿屋基地で沖縄戦の航空攻撃部隊の最高責任者として指揮を執っていた。

しかしこの時点で日本軍には熟練したパイロットも航空機も不足し、軍指導部は爆弾を抱いて機体もろとも敵艦船に体当たりする「特攻」に活路を見いだすしかない窮地に追い込まれていた。宇垣は基地を飛び立つ特別攻撃隊を連日のように見送ってきた。

「戦藻録」には続けてこうある。〈八旬の援助至らざるなき奮闘努力も遂に当然の結果に陥る。誠に悲憤の至なり。本職の責浅からざるものあるが顧みて他に撰ぶべき方途無かりしを信ず。然らば全て斯くなる運命なるべきか〉

八旬とは八十日間の意。海軍最後の戦力を結集した第五航艦を率いる宇垣だが、その人物が書き留めた〈全て斯くなる運命なるべきか〉とはどう受け止めればよいのか。

一九四五（昭和20）年春から夏にかけての沖縄戦は太平洋戦争最後の激闘だった。米軍は日本本土上陸の前に沖縄占領を目指し、迎え撃つ沖縄防衛軍（第三十二軍、約十万人）は持久戦に持ち込んで、本土決戦の態勢づくりの時間を稼ぐのが使命だった。

日本軍は圧倒的な米軍の物量、装備の前に善戦はしたものの次第に追い詰められていく。米軍の艦砲射撃は「鉄の暴風」と呼ばれ、地形を変えるほどの凄（すさ）まじさだった。

沖縄戦では多くの女学生が戦火に散った「ひめゆり部隊」の悲劇が映画などで伝えられてきた。学校単位で編成された男子学生の「鉄血勤皇隊」もあった。沖縄師範学校の「鉄血勤皇師範隊」の責任者は校長の野田貞雄だった。

野田は岡山県立味野高女校長、西大寺高女校長、岡山県視学官、学務課長などを経て一九四三（昭和18）年に沖縄師範学校に校長として赴任。学生らと行動をともにし、沖縄本島南端の摩文仁の丘に追い詰められた六月二十一日、敵中突破の際に還（かえ）らぬ人となった。

野田は、敵中に出発する前に職員・生徒らを集めて「無駄死にせず、勇気を奮って生きるように」と諭した。

多くの自決者を出した沖縄戦。中には降伏しようとして味方の日本兵に撃ち殺された人もいたという。「死ぬのが当たり前」とされたときに「命を大切に」と説いた野田は、多くの学生の命を救った。その教えは、教え子だった大田昌秀元沖縄県知事（二〇一七年六月死去）らによって語り伝えられている。〈生死の岐路に立ち、身の処置に行悩んでいた生徒達も、この先生の最後の優しい力強いお言葉に打たれて、内心に生への許しと光明を感じ、更（あらた）めて最後の力を振い起したのであった。こうして（……）

多くの若い命が未然に救われたのであった〉（大田昌秀・外間守善編『沖縄健児隊』）

沖縄戦の経緯を記す。

三月二十六日　米軍、沖縄・慶良間（けらま）諸島に上陸
四月　一日　米軍、沖縄本島・読谷（よみたん）海岸に上陸開始
　　六日　戦艦「大和」は水上特攻として山口県・徳山沖を出撃し沖縄を目指す
　　七日　午後二時二十三分、大和は鹿児島の南海上で米機動部隊の攻撃を受け沈没
五月　四日　日本軍、沖縄の全戦線で総攻撃
　二十九日　米軍、首里（しゅり）市（旧首都、現在は那覇市の一部）を占領
　　三十日　三十二軍司令部を摩文仁の洞穴に移す
六月十八日　牛島司令官、第十方面軍司令官へ決別電報を打つ
　二十三日　日本軍全滅

戦死者総数は日米両軍、一般住民合わせて約二十万人。沖縄は硫黄島などと並んで日本で数少ない地上戦場となり、戦闘に巻き込まれたり、集団自決などで島民の三分の一から四分の一が死んだとされる。

沖縄が血の戦場となっていた五月三日、荷風は『断腸亭日乗』にこう記している。〈新聞紙ヒトラームソリニの二凶戦敗れて死したる由を報ず〉

日本の盟友ドイツの総統ヒトラーは四月三十日に自殺し、五月七日にドイツは無条件降伏。イタリアの元首相ムソリーニは四月二十七日に逮捕され、翌日銃殺された。

それに先立つ四月五日、ソ連は日ソ中立条約破棄を通告してきた。条約は翌年春までが有効期間だが、以後は中立関係を破棄するというのだ。どう考えても日本に明るい未来はなかった。

戦争収束への期待を込めて天皇が就任を下命した鈴木貫太郎内閣が発足したのは、片道燃料だけを積んで出撃した戦艦「大和」が沈んだその日、四月七日だった。

沖縄戦の終幕を知らないまま、この日荷風と菅原は旧藩校の講堂（堂宇）を見学に行った。旅館「松月」の北の道を西へ行くと、右手に白いビルの県立図書館があった。旧藩校跡は図書館の北裏。これを菅原が見つけ、早速二人で見学に出かけたのである。

生徒たちに「命を大切に」と説いて二日前に沖縄で死んだ沖縄師範の野田貞雄校長も、岡山県の学務課長などをしていた頃にはこの辺りを度々歩いていたに違いない。

旧藩校跡は、岡山師範学校女子部の敷地内にあった。いま岡山市立岡山中央中学校（同市北区蕃山町）がある場所だ。県立図書館跡はいまは児童公園になっている。藩校跡の池（泮池）と石橋は国指定史跡として中央中学校のグラウンドの南西にいまも残されている。古い写真を見ると、池に架かる石橋の左右から太い松の古木が覆いかぶさるように茂っていて、その向こうに瓦屋根の正門があり、左右に禅宗様の飾り窓があった。中央部は通路になっていて、その奥に威厳を漂わせる講堂がある。

二人は校内に入って講堂を覗いた。中は一面板敷きで静まり返り、何本かの円柱が立っているだけ。荷風の目は講堂内のピアノに留まった。そして突然「ばかげたものを見た」というふうに筆に力を込めた。〈現代人の為すところ実に人の意表に出でたり〉

嘆く荷風は『罹災日録』ではさらに感情を高ぶらせている。〈女生徒をして……〉のくだりはこうなる。

〈女先生ピアノを弾じ女生徒吠ゆるがごとく軍歌を唱うるなるべし〉

講堂は朽ちるに任せ、保存しようともしていないようだ。そんなに大きな建物ではないにしても、その風雅なたたずまいは後楽園内の建物に優るものがある、と荷風。そこにピアノなんかを置くような暴挙と冒瀆はなんたる行為だ――〈憎むべし、笑うべし〉。

荷風は明治維新後、急速に近代化した日本を嘆いた作家である。欧米留学を終えて帰国した彼は、フランスのリヨンやパリなどで歴史ある建物が大切にされているのを目にしている。それに比べ、東洋固有の建築などが消えていく日本の姿に落胆し、明治の新時代を主導した「没趣味なる薩長人」に嫌悪感、あるいはそれ以上の憎悪さえ抱いたのである。

日本を破滅に向かわせるこの戦争。それを招いたのもその流れをくむ勢力なのだ。旧藩校の荒廃ぶりと、そこに置かれたピアノ。歴史ある講堂が一台のピアノより粗末に扱われているように荷風には見えたのかもしれない。それにしてもこの日が講堂とピアノの見納めになろうとは――。

宿に帰る道で偶然出会ったのは、菅原の友人で村田武雄という慶応大学の音楽史の教授だった。その春、東京から妻子と三人で岡山の知人を頼り疎開していたのだが、この日は汽車の切符が手に入ったことを菅原に知らせに来たのだった。菅原は明石までの切符の入手を村田に頼んでいた。

村田が戦後、荷風ゆかりの『三田文学』の昭和三十四年六月号に寄稿した回想記にこの日のことが書いてある。

〈（菅原に切符を渡して）その帰路であった、先生と菅原さんとが散歩に行きながら私を送ってゆこうと内山下辺りまで来たとき一軒の古本屋に立寄った。本屋のラジオが敵機の襲来を告げている。（……）私は書棚に眼をやる余裕もなく外ばかりを気にしていたが、永井先生は悠々と棚から裁判所の判例集を取り出されて、『今こういうものに興味をもって片ぱしから読んでいる』といわれた〉（「終戦直後の永井先生」）

十三日目　六月二十四日（日）

六月二十四日、雨霽れて俄に暑し、菅原氏夫妻明石西林寺に残し置きたる夜具を持来るべしとて午後二時の汽車にて明石に行けり、晡下池田優子来話、池田は菅原氏の知人××××××、郵書を津山市八子に避難せる谷崎潤一郎に寄す、晩方驟雨、虹あらわる（この日日曜日なり）

【霽れ】晴れ
【晡下】午後四時ごろ
【××××××】『荷風全集　第二十五巻』（一九九四年刊）では×部分に「某子の小星なり、」とある。小星は、妾の意

雨後、急に暑くなったこの日、菅原夫妻は岡山駅発午後二時の汽車で明石に向かった。夫妻は岡山へ来る前に滞在していた明石市の西林寺に預けていた蚊帳や衣類を取りに行ったのである。

当時、汽車の乗車券は一筋縄では取れなかった。ダイヤが限定されていた上に、軍の部隊の移動や貨物の輸送が優先されたからだ。駅には連日夜明け前から切符を求める長い列ができたが、販売枚数に制限があり、すぐに売り切れた。

そんな中で、菅原明朗の知人で慶応大学教授の村田武雄が前日、切符を持って来てくれた。待望の明石行きが実現し、夫妻は勇んで出かけたのである。

村田には特別なコネがあるのか、あるいは交渉のつぼを心得ているのか、なぜか国鉄（現在のＪＲ）に強いところがあって、後に荷風もその恩恵にあずかることになる。

明石行きは、荷風ら三人にとってそれなりの意味があった。旅館「松月」は居心地がよいが、宿代

が当然かかる。戦争はいつ終わるのか、先は全く見えないので、暮らしの安定を図るためにも住居を定める必要があった。実はこれまでも池田優子が貸し間探しを続けてくれており、ついに適当な家が見つかりそうだった。

ただ、そちらに移るにしても布団や毛布が一枚もなく、買おうにも物自体がないのだ。夏場なので寝具なしでもしのげるが、せめて蚊よけの蚊帳だけでもと明石に取りに行ったのだ。

その頃の時刻表を見ると、午後二時前後の山陽線上りには広島発午前九時二十九分で岡山着午後一時五十三分（発午後二時七分）の大阪行き列車がある。いまに比べ停車時間が長いようだが、岡山は四国（宇野線）や山陰（伯備線）とも連絡する駅なので、当時はどの列車も七、八分から多いときは二十分近くも停車するのが通例だった。

便数は少なくて、主要幹線の山陽線でも岡山駅発着（岡山止まり、岡山始発含む）は日に二十本程度しか時刻表には載っていない。もちろん戦時下なので、非公開の列車も相当数走っていたのだろうが。

午後四時過ぎ、池田優子が松月を訪ねて来た。優子は度々顔を出し、荷風らに何かと気を遣ってくれた。最初はいぶかしんだ荷風も、献身的な彼女の態度にもう警戒心はない。

それはともかく、この日の『断腸亭日乗』にはどうも気になる記述がある。〈池田は菅原氏の知人××××××、〉伏せ字の×印が七つも並んでいる。隠されれば知りたくなるのが人情だが、知るのは荷風のみ。参考までに「罹災日録」の同じ個所はこうなっている。〈晡下池田優子予のために襯衣（シャツ）その他を購い携え来る。厚意謝するに言葉なし〉優子の親切とそれに対する謝意が具体的に書いてあり、これなら何の問題もないのだが……。

先にも書いたが、荷風は日乗に後から手を入れて抹消したり、加筆したりしている。日記を世間に公表するのは戦後になってからで、「罹災日録」は「昭和二十年の記録」という副題をつけて終戦の翌年の一九四六（昭和21）年に雑誌『新生』に発表。後に日録は扶桑書房版、中央公論社版が出版される。

これに対し、全編をまとめた『断腸亭日乗』は中央公論社、東都書房、岩波書店がそれぞれ出版するが、記述内容や単語、言葉づかいなど中身は微妙に違っている。荷風日記研究家大野茂男氏の労作「断腸亭日乗校異」は岩波、中公、東都の各版の違いを対比している。もちろん、先ほどの伏せ字部分の個所も載っているのだが、その解説まではしていない。

優子が帰って、荷風は津山の谷崎潤一郎に手紙を書いた。谷崎はまだ津山市内に住んでいるが、先の六月四日に松子夫人と勝山（現真庭市）へ行き、小野はるという女性の家の離れを借りる契約をして手付金六十五円を支払って帰っている。縁あって旧津山藩主の別邸を借りたものの、谷崎にはどうも住み心地がよくなかったようだ。六月十六日に合同新聞の津山支社長が谷崎に荷風の伝言を持って来た時は、既に勝山移転は決まっていたのである。

夕立の後、日没間近の空に荷風は虹を見た。菅原夫妻は不在。岡山の夜を独りで過ごすのはこの夜が初めてだ。

第五章　ツバメ

十四日目　六月二十五日（月）

　六月二十五日、晴、朝飯の後手ずからメリヤス肌着の洗濯をなす、東京中野にて再度遭厄の際着のみ着のままにて走り出でしを以て上下一枚の外に着換べきものもなし、暑中はともあれこの一枚のシャツ破るる時は冬になりていかにして寒を凌ぐべきにや、哀れというもおろかなり、西大寺町角三菱銀行支店に往く、市中諸処家屋取壊中なり、帰来りて旅宿門口の軒端につくられし燕の巣を見るにその雛四羽あり、数日前初めて見たりし時にはまだ目のあかざりしが今は羽も生えそろい目もあきたり、二三日中には巣立ちするなるべし、午後池田来りてメリヤスシャツを示す、上だけにて金二百円なりと云、価の如何を問わずして此れを購う、飯後黄昏河畔を歩む、満月後楽園後方の山頂に登を見る、橋下蛙声雨の如し、

【蛙声】カエルの鳴き声

〈靴　ゴム裏白布製一足　金百円也　〃　赤皮製半靴一足　金二百円也　ホワイトシャツ一ッ　薄地夏用肌着　金二百円也　ゴム裏草履一足　金十円也　靴足袋　頗粗品一足　金十六円也〉

――これはほぼ二カ月前の四月二十二日の『断腸亭日乗』の記述である。金銭に几帳面な永井荷風が生活用品の値段をメモったもの。何気なく書き留めた価格だが、日乗はこうした生活記録の面でも価値がある。

ちなみにこの年の巡査の初任給は六十円（週刊朝日編『値段史年表　明治・大正・昭和』）だから、シャツや靴の値段がいかに暴騰していたかが分かる。

米英などを相手に日本が太平洋戦争に突入したのは一九四一（昭和16）年十二月八日。開戦後、戦局の悪化と連動するように国内では食べ物、着る物など生活用品すべてが庶民の暮らしから遠のいていった。

岡山では開戦の年の五月から米の通帳配給制が始まり、翌年早々から食糧全般の通帳配給制、ガス使用量割当制、次いで味噌・醤油、衣料品の切符制が始まった。切符制とは衣料品などの購入に年間一人当たりの点数が決められ、それ以上は買えない制度。例えば背広六十三点、パンツ五点、足袋三点などと決められていた。

一九四五（昭和20）年当時、三十歳以上の人の持ち点はわずか三十点（榊原昭二『昭和語　60年世相史』）。いきおい闇値が横行し、食糧も衣料も極端に値上がりしてしまった。

まめに洗濯などをしてくれる永井智子が前日から菅原明朗と明石市に出かけたため、荷風は自分で洗濯を始めたようだ。旅館で盥か洗面器でも借りたのか、洗濯板の上でメリヤス肌着を洗う老人の姿を想像すると、物悲しいものがある。長い独身生活で自炊や洗濯には慣れていたが、文人として「先生」と呼ばれてきた身。やはり絵にはなりづらい。

菅原夫妻と中野のアパートに住んでいた五月二十五日、二度目の空襲に遭った。大事な「断腸亭日乗」と未発表作品の草稿、貴重品などの入ったボストンバッグを抱え、着の身着のままでアパートを逃げ出すのがやっと。着替えもなく、ほとんど身一つで岡山まで流れて来た。夏の間は薄着でしのげるとしても、冬を考えるとぞっとする思いだ。

洗濯の後、荷風は岡山市西大寺町の三菱銀行岡山支店へ足を運ぶ。同支店は、岡山駅からの路面電車が京橋方面へとカーブを切る西大寺町交差点の南西角にあった。西大寺町商店街の東の入り口のすぐ南で、いまは駐車場になっている。

旅館「松月」から一キロほどの距離なので、荷風はたぶん電車道沿いに歩いて行ったのだろう。途中、家屋の取り壊しが進んでいるのを目にする。いわゆる「家屋疎開」と呼ばれたもので、戦局が切迫してきた一九四四（昭和19）年一月、新防空法による疎開命令が発令され、東京と名古屋で建物が撤去されたのが始まり。つまり、空襲の危険が迫る市街地や工場密集地の建物を取り壊して空き地をつくり、延焼を食い止めようという狙いだった。

岡山市内でも、荷風らが来た直後の六月十六日から家屋疎開がスタート。荷風がこの日歩いたと思われる電車通りに沿った市中心部では、空襲に備えて民家や商店などの取り壊しがあわただしく進んでいた。

家屋疎開のほかに、児童や生徒を比較的安全な田舎に一時避難させる学童疎開なども行われた。

東京・中野のアパートで暮らしていた頃、荷風は日乗に静かな怒りを書き付けている。ガスが出ない上に、水道までも出なくなった日（五月一日）のことだ。〈晴、午前中水道水きれとなる、去月十五日大空襲ありて以来瓦斯（がす）なくなり、毎日炊事をなすに引倒し家屋の木屑（くず）を拾集めこれを燃すなり、戦敗国の生活水も火もなく悲惨の極みに達したりというべし〉（注・ルビは引用者）

荷風の中では日本はとっくに「戦敗国」。ガスや水道は止まり、燃料は倒された家の切れっぱしだった。皮肉というべきか、家屋疎開で無理やり倒された家の残骸が役に立った。

銀行から帰った荷風は、旅館の玄関軒下のツバメの巣を見上げた。ヒナが四羽。気付いたのは四日前のことだ。その時にはまだ目も開いていなかったのが羽毛も生えそろい、目も開いている。あと数日で巣立ちしそうである。

午後、池田優子がまた来た。メリヤスシャツを持って来てくれたのだ。二百円と値は張ったが、金額の多寡を言っているときではない。荷風は、前日優子が来た際に「シャツの着替えさえない。心細くて困ってます」とでも嘆いたのだろうか。

「先生、心当たりがありますからなんとかしますわ。でも値段は高いかも……」優子の言葉を受けて、急いで銀行に預金を下ろしに行ったと考えれば、この日の荷風の行動は理解できそうだ。

木綿の製品は軍需用以外は生産が許されず、民需用には人造繊維のスフが混じった製品などで代用されていた。人造繊維にはパルプなどが転用されたというから、その着心地や丈夫さは推して知るべし。

一年前の六月一日、荷風は東京・日本橋の白木屋へシャツを買いに行った。ところが……〈女物すこしあるのみ。男物は一枚もなし。地下鉄にてかえる〉

荷風は日乗にそっけなく書いているが、帝都東京のど真ん中でこんなありさまだから、優子の持って来てくれたメリヤスシャツがいかに貴重品かは、十分承知していたはずである。

着替えのシャツが手に入り、心が少々豊かになった荷風は、夕飯のあと黄昏の旭川河畔へ出た。そぞろ歩いていると、後楽園の東の操山から満月が昇ってきた。蓬莱橋（ほうらいばし）辺りから見たのだろうか。一帯は橋の下から湧いて、降ってくるようなカエルの声に包まれていた。

十五日目　六月二十六日（火）

六月二十六日、晴、また陰、早朝三菱住友両銀行に往く、帰途再び城址を歩みて櫓下に出ず、大手らしき城門の石垣に密接し又は古松の幾株となく茂りたる下に人家の立並びたる処あり、宏大なる国民学校工場の如く屹立するあり、これに由って見るに明治以後岡山の市民は此地特有の歴史的遺跡を重じ此に依って街区の美観をつくる心曾て無かりしなり、昼飯後宿のかみさん枇杷を馳走す、熟して甘し、この地果実野菜の時節東京よりも半月程早きが如し、茄子も亦既に食膳に供せらるるを見る、此夜くもりて月なし、

【屹立】高くそびえ立つ

前日は晴れて洗濯日和だったが、この日は太陽の顔もすぐに雲間に隠れてしまった。銀行の開店時間を見計らって荷風は住友、三菱両銀行の支店に出かけた。〈帰途再び城址を歩みて〉とあるから、まず柳川交差点の住友銀行岡山支店へ行き、次に西大寺町交差点の三菱銀行岡山支店に回り、帰りに岡山城近辺へ足を延ばしたとみるのが妥当。荷風の散歩好きはよく知られている。

「城址」とあるのは岡山城の西方、現在、旧内山下小学校などがある石山城址だろう。石山城は戦国時代に宇喜多直家が築城。のちに息子の秀家がその東約五百メートルに岡山城本丸を築いた。この旧石山城一帯は当時はまだ城郭の雰囲気を十分に備えていた。いまでもあちこちに城の石垣などが残っている。

戦争の世に生き、あすの日が見えない不安。荷風は戦国の歴史を刻む櫓や石垣などを見上げながら何を思っただろうか。

ふと目にとまったのが内山下国民学校だ。城跡とみられる石垣を積んだ高台に鉄筋三階建ての校舎があり、校庭の西端に見えたのは西丸西手櫓（国指定重文）である。ビルなどが建って、ごく最近までその姿は電車通りから見えなくなっていたが、二〇一四（平成26）年、ビルが撤去されて荷風が見た当時の姿を現している。（口絵5頁）

そんな歴史あるたたずまいに比べて、この国民学校は――。日記には〈宏大なる国民学校工場の如く屹立するあり〉と書いたが、「工場の如く」とは荷風の皮肉。校舎は一九三三（昭和8）年に新築され、学校としては珍しい鉄筋の建物だった。同校は二〇〇一年に閉校となったものの建物は当時のまま残されている。

荷風は「城郭跡になんとナンセンスな建築物を」とあきれている。ただし「きょうか明日か」と市民が恐れる米軍の空襲には鉄筋校舎は強いので、同校には岡山県庁の一部が移転し、知事室は木造の本庁舎（同市弓之町）と鉄筋の同校の二カ所に設置された。いま風に言えば、空襲に備えたリスクの分散だった。

内山下校は岡山市内でも屈指の名門校。卒業生には戦前の名横綱常ノ花、洋画家の国吉康雄、小説家・随筆家の内田百閒、戦後の名岡山県知事三木行治などが名を連ねている。戦後総理大臣になった岸信介が山口市から同校へ転校して来て、旧制岡山中学校（後に第一岡山中学校＝一中、現岡山朝日高校）へ進学したことを知る人はいまでは少なくなった。

岸は学校近くの叔父の家で二年半暮らしたが、叔父が急死したため中学の中途で山口へ帰った。その後、太平洋戦争開戦時の東条内閣商工大臣を務め、戦後Ａ級戦犯として裁かれた（不起訴）。第九十代、九十六～九十七代内閣総理大臣安倍晋三の祖父である。

旧制岡山中学（後に第一岡山中＝一中）の話が出たついでに、話を少し広げよう。

荷風が嫌う明治政府は維新後、幕藩体制の象徴である各地の城を相次いで廃棄処分にした。幸い岡山城は天守閣と櫓など一部が残されたが、取り壊された本丸の建物や庭跡などの更地は岡山尋常中学校（岡山中の当時の名称）の用地に、西丸は高等岡山小学校（内山下小の前身）の用地に充てられた。いずれも明治二十年代のことだった。

戦前の岡山城の航空写真＝一九三〇（昭和５）年撮影＝を見ると、天守閣の南にある本段や一段下の表書院跡には木造二階の一中の建物が何棟も並んでいる。本段の北端にそびえる天守閣は隅に押しやられた格好だ。

岡山城内に一中の新校舎が建設されたのは一八九六（明治29）年。荷風は一中についてはふれていないが、散歩の途中にきっとそのたたずまいを目にしたはず。「城の中に学校とは」――内山下国民学校と同様、岡山人に苦言を呈したくなる思いだったに違いない。

〈明治以後岡山の市民は（……）街区の美観をつくる心曾て無かりしなり〉荷風は岡山人の無神経ぶりを厳しく

1930（昭和5）年当時の岡山城と、城郭内に設けられた岡山一中。「城の中に学校とは」――江戸文化を愛した荷風の苦言が聞こえてきそうだ（『大元帥陛下御臨幸写真帳』1930年から）

批判する。「罹災日録」にはもっと分かりやすく書く。〈岡山の市民は明治廃藩ののちこの地特有の史蹟を珍重するの心なく、乱雑に家屋を建設し、いささかも市街の美観と品位とについて考慮するところなかりしを知るに足るべし〉

菅原明朗は『荷風罹災日乗註考』のこの日の項に次のように註（注）をつけている。〈六月二十六日。荷風は散歩の途路幾回となく此処に記されたのと同じ感想を私に語った〉と。

〈大手らしき城門〉とあるのは石山門のこと。この門は重厚な櫓門だった。現在は旧内山下小学校南東角の交差点の一角に門跡だけが残っている。石垣と石垣の間に渡した櫓の下が当時は通路になっていて、国の重文だったが、荷風が見た数日後にはこの歴史遺産も空襲で姿を消す運命にあった。

旅館へ帰って昼飯の後、女将がビワをごちそうしてくれた。熟れて甘いビワだった。

ビワの味に「岡山の豊かさ」を実感する荷風。ナスがもう旅館の食膳にのぼっている。季節の味だけが岡山暮らしを慰めてくれるものだったのかもしれない。偶然にもこの日、愛媛県産のビワを満載した船が岡山港に入った。翌二十七日の合同新聞に記事が載っている。

枇杷船が岡山港へ――の見出しで、ことし初めての果物船が愛媛県からビワ七七三八貫（引用者注・約二十九トン）を積んで二十六日、岡山港に入港。軍納や重要工場、郡部への配分などを差し引くと岡山市への割り当ては三千貫（同・約十一・二トン）になり、市民一人当たりの配給量は十五匁（同・約五十六グラム）となる、とあった。

記事の末尾には、果物王国・岡山のことも書いてあった。要約すると「引き続き県内産のビワも出回る予定。さらには地元産の果物が出番を間近に控えているので、戦う岡山県民に新鮮な味覚と栄養とを供給することになるだろう」。こんな記事にも戦時色がにじむ。一人分五十六グラムのビワでも、食糧難にあえぐ当時の市民には貴重な旬の味だった。

十六日目　六月二十七日（水）

六月二十七日、朝微雨須臾にして歇む、人家の崩れたる土塀に凌霄花の咲けるを見る、此花も東京にては梅雨過ぎて後七月半過に至りて見るものなり、燕の子いつか軒裏の巣より一羽残らず巣立ちして飛び去れり、東京の諸会社に住所変更の通知をなす、

【須臾】少しの間
【凌霄花】ノウゼンカズラ。夏、赤橙色の花をつける

この朝配達された合同新聞の裏面に初夏を感じさせる記事が二つ載っていた。新聞は、紙を含めた物資全般の不足のため一九四四（昭和19）年十一月から表と裏だけの二面になっていた。

一つは前日の項で紹介した「枇杷船が岡山港へ」の記事。もう一つは「桐下駄配給」の記事だった。桐の下駄二万六千足が岡山市に入荷し、七月早々にも町内会を通じて各家庭に配給される。男女用、子ども用といろいろある――というわずか五、六行の記事。

同じ面には「大東亜戦に散華」のカット付きで戦死した広島県出身の兵士の名前が並び、玉野市の玉国民学校では敵の本土上陸に備えて、五年生以上の男女児童が木刀を握って斬り込み訓練に励んでいる、という話が紹介されていた。

沖縄が米軍に占領され、本土決戦がいよいよ迫ってきた。婦人は竹やりで、子どもたちは木刀で、銃後の国民はそんな貧弱な武器で強大な米軍を本気で迎え撃つつもりだった（口絵6頁）。

それにしても気になるのは、桐下駄やビワが無事に岡山市民に渡ったかどうか。まもなく岡山の街は大変な地獄絵を描くことになるからだ。目に浮かぶのは、うず高く積まれた桐下駄の山が、赤い炎

に包まれる光景である。

まさかそんな危険が迫っているとは知らない荷風は、崩れた民家の土塀にノウゼンカズラ（凌霄花）がはい上がり、赤橙色のラッパ型の花を咲かせているのを見つけた。東京では梅雨明け後の七月半ばを過ぎないと見られない花だ。鮮やかな色に、荷風はしばし足を止めて見入ったのだろうか。それは、戦火を連想させる色だった。

荷風の作品には花や樹木のことが頻繁に出てくる。「日和下駄」「冬の蠅（はえ）」「葛飾土産」など有名な荷風随筆集には花木の話がふんだんに盛り込まれているが、最も多いのはやはり『断腸亭日乗』だろう。日乗には四季折々の植物名が度々出てきて、荷風の好みも分かる。

例えば前年六月の日乗に出てくる花の名前をピックアップすると紫陽花（あじさい）、石榴（ざくろ）、夾竹桃（きょうちくとう）の三種。このほか春は梅、桜、躑躅（つつじ）、秋は秋海棠（しゅうかいどう）、菊、山茶花（さざんか）などが常連のように登場する。

秋海棠の別名は断腸花（だんちょうか）。名の通り荷風の別号「断腸亭」の命名に一役買った花で、日陰の湿った場所を好むかれんな花だ。

散歩から旅館に帰って気が付いたのは、ツバメの子がいつの間にか巣立っていたことである。ヒナたちの声も消え、松月の玄関は静かになった。

戦争の影響で、小動物たちの行動がおかしい。ネズミは昼間からあばれて台所から石鹸（せっけん）を引いて行くし、子スズメは軒に集まって台所から米粒が流れてくるのを待っている。昔はいつも物置小屋の屋根の上で眠っていた野良猫も姿を消した――と前置きして荷風は前年（昭和19年）の五月二十七日の日乗に次のように記している。

〈東亜共栄圏内に生息する鳥獣飢餓の惨状亦憫むべし。燕よ。秋を待たで速（すみやか）に帰れ。雁（がん）よ。秋来るとも今年は共栄圏内に来る莫（なか）れ〉（注・ルビは引用者）

荷風は、その時と同じ思いでツバメの巣を見上げたのだろうか。

〈東京の諸会社に住所変更の通知をなす〉とあるのは、荷風が株を持っている会社に岡山の住所を連絡したもの。株の配当金は荷風の重要な生活源である。

津山にいる谷崎潤一郎はこの日、荷造りに精出した。馬車を雇い、近く勝山へ引っ越す予定である。

第六章　空襲

十七日目　六月二十八日（木）

六月二十八日。晴。旅宿のおかみさん燕の子の昨日巣立ちせしまま帰り来らざるを見。今明日必異変あるべしと避難の用意をなす。果してこの夜二時頃岡山の町襲撃せられ火一時に四方より起れり。警報のサイレンさえ鳴りひびかず市民は睡眠中突然爆音をきいて逃げ出せしなり。余は旭川の堤を走り鉄橋に近き河原の砂上に伏して九死に一生を得たり。

【岡山の町襲撃せられ】
B29による岡山空襲を指す

永井荷風が旅館「松月」の玄関先に出て行くと、女将の平松保子が曇った顔で軒下のツバメの巣を見上げていた。

「ツバメが戻って来ないんですよ、先生」

「きのうはもう一羽もおりませんでしたぜ」

「ええ、きのう巣立ちはしたんですがねえ……」

いったん巣立つと、ツバメは巣には戻らない。だから別に不思議はないのだが、女の直感か、女将はいやな予感に襲われているようだ。「きっと今夜かあした、空襲が……先生、逃げる用意をしておいてくださいよ」こんなやりとりでもあったのだろう。「ビーがいつ来るか」がこのところ岡山市民の一番の関心事。ビーとは恐ろしい米軍の重爆撃機Ｂ29のことだ。

家々ではリュックに貴重品や食料、薬などを詰めて、防空頭巾や水筒と一緒に枕元に置いて眠りの浅い夜を過ごしていた。

「ビーはまず広島に来る。岡山はその後じゃ」

「そうじゃ、広島が先じゃ」

一方で市民の間ではこんな会話も交わされていた。西日本最大の軍都・広島はまだ空襲を受けておらず、憶測やうわさをもとにみんなが口々に不安をもらす日が続いていた。

岡長平の『続・ぼっこう横町』によるとこの日午後、岡山の上空からビラが舞い降りてきた。東京、神戸は、もう灰の町、花の京都はアトまわし。降るぞ火の雨、火焔（ほのお）の嵐、いまに火の町、灰の町——と書いてあった。このビラで「今夜あたりＢ29が……」と市民の間に一気に不安が膨らんだという。

そんな風評も耳にしていたのか、女将の予感は見事に的中する。その夜、旅館二階で荷風は眠っていた。一緒に泊まっていた菅原明朗・智子夫妻は、四日前に菅原の実家のある明石市に出かけて帰って来ない。実は、行きの切符は友人の慶応大教授村田武雄が手に入れてくれたが、帰りの切符が取れず、二人は帰ろうに帰れなかったのだ。

そんな事情を荷風は知らない。自分のことを何かと助けてくれるこの夫婦が何日も戻らないとなると、内心はどうだったか。しかし独り暮らしに慣れていた荷風には、表向きそんな不安はなさそうだった。

日付は六月二十九日、時刻は午前二時半を回っていた。『断腸亭日乗』にはわずか数行しか書いていないので、ここからはその夜のことがより詳しく書かれた「罹災日録」によって、岡山の街に降ってきた地獄を再現してみよう。

「ドドーッ、ドドーン」灯火管制下の街の上空に突然、爆音が轟いた。夢うつつでその音を聞いた荷風は、驚いて身を起こした。旅館の中庭は既に昼のような明るさだ。

不気味な爆音を轟かせるB29が焼夷弾で市街を焼き始めていた。警報のサイレンも聞かないまま、市民は突然の火の雨に襲われ、家も命も焼かれようとしていた。無差別爆撃である。

米軍のこの夜の爆撃目標地点は、柳川筋と現在の県庁通りが交わる岡山中央郵便局（現岡山市北区中山下）前の交差点だった。いま、そばには市内屈指の高層建築NTTクレド岡山ビルがある。この交差点から旅館「松月」までは直線距離でわずか五百メートルほどしか離れていない。

逃げ惑う人々の足音と叫び声が路地を伝った。荷風の枕元にはいつも行李と風呂敷包みが置いてあり、中にはわずかな日用品と大切な日記「断腸亭日乗」や小説の草稿、通帳やお金が入っていた。手早く振り分けに担ぎ、階段を駆け下りた。

火は道を挟んだ地方裁判所の北付近まで迫っていた。裁判所の北裏には県農会や天主教会、西隣には県立図書館、師範学校女子部などがあった。数日前に訪れた師範学校には由緒ある旧藩校の建物もある。

旅館の前の通りを東に出てすぐ左へ、その先を右に曲がると県庁前の緩い坂。荷風は懸命に走った。東京や明石で空襲を体験した荷風には、初めての空襲にあわてふためく岡山市民よりは心の余裕があった。坂を駆け上がりながら周囲を見ると、多くの人が寝間着姿。何も持っておらず、不意をつかれた市民が多いことを物語っていた。

坂を上り切ると路面電車・番町線の通り。南の城下交差点方面から多くの人が逃げて来ていたはずだが、もう観察する余裕はない。城下交差点の南西方向は岡山最大の繁華街・表八カ町商店街。そこは炎と煙に包まれていた。

荷風の足は旭川にかかる鶴見橋に向かった。岡山へ来て何度か散策したコースなので、道は分かっている。橋の向こうは後楽園。行く手を阻むように木々の間から炎が見えたが、ほかに道はない。かまわず橋を渡った。

上空では火の雨が降り注いでいた。低空で旋回するB29は焼夷弾の束を次々に投下。束は空中でばらけ、しだれ柳の花火のように落ちて来る。

鶴見橋を突っ切り、後楽園の北の蓬萊橋を駆け抜けた。橋の東詰めの西大寺軽便鉄道・後楽園駅を過ぎ、田んぼの小道を駆けた。この辺りは農家の散在する岡山市浜地区。田畑の中に第一岡山高等女学校（現県立岡山操山高校の前身）がポツンとあった。

火炎はしつこく追ってきた。前方の農家に焼夷弾が落ち、二、三軒が燃え上がった。炎の中から牛や馬が飛び出して用水に転落し、水を跳ねた。荷風は死を覚悟し、道べりの樹木の下にうずくまって四方をうかがった。前方の農家は焼け落ちて、炎はパチパチと音を立てて収穫寸前の麦畑を焼き払いながら煙を上げている。

どのくらい時間がたったのか、爆音はいつの間にか遠ざかっていた。立ち上がった荷風は旭川の堤防上に出た。対岸には炎に包まれた市街地が見え、劫火はいまが盛りと燃え狂っていた。

堤防を下り、河原にへたり込む。やがて空が白み始めた。気付くと、そこは後楽園から一キロほど上流の山陽線の鉄橋付近だった。

この鉄橋を守るため第一岡山高等女学校のそばには高射砲陣地が築かれていたが、照空機や電測機がないので夜間空襲には無力。反撃弾が発射されることもなく、夜は明けた。

〈余は旭川の堤を走り鉄橋に近き河原の砂上に伏して九死に一生を得たり〉――日乗はごくわずかな字数でその夜、岡山市民や荷風がこうむった惨禍を記している。

荷風がたどりついた河原まで逃げて来た人はそう多くはなかった。旭川もこの辺りは水深が浅いのか、対岸へ歩いて渡る人がいれば、逆にこちらの河原へ渡って来る人もいた。砂の上に身を寄せ合って何か食べている家族もいた。

荷風が逃げて来た鉄橋付近の河川敷は現在、遊歩道や小グラウンドが整備され、市民の憩いの場になっている。グラウンドは近くの大学のスポーツサークルの練習場に使われているらしく、学生たちの掛け声や足音が響いている。

すぐ上流には岡北大橋と新幹線の鉄橋が並行して架かり、風景は一変したが、B29の爆撃をかいくぐった山陽線の鉄橋は当時の面影をそのまま川面に映している。

夜明けの風は秋のように冷たかった。雨も降り始めた。たまらず堤防へ上がって歩き、門構えのある家の軒下に身を入れた。駆け込んで来た巡査に時間を問うと「六時過ぎ」と教えてくれた。

小降りになったので荷風はまた歩き始め、鶴見橋まで戻った。市街地の火勢はやや衰えたようだ。「東署は残っとるぞ」通りすがりの会話が耳に入る。

岡山東警察署は元は松月のすぐ東に建つ木造建物だったが、空襲に備えて電車通り沿いに新築された県の鉄筋新庁舎に移転していたため、焼失を免れたのだ。一九八二（昭和57）年、岡山市中区浜の現在地に移転するまで東署はその庁舎で業務をしていた。二〇〇九（平成21）年春からは岡山市の政令市移行を機に岡山中央署に名前を改めている。
行李と風呂敷の重みを全身で支えながら、荷風は東署まで歩いた。

メモ

岡山空襲では、ゼリー状のガソリンなどを約十八キログラム詰めたM47（長さ約百十四センチ、直径約二十センチ、重さ約三十一キログラム）とゼリー状のガソリンと猛毒の黄リンなど約一・三キログラム詰めたM74（弾筒の長さ約五十センチ、直径約七センチ、重さ約三・八キログラム）の二種類の焼夷弾が使われた。

M74を十九本ずつ二段、三十八本まとめたのがE48集束焼夷弾。高度千五百メートル付近でばらばらになるように設計された。岡山空襲ではM47が一万二六〇二個、M74は八万三一〇六個が使用された。

十八日目　六月二十九日（金）

六月二十九日。雨歇まず。焼残りし町を過ぎ下伊福四三三池田の家に至るにここも亦焼かれいたり。されどあたりは曠然たる畠地にて池田の母子一同近隣の家に避難しいたり。午後明石より帰来りし菅原永井智子の二人と偶然池田の許にて邂逅することを得たり。

【曠然】 広々としたさま

空襲の影響か、雨は降りやまない。もうしばらく「罹災日録」によって荷風の足取りを追おう。

大切な行李と風呂敷包みを肩に振り分け、荷風は雨に濡れて岡山市弓之町の県庁のそばにあった岡山東警察署まで歩き、被災市民に交じって署内に座り込んだ。

火炎に炙られた建物には熱がこもっていた。周りは知らない人ばかりだが、被災者の会話の断片から市中の被害をいくらか知ることができた。しばらく休んでまた立ち上がる。

体が休まると気持ちも落ち着き、被災の実態も目に入ってきた。岡山東署は天神山のやや小高い所にあり、多くの建物が焼け落ちたため、南に広がる表八カ町が見渡せた。

天満屋百貨店や中央郵便局、日本銀行岡山支店など一部の鉄筋ビルを残して、市街地の中心部は焼き尽くされて低く沈み込んでいる。一面の焼け野原。あちこちで煙が上っていた。

東署周辺は県庁も裁判所も燃え、空き地のようになっていた。通りは熱くほてり、旅館「松月」も消えていた。県立図書館の白い建物だけが煤けてポツンと残り、その西方にやや距離をおいて住友銀行岡山支店が同じように煤けて見えた。

荷風は西へ西へと歩いた。目指すのは岡山市下伊福の池田家。岡山へやって来た翌日（六月十三日）、菅原夫妻と訪ねた家、池田優子の家だ。

前日の二十八日午後七時十五分（日本時間）、マリアナ諸島の米軍テニアン基地を発進したB29のうち百三十八機が岡山上空に侵入し、二十九日午前二時四十分過ぎから岡山を襲撃した。来襲する機影を牛窓（うしまど）（現瀬戸内市）の防空監視哨（しょう）が確認しながら、中部軍管区司令部との連携ミスなどが重なって警報のサイレンが鳴らず、市民は突然の爆音と炎にたたき起こされた。

岡山市は当時人口十六万人余。重要な軍事施設などはなかったが、国鉄岡山駅は四国や山陰地方とを結ぶ鉄道輸送の要所でもあり、米軍の攻撃目標となった。ちなみに米軍が設定した日本の空襲目標都市は百八十。目標順位は一位東京、二位大阪などに続いて岡山市は三十一位にランクされていた。

焼夷弾の投下で最も打撃を受けたのは住宅が密集する市街地だった。焼夷弾は駅などを破壊するには向かないが、一般市民の家屋などを焼き払う威力は恐ろしい。米軍はそれを承知で日本の各都市で焼夷弾空襲を実行したのである。

翼幅四十三メートル、全長三十メートル。「空の要塞（ようさい）」と呼ばれたB29は一時間半たらずの間に約九万五千発の焼夷弾を投下。市街地の約七割を灰にし、多くの市民の命を奪った。戦後刊行された『岡山市史』は空襲による死者を千七百三十七人としているが、二千人を超えるとする見方もある。米軍の損害はエンジントラブルで市南方の児島半島の山腹に激突した一機のB29だけだった。乗員十一人が死んだ。

この夜、岡山市民はどんな恐怖を体験しただろうか。焼夷弾に追われた人々の証言を聞こう。

先に紹介した旅館「松月」東二軒隣の「吉田薬局」の娘だった今田弘子さんは、七十年以上がたったいまでもその夜をありありと覚えている。当時は弘西国民学校六年生。

「突然、家の中庭に焼夷弾が落ちて燃え上がったんです」弘子さんは一歳七カ月の妹を背負って岡山神社のそばの堤防に逃げた。岡山城が赤々と炎上するのを見て、堤防を下って旭川の水辺伝いに鶴見橋の下へ。恐怖で声も出せず、しがみつくだけの妹を励ましながら無我夢中で橋を渡った。「気がつくと、蓬莱橋の下にいました」

今田さんと同じように、市民の多くは岡山城の天守閣が焼け落ちるのを目撃している。次は岡山空襲資料センター編『吾は語り継ぐ』の証言記録から。

「空襲よ！」母親の叫び声を聞いて、十五歳の安原喜子さんは母と弟の三人で旭川原へ走った。家は岡山市三番町（現同市北区番町）にあった。旅館「松月」から北へ八百メートルほど離れた住宅街だ。県庁マンの父は津山に出張して留守。弟は生まれて間もない赤ん坊だった。

夜はもんぺをはいて寝ていた。母子三人は夏布団をかぶって鶴見橋上流の水辺にある岡山神社の「御旅所」に着き、そこで恐ろしい光景を目にする。

〈落される焼夷弾は火の簾のようにも、火の雨のようにも見えた。その焼夷弾が岡山城も焼いてしまった。目の前でお城が浮き上った。一瞬の出来事だった。轟音と共に城が焼け落ちてしまった〉（『吾は語り継ぐ』所収、安原喜子「岡山空襲」）

安原さんは語る。「何年たってもあの夜見たお城炎上の光景は忘れられない。その一瞬、お城は本当に夜空に跳ね上がり、それから旭川にバラバラと焼け落ちて……」

御旅所は荷風が逃れた河川敷のちょうど対岸にあった。安原さんは当時第二岡山高女の生徒。学校はその六日前、荷風らが訪れた岡山市弓之町・西中山下の旧藩校（岡山師範学校女子部内）と同じ敷地にあった。空襲の翌日、安原さんが学校へ行くと、校舎も旧藩校の講堂も焼け、槐（えんじゅ）の大木の下半分だけが残ってくすぶっていたという。


荷風は『断腸亭日乗』でも「罹災日録」でも岡山城の炎上についてはふれていない。東京大空襲では燃えあがる帝都の上空に月を見る余裕さえあった。そんな荷風も、岡山空襲では河原に突っ伏してしまうほど追い込まれ、城の焼け落ちるシーンを目撃することはなかった。

先にあげた詩人の飯島耕一は著書『永井荷風論』の中で岡山空襲の体験を綴（つづ）っている。旧制一中四年の飯島少年はその夜、岡山市国富の第六高等学校の裏にあった禅寺「少林寺」に避難した。操山山麓の高台にある寺の境内からは市街地が一望でき、少年は炎上する街を茫然（ぼうぜん）と見た。夜が明けて岡山駅前に行った少年は、ずらりと並ぶ黒こげの遺体を見た。

一方、荷風は東署で休んだ後、岡山市下伊福の池田優子の家を目指したことは既に書いた。市の西方にある池田家は東署からは二、三キロはある。くすぶる街を荷風は歩いた。〈その困苦名状すべからず〉（「罹災日録」）——荷風がたどった道筋は不明だが、途中には岡山駅があった。飯島少年が見たという駅前の黒こげ遺体を目にしたかもしれない。

駅舎は一面のがれきの中にかろうじて立っていた。駅前一帯の被害は想像を絶するもので、周辺の建物が消えたため、駅から東を見ると操山が目前にあり、天満屋百貨店や岡山市公会堂（現在の県庁付近）、京橋近辺などの惨状がごく間近に見えた。

戦後、岡山市が行った町別戦災調査によると、駅前の商店や旅館、飲食店の並ぶ北通り一丁目（現同市北区駅前町付近）は特に被害が大きく、商店街の百七十軒全部が焼け、死者は三十五人に上った。

荷風はがれきの街を抜け、池田家にやっと着いた。その池田家も焼けていたが、なんとか一家が避難していた家を見つけた。そこへちょうど明石から帰った菅原夫妻もたどり着いた。苦心して切符を入手した夫妻は、この日未明に明石を出発し汽車を乗り継いで岡山まで帰った。二人は旅館の焼失を知り、荷風と同じように優子の家を目指して来たのだった。

菅原は五日ぶりに荷風に再会した。〈歩るいて来たら、小川の曲角辺で私達に手を振っている人が居る。それが荷風だったので、その無事がわかったのである〉（『荷風罹災日乗註考(ちゅうこう)』）

十九日目　六月三十日（土）

六月三十日。雨。三門町二ノ五七二佐々木方に間借りをなす。

谷崎潤一郎の「疎開日記」によると、谷崎は岡山の街が空襲に遭った六月二十九日に、次の疎開地となる勝山（現真庭市）へ引っ越し荷物を運ぶ予定を立てていた。

津山市小田中八子の松平家別邸「愛山宕々庵」。二十九日未明の午前一時半、頼んだ馬方が約束より一時間も早くやって来て、馬車に荷物を積み始めた。前々日の二十七日に荷造りした荷物は全部で二十四個。それを積み終えたのは午前二時半頃だった。

馬車を送り出して谷崎は再び床に就く。ちょうどその時刻に岡山空襲が始まり、岡山市の旅館「松月」で寝ていた荷風は、谷崎と入れ替わるように身を起こしたのだった。

三十日、津山では朝八時前後から雨になった。その頃には岡山の罹災は谷崎の耳に入っていたようだが、被害の実態はまだ不明で、谷崎としては荷風らの安否より自分の引っ越し荷物が雨に濡れる方が気になったようである。

引っ越しのための荷馬車が雇えたのはまだいい方だった。有名作家だから世話を焼いてくれる人もいたのだろう。普通の庶民なら荷車に自分で積み込んで自ら引いて行くのが当たり前だった。馬方の日当も相当高かったはずだ。

トラックや乗用車は軍事用が最優先され、厳しく使用制限されていた。国の油の備蓄は底をつき、特攻機は片道燃料だけで飛び立った。本土最終決戦に備えて油は温存され、B29を迎撃する戦闘機の発進さえままならなかった。

庶民の足となるバスは馬力の弱い木炭車。飛行機の代用燃料にしようとしたのは、松の根から採った松根油。それが戦争末期の帝国日本の現実だった。

さて、なんとか難を逃れて菅原夫妻や池田優子らと再会した荷風は、二十九日の夜は池田の父親の紹介で岡山市三門町の佐々木家の部屋を借り、荷風、菅原夫妻、池田優子らが同じ蚊帳でざこ寝した。

三十日、家を焼かれた池田一家は雨の中を優子の父の出身地である岡山県久米南町弓削へ引き揚げて行った。弓削は国鉄津山線沿線、津山の手前にあり、町はいま「川柳の町」として知られる。

「わが家の畑の野菜はどうぞご自由に」出発の際、優子の父はこう言ってくれた。ナスやキュウリ、トマト、トウモロコシ、カボチャなど夏野菜が実を膨らませる季節。食べ物は配給制で極端に制限され、だれもが腹を減らしていた時代だからこれは本当にありがたい言葉だった。

野菜づくりの知識も経験もない三人に代わって、畑の世話をしてくれたのは大熊世起子という女性だった。近所にある染物洗い張り屋の奥さんで、この日以降優子に代わってこの女性が荷風らを何かと助けてくれることになる。

来岡以来、親切にしてくれた池田一家は遠くへ去り、優子の名は以後日乗から消える。彼女は後に、かつて暮らしていた大阪へ再び出て行ったという。荷風が優子の姿を見たのはこの日が最後で、その後の彼女の消息を知る人はいない。

三十日付の「罹災日録」はこう書いている。〈六月三十日。雨歇まず。終日貸間にあり。池田氏の一家県下久米郡弓削町の別墅に移る〉

終日の雨。荷風は佐々木家の貸間で疲れを癒やしていたのか。優子らとの別れにも感慨を持ち込む余裕はなかったようだ。別墅とは別宅のことである。

第七章　天竺葵の家

二十日目　七月一日（日）

七月初一（しょいち）。時々雨日曜日なり

永井荷風の『断腸亭日乗』の七月はこの十字余りで始まる。日記をつけることに執着してきたが、さすがの荷風も岡山での被災はこたえたのか、この日も部屋を借りた岡山市三門（みかど）の佐々木家で心身の疲れを癒やした。

振り返れば、東京・麻布の自宅を失った三月十日の大空襲をはじめ大小三度の空襲に遭い、安全なはずだった岡山でもまた逃げ惑う目に遭った。戦争は老作家を身ぐるみはぎ、あざ笑うように追い回している。

岡山城、岡山県庁、東・西中島の遊郭街……荷風が岡山で目にし、日乗に書き留めたほとんどの建物がこの空襲で焼けた。岡山ホテル、旅館「松月」もそうだ。能舞台、延養亭（えんようてい）など名園・後楽園の貴

【初一】その月の第一日、ついたち

重な建物も、岡山城内にあった第一岡山中学校も焼けた。

むごい空襲だった。岡山市内の蓮昌寺仁王門前の下水暗渠や正覚寺境内、西川一帯での集団焼死や窒息死、溺死など、空襲による惨害が次第に明らかになってきた。

約二百三十人が死亡し、川底に遺体が折り重なっていたといわれる西川。川沿いの一角（現岡山市北区平和町）には戦災から九年後、平和の女性像が建立された。像は両手で頭上に鳩を掲げる。市民の平和への祈りはそのまま町名に受け継がれた。

この日早朝、がれきの中にポツンと残った岡山駅舎前の広場で海兵団に入隊する新兵たちの入団式が行われた。海兵団は海軍の陸上部隊。新兵が基礎教育と訓練を受けるところである。

風に揺れる日章旗の後方には、焦土の街が広がっている。駅のプラットホームの鉄骨は爆弾で破壊され、グニャリと曲がった姿をさらしている。駅前広場には新兵たちと見送りの家族らが並んでいた。

新兵だから若いとは限らない。戦争末期のこの頃は三十代、場合によっては四十代までもが召集された。地元の合同新聞に新兵三人の談話が載っている。

東谷正夫君（岡山市旭町）〈やります、この仇はきっと討ちます、家は焼け出されましたが家族一同元気旺盛、最後の一人まで皇土を守る覚悟です、この通り身体は至極元気です、最後の勝利はわれわれにあり、頑張って突撃するのみです〉

岡万夫君（岡山市湊）〈家は全部焼かれました、僕は農業戦士でした、幾ら焼いてもどんな爆撃でもこの皇土はわれらの血でがっちりと守られているのです、尊い土地からは新しい芽が天を突いて伸びています、必ず勝って来ます、勝って見せます〉

岡本六兵衛君（岡山市花畑）〈三井造船○○工場に応徴士として勤めていました、今度こそ直接第一線に征ける訳です、僕等の家はこの皇土です、米英撃滅、最後の勝利までただ戦あるのみです〉（「合

同新聞」七月三日付）

家を焼かれ、眼前には焼け野原となった郷土が広がっているのだから、見送られる新兵たちの心中はどうだったか。死出の旅となるかもしれない出陣だが、世の空気は彼らに弱音を吐かせてはくれない。というよりむしろほとんどの若者が皇軍兵士として進んで国や家族のために死ぬことを名誉としていた。学校でそう教えられていたのだ。

「撃ちてし止まむ」「一億玉砕」「鬼畜米英」……戦局が傾いた一九四三（昭和18）年頃から、兵士を鼓舞し、国民の団結と敵がい心をあおるスローガンや標語が次々と生み出されていた。

合同新聞社は空襲で岡山市東中山下の本社を全焼し、活字を運び出そうとした社員二人が死亡。新聞発行がストップしかねない窮地に追い込まれたが、郊外の疎開工場で急きょ特別紙面を作ったほか、次の日からは中国新聞（本社・広島市）や大阪の朝日、毎日両社に編集社員を派遣。それぞれの社で岡山から送った原稿で作った新聞を岡山に逆送して配達した。非常事態に備えて地方紙は近隣各紙や全国紙と相互協力の体制を固めていたのである。

こうして作った合同新聞の七月一日付紙面には「毅然、報仇と建設の意気」の見出しで【岡山にて加藤、大佐古本社特派員発】のクレジット入りの次のような記事が掲載された。加藤、大佐古両記者は応援の中国新聞の記者である。

〈今回の岡山空襲は二十九日未明、単機もしくは数機による超低空による波状攻撃であった。（……）焼夷弾と爆弾を混用して市街地を猛爆撃した、だが岡山市民の大部はこの突如の空襲はかねてから百も承知していたことだし来るものが来たと素早く防空服装に身を固め、直に消火に当り、降り注ぐ焼夷弾と火の粉に敢然といどんだ、（……）市民は憤然と立ち上った。（……）家や財産を焼け出されたどの市民の顔にも裸身一貫から出発しなおす身軽さは、惨禍を悔まず報仇と建設への毅然たる意気が

うかがわれる（……）〉
　家を焼かれ、肉親などを失った岡山市民にダメージがないはずはない。しかし記事には泣き悲しむ市民の姿はなく、空しい強がりだけ。新聞は国民を叱咤激励するだけだった。
　柳川の電車筋では、道の両側の歩道に多くの覆いのない防空壕が掘られていた。防空壕には黒焦げになった性別も分からない大人、子どもの遺体が横たわり、警察官が遺体の足首に荷札をつけ、鳶口で引っ掛けてトラックの荷台に積み込み、走り去る光景が見られた。

二十一日目　七月二日（月）

七月初二。雨霏々。昼夜蛙声をきく。

【霏々】 降りしきるさま

雨がやまない。荷風らはこの日も岡山市三門町の佐々木家にいる。空襲で焼け出された岡山の人々の上に雨は容赦なく降り注ぐ。

元気がいいのはカエルぐらい。昼も夜も鳴き声は絶えない。〈昼夜蛙声戛々たり〉荷風は「罹災日録」にはこう記している。「戛々」とは固い物がふれあうような音のことで、馬の蹄の音を表現するときなどに使うようだ。梅雨を迎えてにぎやかなカエルたちの声が耳を打つほど響き渡っていた。

『荷風罹災日乗註考』で菅原明朗は興味深いことを書いている。岡山が空襲に遭う前のある晩、菅原と智子は「岡山新聞」の招きで酒食のもてなしを受けた。岡山新聞とは、合同新聞（現在の山陽新聞の前身）のことである。招待の理由は不明だが、その席には新聞社の幹部や文芸担当の記者らがいたと思われる。菅原は書く。〈後その記者が松月へ私を訪ねて来た時、その場に荷風が居合せ、これが奇縁となって編集長と知り合う様になった。荷風はこの編集長と気があったのか数回新聞社を訪ね、一回は私も同行した〉（『荷風罹災日乗註考』六月二十八日の項）

「編集長」（編集局長）とは、先にも紹介したが谷龍太郎のことである。既に故人となったが、谷はずっと後に岡山空襲直後の荷風についての思い出を山陽新聞の記者に語っている。その談話は一九五九（昭和34）年五月一日付の紙面に掲載された。

前日、荷風急死のニュースが全国を駆け巡り、新聞各紙は大きく報じた。谷は社を引退していたが、荷風の訃報を聞いて記者の取材に応じた。やや長いが談話を引用する。

谷龍太郎――〈永井荷風氏は、岡山市が戦災を受けるしばらく前、東京から疎開してきて、初めに上石井、後に弓之町の松月旅館へ住み、弓之町で空襲にあった。空襲の翌日だったか、当時、勝山町へ疎開していた谷崎潤一郎氏の住所を調べてくれといって、上之町の仮社屋へ見えたことがある。編集局長だった私は、目の回るほどの忙しさで、何とかして、お世話したいと思いながら、どうすることもできなかったのは、いま考えても残念だ。(……)〉

空襲直後の荷風の行動の一端をうかがわせる証言だが、いくらか補足説明が必要かもしれない。

谷は、空襲の翌日だったかに荷風が上之町の仮社屋を訪ねて来たと言っているが、翌日(六月三十日)というのは微妙だ。というのは、空襲直後で市中は大混乱している上に、その日は荷風は菅原夫妻と佐々木家(岡山市三門町)に間借りをしたばかり。しかも同日の「罹災日録」は、先に紹介したように〈終日貸間にあり〉と記している。

合同新聞社は空襲で岡山市東中山下の本社を全焼。社員に死傷者を出しながら、焼け残った系列の岡山新聞販売会社(現在の岡山市北区丸の内一丁目)に取材の前線基地を設け、懸命に新聞づくりをしていた。

谷が「上之町の仮社屋」としているのがこの前線基地。ただし、同社が仮社屋をそんな場所に置いたことを荷風が知るにはあまりにも日が浅すぎるように思える。荷風が谷編集局長を訪ねたのは、市中がやや落ち着いた七月一日か二日頃と考えた方が自然ではないだろうか。

合同新聞の前線基地はいまも城下(しろした)交差点のそばに建つ禁酒会館の隣にあった。社長と一部幹部は、焼け残った木造三階建ての禁酒会館に泊まり込んで陣頭指揮を執っていた。大正時代に建てられた同会館は火の粉をかぶりながら焼け残った貴重な建物だ。(口絵5頁)

谷崎の勝山の住所を知るために訪ねて来た荷風に、十分な応対ができなかったことを谷は悔やんでいる。だが、実は谷崎はまだ津山にいたのである。谷崎が勝山へ移るのは七月七日。勝山へは荷物だけが先着していた。

たまたまこの七月二日付で谷崎は荷風にはがきを書き、安否を気遣って田舎への転居を勧めている。

拝啓。先般貴地方空襲の前日あたりに拙書差上候え共御落掌相成候哉心もと無く存候。猶其(なおその)後の御消息相分らず候案じ申上候。御一報被下度候。此際(このさい)もっと辺陬(へんすう)の地（引用者注・田舎のこと）に御移り被成るよう切に御すすめ申上候。何処(いずこ)も非常な住宅難に候え共条件其他御知らせ被下候はば心がけ申べく候（『谷崎潤一郎全集』書簡集）

はがきに書かれた谷崎の住所は、間もなく引っ越す予定の「岡山県真庭郡勝山町新町小野はる方」となっていた。郵便の延着を見越して、谷崎は転居先の住所を書いたのである。

二十二日目　七月三日（火）

七月初三。晴。巌井三門町一ノ一八二六武南功氏方に移る。庭に天竺葵の花灼然たり。毎夜サイレン人の眠を妨ぐ。

【天竺葵】ゼラニウムの別名
【灼然】輝くさま

JR岡山駅の西口は再開発され、大きく変貌した。駅から北へ少し歩いて奉還町商店街に入り、アーケード街を西に歩く。洋服店、日用雑貨店、大衆食堂、魚屋などが連なる下町ムード漂う商店街だが、シャッターの降りた店も目立つ。途中からアーケードがなくなるが、通りをさらに西へ進むと広い道に出る。国道一八〇号。岡山市の北西に隣接する総社市に通じる道だ。総社は後に荷風と縁を持つ町となる。

国道に沿ってさらに西へ。下伊福の交差点を過ぎて二百メートルほど行った右側に三門郵便局がある。郵便ポストの脇の路地を北へ入ると、そこは東西に走る旧山陽道。乗用車が対向できるほどの道幅で、水量豊かな用水が道に沿って流れている。荷風らが移った武南家はもうすぐそこだ。

戦後の一九四六（昭和21）年の晩秋、過ぎ去った日々を偲んで荷風は雑誌に随筆「草紅葉」を発表した。総社の町のことやこの用水の流れが文中に出てくる。〈今ごろ備中総社の町の人達は裏山の茸狩に、秋晴の日の短きを歎いているにちがいない。三門の町を流れる溝川の水も物洗うには、もう冷たくなり過ぎているであろう〉（口絵10頁）

戦災で失った懐かしい人々を偲ぶ一方で、歳月の流れの早さに驚きながら荷風はこの随筆で岡山に思いを馳(は)せ、郷愁にひたっている。

それから七十年以上。溝川はいまも当時のまま流れている。川を越えて少し北へ歩いた辺りに西警察署があった。西署は現在、岡山市北区野殿東町に移転したが、戦中までここ三門にあった。戦後同市伊福町に移り、さらに現在地へと移った。

武南家は戦前の西署のすぐ東隣にあった。いまこの辺りの住所は岡山市北区三門東町である。空襲に遭って以来、佐々木家に部屋を借りていた荷風らは、近所に住む大熊世起子という染め物屋の奥さんの紹介で、武南家の二階で間借り生活を始めた。武南家は岡山藩の藩儒を務めた家系で、塀を巡らした大きな構えの家だった。背後に丘陵が迫り、屋敷は樹木に包まれていた。

荷風らが訪ねたこの日は、数日ぶりに太陽が顔を出し、夏の強い日差しが照りつけていた。門をくぐった邸内の庭には天竺葵の花が光り輝くように咲いていた。〈天竺葵の花灼然たり〉空襲と長雨の後で、あまり住み心地のよくなかった佐々木家から脱出できた解放感が、自然と日乗の文面に表れたのかもしれない。ちなみに「罹災日録」では別の花が記されている。〈（武南家）邸宅は松樹鬱然(うつぜん)たる丘陵の麓にありて庭広くダリヤの花灼然たり〉

うっそうと茂る松の木が背後に迫る広い庭。そこには天竺葵もダリアも咲いていたのだろう。奇遇というか、武南家には荷風らが岡山へ到着した日（六月十二日）に泊めてもらった最相一家も部屋を借りていた。岡山駅の西口にあった最相家は空襲で全焼したのだ。

武南家の門前は幅二メートルほどの路地になっており、当時の面影を残している。ただし荷風らが滞在した家は建て替えられ、いまはもうない。

「いい家じゃったけど、相当古うなっとったからな」と近所の年配の男性。その人は語る。「戦時中、永井荷風が住んどったと聞くが、幼かった私は荷風さんらしい姿を見た記憶もないなあ……」

以前通りかかって、武南家の塀際にピンクの花が咲いているのを見つけた。それはまさしく天竺葵だった。

戦前、西署のそばには火の見櫓(やぐら)があって、空襲警報のサイレンが取り付けてあった。サイレンは警報が出る度にけたたましく鳴った。警戒警報は「ウー」と続く長音、空襲警報は「ウーッ、ウーッ」と急を告げる断続音だった。

この夜も、床に就いた荷風らの耳元でうなりを上げた。午前零時前から兵庫県姫路市などがB29に空襲されたのだった。

二十三日目　七月四日（水）

七月初四。晴。梅雨も明けしが**如**(ごと)**し。この地蟬**(せみ)**を聞かず。宅孝二氏東京より帰り来りて其地の情況を伝う。**

岡山市三門の武南家に移って最初の夜が明けた。朝から晴れ上がり、梅雨空ともやっとおさらばできそうな気配だ。

荷風と菅原夫妻が間借りしたのは二階だった。庭に面した南側を夫妻、裏山の見える方を荷風が使うことになった。家賃は月二十円。住み心地は大変よく何の不満もないが、あえて言うなら「サイレンの音が近すぎる」こと。慣れていない荷風らは、昨夜は驚いて飛び起きたのではなかっただろうか。というのも前日の項でもふれたが、昨夜半から姫路市が空襲され、その直後に海を隔てた四国の高松市も空襲された。耳をつんざく音が鳴り渡ったはずだからである。

姫路への襲撃は七月三日の午後十一時五十分から四日午前一時二十九分まで。姫路空襲が終わるのを待つかのように、今度は高松へ百機を超えるＢ29が殺到し、空襲は午前二時五十六分から二時間近く続いた。

この日荷風は久しぶりに宅孝二の顔を見た。ピアニストの宅は先月十二日の岡山市・旭東国民学校でのピアノ独奏会の後、東京へ帰っていたのだが、岡山で再び演奏会が予定されていたので戻って来た。

約二十日ぶりに宅が見たのは変わり果てた岡山の姿。世話になった最相家も焼けてしまったが、一家とはなんとか再会できた。戦後、宅は勤務していた聖徳学園短期大学（千葉県松戸市）発行の冊子に戦時中の岡山での体験記を載せている。「空襲下、荷風先生と逃げ惑うの記」のタイトルで同短大文学科の『九十九段』第八号＝一九七六（昭和51）年発行＝に掲載された。

宅は空襲でズタズタに分断された東海道沿線をなんとか通り抜けて岡山にたどりつき、惨状に息をのむ。〈岡山に来て見てアッと驚きました。全市何もなくなって焼野原です。最相さんの家も新聞社も何もありません。（……）避難先のアドレスを目当てに、最相さんの所に行き、音楽どころか毎日大八車(だいはちぐるま)に焼跡から、焼残ったものを見付けて帰るのを手伝いました〉

新聞社とあるのは合同新聞社。同社は宅のピアノ独奏会を共催していた。大八車は荷車である。

宅の小文には、興味深いことが書いてある。

〈暫(しばら)くすると岡山市のはずれの三門という町の武南さん方に最相一家が部屋を借りられ、私もまた居候(いそうろう)になりました。荷風先生も菅原先生達と二階に来られて非国民集団のような部落が出来上りました〉

作家や音楽家は戦争の役に立たない、と軍部やその筋から白い眼(め)で見られているのを知っていた荷風や菅原、宅たちは自らを「非国民集団」と揶揄(やゆ)していた。しかし体制になびくようなことはなかった。

宅は以前、文部大臣を務めていた陸軍の荒木貞夫大将に「音楽で情操教育なんぞしてはならん。国民の士気を鼓舞するために音楽はあるのである」とどやしつけられ、勤めていた東京女子高等師範学校（お茶の水女子大の前身）を辞めた苦い経験があった。日中全面戦争が泥沼化していった頃のことだった。

陸軍青年将校たちのシンボル的存在だった荒木大将は博識多才な軍人として知られ、犬養毅内閣、斎藤実(まこと)内閣で陸軍大臣、第一次近衛文麿(このえふみまろ)内閣、平沼騏一郎(きいちろう)内閣で文部大臣を歴任した。国家総動員の戦時一色に日本を染めた中心人物の一人である。

軍人嫌いの荷風はかつて一九三九（昭和14）年六月二十一日の『断腸亭日乗』にこんなことを書いている。

〈頃日世の噂によれば軍部政府は婦女のちぢらし髪パーマネントウエーブを禁じ男子学生の頭髪を五分刈のいが栗にせしむる法令を発したりと云う。（……）林荒木等の怪し気なる髯の始末はいかにするかと笑うものもありと云（……）〉

林とは軍人政治家の林銑十郎だろう。総理大臣経験者である。荒木も林も顔からはみ出るほどに跳ね上げた口ひげを生やしていた。「パーマネントなどを禁止するなら、あの軍人たちのひげはどうなるんだ、と笑う者もあるそうだ」と荷風は伝聞調に書いているが、もちろんこれは荷風自身の言葉と思って間違いない。

岡山空襲で九死に一生の思いをした荷風はこの頃、少し変だった。生きるか死ぬかの恐怖体験をしたことで、まともな精神状態ではなかったようだ。一緒にいた菅原明朗は〈此日（引用者注・七月四日）から七月十二日までの日記は誤謬が多い。心の憔悴が元に復し、其間のことをまとめて書いたが為と思われる〉（『荷風罹災日乗註考』）と分析している。しかしそうした混乱は菅原夫妻や宅らにも同様にあったはずで、いまとなっては誰の記憶、記述が正しいのかははっきりしない。

この七月四日、米軍のマッカーサー将軍はフィリピン戦の終結を宣言した。前年の一九四四（昭和19）年十月の米軍レイテ島上陸から、日米両軍が激突したフィリピン戦は日本軍の惨敗で終わった。「フィリピン周辺の戦闘こそ天王山」（小磯国昭首相）と位置付けられた戦いの結末だった。大日本帝国の起死回生策といわれた「神風特別攻撃隊」はこの戦いから決行された。

二十四日目　七月五日（木）

七月初五。晴。智子菅原二氏総社町なる宅氏宿泊の旅舎に赴きて帰らず。此夜岡山市再度襲撃せらるべしとて各戸荷づくりをなし不眠の一夜を明せしが何事もなかりき。

「声なき叫びに誓う復仇(ふっきゅう)」――この日の合同新聞に、大塚惟精(いせい)中国地方総監の談話が囲み記事で載った。岡山空襲から四日後の七月三日、岡山入りして焼け跡を視察した総監は記者に語った。「岡山のような無防備都市にも敵は限りない残忍性をあらわして、このような暴挙にでた（……）六百万中国地方民はこの試練にへこたれることなく、今こそ火の一団となって、戦災に死んだ人々の仇を討つため、増産に死力を尽くさねばならぬ」

大塚総監はこのほぼ一カ月後、米軍が広島に投下した人類史上最も残忍な爆弾によって命を失う。

七月五日午前九時十三分、岡山市の東方にある牛窓(うしまど)監視哨(しょう)は二機のＢ29が西から東へ飛行するのを捕捉した。荷風が間借りした武南家の隣、西警察署そばの火の見櫓のサイレンも叫び声を上げたことだろう。

「ビーがまた来る。焼け残ったところを全部焼くんじゃ」空襲直後から岡山市内ではこんなうわさが流れていた。そこへまた、少数機とはいえＢ29の接近。市民の心に、先の悪夢がよみがえったのも無理はなかった。

当時、米軍が空襲の戦果を確認するために撮影した航空写真がある。米国立公文書館所蔵で、撮影日は一九四五（昭和20）年七月五日。まさにこの日である。

研究者の工藤洋三徳山高専教授から提供を受けた岡山空襲資料センター（二〇一七年六月閉館）代表の日笠俊男氏が共著『ルメイの焼夷電撃戦』で紹介した写真を見ると、岡山の被災地は旭川西岸の市街地を中心に焼けた区域が白く写っている。この写真をもとに米軍は「岡山市内の六十三％を破壊した」とした。日笠氏は別の著書で「（写真の）撮影は（牛窓監視哨が捕捉した）この二機によるものかもしれない」（『B‐29墜落　甲浦村1945年6月29日』）と推測している。

前日四日の未明に米軍は高松市を空襲し、五日には米軍機が焼けた同市街地を撮影している。岡山上空に来た同じ機が併せて撮影したのかは不明だが、その可能性はありそうだ。

菅原夫妻は前日、宅孝二と一緒に総社町（現総社市）に出かけたまま帰らない。岡山空襲の夜と同様、荷風は一人の夜を迎えた。

「岡山がまたやられるぞ」——日中からそんなうわさが飛び交い、避難の荷づくりをする家もあった。荷風は不眠の夜を過ごした。あの夜、逃げ惑った自分の姿がトラウマとなってよみがえったか。

前日四日付の合同新聞戦時版は「流言に迷わず落着きなさい」という見出しの後に次のような記事を載せていた。〈毎日のように〝敵機が来る、艦載機が来る〟の流言が飛ぶが（……）市民はよく注意し正しい系統以外の警報に迷うことのないように〉

同じ紙面には「デマに迷わず田植を急ごう」という見出しで、岡山市内の一部の農家は流言に惑わされ、田植えもしないでおびえている。この大事な時期をのがしては増産は不可能だ。早急に田植えをしよう、と呼びかける記事を載せていた。

またその隣には「サイレンの復旧等協議」とあって、軍官合同の空襲緊急対策協議会が開かれ、デマの取り締まり強化と、民心の安定を図るために空襲で壊れたサイレンを至急復旧することなどを協議した、とある。これは、空襲直後の七月一日に警戒警報で半鐘を鳴らしたところ、多くの市民が空襲警報と勘違いして右往左往したためという。空襲は市民には相当な恐怖と衝撃だった。

付け加えると、空襲の激化に伴い空襲警報のサイレン吹鳴は、それまで「四秒吹鳴・八秒休止」を十回繰り返していたのが、この年五月一日から同五回の繰り返しに半減された。つまり警報多発のためそれだけせわしなくなったということ。また警戒警報から空襲警報への切り替えも早くなったという（大佐古一郎『広島　昭和二十年』）。

中国大陸ではこの日、予想されるソ連の対日参戦に備えて、関東軍は傘下の各部隊に作戦計画を訓令した。広大な満州（中国東北部）を背景にした持久・抵抗・遊撃作戦を主眼とし、最終的には南満州・北朝鮮の山岳地帯で持久戦を展開するというものだった。この作戦転換がやがて多くの悲劇を生む。

陸軍が誇った関東軍も精鋭部隊を南太平洋の戦線や本土防衛に取られ、ソ連軍に対抗する戦力はもうなかった。

二十五日目　七月六日（金）

七月六日。晴。郵書を東京杵屋五叟に寄す。夜驟雨。

武南家二階の畳部屋で荷風はこの日、いとこの杵屋五叟（大島一雄）に手紙を書いた。親展速達便で、宛先は「東京都渋谷区千駄ヶ谷町五ノ八三八　鈴木薬局御内　大島一雄様」。三月の東京大空襲で自宅を焼かれた後、荷風は同じ渋谷区にあった大島の家に転がり込んだ。間もなく荷風は中野のアパートに移ったのだが、この大島家も五月二十五日の空襲で焼かれ、一家は代々木駅前で薬店を営む知人の家に間借りしていた。流浪しながらも荷風は頼れる人の連絡先は手帳やノートにメモしていた。

手紙（七月六日の消印）は次の内容。

居処絶えず変り候間其都度御通知申上候　御面倒の事と御推察申上候
一同無事東帰の日を待ちあぐみ居候　時節柄御一家御自愛の程御願申上候
御依頼致度事供左に記置候
一　三菱銀行本店罹災の節ハ立退先御通知被下度候
一　王子紙樺太工業配当金御都合次第御送金被下度候
六月六日〔ママ〕　岡山県岡山市巌井三門町一丁目一八二五　武南功方　永井壮吉
大島一雄様
二伸　貴兄御一家住処定り候はば私も東帰致し今一度御同棲ノ御厄介になるより外将来甚望も

なきように存居候　兎に角しばしば御動静御通知被下度御願申上候
　明石へ御差出しの御書面其節御返事致置候

　手紙は鉛筆書きだった。漢字が多くて読みづらい文面だが、要するに住所変更の連絡のついでに二、三の願い事をしたというもの。とりあえずの依頼は「三菱銀行本店が罹災した場合は移転先を知らせてほしい」「王子製紙樺太工業の配当金を送金願いたい」の二点。そしてさりげなく「二伸（追伸）」とした一文に荷風の本心が忍ばせてある。名うての作家だからこの辺りはお手のもの。わずか数行の文面に「御」の文字を九つも使って「東京に帰りたいのでその節はまたご厄介になりたい」と頼んでいる。

　武南家に腰を据えたものの、菅原夫妻は一昨日（四日）宅孝二と一緒に総社へ行ってしまい、帰って来ない。荷風の心は懐かしい東京へと飛んでいるが、頼れるのは大島一家だけ。しかし帰京も現状では無理とあって、せめて手紙ででも大島とのつながりを保持しておかねばならない。二伸のキーワードは「東帰」「御同棲」「御厄介」だろうか。

　三菱銀行は荷風が口座を持つ銀行。樺太は現ロシア連邦のサハリンのこと。北海道の北にある南北に細長い島で、当時は北緯五十度以南が日本領土だった。日露戦争に勝った日本がロシアから獲得したもので石炭や石油、パルプなどが産出された。樺太工業はそこにあった王子製紙の会社で、荷風は同社の株を持っていた。

　ところで荷風研究家の秋庭太郎によると、荷風は終戦直後、王子製紙、大日本麦酒、大日本紡績、日糖興業、鐘淵工業、三菱本社、三菱重工業、明治製糖、台湾製糖、東京海上火災などの株を所有していたという（『永井荷風伝』）。荷風はこれら一流企業からの配当金や預金の利子で暮らす金利生活者。

老後に備えて計画的に築き上げた生活基盤である。

この日、石黒忠篤農相はラジオで「『腹が減っては戦はできぬ』という語は真実を表したものであるが、今は本土敵襲の最中である。腹が減っても戦わねばならない」と国民に呼びかけた。

二日前の合同新聞戦時版（七月四日付）には「楠公炊き」が紹介されていた。記事は、岡山県が空襲被災者に対し主食の配給を四日から普通配給に戻したこと。緊急のことなので玄米配給とする――などと前置きして、非常の場合の玄米は「楠公炊き」が簡便だ、と以下のように炊き方を解説していた。〈玄米を狐色になるまで炒り、之に普通の炊き水位の量を（湯ならばなお結構）注ぎ十二時間位そのままにして置く（ふとんでくるんで冷えないようにすればなおよい）これで量も増し美味で消化もよい御飯となる〉

楠公とは楠木正成のこと。南北朝時代の武将で、後醍醐天皇を助けて建武の中興に貢献したことから、戦前・戦中は武士の鑑と崇拝された人物である。その後、足利尊氏の大軍をごく少数の兵で兵庫湊川（神戸市）に迎え撃って死ぬが、天皇の命を受けて必敗の戦いにあえて挑んだ姿勢は軍などによって「楠公精神」と称賛された。

楠木家の家紋は「菊水」。日本海軍は沖縄戦で米軍を迎え撃つ特攻作戦に「菊水作戦」と命名した。特攻の原点がここにあったのだ。戦時中、軍や政府は何事につけ「楠公精神」を叫んだ。この「楠公炊き」の要点は、玄米を炒ってたっぷりの水かお湯につければ「増量し、おいしくなって、しかも消化によい」という部分にあるのだろう。なんともわびしく悲しい記事である。

天皇のために命を捧げた正成は、多勢に無勢を承知のうえでさまざまな戦法で敵と戦った。「楠公精神」は転じて工夫して相手の目をごまかし、味方を有利に導くという意味にも使われた。

二十六日目　七月七日（土）

七月七日。晴。午後村田氏来話。菅原氏総社町より帰る。

この日、久しぶりに村田の名が『断腸亭日乗』に登場した。村田氏とは村田武雄慶応大学教授（音楽史）。去る六月二十三日、荷風と菅原が旅館「松月」の近所の路上で会った人物だ。菅原夫妻も総社町（現総社市）から帰って来た。日乗は簡単な記述だが、「罹災日録」のこの日の記述はもう少し詳しい。

〈七月初七。晴。午後村田教授妻子を伴いて来り話す。去月二十九日岡山市にて火に遭い逃れて児島湾頭の牛窓港にありしと云う。菅原氏総社より帰る〉

村田一家は岡山空襲で焼け出され「児島湾頭の牛窓港」にいるとのことだった。

牛窓は岡山県東部にある歴史ある港町。荷風の尊敬する旧幕臣でジャーナリストの成島柳北（朝野新聞」初代社長）が明治初頭に岡山、小豆島などを旅して残した紀行文「航薇日記」にも活気ある港町として紹介されている。古くは朝鮮通信使の寄港地として栄えた。

牛窓は児島湾の入り口から東へ十キロ以上も離れている。岡山県人なら「児島湾頭の牛窓港」という表現はおかしいと分かる。位置的にも少なくとも「湾頭」ではない。もしかすると荷風は牛窓とどこかの地名を取り違えた可能性がある。が、その点は別の機会に検証したい。

「七月七日」といえば七夕。短冊に願い事を書いて笹に飾り、星に祈る平和な行事だが、戦時下の子どもたちはどんな願いを書いたのだろうか。多分きれいな色紙もなかっただろうし「ほんどけっせん（本土決戦）」「べいえいげきめつ（米英撃滅）」などといった殺伐とした文句が枝に揺れたのかもしれない。

七夕といえば当時は地方では月遅れの八月七日が普通で、岡山でもお盆と同じ八月の行事だった。七月七日は、思えば日本にとって重い意味を持つ日付だ。一年前のこの日、つまり一九四四（昭和19）年七月七日、日本の絶対国防圏の最重要地とされたサイパン島が米軍に奪われ、日本軍は玉砕。開戦以来、日本帝国の命運を担った東条英機内閣は総辞職に追い込まれた。

サイパンに続きテニアン、グアムと日本守備隊は全滅。米軍のB29の基地がこれらマリアナ諸島の島々に整備された。その結果、日本本土はB29の空襲圏に入り、生産、輸送、生活インフラが徹底的に破壊されることになり、もはや挽回不能のところまできている。

さらに時をさかのぼれば、八年前の一九三七（昭和12）年、中国・北京郊外の盧溝橋事件をきっかけに日中全面戦争が勃発したのも七月七日だった。満州事変から満州国建国、国際連盟脱退と大陸侵略への道を強引に進めた日本軍はついに中国大陸全域で戦争を始め、国際的孤立を深めた。

この時点で日米開戦へのレールは敷かれ、ついに一九四一（昭和16）年十二月八日、日本軍はハワイ・真珠湾攻撃を強行し太平洋戦争へと突入したのだった。

村田一家が岡山市三門の武南家に荷風を訪ねたのはこの日午後だった。荷風と一家が対面していた同じその午後、鈴木貫太郎首相は皇居の御文庫に参内した。天皇からの急なお召しがあったのだ。侍従長藤田尚徳（ひさのり）の「侍従長の回想」からこのときの天皇の言葉を引用する。天皇は鈴木首相に向かい、口を開いた。

「対ソ交渉は、その後どうなっているか。ソ連の腹を探るといっても、時機を失しては致し方ない。この際は、むしろ率直にソ連に和平の仲介を頼むことにしてはどうか。そのために私の親書をもつ特使を派遣してはどうだろう」

この年に入って、天皇が腹案として温め、木戸内大臣を通じて鈴木首相に伝えてあったはずの対ソ和平工作。その進み具合を天皇は問い質（ただ）したのである。

外務省としては広田弘毅（こうき）元首相を通じてマリク駐日大使に働きかける広田・マリク交渉のほか、近衛文麿元首相を特使としてモスクワに派遣する準備は進めていたのだが、進展が遅いのに天皇は懸念を示したのだ。

天皇は、日本と相互不可侵の中立条約を結んでいたソ連に仲介を頼み、連合軍と和平に持ち込もうとひそかに考えていた。そのソ連は四月五日に「日ソ中立条約の不延長」を通告してきており、日本政府はスターリン首相の腹のうちを読みかねていた。中立条約の有効期限は来年春まで。それまでに最後の望みをソ連の仲介に託そうとしていたのだった。

軍、とくに陸軍は「本土決戦」に最後の望みをかけていた。和平工作が軍にさとられると、強硬な反対行動が起こりかねない。工作は極秘でなければならなかった。

〈二時、鈴木首相来室、別紙の如き話ありたり〉

七月七日の『木戸幸一日記』にこの一文があり、末尾にやや長いメモ書きがある。メモは〈二〇・七・七鈴木首相より〉として〈只今御召により御前に伺候したるに、対蘇交渉は其後どうなって居るか……〉と、藤田侍従長が回想記に書いたのとほぼ同じ内容の天皇の言葉が記してある。木戸はメモの最後を〈誠に御英断と拝し、謹んで承りたり〉との鈴木首相の言葉で結んでいる。

天皇のお召しを境に、政府は対ソ交渉実現に全力を傾けた。

ソ連仲介構想の推進者だった東郷茂徳外相はこの夜、軽井沢の別荘に近衛公を訪ねて上京を促した。訓令を受けたモスクワの佐藤尚武駐ソ大使は、ソ連のモロトフ外相に接触を試みた。しかし外相はなかなか会おうとしない。ドイツ・ベルリン郊外の保養地ポツダムで行われるトルーマン、チャーチルの米英首脳にスターリンを加えた巨頭会談の日程が近づいていたからだった。

モロトフはその準備で多忙であることを会えない理由としていたが、とっくに日本の意図を見抜いていた。ソ連にすれば日本のこうした動きはポツダム会談の有効なカードとなる。日本帝国の運命はいつの間にかソ連に握られていたのだった。

谷崎潤一郎が松子夫人らと津山を離れ、勝山（現真庭市）の小野はる方に到着したのはこの日の夕方。勝山は「作州の小京都」と呼ばれる美しい町だ。女将のはるは夕飯に白米を炊いて、キュウリに金山寺味噌と味噌汁をそえてくれた。

旬野菜のジャガイモ、ナス、タマネギに落としたまごの入った味噌汁。津山滞在中の食卓に比べると、はるかに上等なご馳走だった。

食後、谷崎は松子夫人らと町を散歩した。

旭川の河原には小屋掛け芝居がかかり、ふれ太鼓が聞こえた。河原に出ると、瀬音にまじってカジカガエルの哀調を帯びた声が谷崎らを包んだ。

二十七日目　七月八日（日）

七月八日。晴。昨来涼風秋の如く冷気肌に沁む。

四日前（七月四日）の『断腸亭日乗』をもう一度読み返していただきたい。荷風はさり気なくこう書いている。〈この地蝉を聞かず〉

通常、梅雨が明けて太陽が燃えれば、一斉にセミが鳴き始める。これが例年の夏だろう。ところがこの年はどこか天気が変。いま風に言えば「冷夏」である。

作家の感性で、荷風はセミの声が聞こえないことに季節の変調を感じている。七月も中旬近くで天気も晴れというのに、きのうからまるで秋のような涼風が吹き、冷気が身にしみる。

戦局を気候に例えるならいまは冷夏どころではなく、米国という超巨大台風の本土上陸を目前にして、全土に特別警報発令中というところだろう。長い戦争で国も国民も疲弊し、ただ身を固くして近づく凶暴な台風を待つしかないのが日本の実態だった。

季節の微妙な変化を観測するように、荷風は軍国日本の動静を日乗に書き記し、危険を承知で軍人や官僚をときに辛辣に批判したり、嘲ったりしてきた。日記の記述から荷風の心境をあぶり出してみよう。

一九三七（昭和12）年十一月十六日　〈今年梅雨のころ起稿せし小説冬扇記は筆すすまず。其後戦争起りて（……）見ること聞くこと不愉快ならざるはなく（……）感興もいつか消散したり〉

荷風は代表作「濹東綺譚」に続いて「冬扇記」という小説を構想していたが、日中戦争が勃発。創作意欲を失ってしまった。

一九四〇（昭和15）年六月二十一日〈昨日市内の落雷二十余ヶ所に及ぶ。神田橋内企画院大蔵省其他の官庁落雷のため焼亡したりと云う（……）天罰痛快々々〉

荷風の軍人、役人嫌いは衆知の事実。企画院は戦時の物資動員や経済政策を計画・立案する国家機関である。

一九四一年一月一日〈去年の秋ごろより軍人政府の専横一層甚しく世の中遂に一変せし今日になりて見れば（……）心の自由空想の自由のみはいかに暴悪なる政府の権力とても之を束縛すること能わず〉

年頭のつぶやきだ。

同十二月八日〈褥中小説浮沈第一回起草。（……）日米開戦の号外出ず。帰途銀座食堂にて食事中燈火管制となる〉

この日は日本中が興奮した日。ハワイ・真珠湾を日本の連合艦隊が奇襲し、大戦果を挙げた。しかし荷風は知らん顔。寝床で小説「浮沈」を書き始めた。

一九四三年三月八日〈築地二丁目に河庄という待合あり。（……）塀外に憲兵の立番をなしいる晩は軍人中にても大あたまの者攀柳折花の戯に耽る時なりと云。（……）東条大将は軍服のままにて公然自働車を寄せたりと之を目撃したるものの話をここにしるす〉

荷風は、国政の最高権力者である東条首相の動向を日乗に記す。「ぜいたくは敵だ」と国民には華美を禁じ、質素・倹約を強いる一方で軍人たちは公然と遊んでいるではないか、と心中の怒りを記す。

一九四四年十二月三十一日〈夜半過また警報あり。砲声頻なり。かくの如くにして昭和十九年は尽きて落莫たる新年は来らんとするなり。（……）是皆軍人輩のなすところ其罪永く記憶せざるべか

らず〉

一九四五年五月五日　〈われ等は唯その復讐として日本の国家に対して冷淡無関心なる態度を取ることなり〉

この日、荷風は三月十日の大空襲で焼けた自宅の前を通りかかって、兵隊たちが自宅の焼け跡に穴を掘っているのを見た。聞くと「都民の焼け跡は軍が随時使用する」という。軍の横暴には腹が立つが、庶民には「冷淡」「無関心」の抵抗策しかない。

第八章　白雲行く

二十八日目　七月九日（月）

七月九日。快晴。雲翳なし。谷崎氏及宅昌一氏に郵書を送る。午後寓居の後丘に登る。一古刹あり。山門古雅。また二王門ありて大乗山という額をかかぐ。老松多し。本堂の軒にかけたる額を仰ぐに妙林寺（佐文山の書）とあり。法華宗なるべし。墓石の間を歩みて山の頂上に至れば眼下に岡山の全市を眺むべし。去月二十八日夜半に焼かれたる市街の跡は立続く民家の屋根に隠れ今は東方に聳ゆる連山の青きを見るのみ。墓地より小径を下ればわが寓居の裏手に出る道路なり。ここより別の石径あり。三門神社の立てる丘陵の頂に登るを得べし。巌石崎嶇。松林鬱蒼たり。山麓に鳥居を立てたるところは三門町二丁目の道路にして人家櫛比す。社殿の前の平地に立てば岡山市の西端に延長する水田及び丘阜を望む。備中総社町に至る一条の鉄路田間を走る。又前方南の方に児島湾を囲む山脉を見る。風景佳ならざる

【雲翳】雲の影

【佐文山】江戸時代の書家。佐々木文山

【崎嶇】山道のけわしいさま

【櫛比す】くしの歯のように隙間なく並ぶ

【丘阜】小高い山

【山脉】山脈

に非ず。然れども余心甚楽しまず。白雲の行くを見て徒に旅愁の動くを覚ゆるのみ。ここに於て余窃に思うに山水も亦人物と同じく暱み易きものと然らざるものとの別あるが如し。明石より淡路を望みし海門の風光は人をして恍惚たらしむるものありしが今眼前に横わる岡山の山水は徒に寂寞の思をなさしむるのみ。一は故人に逢うて語るが如く一は路傍の人に対するが如し。

【海門】海峡

雲一つない快晴だった。永井荷風は宅昌一と谷崎潤一郎に手紙を書いた。郵便局は、荷風が間借りする武南家の西隣の岡山西警察署前を南に下ったところにあった。

宅昌一はピアニスト宅孝二の兄。荷風が菅原明朗・智子夫妻と東京を離れる際、荷風にワイシャツをくれた人物だ。弟の孝二はその時、新品ではないがボルサリーノのソフト帽をくれた。

次の文面はこの日出した谷崎潤一郎への手紙。宛て先は谷崎の新たな疎開先となった岡山県真庭郡勝山町新町の小野はる方。長いが全文を紹介する。

御手紙拝見致候　岡山市中火災の為目下菅原明朗氏と共に郊外に立退き二階を借りどうやら其日を過居候間御安心被下度候　老後行末の事種々心を労し候得共これは一向に方針相立不申且又いつ頃東京へ帰り得べきものにや御意見も伺度候　二三の草稿身と共に無事提帯致居候御地は安全の由　小包郵便の便宜出来候はば御送付致度　御迷惑ながら御笑覧煩したくと存居候　猶又貴地にて小生等生活し得べき貸間等御坐候や否やこれまた御伺申上候　種々御願致度事沢山御坐候得共当地にては紙筆は勿論端書も品切なかなか手に入らず困却致居候　追々向暑

の折から御自愛の程幾重にも祈上申候　草々頓首
岡山県岡山市巌井三門町一丁目一八二五　武南功氏方　永井壮吉

七月八日

谷崎潤一郎様

先年御贈与被下度〔ママ〕断腸亭印麻布焼跡より掘出し唯今も持参致候　奇縁、奇縁（『荷風全集第二十九巻』所収「書簡」）

冒頭「御手紙拝見」とあるのは七月二日に谷崎が荷風に送ったはがきだったはず。岡山空襲の報を聞いて荷風の安否を気遣い、田舎へ移るよう勧めた内容で、宛て先は「岡山市上石井大正町二八五の最相楠市方」だった。最相家も、後に移った旅館「松月」も焼けたのでこのはがきはあちこち転送されてやっと武南家に届いた。返事を書いたのは七月八日だから、荷風の手元に届くまでに五、六日かかった計算だ。

手紙の要点を整理しておこう。というのは、信頼する谷崎に向けて荷風の本音が素直に書いてあると思われるし、今後の荷風の動向にも関係してくるからだ。

〈一〉、目下、菅原らと岡山市郊外の民家二階を借り、なんとか元気にやっている。

〈二〉、行く末の事は一向に先が見えず、いつまた東京へ帰れることやら。ご意見もうかがいたい。

〈三〉、書きためた草稿二、三編を持って来ている。勝山は安全ということなので、できれば小包郵便で送りたい。

〈四〉、勝山に私たちが生活できる貸間等があるのかどうか、知りたい。

以上四点に加えて、岡山では紙や筆はもちろん、はがきも手に入らず困っていること。また、先に谷崎が贈ってくれた「断腸亭」の印章が東京・麻布の自宅の焼け跡から出てきて岡山まで持参していることを伝え、「奇縁、奇縁」と喜んでいる。

たまたま筆者が持っている岩波書店の『荷風全集　第十三巻』（昭和三十八年二月発行）の奥付のところには、その印章が押してある。ただし第二刷以降は別の印になっている。

空襲のショックも癒え、荷風は少し落ち着いてきた様子。この日午後から周辺の散策を始めた。

武南家の背後には妙林寺という歴史ある日蓮宗の古刹（こさつ）が建つ。山門をくぐると、境内には古い松がたくさんあって、本堂の軒下にかかる額には「妙林寺」と大書され、左端に小さく「佐文山」とあった。佐文山は江戸中期の書家である。

墓石の間を歩いて寺の背後の山へ。そこからは岡山市街が一望できた。空襲で焼けた市中心部は手前の民家の屋根に隠れて見えず、東方に操山が青々と連なるだけだった。目前の岡山市西郊は比較的空襲被害が少なかった地域である。

いったん山を下り、武南家の西の国（くに）神社（荷風は三門神社と書いているが、正式名はこれ）に行く。神社は標高三十メートル余の丘の頂上にある。別の山に登り、またこの丘へ。荷風の健脚ぶりには驚く。

丘の麓にある神社の鳥居をくぐると、目前に石段がある。荷風は〈巌石崎嶇〉と書いて石段があるともふれていないが、一九三二（昭和七）年に岡山市の細謹舎（さいきんしゃ）書店が発行した「岡山市全図」には、丘の下から頂上まで階段の図が描き込んである。

石段は相当きつい勾配だ。たどり着いた頂上に小さな社殿があった。社殿の前には猫の額ほどの平場があるだけ。

ここからの展望は素晴らしい。荷風が眺めたときには岡山市西部の水田や山々が見え、総社駅につながる鉄道が田園の中を走っていた。吉備線だ。都市化が進んだいま、鉄路は家並みやビル陰に隠れて見えないが、代わって山陽新幹線の高架橋が東西に延び、新幹線が滑るように走るのがよく見える。

ずっと南には児島半島の山々。東に首を振ると、高層ビルの建ち並ぶ岡山市街地が木々の間からのぞく。風を吹き上げてくる石段。その数は百五十九段あった。

風景は決して悪くはないのに、荷風の心は楽しまない。むなしい旅愁を覚えるばかりだ。岡山の景色は荷風にはなぜか親しめないものがあったようだ。それに比べ、岡山に来る前滞在した明石で見た景色は人の心を奪うものがあった。一つ（明石）は「旧友と会って語るように心が和む」、もう一つ（岡山）は「何のかかわりもない人に接するようで素っ気ない」。

〈白雲の行くを見て徒に旅愁の動くを覚ゆるのみ〉――荷風は、流れ行く白雲に流浪のわが身を重ねて憂愁に沈んでいる。

この日は荷風が師と仰いだ森鴎外の命日。二十三年前の一九二二（大正11）年七月九日、鴎外は六十歳で世を去った。荷風はもう六十五歳である。

二十九日目　七月十日（火）

七月十日。晴。小堀杏奴信州諏訪蓼科高原避難先より郵書を寄す。

【蓼科高原】長野県茅野市にある高原

この日、小堀杏奴から便りが届いた。発信地は長野県諏訪郡北山村湯川蓼科高原三信荘、日付は七月五日だった。

杏奴は森鷗外の次女。先に紹介した洋画家小堀四郎の妻である。危険な東京を避け、五月に杏奴と子ども二人は信州へ疎開した。東京に残っていた夫の四郎も七月中旬には合流の予定だ。「一緒に信州へ疎開しましょう」と荷風を強く誘ってくれたのが小堀夫妻だった。

夫妻の名は『断腸亭日乗』に何度も出てくる。杏奴が初登場するのは一九三六（昭和11）年二月十三日。〈此日鷗外先生の女杏奴その著晩年の父一巻を贈らる〉杏奴が父鷗外の思い出を綴った「晩年の父」という題名の本を荷風に送ってきたらしい。

彼女は当時二十六歳。夫妻はその二年前に結婚しており、二人の名がそろって日乗に登場するのは一九四二（昭和17）年十二月二十三日。〈午後小堀杏奴其良人小堀四郎氏相携えて来り訪わる。其近著回想一巻及青森林檎一笽を贈らる〉杏奴はその年に刊行した著書「回想」と青森産リンゴを手土産に、夫と東京・麻布の荷風宅を初めて訪問したのだった。以後、夫妻は独り暮らしの荷風を見かねて生活用品や食料を贈る。〈小堀四郎氏（……）今日の午後豪徳寺畔の家より遠路をいとわず炭俵を自転車に積み訪い来れり。深情謝するに辞なし。氏の親切にてことしの冬はこごえずに過すことを得べし〉（昭

和十八年一月二十一日付〉

　この炭俵については、杏奴が後に随筆に書いている。炊事や暖房に欠かせない炭は戦時下の東京ではとくに手に入りにくい物だった。このときは、煮炊きの燃料に苦労する荷風を見て、夫妻が縁談の世話をしてお礼にもらった三俵のうちの一俵を贈ったのである。

　戦局の悪化に伴い、夫妻の名は日乗に頻繁に載る。

〈午後小堀氏の問安を受く〉（昭和二十年三月十三日付）三月十日の東京大空襲で自宅を焼かれ、荷風はいとこの大島一雄の家に避難中。そこへ小堀四郎が心配して様子を見に来てくれたのだ。

十日後、四郎はまた自転車でやって来て、近く信州へ避難するが、車の便があるので「ぜひ一緒に」と熱心に誘う。〈東京に未練を残さず共に避難せよ、汽車には最早や乗り難し、若しこの機会を逸する時は遠からず東京にて餓死せずば焼死するより外に道なかるべしと言い、手を取らぬばかりに説きすすめられたり〉（同年三月二十日付）と荷風は書く。

　夫妻の勧誘に迷った荷風は菅原に相談。結局、菅原の知人の多い関西へ避難する道を選んだのだった。

〈一部の人々から、『生存を許すべからざる人間』として、忌み嫌われていた先生〉――杏奴は随想集『朽葉色のショール』の中で、当時の荷風への風当たりをこう表現している。その筋から要注意人物とされ、近づく人も減った中で小堀夫妻は荷風に寄り添ったのだ。

　一年前の一九四四（昭和19）年七月十日、情報局は雑誌「中央公論」「改造」両社の代表を東京・三宅坂の元参謀本部に呼び出し「自発的に廃業するように」と両社に迫った。事実上の廃業命令である。中央公論、改造といえば知識階級が読んだ雑誌。情報局などから厳しい検閲を受けていたが、両誌ともまだ内容が進歩的過ぎるとにらまれていた。その直前にはサイパン島が陥落し、風雲急を告げる中での言論弾圧だった。
両社はその月末に解散し、戦後復活するまで姿を消した。中央公論の社長は荷風や谷崎と親しい島中（嶋中）雄作である。

自分が度々発禁処分を受けていたので、荷風は当局の弾圧には敏感。この時、人に聞いた両社廃業の話を日乗に書き付けている。〈中央公論社廃業の原因は社会主義の学者に学術研究の資金を送りし嫌疑あり。社長島中氏横浜地方裁判所に召喚せられし事ありし為なりと云。又改造社はむかしマルクスの翻訳書を売出せし事あるが為なりと云。この頃郵書の検閲一層厳しくなりたれば手紙にも戦争の事は書かぬがよしと云〉（同十九年七月二十七日付）

荷風が杏奴からの手紙を受け取ったこの日「勝札」が売り出された。「日本初の富籤」と大々的に宣伝された勝札はいまの宝くじの原型。狙いは国民からの戦費調達だったが、前人気が高く十六日からの売り出し予定を早めて一部では十日から発売された。一等十万円一本、二等一万円九本、三等千円九十本……で一枚十円だった。「はずれても戦争に勝ち抜くための献金になります」との宣伝がきいて発売当初はよく売れたが、日増しに強まる本土決戦ムードを前に売れ行きは伸び悩んだ。国民に夢、つまり大金を持つ意味や展望がもはや見いだせなくなった、ということか。ちなみに一等十万円は現在の一億〜二億円に相当する。

この日、東京では最高戦争指導会議が開かれ、元首相の近衛文麿公爵をソ連に特使として派遣することが正式決定した。午後四時、東郷茂徳外相が木戸幸一内大臣を皇居内の内大臣府に訪ねる。東郷は和平交渉実現へ向け外務省の先頭に立って動いていた。東郷と木戸は時局収拾、つまり終戦にどうたどりつくかについて話を交わした。

三十日目　七月十一日（水）

七月十一日。陰。後に雨。

岡山市はこの日、曇天の後、雨になった。

北へ直線距離でおよそ五十キロ離れた岡山県真庭郡勝山町（現真庭市）も雨だった。四日前の七月七日に勝山に到着した谷崎潤一郎と松子夫人は、姫新線の中国勝山駅から歩いて数分の小野はる方の離れで、朝から半病人のように寝ていた。慣れない土地での暑中の引っ越し。落ち着いた頃に疲れがどっときた。松子夫人の妹重子や、夫人と前夫との間に生まれた娘恵美子も一緒だった。

谷崎宛ての荷風の書簡が届いたのはこの日だった。九日に荷風が依頼事項などを連ねた手紙である。谷崎は「疎開日記」にそのことをさらりと書いている。〈本日荷風氏より来翰　先日の空襲に無事避難せること判明す〉

谷崎は荷風への返信を十二日付で書く。ここで少し先回りをしてその手紙を紹介しよう。長文である。分かりやすく現代文に書き直す。

拝復。九日付御手紙を昨日いただきました。まずはご安泰に避難されたようで安堵しております。実は私も出来れば先生を当地方へお迎え申し上げたいと思っていたところ、ちょうどお手紙に接し、早速昨日近辺を尋ね回りました。しかしいまのところどこも住宅難で急には見つかりません。ただ、いま私の家族が仮住まいしているところはもと料理屋の離れ座敷で、女将の小野はる女はなかなか侠気ある婦人でして、老人一人ぐらいならなんとかお世話できないこともないでしょう、とも申しております。（……）その他いろいろご事情も承りたいのですが、書面ではらちがあきません。ぜひとも一度お目にかかりたいものです。私の方から参上するのが当然なのですが、ご休養方々こちらへお出向きくださいませんか。そうしてくだされば、当家の女将にも紹介できますし、土地の様子もお分かりになると思います。（……）

私方は駅から一丁（約百九メートル）ぐらいのところで、私は大概いつでも家にいますので、突然おいでになってもさしつかえありません。もっとも旅館をご希望の場合はなるべく前日あたりにお知らせください。

私は先生より頂戴した書簡はこの地に全部持ってまいっております。お手元にお持ちの玉稿もご来遊の際にお忘れなくご持参のうえ見せていただければ。何より楽しみにしています。文房具にご不自由とのこと（私はこの体裁の原稿用紙を多少持っております。お役に立つようでしたらお使いください。）近々に起こしいただければこちらは女手もありますので、およばずながらなにかとご身辺のお世話もできるであろう、などと一人決めしていますが、万一ご出馬がかなわないときはこちらより参上させていただきます。（……）

七月十二日夕

潤一郎

荷風先生

侍史

ただいま母屋の女将が来て産婆の家の二階四畳一間を貸しそうな様子だから他へ約束しない

ように手配しました。老人お一人なら四畳でもよいではないか、と申しておりますので、とにかくほかに取られぬように頼んでおきました。もしお気に召さなければ知人にはいくらでも希望者がいます。部屋代は十五円とのこと

谷崎は専用の原稿用紙三枚に、荷風の不安や懸念を一つ一つ消していくように丁寧に書いて、勝山への来遊を勧めている。気遣いにあふれた内容だ。この手紙は荷風から武南家に寄贈され、同家で保管されていたのを荷風研究家の秋庭太郎が戦後見つけ、著書『考證（こうしょう）　永井荷風』で紹介した。

この十一日付の合同新聞に、国民食堂が岡山市内六カ所で近くオープンするという記事が載った。日本食堂、禁酒会館などに混じって壽屋（巌井）という記述もあった。武南家のある岡山市巌井三門町に近い場所だったのだろうか。

記事は「勇敢に起（た）ち上りつつある岡山市民に明朗さを与えよう」と岡山国民食堂組合が、新生国民食堂を開店すると報じ、近くブドウ酒を発売すること▽県の指示で半焼け小麦粉の払い下げを受け、雑物の入っていないドンツクをつくり労働者用に配給する▽当面国民食堂ではトコロテン、ゼリー、飲み物などを販売して市民を潤す――などとしていた。

いまから見れば「国民食堂」の看板が泣くようなわびしい中身だ。ドンツクは小麦粉の中にジャガイモ、カボチャなどをつき混ぜて蒸した団子。確かにトコロテンやゼリーよりは栄養も豊かだが、半焼けの小麦粉でつくったドンツクは相当焦げ臭かったことだろう。

育ち盛りの児童のほとんどは学校で玄米のような黒い飯や、代用食のサツマイモや雑穀との混ぜご飯の弁当を食べた時代。豊かな農家や富裕層の子は白米やたまご焼きの弁当も食べることができたが、

それはごく一部。多くの子は手やフタで隠すようにして貧しい弁当を食べていた。

イモやカボチャはいい方で、茶殻や稲わら、大根葉、イモのつる、ミカンの皮などなんでも食材にした。また、春から初夏にかけて取れるヨメナやハコベ、スズメノエンドウまで乾燥して粉や切り干しにして主食に混ぜて食べた。大多数の国民は毎日の食事に困窮し切っていた。

三十一日目　七月十二日（木）

七月十二日。終日雨。夜半風雨。

岡山は終日雨。梅雨明けはまだのようだ。

東京も雨だった。別荘のある軽井沢から上京した近衛文麿はこの日午後、国民服のまま皇居に参内した。天皇の急なお召しがあったのだ。

国民服は国防色（カーキ色）の軍服そっくりの服。近衛が総理大臣をしていた第二次近衛内閣時代の一九四〇（昭和15）年秋の国民服令で制定され、男性に着用が奨励された。女性に推奨されたのはもんぺである。

近衛は一九三七年六月、第一次近衛内閣を組閣。その翌月に盧溝橋事件が起こり、陸軍の暴走を止められず日中全面戦争へと突入した苦い経験があった。振り返れば、日本が日米開戦へのレールを敷き延ばした時代の総理大臣が近衛だった。

第二次内閣では日独伊三国同盟の締結、大政翼賛会の創立などファシズム体制を推進した。その責任からも、沈没寸前にある国の現状をひとごととすることはできない立場にあった。

荷風は近衛のこれまでの「罪」を鋭く看破していた。一九四一年七月十八日の日乗にはこんな記述がある。対米強硬論者の松岡洋右外相を更迭して、第三次近衛内閣が発足した日だ。

〈今朝の新聞紙に近衛一人残りて他の閣僚更迭するに過ざる由見ゆ。初より計画したる八百長なるが如し。そは兎も角以後軍部の専横益甚しく世間一層暗鬱に陥るなるべし〉

荷風は見せかけの内閣改造であることを見抜き、軍部の専横で一層暗い世の中になるだろうと読んだ。この三カ月後に東条英機内閣が成立し、そのわずか二カ月たらず後に太平洋戦争に突き進む。

午後二時、近衛は宮中の木戸幸一内大臣の部屋を訪ねた。近衛は五十三歳、木戸は六日後が五十六歳の誕生日である。木戸は近衛にお召しの内容についてあらかじめ説明をした。「時局収拾のため、お上より公に『特使としてモスクワへ行くように』とのお言葉があるはず……」

午後三時、近衛は天皇に拝謁する。近衛には天皇はやつれて見えた。顔色は青ざめ、髪は乱れていた。十五分後、近衛は退出する。

天皇が国務大臣以外の人物に会う際は、必ず内大臣や侍従長などの側近が侍立するのが決まりだが、この日は木戸が事前に天皇の許しを得て異例の二人だけの対面だった。

引き下がった近衛は再び木戸の前に現れ、陛下から時局（戦争）終結についてのお尋ねがあり、自分は「速やかに終結すべきであると信じる」と答えたことなどを木戸に報告した。陛下からは「ソ連へ使いしてもらうことになるやもしれぬ」との仰せがあり、謹んでお受けしたことなどを話した。

午後三時三十五分、お召しで今度は木戸が御文庫で拝謁。陛下からも先ほどの近衛の拝謁の内容を聞く。〈今度は近衛も大分決意して居る様に思う〉——木戸は、そのときの天皇の言葉を日記に記した。

荷風はこの夜、長野県・蓼科高原の小堀夫妻と東京・代々木の大島一雄に手紙を書いた。遠く離れた人たちとのつながりを維持する手段は郵便しかない。小堀夫妻には、先に信州への疎開を勧められたときに一緒に行けなかった理由などを説明し、今後は場合によっては親類を頼って帰京を考えていること、それもかなわない場合は夫妻を最後の頼りにしていることなどを書いた。

大島一雄への手紙は、やがて来る冬の寒さをどうしのぐか、〈今夜雨のふる夜三人相談いたし候〉

と同情を誘うようなメッセージを送った。

智子が書いた手紙も同封された。菅原夫妻は東京を出発する前に都内に住む古谷という知人に布団やかばんを預けており、同封の手紙はその荷物と一緒に預けたオーバーなどを小包で送ってくれないか、と大島に懇願する内容。荷風は智子の手紙の末尾欄外に〈先方古谷さんへは別に葉書を出して置きましたが猶此の手紙御持参なされて下さい〉と添え書きをつけている。

この夜は三人が岡山へ来てちょうど一カ月。空襲で持ち物のほとんどを失い、七月もまだ半ばというのに冬の心配をしなくてはならない境遇にあることを三人はあらためて実感し、手紙を認めたようだ。

荷風は自筆の大島宛ての手紙の末尾にも次の追伸をつけた。

〈段々行末の事を考え威三郎の住居も知りたくなり候間若し御存知ならば（阿佐ヶ谷かどこか八王子農学校にも関係ある由）御ついで御返事被下度候〉

威三郎とは荷風の弟。農学者で、このときは東京高等農林学校農学科長。荷風とは長年、絶交状態にあるが、その弟の住所を知りたいので教えてほしい、というのだ。兄弟の仲たがいのこと、荷風の意固地さなどをよく知っている大島は、これを読んで驚いたことだろう。

荷風研究家の秋庭太郎は〈戦争の苛烈さ、流浪のみじめさ心細さは、強情頑固の荷風をかくまで弱気にならしめたのである〉（『永井荷風伝』）と分析している。

この日の合同新聞は「トルーマン巡洋艦で欧州へ出発」の見出しをつけた記事を掲載。米国のトルーマン大統領が七日、三頭会談出席のため米国から巡洋艦で欧州へ出発したと報じた。

続けて「ベルリン郊外で行われる三頭会談では国境制定、賠償、占領地復興などの問題が協議されるだろう」という外国特派員の解説記事をつけている。記事ではふれていないが、ドイツの降伏に伴う欧州の戦後処理問題に加えて、実は日本の降伏条件も大きなテーマだった。

ベルリン南西郊外の保養地・ポツダムで開かれる重要な会談の日程が迫っていた。この会談にはソ連のスターリン首相も出席予定だった。日本の指導者はそれは承知していたが、うかつにもソ連の腹の内を読み損なっていた。そのことに気付くには、まだ一カ月近い時間がかかる。

ちょうどこの頃、国民義勇隊という言葉が新聞などに目立ち始める。本土決戦が叫ばれ、義勇兵役法の制定によって国民の男子は十五歳から六十歳まで、女子は十七歳から四十歳までが召集されれば義勇兵として戦闘隊に編入されることになった。

鈴木内閣の書記官長だった迫水久常（さこみずひさつね）は回想記『機関銃下の首相官邸』の中で、ある日の出来事を書いている。書記官長は現在の官房長官に当たる内閣の要職である。

閣議のとき、迫水らは陸軍の係官から「別室に、国民義勇戦闘隊に使わせる武器を展示しております」との案内を受けた。閣議後、鈴木首相らと別室をのぞいた迫水は驚き、そして憤りと絶望に襲われた。

「これはひどいなあ」首相がつぶやく声が聞こえた。歴戦の海軍軍人で、一九三六（昭和11）年の二・二六事件ではひん死の重傷を負いながら奇跡的に生き延びた老首相もさすがにあきれ果てていた。部屋には手榴弾（しゅりゅうだん）、銃、弓、竹やり、さすまたなどが並べてあった。迫水は書く。〈手榴弾はまずよいとして、銃というのは単発であって、銃の筒先から、まず火薬を包んだ小さな袋を棒で押しこみ、その上に鉄の丸棒を輪ぎりにした弾丸を棒で押しこんで射撃するものである。それに日本在来の弓が展示してあって（……）人を馬鹿（ばか）にするのも程があると思った〉

沖縄戦では、米軍は圧倒的な火力で襲ってきた。その米軍に、こんな貧相な武器をあてがって国民義勇兵を立ち向かわせようというのか。

第九章　白桃

三十二日目　七月十三日（金）

七月十三日。快晴。朝十時過S氏夫婦と共に寓居を出で二里半ばかりの道を歩み、庭瀬駅停車場付近なる福田村の山上に果樹を栽培せる平松氏を訪う。平松氏は先に岡山市中弓之町に松月という旅館を営みしことあり。去月二十八日旅舎焼亡の際余は宿賃を払う暇だになく逃れ去りて今日に至りしなれば、此日雨後の空晴渡りて風秋の如く冷なるに乗じ、途上の風景を見がてら尋ね行くことになせしなり。西の方倉敷に至る一条の坦途帯の如く広漠たる水田の間を走る。田植既に終り、稲苗青くして芝生の如く、蛙声盛に起り、赤き蜻蛉の片々として翻るを見る。農家の庭に木槿また桔梗の花の開けるさま既に秋分の時節となれるが如し。薇陽の風物東都に異ること亦甚しきを知る。河流、堰、堤防、石橋等の眺望一ツとして画趣を帯びざるはなし。河は笹ケ瀬川と云、橋は白石橋と云。倉づくりなる

【S氏夫婦】菅原明朗、智子夫婦を指す（208頁参照）

【坦途】平坦な道

【薇陽】吉備山陽地方

農家の立ちつづくあいだに清流盈々たる溝渠の迂曲して通ずるあり。樹陰の桟橋に村の女の食器を洗うあり。窓の下に繫げる田舟に児童の小魚を捕うるあり。これ等田園の好画図は余のこの地に来って初めて目にするところなれば徒歩のつかれを知らず。道を村媼に問うこと再三。二時間程にして丘陵の麓に人家の散在する福田村に至る。ここより羊腸たる石径を登ること三四丁。平松氏の家に達す。石径に沿い其果実を紙に包みし果樹林をなしたり。平松氏の家族は老弱二夫婦なるが如し。果実のみならずダリヤの如き花をもつくる。其大なるもの牡丹の如し。階除の花壇に立つに渺茫たる水田を隔てて左方に岡山の市街を望み、右方に児島湾口の連山、また牛窓の人家を見る。園主旧式の遠目鏡を出し連山の彼方に烟の如く小豆島を見るべしとて、審に地理を説く。余小豆島の名を聞き成島柳北が明治二年にものせし航薇日記中の風景を想起し却て一段旅愁の切なるを覚えたり。薇陽の山水見るに好しと雖到底余の胸底に蟠る暗愁を慰むべきに非らず。園主のすすむる白桃と杏とを食して其味を賞し其厚情を謝し、坐いまだ久しからざるに早くも辞して山を下りぬ。帰路日没して道に迷うことをおそれたればなり。備前国都窪郡福田村妹尾崎晴耕園

この日午前、永井荷風と菅原明朗・智子夫妻は岡山市の西方にある都窪郡福田村妹尾崎を目指して出発する。妹尾崎は現在の岡山市南区妹尾崎である。

間借りする岡山市巌井三門町（現同市北区三門東町）から南西にざっと七キロ余だから、かなりの大

【盈々たる】水の満ちあふれるさま

【村媼】いなかのお婆さん

【羊腸たる石径】曲がりくねった石の多い小道

【階除】階段、段々

【渺茫たる】際限なく広いさま

遠征。そこには世話になった旅館「松月」の女将平松保子の一家が営む果樹園「晴耕園」がある。三人は空襲のため未払いになっていた宿代を持って行ったのである。

さて、その日から六十四年の歳月が流れた二〇〇九（平成21）年七月十三日、岡山市は最高気温三十四・六度の猛暑だった。筆者は武南家に近い岡山三門郵便局（同市北区三門中町）前を午前十時半に出発し、妹尾崎へ向かった。荷風と菅原たちが歩いた道のりを自分の足で確かめるのが目的だ。コースは荷風が『断腸亭日乗』に記した「郊行略図」を参考にした。

ＪＲ吉備線の備前三門駅から南下して山陽新幹線、山陽線の下をくぐり、県道岡山―倉敷線へ。岡山、倉敷両市を結ぶ古くからの主要幹線道だ。荷風が〈倉敷に至る一条の坦途〉と書いたのがこの道である。沿線は都市化が進み、当時の面影はもうない。

行き交う車に追い立てられるように道を西へ西へ。照りつける太陽。水分を補給しながら足を運ぶと、やがて笹ケ瀬川に出た。この川に架かるのが白石橋だ。

おとぎ話「桃太郎」で、大きな桃が流れて来た川だ。白石橋は一九三二（昭和7）年に開通した。全長約七十四メートル。橋の下には数隻の田舟が繋留され、荷風らが目にした農村風景を彷彿させる。

白石橋を過ぎ、ＪＲ庭瀬駅の手前の延友交差点から南へ入ってさらに西へ進む。水量豊かな用水が家々のわきを巡る風景がこの辺りには残っている。民家の庭先には橋が架かり、水路に影を落とす。古い石橋もある。

かつてこの川では夏には子どもたちが泳ぎ、魚捕りをしたのだろう。しかしこの一帯も荷風が歩いた当時とは大きく変わり、田畑はもう少なくなっている。

県道一五一号へ出て一気に南下する。足守川を渡る頃、田園地帯の遠くに低い山並みが見えてきた。その付近が目指す妹尾崎である。

道々撮影をしたので早くも午後一時過ぎ。出発して二時間半以上が経過した。およそ二時間で目的地まで歩いた荷風らの脚力に驚かされる。

県道をさらに南へ進むと、やがて少数の民家が山すそに建つ丘陵のふもとに着いた。妹尾崎の集落だ。出会った高齢の夫婦に道を尋ねる。「平松さんの果樹園はまだありますか？　永井荷風が戦時中に訪ねて来たという……」

幸い夫婦はそのことを知っていた。「そこの上り口を左へ左へと上がって行ったら一番上が平松さんの家。じゃけどもう何もないよ。ちょっと前まで家の一部が残っとったけどなあ」

指示通り狭い道を左へ左へと登って行く。〈羊腸たる石径を登ること三四丁〉——幅一メートルほど、『断腸亭日乗』の記述そのままの土の小道が曲がりくねって上へ上へと導いてくれる。三、四丁（約三百三十〜四百四十メートル）もはなかったが、しばらく歩くと広場に出た。

農家一軒分ほどの空き地が開け、青い実をつけた柿の木が一本。しかし荷風が食べたという桃や杏の木はどこにも見当たらない。

「果樹園はちょっと離れた場所にあったけど、荒れ果てて私らももう分からんね」さっきの夫婦の言葉を思い返す。平松家の果樹園の継承者はいなかったという。

家の跡地の脇を、車が通れるほどの舗装道路が丘陵の奥に延びていた。戦後、整備された道だろう。その道を逆に少し下ると、東南に視界が開けて児島半島や岡山市街地が見えた。

〈渺茫たる水田を隔てて左方に岡山の市街を望み、右方に児島湾口の連山、また牛窓の人家を見る〉荷風が眺めた岡山市南部のパノラマが目の前に広がる。ただし戦中は児島湾の干拓は未完成のまま中断され、七区はまだ手付かずだったので、湾内には遠浅で豊かな海がもっと広がっていたことだろう。児島湾が締め切られて淡水湖になるのは戦後のことである。

児島半島の連山が遠くに波打っている。瀬戸内海国立公園内にある金甲山や貝殻山など標高四百〜三百メートル級の山々だ。

六月二十九日の岡山空襲では、一機のB29が貝殻山（標高二百八十九メートル）の山腹に墜落し、乗員十一人全員が死亡した。この日荷風たちが山々を眺めたとき、山腹にはまだ機体や米兵の遺体が散乱していたのである。

ここで日乗の記述に一つ疑問を呈しておきたい。

荷風は左方に〈岡山の市街〉を、右方に〈児島湾口の連山、また牛窓の人家を見る〉と書いているが、牛窓は左方（東方）ずっと遠くにあって、妹尾崎からは見ることはできない。右方、児島湾口の連山のふもとにあるのは八浜（現玉野市）の人家で、荷風はおそらく八浜と牛窓を混同していたのではないかと思われる。どちらも成島柳北の紀行文「航薇日記」に出てくる地名で、荷風はこの日記を愛読していたからこその誤認ではないだろうか。

同日記の白眉とされる部分は小豆島の記述。岡山からの帰途、柳北ら一行は小豆島に立ち寄り、寒霞渓に登ってその景勝の見事さを絶賛する。しかし下山は荒天の中で道に迷い、難行苦行する。荷風はそれを知っているから、園主が遠くに煙る景色の中に「小豆島が見えますよ」と望遠鏡を貸してくれたことに心を動かしている。

ただ、この日も岡山の風景はなぜか荷風を慰めてはくれない。どこに流浪のゴールがあるのか。希望の見えない現実に、気持ちが晴れることはなかった。

――平松家の屋敷跡で耳を澄ますと、夏風に吹かれてそよぐ木々の葉ずれが絶え間なく聞こえてきた。一九四五（昭和20）年夏、甘い香りの白桃を頬張りながら荷風や菅原夫妻と平松家の人々はここで、戦争を忘れてひとときの談笑を交わしたのだろう。

米国のトルーマン大統領と何人かの高官はこの日、東郷茂徳（しげのり）外相が佐藤尚武（なおたけ）駐ソ大使に打った訓令電文を読んだ。米軍は日本政府の暗号電文を解読し、日本が和平を求めて動いていることを察知していた。その訓令は「米英ソ三国によるポツダム会談が始まる前に、ソ連のモロトフ外相に面会し、天皇の終戦に対する熱望を伝えるよう」命じていた。日本政府や軍は暗号電文が敵に筒抜けになっているとは夢にも思っていなかった。

三十三日目　七月十四日（土）

七月十四日。晴。蒸暑甚し。東京凌霜子来書。

【凌霜子】荷風の友人。相磯凌霜（48頁参照）

蒸し暑い。前日の往復十五キロ前後の遠征で疲れはなかったのか。荷風はこの日、東京の友人相磯凌霜から左の手紙を受け取る。相磯は鉄工所経営者で本名は相磯勝弥。荷風との付き合いは長い。

拝啓。十七日付芳翰拝誦仕り候。実は去月東中野焼失と承り両三度御尋ね申上候え共其都度アパート管理人不在にて要領を不得乍蔭御案申上居候処岡山より御書面に接し落ち行く先きが播州明石とは吉田で逢うたと人の噂も聞かない神ならぬ身の知る由も無之聊か驚入申候。

（……）

（秋庭太郎著『考證　永井荷風』）

※注＝芳翰は「他人を敬い、その手紙」の意

六月十七日に荷風が出した手紙に対する返事で、最相家から転送されて武南家に届いたのだった。相磯は荷風が東京・中野のアパートで被災したのを聞いて何度も訪ねて行ったようだ。しかしアパートの管理人が不在で消息も聞けず、荷風の身を案じていたら突然の便りが思いがけない方面から届いて驚いたと書いている。〈吉田で逢うたと人の噂〉とは歌舞伎「伊賀越道中双六」の最後の親子別れの場面に出てくる台詞。

相磯への荷風の返事は一日置いて七月十五日に書かれた。中野での被災後のいきさつなどを説明した後、荷風は十三日の妹尾崎行で見聞したことを踏まえて、疎開地・岡山の感想を次のように書き送った。

（……）当地蜜柑（みかん）には適せざれど桃梨等に宜敷（よろしき）由穀類野菜豊富にて配給もよろしく候間この儀は御安心被下度候　岡山市外水田の光景丘陵より児島湾小豆島辺の眺望よろしく日々これを見る毎（ごと）に成島柳北の航薇日記を思出し暗愁を催申候（……）

成島柳北の名がまた出たが、戦後の一九五五（昭和30）年出版の荷風・相磯の対談録「荷風思出草」にその話がある。

相磯「先生が戦災で岡山へいかれてあちらから手紙をいただいた時、わたしはすぐ柳北の『航薇日誌（ママ）』を思い出して何度も何度も読み返しました」

永井「ええ、わたしも岡山へいってすぐ『航薇日誌（ママ）』を思い出しました。わたしは日記を写しましたからよく覚えています。だから初めて岡山へいったんだが、なんだか初めて来たところとは思えませんでしたよ」

荷風はまた、戦後親交を深めた毎日新聞の小門勝二（おかどかつじ）記者にも語っている。一九六〇（昭和35）年刊行の小門著『荷風踊子秘抄』から――「それでも物は考えようですぜ、はたの人がみたらぼくはみじめなシャツ一枚着がえのない放浪者だとおもったでしょうが、ああいうことがなかったら柳北先生の『航薇日誌（ママ）』の探索をやることができなかったんですよ。ぼくは岡山を見てきただけで、それは十分償いがつくとおもっています」

『航薇日記』のおかげだろうか、荷風は戦後になってやっとプラスイメージで岡山を思い返してくれたようだ。

柳北の名前に刺激を受けたのか、荷風は妹尾崎から帰った後「小豆島へ行きたい」と言いだした。菅原は「瀬戸内海には米軍が落とした機雷がいっぱいあるから危険」と説得し、断念させたという。

米軍はこの年四月頃から下関海峡、豊後水道、紀伊水道のほか玄界灘にも機雷を投下していた。合同新聞六月十九日付には「明石、鳴門等に機雷を投下」の記事があり、紀伊水道から侵入したB29が明石、鳴門海峡などに次々と機雷を投下した、と報じていた。

戦後の一九四八（昭和23）年一月二十八日未明に瀬戸内海の岡山県牛窓沖で関西汽船の定期船「女王丸」が機雷に触れて沈没、約二百人が死亡する。米軍が戦時中に投下した機雷による悲劇だった。また、この七月十四日と十五日には青函連絡船八隻が米艦載機の攻撃を受けて沈没、青森―函館航路は断ち切られた。沖縄を攻略した米軍は日本上陸を前に、国内航路の寸断を図っていたのである。

同じ十四日午後、米国の軍艦が岩手県釜石市街を艦砲射撃した。砲撃は約二時間続いた。続いて八月九日にも砲撃され、同市は大打撃を受ける。

室蘭市（十五日）、日立市、水戸市（以上十七日）と艦砲射撃は続く。視界の届かない海の沖から飛来する砲弾は市民の恐怖を何倍にも増幅した。

三十四日目　七月十五日（日）

七月十五日　日曜日　晴。谷崎氏勝山より来書。直に返書を裁す。

荷風の日記には、基本的に曜日は日曜日だけが記してある。休日を節目に生活のリズムをとっていたのだろう。

この日はその日曜日である。谷崎潤一郎から長文の手紙（七月十二日の項で紹介）が届いた。勝山の小野はる方にいる谷崎が「一度休養かたがた勝山へ遊びにおいでください」と懇切丁寧に荷風の勝山来遊を誘った文面だった。

急いで返事を書いた。微妙に揺れる荷風の胸中がうかがえる。いつもながらの谷崎の心遣いに感謝を述べ、いまはごく近場の農家を探して引っ越す準備を進めていると書いて、手紙はこう続く。

菅原夫婦とは別に深き関係義理合は無御坐候得共老生一人にては特別配給物を頼み回る事など女の手なくては困る事もあり又中野以来何かと面倒を見てくれる恩義もあり今俄に老生一人になるも非常に心細く存ぜられ候　尤も菅原氏も別に岡山でなくてはならぬ訳もなき次第故家具運搬の便あれば何処にても立退く筈に御坐候（……）

文末に、三人とも冬支度のない罹災者となってしまい、現在は菅原氏の知人や岡山の人を頼りに冬物などの手配をしている。相談のうえ乗車券を入手次第勝山へ伺いたい、と結んでいる。

先の谷崎の手紙で「部屋は押さえた。荷風先生お一人ならなんとかなりそう」というニュアンスを受け取った荷風は、実際は相当世話になっている菅原夫妻について「別に深い関係や義理はない」と書きながら「何かと面倒を見てくれる恩義もあり」と、揺れる心境をそのまま書き送っている。一心同体のはずだった三人に、何か異変が兆しているのかもしれない。

この日午後、英国のチャーチル首相がポツダム会談出席のためドイツ・ベルリン郊外のガトウ空港に降り立った。軍服に軍帽姿。七十歳の老宰相は報道陣を意識してか、笑みを浮かべてタラップを降りた。

その少し前の同日午前十時過ぎ、米国のトルーマン大統領を乗せた重巡洋艦「オーガスタ」はベルギーの港町・アントワープに入港。大統領は専用機でその日午後、チャーチルと同じガトウ空港に到着し、車でベルリン郊外のポツダムのすぐそばにある町・バーベルスベルクの宿舎に入った。チャーチルより九歳若い六十一歳だった。

ソ連のスターリン首相は十一両編成の特別装甲列車の中にいた。六十六歳。前後を頑丈な警護列車に挟まれた超重戦車のような特別列車はモスクワを発ち、西ロシアを抜けて遠回りをしてポツダムを目指していた。用心深いスターリンは飛行機を嫌い、鉄道もより治安の安定したルートを進むよう命じたのだった。そのすべての沿線は、事前に幅二十キロにわたって不審者狩りが行われ、厳重な警護体制が敷かれていた。

ポツダム会談が二日後に迫っている。会談を提唱したのはチャーチル、期日を決めたのはトルーマン、場所を選んだのはスターリンだった。

三十五日目　七月十六日（月）

七月十六日。晴。夜大雨。

空襲で遅れていた岡山市近郊の田植えもなんとか追いつき、水田では稲がぐんぐん背丈を伸ばしている。四つんばいになって田の草取りに励む農家の人たちの姿が目立つ季節だ。

荷風と菅原夫妻が間借りする武南家の少し南には田園地帯があった。三人はそんな農村風景も当然目にしただろう。

米は最も重要な食糧。除草剤などはない時代だから、収量アップに農家は人力を注ぐしかなかった。この日の合同新聞二面には「田植え終る　次は除草決戦　今月中に必ず七回」という記事が掲載され、田の草取りを奨励していた。そばには「津山の田植順調」の記事もあった。

同じ紙面では「岡山市の大祓い」とあって、先の空襲で爆弾や焼夷弾で汚された神社や市域を清めようと、市内の岡山神社で県主催の大祓いが行われたこと、これまで月五本だったたばこの配給が来月から月三本に減ることを伝えていた。

米国西部のロッキー山脈の南、メキシコと国境を接するニューメキシコ州のアラモゴードは砂漠の中の町である。米国時間の十六日早朝、この町で人類史上初の実験が行われようとしていた。

話は約三カ月前にさかのぼる。先代のフランクリン・D・ルーズベルト大統領の死（四月十二日）を受けて副大統領から第三十三代大統領に就任したハリー・S・トルーマンは、大統領就任式後の初閣議の後、その場に残った陸軍長官のヘンリー・スチムソンから思いがけない報告を受けた。

スチムソンは言った。

「進行中の大きな計画について知っていただきたいのです……」

そして、信じられないほどの破壊力を持った新しい兵器の開発が実現間近であることを打ち明けた。副大統領だったトルーマンにさえ知らされていなかった超極秘プロジェクトが、まさに最終段階に入っていたのだ。プロジェクトには「マンハッタン計画」の暗号名がついていた。

「彼（スチムソン）の話を聞いて私は驚いた。それは原子爆弾についてはじめて私の耳にはいった情報の最初の一片であった」（『トルーマン回顧録（1）』）

七月十六日午前五時半、とてつもない轟音（ごうおん）とともにアラモゴードの空に高さ十キロを超えるキノコ雲が立ち上がった。およそ三十メートルの高さの鉄塔の上に据え付けられた実験用原子爆弾が、人類史上初の核爆発を起こしたのだ。遠くから壕（ごう）に身を伏せて見守る科学者や軍人はみんな保護眼鏡をかけていた。

実験は成功だった。

米国ニューメキシコ州と日本の時差は十五時間（サマータイム）だから、この瞬間は日本時間の十六日夜八時半。

〈七月十六日。晴。夜大雨〉と雨音を聞いて荷風が十文字ほどを日乗に記した頃、日本の命運を決する原子爆弾が悪魔の産声を上げたのである。

第十章　山あいの道

三十六日目　七月十七日（火）

七月十七日。市中銀行へ用事。焼跡の町を歩む。帰途驟雨。

ドイツの首都ベルリン郊外の湖畔の保養地・ポツダムで開かれる米英ソ会談。その会場にはツェツィーリエンホーフ宮殿が充てられた。宮殿はドイツ最後の王ヴィルヘルム二世が建てた別荘で、褐色屋根の二階建てだった。宮殿はソ連の占領地にあり、会場の準備はソ連が担当した。中庭をゼラニウムやバラなどの花でつくった星形の植え込みが彩り、玄関には三国の国旗が掲げられた。ゼラニウムは永井荷風がいま住んでいる武南家の庭に咲く花だ。

会議場は幅十二メートル、長さ十八メートル余り。中央付近に直径四メートルほどの丸テーブルが据えられ、ベージュ色の布がかけてあった。各国の代表団が席に着くのを待ち切れず、記者やカメラマンが競ってフラッシュをたき、ムービーを回した。

記者団に許された取材時間は十分間だけ。会議はそれ以降、徹底した非公開・秘密主義で進行する。

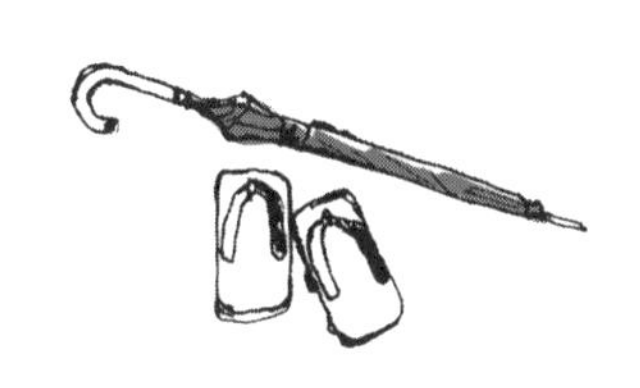

この日午後五時、会議は始まった。冒頭、ソ連のスターリン首相が発言した。「トルーマン大統領に議長をお願いしてはいかがだろうか」。チャーチル英国首相に異論はない。

大テーブルを三等分して陣取った各国の代表団。議長に選出されたトルーマン米国大統領から見て右にスターリン、左にチャーチルの席があり、通訳などの随員が取り囲むように座っている。

各国が思惑を抱いての会談。スターリンの紙巻きたばこに対抗してチャーチルは葉巻をくゆらせる。双方から立ち上る香りの強い煙が、複雑にからみ合って室内を漂った。

三巨頭の中で最年少のトルーマンは、両首相と話を交わすのは初めて。チャーチルとは先代のルーズベルト大統領時代に何度か同席したこともあって、初対面ではなかった。親密な米英関係からしても大きく意見が異なることはまずないだろう。スターリンとは文字通り初対面だったが、しっかりと目を合わせて話すスターリンにトルーマンは強い印象を受けた。

強烈な個性を持つチャーチルとスターリン。両者の間で、国力をバックにトルーマンはじっくりと観察する。会談本番前の対面の場で、両首相と記念撮影をした時のことをトルーマンがメモワールに残している。〈スターリンの背丈は一メートル六五ぐらいだった。写真をとったとき、彼は私よりも高くなるように踏み台の上に立ち、チャーチルも同じことをした。二人とも私より低かったのである〉（『トルーマン回顧録（1）』）

会議の期間は八月二日までの十七日間。日本の命運を決める長い会談がこの日始まった。

さて――こちらは日本の地方都市・岡山。

荷風はこの日、焼け跡の街を歩いた。岡山市内の銀行に用事があったためだ。おそらく預金を下ろしに行ったのだろう。行き先はこれまで縁のあった柳川交差点角の住友銀行岡山支店か西大寺町交差点そばの三菱銀行岡山支店だったはず。三菱銀行まで足を延ばしたとすれば、片道だけで五十分近くはかかる距離である。空襲から二十日たらずの岡山市街地はまだがれきに埋もれていたと思われる。その中を歩く荷風。鉄筋の銀行は焼け残り、この頃には営業を再開していたようだ。

　岡山市出身の小説家・随筆家内田百閒はこの日の日記に〈お米は昨日限りにて今日からは一粒も無し。（……）これから何日間お米粒に離れるのか知らないが外に食べる物が無いので少少心細し。午後団子腹にて颯爽と出社す。雨大いに降り出す。夕帰る。東京駅は屋根がない。乗車口のホールに上から雨が降り灑いでいるからみんな傘をさして改札を通る〉（『東京焼盡』）と書いている。

　東京暮らしの百閒は、荷風が中野のアパートを焼け出された五月二十五日の空襲で麹町の自宅を焼失。隣家の庭の隅にあったトタンぶきの掘っ立て小屋を借りて住んでいた。

　国民の生活は衣食住の根幹部が崩壊状態にあり、帝都のシンボル東京駅も空襲で破壊された屋根を修復できないままの惨状をさらしていた。

　百閒は十四日の日記で、故郷岡山のことを案じている。〈空襲のすぐ後に岡山の源ちゃんや真さんや木畑さんに出した見舞の葉書は着いたのか着かないのか未だに解らない〉（同）。大切な友人、知人の消息さえつかめない。

　再びドイツのポツダム。この夜、スチムソン米陸軍長官はチャーチル首相の宿舎を訪ね、メモを渡した。メモには「子どもは丈夫で生まれた」とあった。子どもとは「原爆」、つまり原爆実験成功の一報だった。ソ連の動きを牽制し、ポツダム会談の切り札になるはずの原爆。米国は盟友関係にあった英国にまずその誕生を伝えたのである。

三十七日目　七月十八日（水）

七月十八日。晴。日暮妙林寺後丘の墓地を繞る山径を徜徉す。山は皆石山にて松林深き処人家碁布す。林間に畠ありまた牧場あり。人家の庭に甘草孔雀草の花を見る。小径の行くに従い林間を上下するに忽ちにして山間に通ずる大道に出ず。大道は三門町停車場のあたりより西北の方に走り吉備津の町に通ずるものなるが如し。四方の山麓及び路傍の家屋中その稍大なるは石材を商うものなり。行人の中朝鮮の人多きを見る。日未没せざるに半輪の月次第に輝くにつれ、山色樹影色調の妙を極め、水田の面に反映す。顧望低回。夜色の迫り来るに驚き、道をいそぎて家にかえる。途上詩を思うこと次の如し。

山あひを行く道はさびし。
寂しけれども行く道の長きを望めば
その端れには幸ひの宿れるが如き心地もするなり。
望なき世に猶望みあるが如く
その日その日を過しゆくこころ。
行く道のながきを望む心に似たらずや。
日は暮れぬ。日はくれて道を照す月かげ。
寂しく悲しけれど闇には優る。

【徜徉】歩き回る

【顧望低回】あちこち歩くこと

家路をいそがん。待つ人もなく燈火（とうか）もなければど。

喜劇役者の古川ロッパはこの日夕刻、東京の銀座へ出た。四十一歳。久しぶりに銀座を歩いたロッパの感想がある。〈夢だな、昔の銀座は食物の氾濫（はんらん）。今は——。八洲亭をのぞくと、あるので喜び、入る。海老のサラダにプレーンのオムレツで十一円。それっきりだ。食っても、手応えなし。表へ出る、午後五時の銀座、まるで昔の午前五時頃の姿、人の影まばら〉（『古川ロッパ昭和日記　戦中篇（へん）』）

銀座を愛した荷風が、人影もまばらなこんな銀座を見たらどんな思いを抱いただろう。

古川ロッパの名前は『断腸亭日乗』に四度出てくる。荷風は街で聞いたうわさとして書いているのだが、内容を要約して二つ紹介しよう。

「古川緑波（ろっぱ）という道化役者がラジオで水戸黄門を演じたところ、水戸の壮士らが『黄門を辱（はずかし）めた』と凶器を懐に上京し、緑波を襲い、放送局にもねじ込んだ」（日乗・昭和十二年三月二十八日）

「エノケン、緑波など道化役者の見物人を笑わせる芝居は不真面目であり、芸風を改めるようその筋から命令があったらしい」（同十八年一月一日）

荷風は喜劇役者を特に評価しているふうはないが、こうした文化が軍国の世の風潮に押さえつけられていくのを敏感に感じ取っていた。

ロッパが銀座に出た時間帯だろうか、荷風は武南家の背後にある妙林寺の墓地に行き、そこから山道をたどって歩き回る。当時の地図を見ると、妙林寺の北にある京山（標高八十二メートル）の南麓には岡山県の種畜場があった。〈林間に畠ありまた牧場あり〉——この牧場とは種畜場を指すようだ。ここは現在、池田動物園になっている。戦後、元岡山藩主の直系にあたる故・池田隆政氏が昭和天皇の四女厚子さまと結婚したのを機に開園した。

さらに歩くと、人家の庭にカンゾウやクジャクソウの花が咲いているのが見えた。林の中を道なりに進むと大きな道に出た。鉄道の吉備線三門駅の辺りから吉備津の町に通じる道、つまり国道一八〇号だ。いつの間にか荷風は岡山では万成石と呼ぶ御影石（花崗岩）の産地として知られる岡山市万成地区に出たらしく、石材店を目にする。

日没近い空に半月が輝き始めた。水田に映る山や木々の色合いが素晴らしい雰囲気を醸す。見とれて歩き回るうちに夜のとばりが迫っていることに驚き、急いで家路についた。

道すがら荷風は詩をつくる。菅原明朗は手記『荷風罹災日乗註考』でその夕べの荷風の様子を興味深く語っている。〈この散歩は私と二人づれだった。此処が詩の霊感を受けた場処で（引用者注・手記には三門付近の国道一八〇号とみられる道路の写真が載っている）、荷風は長く立止り何回となく私に歎賞の語を洩した〉

終戦から十五年が経過した一九六〇（昭和35）年に岡山を再訪した菅原によると、荷風はなぜかこの日つくった詩を見せなかったという。それまでは自作の詩や小説などを菅原にはよく見せていたのに、と首を傾げる。

岡山に来た当座、一緒に散歩した時などには日乗に菅原の名前が出てきた。しかしこのところ菅原夫妻の影が薄い。何かぎくしゃくしたものを感じるのは筆者だけだろうか。夫妻の名は妹尾崎に行った七月十三日以降、出てこない。しかも十三日のそれは「S氏夫婦」というアルファベット表記だった。

……望なき世に猶望みあるが如く／その日その日を過しゆくこころ。……

ひと月を過ぎた岡山暮らし。将来へのかすかな希望を託すしかない毎日。詩には孤独感が漂う。作家である荷風が、岡山に来て初めて作品らしいものを書いた夕べだった。

三十八日目　七月十九日（木）

七月十九日。晴。連日警戒警報のひびくを聞く。家具を山中の孤村に運ぶもの多し。馬力一両一時間百円の相場なりと云（いう）。

この日の日乗に、荷風は岡山市三門地区の山から見た児島湾、児島半島の山々などのスケッチを添えている。（174頁参照）三門の家々を手前にして、岡山市南部の工場地帯に立つ煙突が二本、その向こうに金甲山、怒塚山の特徴ある稜線（りょうせん）。絵の中に「児島湾」「水田」「三門町」「用水」と説明書きも加えている。

十日前の七月九日、武南家の近所の国（くに）神社の丘から目にした光景だろう。〈前方南の方に児島湾を囲む山脈（やますじ）を見る。風景佳ならざるに非（あら）ず〉（日乗・七月九日付）――こう記した風景を描いたものだ。

連日のように空襲警報が出て、武南家に隣接する岡山西署のそばの火の見櫓（やぐら）に取り付けられたサイレンが悲鳴を上げている。米機動部隊は日本近海に出没し、艦載機のグラマンが列車などを狙って低空で機銃掃射をかけてくるようになった。

岡山市民の中には「操縦士の笑う顔が見えた」と証言する人が少なくなかった。再空襲を恐れて家具などを田舎に移す人も多かったようだ。

馬車の料金は時間百円。白米の標準価格が十キロ六円だから相当高いという意を込めて荷風は料金を記録したようだ。ただし白米も標準価格で取り引きされることはなく、何倍もする闇値が横行していた。旅館「松月」にいた頃、池田優子が手に入れてくれたメリヤスシャツは一着二百円もした。標準価格はあってないようなものだった。

この日の合同新聞の一面には「海軍省公表」として兵士二百三十六人の名前とその階級が並んでいた。四月十六日から五月十四日の間に神風特別攻撃隊で出撃し、沖縄周辺で散華した兵士の殊勲を全軍に布告したものである。

〈第五神風特別攻撃隊神雷部隊〉海軍中尉　宮下良平　海軍上等飛行兵曹　佐藤純　同　菅隆　同　峯山光雄……〈神風特別攻撃隊神雷部隊第七建武隊〉海軍上等飛行兵曹　森茂志　海軍一等飛行兵曹　大谷正行　同　本間由照　中原正義……〈神風特別攻撃隊第三筑波隊〉海軍中尉　中村秀正　海軍少尉　由井勲　同　粟井俊夫　兼森武文……〈第七神風特別攻撃隊神雷部隊〉海軍中尉　大橋進　海軍少尉　勝又武彦　同　菊地弘　足立安行……

若い兵士の名前が墓標のように紙面に並んでいる。そのそばには「全軍餘力を残す勿れ」の見出しで【南九州戦時基地発】のクレジットのついた記事があって、特攻隊員らに対して長官が「総員洩れなく奮励せよ」と訓示した、とある。

この長官はおそらく当時、鹿児島県・鹿屋基地に司令部を置いていた第五航空艦隊の司令長官宇垣纏海軍中将のことだろう。宇垣は先にもふれたが岡山の出身。この前日、七月十八日の宇垣の日記を見てみよう。〈七月十八日　水曜日　朝相当の雨後曇晴　東西に横走する不連続線上ったり下ったりして低気圧に連る。雨多きも理なり。岡山も姫路も焼かれたりと伝う。合同新聞もここ旬日前（引用者注・十日ほど前）より郵送を見ざるに至れるは道理也〉

宇垣は郷里・岡山の被災をこの頃知ったようだ。いつも郵送されていた故郷の合同新聞が届かなくなった理由がやっと分かったようだ。幸いにもというべきか、宇垣は自分が最高指揮官として送り出した特攻隊員たちの「墓碑銘」をなじみの合同新聞紙上で目にすることはなかった。

　第五航艦は八月から司令部を大分市に移して最終本土決戦に臨む方針を固め、引っ越し準備の最中だった。

七月十九日の『断腸亭日乗』に添えられた荷風のスケッチ

三十九日目　七月二十日（金）

七月二十日、陰（くもり）後に雨、夜に入り風雨、

岡山の天気は下り坂。日中曇った後に夜になって風雨が強まった。台風が沖縄をかすめて九州の西海上を北上し、接近していた。

気象情報は一九四一（昭和16）年十二月八日の太平洋戦争開戦以降は軍事上の機密となり、国民向けの天気予報は廃止された。台風が近づいていても農民や漁民には知る手立てもなく、気象観測は事実上軍事専用となっていた。

荷風がこの夜、台風の気配を感じながら書いたと思われる谷崎潤一郎宛ての書簡がある。相手が谷崎だからこその打ち明け話が書いてあり、荷風の武南家での暮らしぶりがうかがえる。全文を紹介する。

またまた手紙差上候　十六日差上候手紙お受取なされ候や　当方其後変りなく消光罷在候間御安心被下度候　この頃の様子にてはいずれは御親切に甘え御厄介にならねばならぬ事かと心配致候　就いては今日までの私の生活大略申述ぶべく万事御賢察被下度候　唯今夜具三枚だけは当地にて買求候えども鍋釜皿小鉢ハ菅原君明石の郷里より取寄候物また蚊帳も同君の物に御座候　三人にて人の家の二階十畳を月弐拾円にて借り配給食料其他ハ町会より貰居候　多少のヤミを入候ても生活費ハ東京より安く相成居候　初ハ自炊のつもりなりしが唯今三度の食事

大抵菅原君細君がつくりくれ申候　扨御地の食料は之を得ること容易に候や　これが一番心配に御座候　貸間をさがす間旅館に滞在致すつもりに候得共もし旅館が下宿同様賄をしてくれるならば自炊の不便なく好都合に候　岡山にて宿屋住居の時ハ配給食料切符を旅館より町会へ届け同居人の体裁に致置候事に御座候　私既に六十七の老人になり候為当地にて間借をさがす際高齢者をきらう処あり　又扶養する者なき時ハ老幼収容所へ送られる心配もなきに非ず　御地の事情何かとお伺致度候　今日雨中甚無聊乱筆御許被下度候

七月二十日　　　　永井壮吉

谷崎潤一郎様　侍史

（『荷風全集　第二十九巻』所収「書簡」）

手紙から垣間見える荷風の岡山暮らしの様子を整理しておこう。

◇夜具三枚だけは当地岡山で買い求めているが、鍋釜や皿、小鉢などは菅原が明石から取り寄せたものを借りて使っている。蚊帳も同様。

◇菅原夫妻と三人で武南家の二階十畳を月二十円の家賃で借りている。

◇旅館「松月」では同居人扱いにしてもらい、配給食料などは町内会からもらった。多少のヤミの出費を入れても生活費は東京より安上がりである。

◇現在、三度の食事はだいたい永井智子が作ってくれる。

荷風は勝山への移住の思いを強めているらしく、手紙の後半は勝山での食糧の心配、自分が六十七歳の高齢（実際は満六十五歳）であることの懸念などを書いている。

国民の間には「米軍は九十九里浜から上陸して来るそうだ」などのうわさが広がりつつある。

資材不足に悩む軍需省航空兵器総局は木製機増産に向けて「木製促進部」を設置。増産を奨励しているのだが、効果が上がらないため「木材は決してアルミニウムに劣らない」「材料は古材や竹を利用」「接着剤には獣血や蚕の蛹を」などと木造飛行機製造の奨励や解説記事を新聞に載せている。しかし蚕の蛹を使って木材や竹をつなぎ合わせ飛行機を飛ばそうとは……むなしく哀しい話である。

四十日目　七月二十一日（土）

七月二十一日、晴、夜月明水の如し、

この日、岡山市の学童集団疎開第一陣が出発した。岡山師範男子部附属国民学校（岡山大学附属小の前身）の児童百三十人だ。水筒を肩にかけ、身の回り品をリュックに詰めての出発。行き先は岡山県和気郡塩田村と山田村（いずれも現在の和気郡和気町）。親元を離れ、両村の青年学校と公会堂に分かれて暮らすことになっていた。

学童疎開は、米軍の空襲から子どもたちを守るため一九四四（昭和19）年から東京、大阪など大都市でスタート。翌四五年に入ってからは全国で国民学校初等科三年生以上の全員疎開と一、二年生の縁故疎開・集団疎開が推進された。縁故疎開とは親戚や知人を頼っての疎開のことである。

〈七月二十一日土曜日十二夜。夜半より降り始めて朝来雨なり。午頃から時化模様となる〉（内田百閒『東京焼盡』）。東京は台風が接近中で大荒れの天気。昼過ぎから風雨が強まり、午後四時頃からは盆をひっくり返したような激しい雨になった。

百閒は勤務する日本郵船に出社するのをやめ、借り住まいの掘っ立て小屋の中で故郷・岡山のことを思い巡らせた。

六月二十九日に空襲された岡山。死者も多かったと聞いたが、町は無くなったのだろうか。源ちゃん、真さんからはいまだに返事がない（167頁参照）。木畑先生の家は幸い無事だった……屋根をたたく

雨の下で百閒は日記帳に向かった。

ほとんど顧みることもなくなった故郷だが、敵に焼かれたとなれば感慨も別。こんなことを記した。

〈記憶の中の岡山は亜米利加（アメリカ）もB29も焼く事は出来ないのだから、自分の岡山は焼かれた後も前も同じ事であるかも知れない〉

岡山市網浜の父親の里の家やその周辺のこと、二本松の村役場、百間川の土手、旭川の鉄橋、岡山駅の歩廊（プラットホーム）、平井の土手の下にあったおばあさんの里、三蟠（さんばん）港の蒸気船、相生橋下の旭川の砂地で見たウナギの稚魚の行列……。百閒は生まれ育った岡山の記憶をたどり、あふれる思いを日記に綴（つづ）った。

その夜、岡山の天気は台風が通過して回復し、空には満月に近い月が出た。澄みわたった水のように明るい月明かりである。月下には、焼け野原の岡山が横たわっていた。

幸いにも被災を免れた三門の家々や木々は月の光に洗われている。荷風が見上げた岡山の月の下を、百閒の望郷の思いが駆け巡ったのだろうか。

岡山県勝山町にいた谷崎潤一郎はこの日、荷風に手紙を認（したた）める。荷風宛てに小包を鉄道荷物便で送った、という内容だった。（口絵11頁）

その追伸――〈荷物は前述の三個の小包をそのまま又一つに括（くく）り　封入の如き裂地の布を以（もっ）てその全体を覆いて縫い付け　その上より縄を掛けてあり　容積一尺立方四方よりも稍大なるくらい　重量二貫目余ぐらい　送り元は小生　届先は永井壮吉様としたる荷札を付けてあり候〉

一尺は三〇・三センチ、一貫は三・七五キロ。荷物の大きさや重さ、目印などを細かに説明した「追伸」のほかに、見つけやすいように包んだ布の切れ端まで同封してあった。

重さ七・五キロ余り。やがて二十七日に荷風の元に届くことになるその小包には、谷崎の心尽くしが詰まっていた。

四十一日目　七月二十二日（日）

七月二十二日日曜日晴、

空襲から三週間余りが過ぎて、焦土となった岡山市街地は少しずつ復興へと向かっている。この日の合同新聞には学区単位に岡山市内で始まった焼け跡での金属回収の日程が載った。物資不足の折から、焼け跡に埋もれた鉄や銅などの金属類を拾い集めて再利用するのだ。がれきの中から針金や釘、鉄骨・鉄柱、トタン、鍋釜の残がいなどが集まっただろう。戦争継続への努力がまだ国民に強いられている。

荷風が暮らす岡山市三門エリア（石井、伊島学区）は二日前の二十日に回収作業は終了し、この二十二日は岡南、旭東、三勲学区で午前九時から午後三時まで行われた。
引き続き二十三日＝鹿田、出石▼二十四日＝深柢、御野▼二十五日＝内山下、清輝――の作業日程だった。

学校の校庭にあった二宮金次郎の像もお寺の梵鐘も金属として回収された時代。銅像類は「回収」ではあまりにも寂しいので「出征」「出陣」などと言ってせめてもの慰めとしていたが、実際は溶かされて武器や船、列車の部品になる運命。東京・渋谷駅前の忠犬ハチ公像も「出征」し、既に姿を消していた。

〈（……）中野重治の応召を聞く。どきッとした。「中野重治が――？」四十二、三だ〉

作家高見順の日記『敗戦日記』の七月二十二日の一節。この時高見は三十八歳。同じ福井県出身の先輩作家の中野重治は四十三歳。自分を五歳も上回る年齢での召集命令に、高見は驚きを隠せなかった。

中野は東大入学後プロレタリア文学運動に参加し、共産党に入党。その後弾圧によって検挙され、転向表明した。高見も東大入学後から同じ運動に参加するが、同様に検挙されて転向を表明という経歴を持っていた。それだけに中野の召集はひとごとではない。

高見は福井県三国町（現坂井市三国町）生まれ。本名は高間芳雄。父は福井県知事だった阪本釤之助。母は阪本家の使用人で、高見は知事が使用人の女性に産ませた子だった。

この釤之助は荷風の父久一郎の実弟で、養子に行き阪本姓になった。つまり荷風と高見はいとこになる。

釤之助は福井県知事、鹿児島県知事、名古屋市長、貴族院議員などを歴任した。荷風に言わせれば「官僚肌の典型」といえる男だった。

荷風には「新任知事」という小説がある。一九〇二（明治35）年、二十二歳の時の作品で、ちょうど釤之助が福井県知事に就任した頃、雑誌に発表した。官吏としての立身出世に全精力を注ぐ主人公夫妻を冷ややかに描いているが、そのモデルは釤之助だった。これが釤之助の怒りにふれて荷風は絶交を言い渡された。

釤之助の子が売り出し中の作家高見順であることを荷風が知ったのは一九三六（昭和11）年の夏の終わりだ。以後計六回、高見の名が『断腸亭日乗』に出てくるが、いずれも冷淡な筆でこの新進作家を突き放している。

高見は荷風が出入りする浅草のオペラ館の楽屋を訪ねて面会を求めようとするが、果たせなかった。

〈迷惑甚だし〉一九四〇（昭和15）年九月十三日、荷風は日乗にこう書いて高見を冷たくあしらった。以後、二人はいとこととしてはもちろん、文学者としても交流することはなかった。

「血縁、親族と一切の縁を断つ」と決めた荷風の意固地な思いに加えて、叔父釤之助への嫌悪感がそんな態度をとらせたようだが、高見は荷風のそうした振る舞いをどう受け止めたのか……。

ところで、高見の日記に出てくる中野重治はこの時妻子と東京に住んでいたが、突然の召集令状で六月二十三日、東京の部隊に入隊。その三日後に陸軍二等兵として長野県に行き、本土決戦に備えて天皇の玉座移転地として陸軍が計画していた松代（まつしろ）大本営の設営工事に従事する。「赤紙」と呼ばれた通常の召集令状ではなく、防空や警備に当たる人員集めで召集されたのだった。若い兵隊は底をつき、本土防衛のために在郷軍人をはじめ、中野のような高齢のインテリさえも駆り出されるようになった。

第十一章　小包

四十二日目　七月二十三日（月）

七月二十三日、陰りて冷気暮秋の如し、

例年なら梅雨明けしていてもいい日本列島だが、一九四五（昭和20）年の夏は長雨続きで、太陽は一向に燃えない。この日の岡山はまるで晩秋と錯覚するほどだった。

関東地方も同様だ。永井荷風のいとこに当たり、鎌倉に住む作家の高見順はこの日の日記の冒頭に書いている。〈雨。また気温が下った。こんな調子では米作が憂えられる〉（『敗戦日記』）

東京も気温の変化が激しいようだ。喜劇役者の古川ロッパ、作家の内田百閒、ラジオの声優などで活躍する徳川夢声も天候異変を敏感に感じている。

〈寒し、まるで冬の如し、昨日は真夏、激変なり〉（『古川ロッパ昭和日記　戦中篇』七月二十三日付）

〈昨日は宵から涼しくなり夜半は薄寒い位であったが今朝は二十一度F七十度にて昨日の夏ら

しい天気はどこへいったかと思う〉(内田百閒『東京焼盡』同)

Ｆは華氏のことでＦ七十度はセ氏二十一度。

〈今日モ亦涼シ、困ッタ天候也〉(『夢声戦争日記』同)

大日本帝国の天候は、戦局と同様におかしくなっている。

この日、岡山県の勝山にいた谷崎潤一郎は荷風宛てに長文の手紙を書いた。筆者は、谷崎が書いたこの手紙の実物を読んだことがある。一九八八(昭和63)年六月のことだった。

岡山市に本社のある地方紙山陽新聞の記者をしていた筆者は、毎年やってくる「岡山空襲の日」(六月二十九日)が近づいたので、空襲にまつわる話題を探していて、終戦の年に荷風が間借りしていた武南家へ記者クラブから電話を入れた。

戦時中の荷風については既に多くの先輩記者が記事にしていた。調べ尽くされ、書き尽くされているはずのテーマである。「ダメもと」の気持ちで電話帳で調べた武南家のダイヤルを回すと、意外な言葉が返ってきた。

「戦時中、谷崎潤一郎氏が荷風さんに宛てた手紙があるんです。見てみますか?」

複写などではなく、直筆の本物だという。

主人の武南功さんは当時七十三歳。現在のＪＲの前身の国鉄ＯＢで、穏やかな方だった。奥さんの登喜子さん＝当時六十八歳＝も取材に応じてくださった。

十銭切手を貼った白い和紙の封筒が目の前に出てきた。表書きは「岡山市巌井三門町一八二五　武南功様方　永井荷風先生」、裏には「真庭郡勝山町新町小野はる様方　谷崎潤一郎」と墨書してあった。

「実は母が一昨年春に亡くなりまして、遺品を整理していて見つけたんです」と功さん。手紙は荷風が岡山を離れる際、お礼の意を込めて武南家に預けて行ったとのこと。谷崎直筆の手紙に相当な価値があることを荷風は理解していた。

手紙は谷崎愛用の四百字詰め原稿用紙に認めてあった。雁皮和紙に紅殻色の罫が引かれた用紙は一目で極上品と分かった。実はこの手紙は一九八三（昭和58）年に刊行された『谷崎潤一郎全集』（全三十巻、中央公論社）にも未収録の新発見のものだった。文面は、谷崎が荷風の胸の内まで配慮して細やかに気を遣いながら荷風の勝山転居、家探し、生活の世話のことなどについて触れ、「とにかく一度勝山へおいでください」と書いてあった。顔を合わせて話をすれば、荷風の先行きも具体的に見えてくるはず、というのが谷崎の思いだったようだ。

夫妻は荷風がよく七輪で煮炊きをしていたという武南家の裏庭を見せてくれた。その裏庭は家の北側にあり、庭に面して濡れ縁と石のくつ脱ぎがあった。「荷風さんは手拭いで頬かむりして、ここで七輪に古鍋をかけて自炊しておられました。シャツは着た切りで気の毒でした」登喜子さんは当時を思い返し、話された。

次に筆者は東京に住む谷崎夫人の松子さんに電話取材した。「当時のことは私も勝山に居ましたのでよく覚えています。谷崎は荷風先生の下宿探しにいろいろと手を尽くしていました」

見ず知らずの遠方の記者からの突然の電話に、夫人は気さくに答えてくださった。八十四歳。声は若く、気品があった。

手紙が発見されたことに絡めて、戦争に翻弄される二人の文豪のことを記事にした。記事と夫人の談話はその年の岡山空襲記念日（六月二十九日）の社会面に載った。
それから数年後、松子夫人は逝去された。享年八十七歳。いまも電話の向こうの声が耳に残っている。

谷崎がこの荷風宛ての手紙を書いた日（七月二十三日）の翌二十四日が谷崎五十九歳の誕生日だった。よく知られているように、戦火を逃れて住みついた勝山で谷崎は松子夫人らをモデルにした大作「細雪（ささめゆき）」を執筆していた。夫人は小説中の四姉妹の二番目、幸子（さちこ）のモデルとされ、勝山にいた当時は四十一歳だった。

谷崎は一九一〇（明治43）年、二十四歳のときに文芸誌『三田文学』で荷風の絶賛を浴び、文壇デビューした。その後「痴人の愛」「蓼喰（たでく）ふ虫」「春琴抄」など多彩な作品を発表し、戦争が始まる前には文豪としての地位を確立していた。師を持たない主義の谷崎だったが、荷風を唯一「先生」と呼んで尊敬の念を表した。「自分を見出（いだ）してくれた恩人」という思いは終生忘れなかったようだ。文人の先達として荷風に学ぶところも多かったという。

四十三日目　七月二十四日（火）

七月二十四日、晴、午前空襲あり、同宿の人々と屋後の壕に逃る、

この日早朝、米軍のP51やグラマン戦闘機が編隊で岡山に来襲し、波状攻撃をかけてきた。岡山県南部の工場地帯や岡山、玉柏、大元、西大寺（現在の東岡山）などの国鉄駅のほかに市街地、列車、船舶などが小型爆弾や機銃による攻撃を受け、四十四人が死亡した。作家小手鞠るいさんの父、川瀧喜正さんはこの日の体験を書き残している（口絵7頁）。

荷風たちは裏山の防空壕に逃れた。

P51はムスタングと呼ばれた米国製小型戦闘機で、岡山に姿を見せたのはこれが初めて。グラマンなど航続距離の短い艦載機が現れたのは、空母を含む敵艦隊が近海にいることを示していた。

鹿児島県・鹿屋基地にいる海軍第五航空艦隊司令長官・宇垣纏中将のこの日の日記。〈〇六三〇警戒警報。詫間（引用者注・香川県の町）に〇六〇〇艦上機来襲を手始とし四国、中国西部及九州中北部に亘り第一波十四編隊来襲、東方に敵電波も探知し待ちたる敵KdBの来攻を知る。大体足摺岬の一三五度方向と判断せられ彩雲を以て索敵せるに二機共応答なく撃墜せられたる如し。（……）〉（『戦藻録』）

KdBは機動部隊。彩雲は偵察機の名称である。この日から米第三艦隊は英太平洋艦隊と連携して瀬戸内海方面への広範な航空攻撃を開始したのである。

攻撃は瀬戸内地方を中心に山陰まで繰り返し行われた。新聞によると第一波攻撃は午前六時から約

二時間、米軍艦上機およそ百機が防府、呉、尾道、福山、岡山、米子付近の軍事施設などを爆撃。第二波は午前九時二十分頃から約一時間にわたりおよそ四百機が呉、山口、岡山付近を、第三波は午後一時半からおよそ七十機が一時間にわたり米子、山口付近に来襲とあった（合同新聞）。

岡山では岡山駅近くの機関区も攻撃された。駅は荷風たちの間借りする武南家に近く、旋回攻撃をする戦闘機は荷風らが身を隠した防空壕の上空も飛び交っただろう。

荷風や菅原明朗・智子夫妻は空襲警報が鳴る度に裏山の防空壕に避難した。ピアニストの宅孝二が、そんな時の荷風の逃走ぶりを、戦後勤めた聖徳学園短期大学（千葉県松戸市）の学内誌に書き残している。宅は、空襲で家を焼かれた最相楠市一家と一緒に、荷風らが暮らす武南家に一時仮住まいしていた。

〈（当時は）男子は十六才より六十才までは、空襲の時は逃げないで防空の位置につくべしという命令が出はじめていました。それでも私達集団は警報が鳴るとスタコラ裏山に逃げはじめますが、その西署の前では必ず「コラ、お前達は」と立番のお巡りさんに叱られます。荷風先生はまっさきに「ヘイ、ヘイ。」と頭を下げて通ります。私達も「ヘイ、ヘイ。」と同じようにやるのです〉（聖徳学園短期大学文学科昭和五十一年発行『九十九段』第八号所収・宅孝二「空襲下、荷風先生と逃げ惑うの記」）

武南功氏によると、逃げる荷風はいつも手拭いで頬かぶりをし、バッグなど荷物を振り分けにしていたという。その中には大切な「断腸亭日乗」や未発表原稿が入っていた。

戦争は大詰めに近い。

この二十四日夜、長野県軽井沢の実業家・政治家内田信也の別荘で近衛文麿、来栖三郎、鳩山一郎らが晩餐をともにした。これら特権階級の人々は、食糧難の時勢にどんな晩餐を囲んだのだろうか。会話の内容よりむしろそちらに興味が向くが、残念ながら献立は不明である。

内田は内田汽船の創業者で、山下汽船の山下亀三郎、勝田汽船の勝田銀次郎と共に三大船成り金と呼ばれた。実業界から政界に乗り出し鉄道大臣や農商務大臣などを歴任し、この時は貴族院議員。鳩山一郎は、鳩山由紀夫（友紀夫）元首相の祖父。政治家として活躍していたが、東条英機らの軍人政治に嫌気がさして一九四三（昭和18）年から軽井沢で隠遁生活を送っていた。戦後、首相。初代の自由民主党総裁を務めた。

晩餐の帰り、元外交官の来栖は近衛の別荘に寄った。来栖は日米開戦直前に特使として米国に派遣され、野村吉三郎駐米大使を補佐して最後の日米交渉に尽力した人物。この年二月に退官していた。近衛は、自分が和平の特使としてモスクワへ行く計画が進行中であることを来栖に打ち明けた。来栖はかねてから中国による和平案を考えていたので、ソ連の仲介による一連の和平計画を聞いて、こう言う。

「それは方向違いで、罹災した家屋を担保に、金を借りようとしているようなものだ」

つまり、とても実現は期待できないというのだ。近衛もその考えに同意し「ソ連は恐らく参戦してくるだろう」と言ったという（矢部貞治編著「近衛文麿（下）」）。特使役の近衛自身にも、必ずしも明るい展望はなかったのだ。

大本営参謀（戦争指導班長）の種村佐孝大佐は自著『大本営機密日誌』の七月二十四日の項にこう書いている。〈最近ソ連大使館の婦女子がしきりに帰国を急いでいたが、本日漸く酒田から出帆帰国

した。（……）帰国の目的に関し二様の判断がある。曰く、ソ連の対日参戦は近い。曰く、空爆避難にある――と〉

この日午前、元外相の松岡洋右が内大臣の木戸幸一を訪ねた。日独伊三国同盟、日ソ中立条約を締結し、日米開戦前夜は対米強硬路線の中心にいた人物だが、外相を更迭された後は結核をわずらい、この時期には心境も変化していたと伝えられている。

〈十時、松岡洋右氏来室、戦争の見透殊に和平云々等につき意見を開陳せらる〉（『木戸幸一日記』）

前日二十三日の同日記には内大臣室を訪れた三人の名前が出てくる。

〈二時半、東条大将来室、最近の政情等につき意見を述べらる。近衛公来室、其後の経過等を話す。三時半、東郷外相来室、佐藤大使来電等を中心に話ありたり〉

戦争継続派、終戦派――風雲急を告げる戦局を見据えて、国民の目が届かないところでさまざまな人間がうごめいていた。

一方、こちらは米国。

第二十空軍第五〇九混成連隊にとって七月二十四日は記憶に残る日となった。トルーマン大統領からついに「原爆投下命令」が下ったのだ。同連隊は原爆投下のために特別に編成された部隊で、七機のB29が改造され、その日に備えていた。

命令書（二十五日付）には投下順に次の四都市が明記されていた。

「ヒロシマ、コクラ、ニイガタ、ナガサキ」

投下は天候の許す限り、八月三日以降のなるべく早い時期に、とされていた（『トルーマン回顧録（1）』）。

この日、トルーマンはスターリンに耳打ちした。ポツダムの全体会議の後のことだ。

「わが国は、新型爆弾の実験に成功しました」

表情をじっとうかがうトルーマンに、スターリンは「教えていただき感謝します。日本に効果的に使えるでしょう」と答えた。

平静を装ったスターリンだが、宿舎に引き揚げるとすぐ原爆開発担当のクルチャトフ博士に直接電話を入れ「研究を急げ」とハッパをかけた。スパイ網を駆使して米国のマンハッタン計画を察知していたソ連は、核兵器の研究・開発を急加速していたのだった。

四十四日目　七月二十五日（水）

七月二十五日、陰、東京杵屋五叟の手紙来る、余が十六日頃に送りたる郵書をいかに読みちがえしにや、余が馴れぬ旅の身の上を堪難きまで哀れに思い、急に東京にお帰りあるべしとて鉄道乗車券を得べき方法、又東京にて第一ホテル空室を二十八日以降借置く由言い越しぬ、余初め雨中東京を去りし日より戦争休む時まで故里には還るまじと決心せり、還らんとするも身を寄すべき処なくなりたればなり、五叟の書をよみ周章狼狽殆為すところを知らず、僅に乱筆数行、即座には帰京しがたき旨を書して送る、

【杵屋五叟】 48頁、72頁参照

荷風はこの日、東京にいるいとこの杵屋五叟こと大島一雄から手紙を受け取り、その内容に慌てた。前に荷風が出した手紙をどう読み違えたか、鉄道乗車券の取り方や東京第一ホテルの部屋を二十八日から押さえたので「急ぎ帰京を」と言ってきたのである。

荷風は大島の便箋の裏に返事を書き、送り返した。

御手紙拝見しました。私の差上げた手紙の文意をお取ちがいと存じます。私の帰りたいと申したのは旅の心持のさびしい事を申上げたので今すぐ帰京するつもりで申上げたのでは御在ません　私の手紙がまちがった為大変に御手数をかけ誠に申訳が御在ません。（……）

七月二十五日

岡山市巌井三門町二ノ一八二五武南功様内　永井壮吉
東京　大島一雄様
あなたの方から私を迎いに来るには及びません。帰る時がきまればその時前以てお知らせ致ます〔ママ〕

口語体風に書いてあるので、現代人にも読みやすい文面だ。「大島が読み違えをしないように」とこんな書き方をしたようだが、受け手の大島にすれば首をかしげざるを得なかったはず。長唄の師匠である大島は、当然通常の候文（そうろうぶん）程度は苦もなく読んだろうし、荷風からこんな手紙をもらうのも初めてだったはずだ。逆に荷風の慌てぶりが滑稽にさえ映る。

この日、永井智子も大島に手紙を出した。内容は意味深なものだった。荷風と智子との関係が、起居をともにしながらの長い流浪生活の間に微妙にもつれ、変化が兆してきたように察しられるのである。

智子の手紙は二十四、二十五日と連日空襲警報に悩まされ相当疲れたこと、先の岡山空襲で持ち物をほとんど失い、三人とも着た切りの状態になりながらもなんとか元気にやっている――などの近況報告の後、いよいよ本題に入る。岩波書店版『荷風全集　第二十四巻』の付録の月報に掲載された手紙から引用する（注・ルビは引用者）。

〈永井先生は最近はすっかり恐怖病におかかりになり　あのまめだった方が横のものを建（たて）にもなさることもなく　まるで子供の様に　わからなくなってしまい　私達の一人が昼間一寸（ちょっと）用事で出かけることがあっても「困るから出ないでくれ」と云（い）われるし　食べた食事も忘れて

「朝食べたか知ら」なぞと云われる始末です　ここ四五日はいくらか良くなられた様ですが全く困っております
　東京に今帰り度がっていると思うと　私達とずっと岡山付近で暮し度いともおっしゃいますし（……）御自分でも御自分のことがよくおわかりにならないのでしょうと思います　貴方様の方へもきっと何か申されることと思いますが決してお気に留めることなく先生の勝手にさせておいて下さい（……）ただ恐怖病が早く快くなったらと思っています　空襲が解除になっても一人で穴の中に這入っている有様です〉

智子は、重なる空襲の恐怖にさらされて、荷風がいま風にいえばＰＴＳＤ（心的外傷後ストレス障害）か軽い認知症の状態になっている、と大島に伝えたいようだ。そして最後はこう締めくくっている。〈この手紙は永井先生には絶対に内密にしておいて下さい〉

武南家の二階。肩を寄せ合う部屋で、荷風と智子が同じ大島に手紙を書き、それぞれが近所の郵便ポストに投函に行く場面が目に見えるようだ。もちろん時間差はあったはずで、荷風が大島に手紙を書いたのを知って、智子も書く気になったのではないか。文面からもそう読み取れる。

菅原明朗の『荷風罹災日乗註考』によると、前日二十四日の空襲は小型機の機銃掃射が激しかった。六月末の岡山空襲以降、警報は何度も出たが本物の空襲になったのはこれが初めてで、荷風は相当にショックを受けたのではないかと書いている。

警報を聞き、武南夫婦と荷風、菅原夫婦らは裏山の防空壕に逃げ込んだ。戦闘機の爆音と機銃掃射。やがて敵の編隊は去り、みんな防空壕から出て来た。が、荷風だけは出て来ない。見ると、壕の中で茫然と意識を失ったように座っている。呼んでも聞こえない様子だった。通常なら菅原が連れ出すところだろうが、入って行ったのは智子だった。

菅原は「智子が無理やりに外へつれ出した」と書いている。智子の荷風に対する怒りに似た感情がうかがえる。

前日にこんなことがあって、荷風と智子のぎくしゃくした関係が表面化し、これが智子の大島への手紙につながったのではないだろうか。

四十五日目　七月二十六日（木）

七月二十六日、晴、

岡山地方はこの日、空襲もなく静かだった。荷風の日記も日付と天候だけ。荷風はやや落ち着いたようで、東京の大島一雄にあらためて手紙を認めた。前日あわてて書いた大島への返信の再確認と補足の便りである。前と同じ口語体の文面。要約すると以下のような内容だった。

「きょうは世間も静かなので改めてお返事します。きのう受け取った手紙は全く意外でびっくりです。重複することもありますが、心残りもありこの手紙を書きました。

帰京はいま少し様子を見た方がいいと思います。岡山で知り合った東京人もいるので、迎えにはおよびません。妻子ある貴兄は万事自重して私のことはあまりご心配なく。近づきになる人も増え、にぎやかに日を送ることもあるので、帰京の際は相談して一緒に汽車に乗ります。無事再会できる日を待っています。

また、二時間ほどで行ける岡山県・勝山町には谷崎君もいるし、ぜひ遊びに来るように言ってきているので訪ねるつもりです。（……）」

ドイツのポツダムで七月十七日から開かれていた米英ソ三国の首脳会談は回を重ね、第九回会議を終了。宣言案の内容は固まった。

英国の首相チャーチルは総選挙の開票を控えて前日の二十五日に帰国したが、その朝、彼は不吉な夢を見た。無人の部屋のテーブルの上に、白いシーツで覆われた自分の遺体が横たわるのを見たのである。夢は正夢となり、チャーチルの率いる保守党は選挙で大敗。代わってポツダムに帰って来るのは労働党のアトリー新首相となった。

米国のトルーマン大統領はこの日、専用機でベルリンからドイツ南西部のフランクフルトに飛んだ。進駐した米軍の視察のためだった。その日のうちにポツダムの宿舎に帰ると、中国の蔣介石(しょうかいせき)主席から「宣言を承諾した」との一報が届いていた。

ベルリン時間の午後七時、「解禁時間は午後九時二十分」のしばりのかかったポツダム宣言の資料が報道陣に配られた。宣言は「アメリカ合衆国大統領、中華民国政府主席、英国首相は数億もの三国国民を代表して協議した結果、日本に戦争終結の機会を与えることに同意した」という書き出しで始まる十三条からなっていた。

宣言は日本の無条件降伏を要求し、トルーマン、チャーチル、蔣介石の署名がされ、事実上連合国の主役の一人を務めたソ連のスターリン首相の名前は伏せてあった。

ポツダム宣言は予定通りその夜九時二十分、ベルリンから世界に発信された。それは日本時間の二十七日早朝だった。

大戦の幕引きに向けてポツダムで米英ソ首脳による駆け引きが進行していた間も、戦いの最前線では多くの双方の兵士が死んでいた。とりわけ日本兵はむごい目に遭っていた。

ビルマ(現ミャンマー)戦線では日本軍のインパール作戦の失敗で「白骨街道」とも「靖国街道」とも呼ばれた敗残兵の生き地獄が出現していた。

この日、一九四五（昭和20）年七月二十六日夜、ビルマ東部で敗走を続ける日本軍の第五四師団（兵兵団）は決死のシッタン河渡河を決行した。すでにビルマの主要地域は英印軍の支配下にあり、この河を渡らなければ兵士たちは生きては還れない。

　この夜、逃避行で疲れ切った兵士たちの大半は竹製の筏にしがみつき、最後の力を振り絞って河を渡ろうとした。が、渦巻く濁流にのまれて次々に流された。

　岡山県赤磐郡可真村（後の赤磐郡熊山町、現赤磐市）出身の小田敦巳は同師団の輜重兵だった。二十三歳。小田は幸いにもこの夜は舟に乗ることができ、対岸にたどり着いた。ろくに食べ物もない敗走の日々で体は衰弱し切っており、岸辺の草にしがみついてやっとはい上がった。

　所属する輜重部隊はインパール作戦に呼応してビルマ西岸のベンガル湾岸に進出していた。しかし無謀なインパール攻略作戦は失敗に終わり、師団は日本軍の最後尾で追撃してくる英印軍を牽制しながら撤退を続けていた。

　生還した小田は七十六歳になった九八（平成10）年、自分の戦争体験を著書『一兵士の戦争体験　ビルマ戦線　生死の境』に記した。その中でこの夜の渡河をこう振り返る。

〈渡河できなくて流された人、（……）即ち死んだ人の話を聞くことはできないが、その人達は下流へ流されている時どんな目に遭いどんなに悲痛な思いをしたことか。そのことを忘れるわけにはいかない〉

　英印軍の集計で、この渡河作戦で六千人の遺体が河口に流されていたという。ほかにも水中に沈んだり、岸に引っかかった遺体もあったはずで、小田はこの渡河での日本兵の死者は一万人にも達するのではないか、としている。

　同作戦での日本軍の死者は三万人を超え、その大半が餓死だったとされる。

食糧や弾薬などの補給が軽視されたまま行われたこの作戦で、ガダルカナル島を上回る惨禍が兵士に降りかかったのである。

四十六日目　七月二十七日（金）

七月二十七日、晴、午前岡山駅に赴き谷崎君勝山より送られし小包を受取る、帰り来りて開き見るに、鋏、小刀、印肉、半紙千余枚、浴衣一枚、角帯一本、其他あり、感涙禁じがたし、晩間理髪、

「Potsdam proclamation of the three powers（ポツダム・プラクラメイション・オブ・ザ・スリー・パワーズ）……」――日本時間の二十七日午前六時、米国サンフランシスコの短波放送がポツダム宣言を読み上げ始めた。

東京・調布町国領のYMCAレストハウスの外務省ボイス・キャストで、あるいは愛宕山リスニング・ポストで……外務省スタッフや同盟通信、日本放送協会（NHK）などの担当者が短波受信機にしがみつくようにしてこの放送を聞いた。

十三条からなる宣言は「日本の軍国主義勢力の除去」「新秩序確立までの占領」「日本国民が自由に表明した意志による政府の樹立」などを唱えていた。

内容はただちに迫水久常書記官長、東郷茂徳外相、陸軍参謀本部、海軍軍令部などに伝えられた。

〈午前十一時、東郷外相参内、拝謁後面談、ポツダムに於てトルーマン〔Harry S. Truman〕、チャーチル、蔣介石により声明せられたる対日和平条件の件なり〉（『木戸幸一日記』七月二十七日の項）。ポツダム宣言を受けて東郷外相は皇居に参内し、天皇に拝謁した。東郷はソ連との和平仲介交渉の経過、英国総選挙のチャーチルの敗北を報告した後、その朝発表されたポツダム宣言の詳細を天皇に説明し、外務大臣としての意見を言上した。
「ポツダム宣言の取り扱いは内外ともに最大の慎重さをもって対応すべきであります。宣言を拒否するような意思表示をする場合は重大な結果をまねく懸念がございます。戦争終結につきましてはソ連との交渉は断絶しておりませんので、その進展を見極めて判断すべきと存じます」

東郷の腹は「この宣言をもとに少しでも早く戦争終結へ向けて連合国側との交渉を進めたい」。ただ、皇室の安泰など不明確な点もあるので「交渉してそれらを修正したい」というものだった。

引き続き最高戦争指導会議・構成員会合が開かれた。出席者は東郷のほかに鈴木貫太郎首相、阿南惟幾陸相、米内光政海相、梅津美治郎陸軍参謀総長、豊田副武海軍軍令部総長。席上、東郷は天皇に言上した内容と同じことを繰り返した。

午後二時からは首相官邸で定例閣議を開催。極度に緊張した空気に包まれた閣議の主役は外相だった。東郷は居並ぶ閣僚に、これまでの対ソ和平交渉の概要を明らかにし、ポツダム宣言の受け止め方についてその朝から何度も繰り返した意見を述べた。

列席者の一人、迫水書記官長は戦後、この閣議での東郷の姿を振り返っている。〈私は、東郷外相が、（……）このポツダム宣言は和平の鍵となる極めて重要なものと考えるから、その対策はもっとも慎重なるを要する旨を、持ちまえの低声で冷静しかも厳然として話されたときの姿を目の前に浮べることができる〉（『機関銃下の首相官邸』）

宣言をどう取り扱うかについてはその後も議論が続いたが、結論としてはいましばらくソ連の態度を見て決定する。政府としては何の意思表示もせず、新聞発表などについてはなるべく小さく扱う――などが決まった。

予測はしていたものの、突然突きつけられた「降伏勧告」。その衝撃で外務省や軍部の動きがあわただしくなっていた頃だろうか、荷風は岡山駅に小包を受け取りに行った。勝山の谷崎潤一郎が送ってくれた鉄道小荷物。大きさ三十数センチ四方、重さ八キロほどの小包には「永井壮吉様」の名札がついていた。

帰って開けて見ると、はさみや小刀、印肉のほかに半紙千余枚、浴衣、角帯などが入っていた。浴衣で硯(すずり)がくるんであり、墨や筆、水差しなど筆記用具、それに封筒、クリップなども詰めてあった。多くは谷崎が使ったものだったが、どれもがいまではとても手に入らない貴重品である。

〈感涙禁じがたし〉荷風は最大級の喜びを『断腸亭日乗』に記した。早速礼状も書いたことだろう。その晩方、思い立って理髪店に行き、頭を整える。ありがたい小包のプレゼントに「勝山へ行こう」という心が動いたのかもしれない。

この日の合同新聞一面トップは「聖上御近況」の記事だった。さる五月二十五日、荷風が東京・中野のアパートを焼け出された空襲で、皇居は総檜(ひのき)造りの豊明殿などを焼失した。記事は、生活は多少不自由になられたが、天皇は「日夕御健勝に御政務を饗(みそな)わせられる」と報じている（筆者注・「饗わせられる」とは「行っておられる」の意）。

二面では七月二十一日と二十五日に相次いで集団疎開した岡山師範男子附属、同女子附属に続いて岡山市内の十五国民学校の集団疎開の宿舎が決まったとあり、受け入れ先となる岡山県上房、和気、川上の各郡のお寺や国民学校などの名前が列記されていた。

さらに「敵へ憤怒の供出　岡山市民が金属類を総ざらえ」の見出しを立てて、回収場に指定された国民学校には市民がリヤカーや大八車(だいはちぐるま)などに鉄類を満載して搬入していると報じている。壊滅状態の国を国民は必死に支えている。

四十七日目　七月二十八日（土）

七月二十八日、晴、従弟五叟官公用乗車證明書なるものを作製して郵送し来れり、余をして某軍需品工場の資本主又は取締役の如きものになしたるなり、

鉄道作家宮脇俊三の著書『時刻表昭和史』にこんな場面が出てくる。

一九四四（昭和19）年三月、十七歳の旧制高校生だった宮脇少年は東京駅から博多行きの第一種急行列車（特急）に一人で乗った。乗客全員が座り、車内はゆったりとしていた。全席指定の軍公用優先の特別列車だった。まともに乗車券も買えず、乗れたとしても通路もデッキも大混雑した時代にこんな列車もあったのである。

前年の一九四三年秋の学徒動員以降、学生の身辺にも徴兵の影は迫り、宮脇少年は「戦地で死ぬ前に関門トンネルを一目見たい」という一心だった。下関と門司を結ぶ関門トンネルは一九四二年秋に下り線が開通。九州の炭鉱と本州を結ぶ「海底の動脈」として期待され、複線化の完了＝一九四四年秋＝も目前だった。

横浜駅で大きな荷物を持った老人が乗って来た。老人は車内の静けさに驚き、周りを見回して少年の近くの通路に荷物を置き、その上に腰を降ろした。老人はやがてやってきた車掌に詰問される。特急とは知らずに乗ってしまったのだ。

切符は藤沢駅（神奈川県）までしかないのに、列車は沼津駅（静岡県）まで停まらない。居丈高にたしなめる車掌。老人はオロオロと頭を下げ、逃げるようにデッキへ出て行った。

少年の心に強く残ったのは、老人に対する乗客の冷ややかさだった。それにもまして痛かったのは、学生の分際で特別列車に乗り込んだ自分に対する視線。普通の汽車にすればよかった、と後悔した。しかし問い質されることはなかった。彼の切符は、陸軍軍人の父親が鉄道省に勤務する娘婿に頼んで手に入れてくれたもの。ツテのない一般国民にはとても手に入らない乗車券だった。


荷風のいとこである杵屋五叟（大島一雄）はこうした裏事情を十分知っていたのだろう。どう都合したのか、この日荷風に「官公用乗車證明書」なるものを郵送してきた。

宮脇少年の関門旅行から一年以上が経過し、戦局の悪化で鉄道事情は一層悪化していたから、入手は大変だったはず。荷風を軍需工場の関係者に仕立て上げているのをみても、特別のコネを使ったのは間違いなかった。

戦争の最中だから「軍用」「軍需」という言葉は効果大。とりわけ軍需工場の経営に当たる人物となると最優先で乗せてもらえるはずだった。しかし荷風はこのニセ証明書を使う気にはなれなかったようだ。


この日午後四時、鈴木貫太郎首相は首相官邸で内閣記者団との会見に臨んだ。七十七歳の老首相に質問が飛ぶ。「昨日の米英蒋共同宣言（ポツダム宣言）に対する首相のお考えは」。鈴木は答える。「私は三国共同宣言はカイロ会談の焼き直しと思う。政府としては重大な価値あるものとは認めず黙殺するだけである。断乎戦争完遂に邁進するのみである」

カイロ会談とは一九四三年秋にエジプトの首都カイロでルーズベルト、チャーチル、蒋介石が話し合い、日本が無条件降伏するまで戦い抜くことを表明したもの（カイロ宣言）。ルーズベルトとチャーチルはその足でイランのテヘランに向かい、ソ連のスターリンと対独戦線の形成などを決定（テヘラン会談）。この席でスターリンは「ドイツ降伏の三カ月後、日本に宣戦布告してもよい」と約束したといわれる。この三人は一九四五年二月、黒海沿岸のヤルタで再び顔を合わせ、ドイツの戦後処理などについて協議した（ヤルタ会談）。ここでルーズベルトとスターリンは、ドイツ降伏後にソ連が対日戦に参戦する密約を交わした。中立条約を結んだ日本に対するソ連の裏切りはここで確定事項となった。

「一億玉砕」を叫ぶ日本に対し、上陸作戦を決行すれば連合国側にも多大な犠牲者が出る。ルーズベルトはソ連の参戦で米国の損害を減らすことを目論（もくろ）んだのだが、後になってスターリンの策略に乗ったことを反省したという。

――話を戻そう。

記者団の問いに対する鈴木首相の「黙殺発言」は、前日の閣議で決めた「ポツダム宣言に対する政府の意思表示は何もしない」という取り決めを破ったものだった。ニュースはたちまち世界を走る。その結果「黙殺する」という表現が連合国側から「拒否」ととられ、事態は次の段階へと進む。この一連のやりとりが米国には原爆投下の、ソ連には対日参戦の口実を与えたといっても過言ではなかった。

この記者会見に先立って、迫水久常書記官長のところには陸軍省の中堅幹部などから「政府はなぜポツダム宣言に反対の表明をしないのか」といった抗議が相次ぎ、ついには阿南陸相、梅津参謀総長が直接やって来て「このままでは前線の兵士の士気にも関わる」と強く迫った。迫水は米内海相に陸海軍首脳らの説得を頼んだがそれも不成功に終わり、鈴木首相までが協議の場に引き出されてしまった。その結果、記者の質問に首相が答えるという方法がとられることになった。

報道陣とのやりとりは首相、書記官長と軍首脳とで事前に取り決めた「やらせ」。内容的にも政府側が軍の強硬姿勢に押し切られた格好だった。

迫水は著書『機関銃下の首相官邸』の中で問題の「黙殺」について釈明する。〈私の心持では、近ごろではだれもが使う「ノー・コメント」という程のことであった。（……）同盟通信社では、このニュースを海外に放送するについて、黙殺というのを「イグノア（引用者注・無視する）」と訳したらしい。それが先方の新聞には、さらに「リジェクト（同・拒否する）」という言葉で報道されてしまったのであった〉

書記官長の苦しい弁明である。これに対して東郷外相や鈴木首相は戦後のメモワールの中でそれぞれ遺憾の意を表している。〈（……）首相、陸海軍大臣および両総長が突然の思い付きで別室に集り協議し、総理は遂に強硬派の意見に動かされ、其後の新聞記者会見に於てこれを黙殺するに決めたと述べて大々的に報道せらるることになった趣である。（……）米国新聞紙等は日本は同宣言を拒否したと報じ、（……）誠に不幸かつ不利なことであったと謂わざるを得ない〉（東郷茂徳『時代の一面』）

〈余は心ならずも、七月二十八日の内閣記者団との会見に於いて「この宣言は重視する要なきものと思う」との意味を答弁したのである。この一言は後々に至るまで、余の誠に遺憾と思う点であり、この一言を余に無理強いに答弁させたところに、当時の軍部の極端なところの抗戦意識が、いかに冷静なる判断を欠いていたかが判るのである〉（『鈴木貫太郎自伝』）

ちなみに岡山の合同新聞はポツダム宣言に対して七月二十九日付で次の見出しを掲げた。情報局の指示に従って、やや地味な扱いではあったが。「何ぞ三国（米英蒋）共同宣言　断乎戦抜くのみ　皇土割譲等不遜の要求」

第十二章　南瓜の蔓

四十八日目　七月二十九日（日）

七月二十九日　日曜日、晴、同行のS君夫婦連日口論をなし喧騒（けんとう）堪えがたし、婦の罵る（ののし）をきくに、休戦になる時を待ち別れる約束をなし共に西行せしなりと、男の言うをきくに狂婦の言語は毎日変化す、一も信用すべきものなし、唯（ただ）言わして置けばよきなりと、笑うべし、厭う（いと）可（べ）し、

【喧騒】騒がしいさま

喧騒、罵る、狂婦……感情的な字句が並ぶ。抑えていた永井荷風の怒りが「S君夫婦」に向けてついに噴き出した印象だ。Sはもちろん菅原のS。

岡山へ来て以来、何度も『断腸亭日乗』に記された菅原明朗、智子の名前が七月七日を最後に消え、同十三日には「S氏夫婦」とアルファベット表記になる。「荷風の永代橋」などの著者で評論家の草森紳一氏は「おそらく嫌悪記号としてのアルファベットなのだろう」と推測する。荷風とS夫婦との間に何があったのかは当事者だけが知ること。われわれは臆測するしかない。

三人が意気投合してオペラ「葛飾情話」を上演し、大成功した頃の師弟関係、あるいは芸術で結ばれた仲間意識のようなものは、戦争に翻弄されて流浪生活を送るうちに少しずつ崩れていったのかもしれない。オペラが縁で菅原と智子は互いの家庭を捨てる熱愛の末に結ばれ、事実上の夫婦関係にあった。しかしこの日の日乗によれば「狂婦」とされた智子はいさかいの末に別れ話まで口走ったようだ。

夫の菅原は「頭に血の上った女の言葉は、ちっとも信用できませんよ。好きに言わせておけばよいです」と荷風に言った。荷風は冷ややかに〈笑うべし、厭う可し〉と記す。

ちなみにこの日の「罹災日録」は〈七月二十九日。晴。〉だけ。「罹災日録」には智子の名前は出てこない。菅原明朗の名はあっても、智子は影も形もないのだ。

なぜか――。

先回りして明かしてしまえば、終戦後、荷風が岡山から帰京する際のいきさつから智子は荷風の怒りをかい、戦後二年目に発表された『罹災日録』から存在を抹消されてしまったのである。その件は後に詳しく紹介するが、戦後しばらくして発刊された『断腸亭日乗』で智子の名前はようやく復活する。荷風の日記が必ずしも真実ばかりを記したものではなく、むしろ創作に近いといわれるのもこういう事実があればやむを得ないだろう。

菅原の『荷風罹災日乗註考』によると、菅原は一カ月前の岡山空襲で所持品のほとんどを失ってしまった。持ち物は旅館「松月」、池田優子の家、最相楠市の家の三カ所に分散して置いてあったが、不幸にも三カ所とも被災してしまった。

その中には、それまでに書きためた貴重な楽譜もあった。それを知った智子が菅原を詰ったところ、荷風は「菅原さんの楽譜焼失のことを一切口にするな」と強くたしなめたという。菅原は書いている。

〈荷風との二十五年以上にわたる交際中、彼が此時ほどの強い語気で人に対したのを、私は前後を通

じて知らない〉

岡山空襲は夫妻が明石に行った留守中のことで、旅館には荷風だけが残っていた。空襲で荷風は自分の荷物を持ち出すのがやっと。菅原らの物を救えなかったことを、おそらく心に引きずっていたと想像できる。目の前で菅原を詰る智子の声は、荷風には自分を責めるように響いたかもしれない。この辺から荷風と智子の関係に微妙なひびが入り始めたと思われる。

一九五九（昭和34）年七月号の『婦人公論』に智子が寄稿している。その年の四月末に荷風が急逝したため追悼号が出され、智子も荷風の思い出を語っている。三人が武南家で共同生活をしていた頃がしのばれる一文である。

〈三人は十畳一部屋に、一緒に同じ蚊帳（かや）で寝ていましたが、（……）朝になっても私達が眠っていると「智子さん、もう起きてもいい？」とおっしゃいます。

「もっと、寝ているのよ」

しばらくすると、先生は手拭（てぬぐい）をもって、そっと蚊帳を出ていらっしゃいます。お食事の時も、先生は、胃をよく悪くなさるので、あまり食べすぎないように、注意をしますと、「僕もうすこしほしいなあ」とおっしゃって、そっと卓の上のものをつまんで口へおいれになります。私が気がついて、「先生、いけませんよ！」と怒鳴ると、先生は坐（すわ）り直し小さくなって、「ハイ、ハイ」とおっしゃいます〉

無邪気なやりとりのように書いてはあるが、智子の微妙な上から目線も感じられる。それまで「先生、先生」とちやほやされて気ままに生きてきた荷風にとって、智子はやや煙たい存在になりつつあったのかもしれない。

この日、静岡県西部の浜松市は米国艦隊から一時間余り、砲撃を受けた。駅や工場をめがけて約二千発が打ち込まれ、百七十七人が死亡した。帝国海軍の誇る連合艦隊はどこへ雲隠れしたのか。敵艦隊は日本近海で好き放題に暴れ回っている。

第五航空艦隊司令長官の宇垣纏中将は日記に書く。〈昨日（引用者注・七月二十八日）呉には艦上機六百五十機B25百十機四波に分れ進入艦艇及西海岸を攻撃、伊勢、日向、大淀、葛城其の他の大部分沈没又は撃破せられ死傷者も相当なる見込なり〉

燃料の油がなくて動くこともできず、広島の呉軍港周辺の島陰などに擬装して繋留されていた日本海軍最後の戦艦群は、米軍の空からの攻撃で無残に撃破されてしまった。

当時、呉にあった艦船は戦艦「榛名」「伊勢」「日向」、航空母艦「天城」「葛城」、巡洋艦「青葉」「磐手」「出雲」「利根」「大淀」「北上」など（伊藤正徳『連合艦隊の最後』）。大半が七月二十四日からの攻撃で大破あるいは中破、着座といった痛撃を受け、ほぼ壊滅状態となっていた。

前年六月のマリアナ沖海戦で敗北を喫した連合艦隊の司令部は、その年秋頃から横浜市・日吉台の地下壕に移転。陸に上がった河童同然になっていた。日吉台は現在、慶応大学のキャンパスがある場所である。

宇垣の日記はさらに続く。〈内容詳細不明なるも米英支三国は帝国に対し無条件降伏を勧告する声明を発したるが如く海軍大臣は部内に対し斯るものに捉わるる事なく邁進すべきを訓示す。力の足らざる訓示等云わずもがな、三国に対し無条件降伏を勧告すべし〉

宇垣はポツダム宣言を受けての米内海軍大臣の訓示に不満を述べ、米英中三国にはむしろ日本から〈無条件降伏を勧告すべし〉と書いている。

連合国に無条件降伏を迫る要素がこの時、日本軍のどこに残っていたのか、可能なら宇垣長官に問い質(ただ)したいところだ。第一線にあり、指導的な立場の軍人の現状認識はこの程度だったのか、それともすべてを分かった上での強弁なのか。

四十九日目　七月三十日（月）

七月三十日、晴、暁明下痢、この日S夫婦音楽演奏の為広島に行く、寓室閑静なり、仰臥しずかに病をやしなう、

【暁明】明け方
【寓室】仮住まいの部屋

S夫婦――つまり菅原明朗と智子はこの日、汽車で広島へ向かった。岡山空襲の後、岡山市三門の武南家に何日か一緒に住んでいたピアニストの宅孝二から誘いを受け、広島中央放送局（現NHK広島放送局）のラジオ番組に出演するためだった。

宅の手記「空襲下、荷風先生と逃げ惑うの記」によると、広島の音楽関係者から「音楽会とラジオ放送に協力してほしい」と頼まれた宅は、教え子のピアニスト最相制子（最相楠市の娘）を連れて広島市へ行き、ピアノやアコーディオンで工場や兵舎の慰問をしていた。宅が放送局の担当者に「作曲家の菅原明朗と声楽家の永井智子も岡山にいる」と教えたことから、二人を広島に呼び寄せることになった。

荷風一人になって武南家の二階は急に静かになった。裏山から届くセミの声も一段と大きく聞こえただろう。荷風は布団に横になり、天井を仰いで耐えていた。未明に下痢に襲われ、この日から三日間ほど寝込むことになる。

若いころからよく腹をこわした。煎じたゲンノショウコを常備薬とし、自分で摘みに行ったり、庭に植えたりもした。東京・大久保余丁町に住んでいた頃、書斎を「断腸亭」と名付けたのもその病癖のためとの説もあるし、庭に植えてあったシュウカイドウ（秋海棠）を荷風が好み、花の別名が「断腸花」だったのでその名にちなんだともいわれる。

　この日、陸軍戸山学校の軍楽隊が東京から岡山にやって来て、戦災から立ち上がる岡山市民を元気づけた。戸山学校は荷風ゆかりの大久保余丁町の近くにあった。

　軍楽隊は朝八時に岡山駅前を出発し、電車通りに沿って終点の東山電停までの数キロを行進。焼け跡の街にラッパや太鼓の音を響かせた。武南家のある三門地区までは距離もあるので、荷風の枕元まではその音は届かなかっただろう。


　この頃、日本からおよそ二千五百キロ離れた西太平洋のグアム島では横井庄一陸軍軍曹が数名の兵士と密林の中をさ迷っていた。マリアナ諸島の最南端にあるグアム島は、兵庫県の淡路島ほどの島。三十歳の横井軍曹は七月下旬のある日、森で空からまかれたサイパン島発行の日本語新聞を拾う。〈新聞には日本へ向け、連合軍がポツダム宣言を通告したことと、その内容が書かれてありましたが、「無条件降伏」という文字も、日本が受諾したという記事もなく、私たちは頭から「敵の謀略だ」と無視しました〉――終戦から二十六年半もたった一九七二（昭和47）年一月、奇跡的に生還した横井が著した「明日への道―全報告　グアム島孤独の28年」の一節である。

　米軍は一九四四（昭和19）年七月二十一日、グアム島に上陸。追い詰められた日本軍はその四日後、玉砕した。横井は島内を放浪。戦友と死別、生別を繰り返した末に一九六四（昭和39）年にはついに一人となり、孤独なジャングル生活を送った。

　再び岡山――。この日、七月三十日付の合同新聞には空襲から一カ月を迎えて、市民に奮起をうながす竹内寛岡山市長のメッセージが載った。〈戦災直後においては市民は丸裸になって戦列に参加する覚悟と決心が態度にも現れ言葉の端にも窺われていた。謂わば決戦的な岡山市民になっていたが日の経過とともに自己中心の元の姿になって来る傾向が見える。焼夷弾と取っ組んだ一ケ月前の市民の敢闘振りは前線将兵の突撃精神に通ずる実に立派なものであった。あの日の気持ちに全市民がなりきって戦列に参加すれば戦争の目的を達成することが出来る。（……）〉

　市長の訓示は延々と続く。〈いまへこたれては敵の思う壺〉〈丸焼けになったあの朝は命だけあればよい、これから戦い抜くぞと決心したではないか〉〈敵も、いくら叩いても日本の国民が手をあげない国民であることを知ったら悲鳴をあげるのだ〉

　市民はこれをどう読んだだろうか。前線でも銃後でも、国民の多くは疲れ切り、ひたひたと迫る敵の脅威を感じていた。主な都市はほとんど焼かれ、大きな空襲を受けていない県庁所在地は新潟、金沢、京都、奈良、広島、長崎の六市だけだった。

　沖縄の次に米軍が狙う上陸地は南九州――と判断した大本営は、航空部隊の本拠を大分を中心とする九州北部に移動することに決定。この日夕、海軍の特攻攻撃の主要基地だった鹿児島県・鹿屋基地の参謀長と幕僚の一部は飛行機で鹿屋を発ち、新たに司令部を置く大分航空基地（大分市）に到着した。

五十日目　七月三十一日（火）

七月三十一日、晴、昨来暑気燬くが如し、南瓜の蔓延び花盛にひらく、胡瓜既に盛を過ぐ、茄子赤茄日に日に熟す、下痢やまざれば近隣の医師藤山氏を訪い薬を請う、東京より川尻清潭の書来る、依然として明舟町九番地芳盟荘に在りと云、東京は五月以来火災なく平穏無事今日に至れるが如し、但し他の人の端書によれば米三分豆七分の食料には困却せりと云、

見聞録

大坂市中にて人の拾いたるビラの文次の如し、

日本の偉人よ何処に在りや。日本は自由の何たるかを理解した人々に依って強大を致したのである、国家の独立はその国民の独立よりと喝破した福沢諭吉氏、その著書思想と人格に於て自由の定義を下した深作安文博士、多年議会政治の闘士として令名を馳せた尾崎行雄氏、刺客に襲われた時板垣死すとも自由は死せずと絶叫した板垣退助氏、この人達によって昔の日本には自由の国家のみがその強大を致し得ると云う事実がよく理解されている、昭和十一年に尾崎行雄氏が世界の趨勢に逆行し軍国主義の旧弊を固守し、恰もそれが国に最も忠なる所以であるが如く考えることは、決して忠でもなく又自らを愛する所以でもないと叫び得たのが、恐らく最後であろう、軍閥がその発言の自由を拘束し荒木の如き人間が日本を軍事的

【燬くが如し】燃える火のようだ
【赤茄】トマト
【川尻清潭】劇作家
【喝破】正しく言い切る
【令名】名声

敗北に導いたのである、現在の事態は日本を破滅に導いた軍部指導者の採った理論が誤謬であって、尾崎氏の如き人々が正当であった事を立派に証明している、言論の自由と自由主義政府とを再び確立することが日本の将来を保証する唯一の道である、

〈暑気燬くが如し〉

七月も最後。この日の『断腸亭日乗』にやっと盛夏にふさわしい記述が出る。照りつける太陽。畑のカボチャはぐんぐんつるを伸ばし、黄色い花を盛んにつけている。キュウリは盛りを過ぎたが、ナスやトマトは日ごとに実を膨らませる。野菜たちは強い日差しを浴びて季節の恵みを育んでいる。

庶民の日常の関心事はなんといっても食べることだろう。しかし食糧は末端まで行き渡らず、東京では配給の内容も「米三分豆七分」となったようだ。栄養があって、腹を満たしてくれるカボチャはこの季節の貴重な食べ物。徳川夢声のこの頃の日記にこうある。

〈B29とP51に対する私の関心は、南瓜と胡瓜に対する関心と、同じ程度である。

結局今日は、朝から夕まで、警報の出つづけであったが、私の頭脳の中は、敵機よりも南瓜の方が幅を利かせていた〉(『夢声戦争日記』七月三十日付)

食通でマルチタレントの夢声は、一般庶民よりは食生活に恵まれ、食べたものを日記に細かに記しているが、中には次のような日もあった。日時をちょっと先送りする。〈南瓜雌花二輪交配。(……)味噌汁ノ実ハ南瓜ノ蔓ト花トデ作ル〉(同八月十日付)

朝早く、人の手で雄花の花粉を雌花に授粉してやれば南瓜はほぼ確実に実を結んでくれる。花を見つけては交配する夢声。食糧確保に重要な作業である。

大都会に比べ、岡山では食糧もまだある。近郊には農家が多い上に、田畑のない家庭でも河川敷や山の斜面、堤防ののり面などで競って野菜を作った。荷風らにも、池田優子の一家が残してくれた畑があったし、裏山の武南家の畑から野菜を恵んでもらうこともあった。この日、『断腸亭日乗』に書き込んだ野菜の名は、それらの畑で育つものだったろう。このほかに保存食品として先に菅原夫妻が明石から持ち帰った魚の干物が相当量あったという。

下痢に悩まされる荷風は、近所の医院へ薬をもらいに行った。歩けないほどの重症ではなかったようだが、菅原夫妻は広島へ行って不在だし、悪化させては困る。

この日届いた劇評家の川尻清潭からの手紙によると、東京は五月二十五日の空襲以降は平穏。清潭の住む明舟町は、現在の東京都港区虎ノ門二丁目に町名が残っている。清潭の入居する芳盟荘は奇跡的に焼け残っているようだ。本名は川尻義豊といい、荷風とは明治末期からの付き合い。日乗に名前が出てくる回数はトップクラスで、荷風より三歳年長の六十八歳だった。

手紙は七月二十二日東京発の消印。歌人で劇作家、小説家でもある吉井勇や谷崎潤一郎に聞いて、荷風が岡山にいることを知った清潭の見舞い状だったが、書面には恐ろしいことがさらりと書いてあった。〈愈本土の戦場化と相成いずれの土地を安全とは定め難事に候えども　重ね重ねの御災難ハ何とも申上ようも無之御推察申上居候〉

ほぼ一年前、軍が絶対死守を叫んだサイパン島が玉砕、その後フィリピン、硫黄島、沖縄と米軍に攻め落とされ、日本の空ではB29やP51が好き放題暴れている。やがては米軍が上陸し、本土の戦場化は必至。そうなれば国民は旧式の銃、弓、陶器製の手榴弾や、竹やり、こん棒で敵の重戦車や機関銃に立ち向かわされるのだろうか。女や子どもや老人はどうなるのか。

荷風はこの日、どこで手に入れたか長文の「見聞録」を日乗に添えている。大阪市中でだれかが拾ったビラに書いてあったものらしい。米軍が空からまいたものか。

「見聞録」に出てくる人名は次の五人。福沢諭吉、深作安文、尾崎行雄、板垣退助、そして荒木。荒木とは荒木貞夫のことだ。前にも紹介したが、陸軍大将の荒木は陸相、文相を歴任。一九三一（昭和6）年の満州事変前後から真崎甚三郎（陸軍大将）らと皇道派青年将校の革新運動に影響を与えたといわれる。戦後はA級戦犯に問われ終身刑になった。深作安文は東京帝大、東京商大（現一橋大）で教べんをとった倫理学者である。

第十三章　やせ細りし身

五十一日目　八月一日（水）

八月初一、晴、おも湯を啜りて病を養う、晩間腹候漸く佳し、

【晩間】夕方

八月に入り、おも湯をすってしのいだ永井荷風の病（下痢）は、夕方には快方に向かった。

この日から一週間ほど経った八月七日付の合同新聞に「下痢患者が多い　飲食物にご注意」という記事が出た。岡山市などで最近、下痢患者が急増。症状は早くて三、四日、長引くと一週間も続くとした上で、岡山県衛生課の分析と注意を載せている。「一般に健康が低下しているところへ、災禍の後の過労、食物の変化、気温の状態などいろいろの事情が重なって胃腸障害が起こり、下痢につながっている」と。

どうやら下痢に襲われたのは荷風だけではなかったようだが、ここで注目したいのは「食物の変化」という言葉。長い戦争で食糧事情は地方でも悪化し、この夏には米の代わりに大豆やトウモロコシの配給が増えたので、胃腸の弱い人の多くが下痢に悩まされたようだ。大豆やトウモロコシは消化の悪

い食物の代表格。そこに空襲の災禍や暑さなどが加わって体力が低下し、下痢が多発しているというのだ。

この日午前十時、野坂昭如（あきゆき）少年は福井県の国鉄北陸本線の春江駅に降り立った。下り列車で福井駅を通り過ぎてすぐの田舎駅。春江に着く前に通過した福井市街地は七月十九日の空襲で焼かれていた。静かな春江駅前。十四歳の少年は近くの郵便局を訪ねた。そこに勤める親の知人を頼って、兵庫県西宮市からやって来た。知人はその姿を見て息をのむ。少年の背にはやせ衰えた一歳の妹が背負われていた。それから二十三年後の一九六八（昭和43）年一月、小説「火垂（ほた）るの墓」などで直木賞を受賞した作家・野坂の無惨な姿だった。少年の住んでいた神戸の家はこの年六月五日の空襲で焼け、一家は崩壊した。

直木賞受賞から五年後の一九七三（昭和48）年、月刊誌「面白半分」の編集長だった野坂は、荷風の作品とされる「四畳半襖（ふすま）の下張」を掲載したことで刑法一七五条違反（わいせつ文書の販売）に問われた。後に有罪（罰金）となるが、裁判では丸谷（まるや）才一が特別弁護人となり、五木寛之（ひろゆき）、井上ひさし、有吉佐和子ら著名作家が相次いで証言台に立ち、表現の自由を主張したことでも注目された。

一九四五（昭和20）年夏、ひん死の妹を背負う少年と、岡山市で下痢を患っていた老作家。戦争に追い回され、二人ともやせ細っていた。まったく縁のなかった二人が、老作家の作品を通して関わり合うとは本人たちにも想像すらできなかっただろう。

戦地の第一線ではいまなお三百万人余といわれる陸軍将兵が戦いを続けていた。

振り返れば一九四一（昭和16）年十二月八日、日米の戦いの火蓋（ひぶた）が切られて三年と八カ月近く。開戦当初、破竹の進撃を続けた日本軍は南方へと軍を進め、急速に占領地を広げた。しかし翌年六月のミッドウェー海戦で惨敗し、戦局は流れを変える。大本営は敗戦を隠して嘘を発表。以後、都合の悪いことは隠ぺいされ、国民は真相から遠ざけられていく。

その後、南太平洋ソロモン諸島のガダルカナル島の戦いで日本軍は米軍に圧倒され、二万四千人以上もの死者を出して一九四三年二月、島を撤退する。食物がなく、カエルやトカゲ、虫類はもちろん木の葉や水苔まで口にした末に餓死・病死した兵士は一万五千人にも上り、島は「餓島」と呼ばれた。

その年四月十八日、ソロモン諸島のブーゲンビル島上空で山本五十六連合艦隊司令長官の軍用機が米軍機の待ち伏せに遭い、長官は戦死。続いて五月二十九日、アリューシャン列島のアッツ島守備隊が玉砕した。以後「玉砕」は全員戦死の代名詞として戦争が終わるまで繰り返され、その響きは国民の悲しみと復讐心をあおった。

一九四四年六月、マリアナ沖海戦で海軍はまたも惨敗。七月七日、絶対国防圏の要とされたサイパン島の守備隊が玉砕した。八月、グアム島、テニアン島の日本軍玉砕。十月にはフィリピン・レイテ沖海戦で日本海軍は事実上壊滅し、この戦いで初めて「神風特別攻撃隊」が出撃した。そして翌四五年三月二十六日には硫黄島が玉砕、四月一日米軍沖縄上陸、六月二十三日日本軍沖縄守備隊玉砕と、連合軍の前に大日本帝国の戦線はドミノ倒しのように壊滅し、ポツダム宣言受諾か否かの瀬戸際に立たされている。

この間、政権は東条英機内閣が退陣に追い込まれ、小磯国昭内閣に。さらに沖縄戦の最中に鈴木貫太郎内閣に引き継がれた。

軍部は「本土決戦」「一億玉砕」を当然のように絶叫している。荷風が忌み嫌った軍人政治が、とうとう日本をここまで引きずり込んだのだ。

大阪市生まれの二十二歳。陸軍少尉、福田定一の属する陸軍戦車部隊はこの年の八月、栃木県・佐野のある小学校に駐屯していた。東京湾、相模湾から米軍が上陸することを想定し、高崎を経由している街道を南下して迎撃する任務を帯びていた。それが現実となれば、都心から北へ逃げて来る避難民が道にあふれ、戦車部隊の南下の妨げになる――と予測された。福田少尉は、その際の対処法を大本営からやって来た参謀に尋ねた。

一瞬考えた参謀は「ひき殺して行け」と答えた。それを聞いた福田の戦意は急激にしぼんだ。「われわれはだれのために戦っているのだ」、と。福田は後の司馬遼太郎である。

五十二日目　八月二日（木）

八月初二、日輪裏山の藪蔭（やぶかげ）より登らざる中（うち）、蚊帳（かや）を出で（い）井戸端に行き清水にて口そそぎ顔洗い米とぎ、裏庭に置きし焜炉（こんろ）に枯枝を焚き（た）て炊事をなす、去年麻布の家にても夏より初冬の頃まで裏庭に出であたりに咲く花をながめ飯かしぐ事を楽しみぬ、今年は思いもかけぬ土地に来り見知らぬ人の情にすがり其人（その）の家に雨露をしのぎ、其人の畠（はたけ）に植えし蔬菜（そさい）をめぐまれて命をつなぐ、人間の運命ほど図り知るべからざるはなし、午後郷書（きょうしょ）をしたたむる時宅孝二氏の妻来る、県下八浜（はちはま）という海浜の邑（むら）に親しき人ありて身を寄すと語れり、晡下（ほか）井戸の水にて冷水摩擦をなす、感冒予防のためなり、夜は電燈（でんとう）の小くして暗きのみならず蚊多く蛙声喧囂（あせいけんごう）、机にも倚り（よ）がたく読むべき書冊とてもなければあたり瞑く（くら）なると共に蚊帳に入りて臥す（ふ）、東京に在りし時とは異り程なく華胥（かしょ）に遊ぶことを得るなり、これもあきらめの賜物（たまもの）なるべきにや、

【焜炉】七輪（しちりん）
【蔬菜】野菜
【郷書】故郷への便り
【喧囂】やかましく騒がしい
【華胥】理想郷

体調が回復した荷風は、暗いうちから起き出して武南家の庭にある井戸端で口をすすぎ、洗顔した。それから米をとぎ、裏庭に置いた七輪で飯を炊き始める。

パチパチ——枯れ枝の燃える音、立ち上る煙。ふと一年前を思い出した。東京・麻布の自宅の庭に咲く季節の花を眺めながらの楽しい炊事だった。〈朝早く裏庭に出で枯枝を焚きて飯をたき馬鈴薯（ばれいしょ）を

煮る〉前年八月一日の『断腸亭日乗』である。場所こそ違うが、一年前も同じことをしていた。その日の日乗には続けてこんな記述がある。〈頃日読売社員某なるもの永井先生は警視庁に廃業届を提出して行方不明になられたりとの風説を流布致居候由〉――その日、当時熱海に住んでいた谷崎潤一郎から私家版「細雪」の上巻が届き、添えてあった谷崎の手紙にこう書かれていた。

その筋ににらまれて作家として休業状態だった荷風。発表のあてのないまま作品は書きためていたが、日常は隠遁生活そのものだった。とはいえ、かつては有名作家。世間は放ってはおかず荷風の消息は嘘と真実が入り混じってあれこれと憶測されていた。谷崎の手紙にあった「廃業届」うんぬんの話もその一つ。そんな風評も知らん顔で、荷風は暮らしていた。

当局ににらまれている点では谷崎も同じ。一九四三（昭和18）年、雑誌「中央公論」一月号と三月号に連載した「細雪」は、陸軍報道部の担当少佐に「国民の戦意を阻喪させる無用の小説」と決め付けられ、掲載を差し止められた。いまでは谷崎の代表作の一つである「細雪」。谷崎は上巻二百部を自費出版し、抵抗の姿勢を見せた。

二人はいま偶然にも同じ岡山県にいる。

荷風はこの日、谷崎に手紙を書いた。谷崎が送ってくれた和紙、筆など文房具類のお礼を述べた後、次のように続けた。

> 両三日前より持病の腹ぐあいよろしからず臥床罷在候　同宿の人土地の人も同様の下痢にて苦しむ者有之　悪しき病にては無御坐候　医者にもかかり居候　全快までは一二週間かかる事と存候　往復切符等の御心配　忝く候えども右様仕末故全快次第御通知御待被下度候　東京より身につけ持回り居候行李中の草稿今ハ荷厄介にて困却致居候間御訪問の際御手許へ御保管

願われまじくや　猶私の草稿著書一通所蔵する好事家一人は熱海市和田浜南区千三百七十四木戸正　一人ハ大森区久ケ原六八一相磯勝弥氏　猶私身分其他の事ハ従弟大島一雄（杵屋五叟）渋谷区千駄ヶ谷町五ノ八三八鈴木薬局方に御問合被下たく念の為申添候　八月初二
谷崎潤一郎様　侍史
○　印肉にはこれまで不自由致困り居候処御親切実に忝く存申候
○　近隣農家田園の風景又果樹園など薇陽の地も時には悪からず候

病のせいか、荷風は行李に入れて東京から持ち歩いている小説の草稿などを保管してもらえないかと谷崎に依頼し、同時に自分の著書をそろえて持っているのは熱海に住む木戸正、東京・大森区に住む相磯勝弥という人物であり、自分の身の回りのことは東京・渋谷区の鈴木薬局に住む大島一雄（杵屋五叟）に問い合わせてほしいと知らせている。床に伏せった後だけに、信頼する谷崎に後を託す心境になったのだろう。

荷風が谷崎に手紙を書いた午後、ピアニスト宅孝二の妻が訪ねて来た。宅本人は現在広島市にいて、菅原夫妻と合流しているはず。岡山空襲直後は、一時一緒に武南家に住んでいたが、彼女によると「八浜に親しい人がいて、いまはそこに身を寄せている」とのこと。八浜は児島湾南岸の漁村で、現在の岡山県玉野市八浜である。

夕方、井戸水で冷水摩擦をした。荷風が愛用するのは日本手拭いだった。夜は灯火管制で暗い上に蚊も多く、カエルの声もなんともやかましい。読む本もないので暗くなると早々に蚊帳に入り、横になった。寝つきもよく、いつの間にか夢の世界へ。〈これもあきらめの賜物なるべきにや〉

思いもかけない土地に来て、見知らぬ人の情にすがって雨露をしのぎ、畑の野菜を恵んでもらい命をつなぐ日々。人間の運命ほど計り知れないものはない、と荷風はしみじみ思う。

五十三日目　八月三日（金）

八月初三、炎暑日を追うに従って益甚し、されど此地の暑東京の如く湿気多からず、風乾けるが故静坐すれば痩細りし余が身には案外しのぎ易き心地せらるるなり、裏山に蝉の声稍多くなりぬ、但し秋近くなりても猶ミンミン蝉も法師蝉の声もなし、

【法師蝉】 セミの一種ツクツクボウシの異名

暑さは盛りである。岡山県南地方特有の夏の蒸し暑さを象徴する言葉に「瀬戸の夕凪」がある。瀬戸内海に近い岡山市では、夏の夕刻に無風状態の蒸し暑さでいたたまれない日がある。岡山市民はそんな日には庭や路地に畳一枚分ほどの木製の涼み台を出して蚊取り線香をたき、夕涼みをする習慣があった。

岡山が初めての荷風は、とくにこの年、一九四五（昭和20）年の夏は冷夏だったので、幸いにも岡山本来の暑さは体感していないようだ。

この日午前七時四十分頃、海軍第五航空艦隊の宇垣纏司令長官は大分市の飛行基地に到着した。台風の接近で、月初めの着任予定が遅れ、飛行機での移動を取りやめて日豊本線で鹿児島からやって来た。長官の乗った列車は、七月十七日の空襲で焦土となった大分市街地に滑り込んだ。

大分基地への司令部移転は、米軍の九州南部上陸を想定して本土決戦へ背水の陣を敷いたものだが、海軍には艦船もなく、飛行機も残り少ない状態で、事実上の退避だった。

長官宿舎は大分市内の農家に置かれた。ここ大分が、宇垣が最期の特攻に飛び立つ地になろうとは……刻々とその日が近づいている。

岡山の荷風は数日前からおも湯をすすっていたせいか、体はやせ細っていた。長身で髪は黒々と若々しかった荷風も、さすがに長い流浪生活の疲労は隠せなかった。

おも湯といえば、二カ月余り前の五月二十五日、東京・中野で二度目の空襲に遭い、駒場の宅孝二の家に転がり込んだ翌日の朝食が思い出された。宅の家は奇跡的に焼け残り、荷風と菅原夫妻は一晩泊めてもらったのである。

荷風は翌日（五月二十六日）付の日乗に〈宅氏の厳君母堂も昨夜代々幡の邸を失いたりとて来れり、一同卓を共にして朝食を食す〉と書いているが、この朝、宅の両親と宅夫妻、荷風、菅原夫妻らで囲んだのがおも湯の朝食だった。

宅の回想記を見てみよう。〈私達夫婦を入れて総勢七人が食卓について、真中にポツンと、おも湯が殆どのおかゆの大鉢が一つ置いてある風景を今でも思い出します。どうして食事をはじめてよいやら、サァ、どうぞ、どうぞと云いあっているだけです。主人役の私は仕方なく「では私から一荷汲み取りましょう」とおわいやさんよろしく、玉杓子を水ともおも湯ともつかぬ中に突っ込んで見せました〉（「空襲下、荷風先生と逃げ惑うの記」）

おも湯は、宅家の前にあった町会事務所で頼み込んでもらった救援米を、水で増量したものだった。「宅さんの家は焼けてないじゃないの」。近所の奥さんたちの非難の視線を浴びながら、両親や荷風らのために恥もプライドも捨てて手に入れた救援米だった。

戦時中は役所発行の食券がないと外食はできなかった。宅たちがいまいる広島市の食堂では朝食に麦五割、大豆三割、米二割のぱさぱさのご飯が出た。それに海藻の入った塩汁、たくあんが一、二切れ。庶民はこんなものを食べていた（NHK出版編『ヒロシマはどう記録されたか―NHKと中国新聞の原爆報道』）。

庶民だけではない。宮中も食糧事情は悪化し、栄養不足と心労で、天皇の体重も激減していた。その食膳にもエビやタイ、ヒラメなどの高級魚は上らなくなり、サバやニシン、イワシなどの庶民魚が上った（藤田尚徳（ひさのり）「侍従長の回想」）。

皇室関係など上流階級の子女が通う女子学習院の児童たちも飢えていた。栃木県の疎開先で彼女たちは画用紙にケーキやアップルパイなどの絵を描いて見せ合ったり、持って行ったお手玉の中に入れた小豆を煎（い）って食べたり、茶殻をソースで味付けし佃煮（つくだ）風にして食べたりしていた（井上ひさし編「社史に見る太平洋戦争」）。

荷風が間借りする武南家の北には丘陵地があり、夏はセミの大合唱。日の出を待っていたかのように「シャア、シャア」と鳴くクマゼミの声ばかりが目立つ昨今に比べ、昭和時代の岡山地方では「ジジー」と鳴く茶色い羽を持つニイニイゼミが最も多く、同じ茶色でもニイニイゼミよりふた回りほど大きくて「ジージリ、ジージリ」と鳴くアブラゼミなどが主流だった。「ミーンミンミンミー」と鳴くミンミンゼミはそれらに比べて少なかったようだ。

八月に入るとツクツクボウシの声も混じってくる。細身のやや小柄なセミで「ツクツクボーシ、ツクツクボーシ」と声を張り上げて「スイッチョー、スイッチョー」と締めくくる独特の鳴き声はいまでは珍しくなってしまった。多かったニイニイゼミの声も最近はぐんと減ったようである。

〈裏山に蝉の声稍多くなりぬ、但し秋近くなりても猶ミンミン蝉も法師蝉の声もなし〉荷風はこの日の日乗をこう締めた。体調も戻り、セミの声に耳を傾ける余裕が出てきたようだ。

五十四日目　八月四日（土）

八月四日、晴、この両三日いかがせしにや警戒のサイレンをきかず、晩間寓居（ぐうきょ）の主人其他の人々この夜広島より宅智子菅原三氏の放送あり、家の娘も曾（かつ）て宅氏の門生なりしにより共に広島に行きたればとてわざわざ席をもうけて余を迎う、蚊に攻められながらラヂオを聞く苦しみも浮世の義理の是非もなし、

この八月四日付の中国新聞（本社・広島市）の二面に、銃剣術のいでたちで整列する女性たちの写真が載った。「必勝」の文字の間に日の丸を染めた鉢巻き姿で、手に手に木剣を握り、前方をにらみすえている。

同じページに「今日の放送」という小さなラジオ欄がある。ラジオといえば当時はＮＨＫ（日本放送協会）。国民が日々の情報を得る手段は新聞かラジオだった。

この日は土曜日。番組欄の【夜】のところを見ると「七時＝『話』高田海軍少将▽『今週の戦局』▽『放送軽音楽会』宅孝二、岡田次郎［ママ］ほか」とある。

この夜は七時から高田海軍少将の訓話の後、戦局の発表に続いて宅孝二らが出演する軽音楽番組があるのだ。番組欄に宅と名前が並ぶ岡田次郎（二郎）は、東京・上野にあった東京音楽学校（東京芸大音楽学部の前身）でバイオリンを教えた。当時は広島市に疎開していた。

教え子の最相制子を連れて、菅原夫妻より先に岡山から広島入りした宅は岡田を加えてアコーディオン・バイオリン・ピアノのトリオを組んで工場や軍隊の慰問活動をしていた。そこに菅原夫妻が合流してこの夜のラジオ出演となったのである。

夜、荷風は武南家の主人に招かれて階下に下りた。ラジオの前に荷風の席が設けてあり、スピーカーから菅原の指揮で歌う智子の歌声や宅のピアノソロ、岡田・最相・宅のトリオ演奏などが流れた。荷風はラジオが大嫌い。しかも体調はまだよくない。宅や菅原たちの演奏も、荷風には苦痛の時間にすぎなかったようだ。

国民の戦意をかきたてたのは主として新聞とラジオだった。とくに最新の大衆メディアだったラジオは、一九二九（昭和4）年に六十五万件だった受信契約数は日米開戦の年、一九四一（昭和16）年にほぼ十倍の六百六十万件、一九四四年には七百五十万件に跳ね上がっていた。

開戦当初、ラジオは大本営発表の目覚ましい戦果を連日のように伝えた。国民はラジオの前で小躍りしながら皇軍の戦果に酔った。

帝国日本の華々しい活躍の宣伝に利用されたラジオだったが、米軍の本土空襲が本格化した一九四四年秋以降はもっぱら空襲警報を聞くための必需品になり変わっていた。

空襲で国内の主要都市のほとんどを焼失。そのため一九四五年四月からラジオの放送時間は大幅に縮小され、庶民向けの娯楽放送は夜の数時間程度に限定されていた。そうした事情を背景にこの夜、宅らは広島市上流川町の広島中央放送局で国民や戦地の兵隊たちを慰める軽音楽を演奏したのである。

〈家の娘も曾て宅氏の門生なりしにより〉とあるのは荷風の思い違いで、最相家の娘制子を武南家の娘と間違えたもの。

荷風のラジオ嫌いは有名だ。日記や作品にもそんな一面が記されている。

例えば一九二六（大正15）年八月二日付の日乗には――〈西南の風吹つづき暑気大に忍びやすし。燈下机に凭るにラヂオ蓄音機等の響、近隣の家より興り、喧囂極りなし〉

一九三六（昭和11）年八月五日付の日乗――〈終日ラヂオの声喧しく何事をも為しがたし〉

代表作の小説「濹東綺譚」第五章の書き出し部分――〈梅雨があけて暑中になると、近隣の家の戸障子が一斉に開け放されるせいでもあるか、他の時節には聞えなかった物音が俄に耳立ってきこえて来る。物音の中で最もわたくしを苦しめるものは、（……）隣家のラディオである〉主人公の「わたくし」は大江匡という名前だが、荷風が自分のイメージをかぶせて創り出した人物である。

荷風はラジオの音がうるさく、読書や執筆をじゃまされることを強調しているが、放送される内容そのものも嫌いだったに違いない。一九三一（昭和6）年九月十八日の満州事変以降は戦況報告などにラジオが大活躍。音楽や浪曲、長唄、落語などの娯楽番組もあったが、一九三七（昭和12）年七月七日に日中戦争が始まってからは戦時色は一層強まり、荷風が忌み嫌う軍人や官僚、あるいは著名作家、大学教授などが出演して国威高揚、報国精神を鼓舞するようになった。それも「ラジオ嫌い」に拍車をかけたと思われる。

番組は事前検閲され、政府や軍にとって都合の悪い情報は発表を禁止されたり、真実を曲げて放送された。新聞、雑誌なども同様で、とくに終戦の近いこの頃は「打倒鬼畜米英」「一億玉砕」を訴える内容が幅をきかせた。

ラジオへの嫌悪はこんなことまで荷風に書かせている。ほぼ一年前の一九四四（昭和19）年八月十四日の日乗だ。

〈毎夜近隣のラヂオに苦しめらる。喧騒を好む此等（これら）の愚民と共に生活するは牢獄に在るよりも苦痛なり。米軍早く来れかし〉

国の指導者や軍人たちが最後の八字を読んだらどんな顔をしただろうか。

ここ数日、岡山地方は空襲もなく静か。一方、広島市近辺には七月二十三日以降、B29が連日のように単機で飛んで来てビラをまいて帰った。結果を知るわれわれには不穏な動きと取れるのだが、当時の人々には想像もつかない悪夢の前触れだった。舞台は広島と長崎。人類が初めて実行する恐ろしい大量虐殺の日が迫っていた。

第十四章　広島焼かれたり

五十五日目　八月五日（日）

八月初五　日曜日、晴また陰（くもり）、秋雲漠々たり、

西太平洋に南北にまばらに連なるマリアナ諸島。その中の一つテニアン島の米軍基地でこの日午後三時前（テニアン時間）、一人の作業員が爆撃機B29のボディーにペンキで大きな字を描き込んでいた。機首の操縦席の下付近。「ENOLA」の文字の下に「GAY」と三文字が追加された。

「ENOLA・GAY（エノラ・ゲイ）」――この機の機長であるポール・ティベッツ大佐が命じて描かせたこのアルファベットは、大佐の母親の名前だった。

エノラ・ゲイ号は超極秘の任務を帯び、間もなく飛び立つ予定である。午後四時、爆撃機への特殊爆弾の積載が完了した。長さ三メートル、直径〇・七メートル、重さ四トン。爆弾は「リトルボーイ」の愛称で呼ばれていた。

【漠々】一面に広がるさま

テニアン島は南北に長い。海岸線の大半は溶岩の断崖に囲まれ、島の北部に大きな飛行場があった。日本の委任統治時代からの飛行場を米軍が拡張したものだった。島の面積は瀬戸内海に浮かぶ小豆島の三分の二程度。約八キロの海峡を隔てて北にはサイパン島が並ぶ。

両島は第一次世界大戦でドイツが敗れた後の一九二〇(大正9)年、日本の委任統治領となった。太平洋戦争開戦後、米国領だったマリアナ諸島最南端のグアム島も日本の占領下に入ったが、一九四四(昭和19)年夏にサイパン、テニアン、グアムの日本軍守備隊が米軍の攻撃を受けて玉砕。この時点でマリアナ諸島は米軍の支配下におかれ、B29の基地になった。日本本土までの距離は約二千二百キロ。一九四四年十一月二十四日、開戦後初めて大挙して東京を襲ったB29はテニアン、サイパン両島から出撃した。

米国の原子爆弾開発は「マンハッタン計画」の暗号名で呼ばれ、一九四二年から膨大な研究・開発費が注がれた。ナチス・ドイツに先を越されることを恐れた米国政府と陸軍は、理論物理学者のオッペンハイマー博士を中心に国を挙げて科学・技術力を総動員。一九四五年七月十六日早朝、メキシコ国境に近い砂漠で爆発実験を行い、恐ろしい兵器の製造に成功した。

この時期にはソ連も原子爆弾の開発・製造に全力を挙げていたが、米国に先行された形。ドイツは研究の着手では一歩先んじたが、やがて資金と人材で勝る米国に追い越され、戦局が悪化して計画は頓挫(とんざ)した。

一方日本は、米国のマンハッタン計画がスタートした翌年から陸軍と海軍が別々に研究・開発に着手。陸軍は「ニ号計画」と名付けて財団法人理化学研究所の仁科(にしな)芳雄博士に研究を委ねた。ニ号の「ニ」はニシナの「ニ」である。海軍は「F研究」(Fは核分裂を意味するFissionの頭文字)と名付けて京都大学理学部と共同研究に乗り出した。しかしどちらも本土空襲が本格化した頃には資金や設備面から早期実現の道は閉ざされた。

原子爆弾は当初はドイツに投下される予定だった。が、ドイツはこの年五月七日に無条件降伏。日本への使用に切り替えられ、七月二十四日には投下候補地が新潟、広島、小倉、長崎の四市に絞られた。米国は、ポツダム宣言に日本が明確な返答をしなかったことなどを理由に原爆の使用を正当化しているが、現実にはその前から投下計画は着々と進行していたのである。

七月三十一日、四市のうち広島を第一攻撃目標に決定した。八月一日、新潟を目標から除外。攻撃日を同六日とし、目標は広島、小倉、長崎の三市とする最終命令が出された。

米国は最終決戦となる日本本土上陸作戦を「オリンピック作戦」と名付け、沖縄戦の最中に計画を立案していた。それはこの年十一月一日を期して南九州に上陸する作戦だった。上陸の候補地は宮崎県の日向(ひゅうが)灘沿岸、鹿児島県大隅半島東岸の志布志湾沿岸、同県薩摩半島西岸の吹上浜の三地点とした。

これとは別に「コロネット作戦」と呼んだ計画もあって、これはオリンピック作戦から四カ月後の一九四六(昭和21)年三月一日に関東地方に上陸する作戦。いずれも実行されれば、日本国民の死にもの狂いの抵抗は必至で、連合軍側の死者・負傷者も相当数に上ることが予想された。

ソ連は、ドイツの降伏で欧州戦線が一段落したため大兵力を極東地域に移動させ、満州国(現中国東北部)との国境付近などに展開中。領土拡大を狙って南下する気配をありありと見せていた。事実ソ連は満州、朝鮮半島だけでなく北海道までも視野に入れ、対日戦準備を進めていた。

「ソ連が野心を実らせる前に、米軍兵士の犠牲も最小限に抑えて日本に大打撃を与え、戦争を一気に終結させたい」――これが米国の望む最良のシナリオだった。「そのためには新兵器の使用しかない……」トルーマン大統領には、原爆が懸案を一気に解決してくれる万能兵器に思えたかもしれない。

〈秋雲漠々たり〉

岡山の永井荷風はこの日、どこで空を見上げたのだろうか。冷夏という異常気象も影響してか、八月上旬というのに空には早くも秋の雲が広がっていた。西の空の向こうには広島市がある。やがてその上空で閃光（せんこう）が走り、人類史に刻み込まれる大惨事が引き起こされることをだれもまだ知らない。米国のごく一部の政府・軍部首脳と、作戦の実行部隊として訓練を重ねた一握りの兵士たちを除いて——。

この夜、広島市内は灯火管制で真っ暗だった。午後九時半には空襲警報が出た。

前日、NHK広島中央放送局のラジオ番組で共演した宅孝二、最相制子、菅原明朗・智子夫妻の四人は宿を出て国鉄広島駅を目指した。四人は途中ではぐれ、駅に着いたときは宅・最相と夫妻の二組になっていた。

二組は駅に停車中の上り列車にそれぞれ乗り込み、発車を待った。日付の変わった六日午前二時十五分頃、何の前ぶれもなく列車は動き出した。宅らの乗った車内は兵隊ばかりだったが、アコーディオンを抱えた宅が「慰問隊です」と説明すると、席をゆずってもらえた。

列車は呉軍港を経由する呉線の上りだった。宅の回想記「空襲下、荷風先生と逃げ惑うの記」をのぞいてみよう。

〈間もなく真暗闇の中に軍船の黒い影が沢山（たくさん）海の上にひっくり返って凄（すご）い景色でした。遠方には四国の今治市が燃えていました。笠寺（引用者注・笠岡の誤植）に八時頃着いたまま列車は汽笛を長々と響かせて動かなくなりました。後程知ったのですが、この時広島に原爆が落ちた時でした〉

この文章には、終戦間近の日本を象徴する光景や出来事が凝縮されている。呉軍港を通過する際、列車の窓から見えたのは無残な軍艦群。さる七月二十八日の空襲で撃破された海軍最後の艦船だ。暗い海に、まるで帝国海軍の墓場のように残骸をさらしていた。

島影の向こうの四国では今治市が赤く燃えていた。米軍はこの夜午後十一時五十分から二時間にわたって今治を空襲。市街地のほぼ八割が焼かれ、約六百人の死傷者が出た。

そんな光景を横目に列車は闇を裂いて東へ走り、午前八時頃、笠岡駅に入った。笠岡は岡山県の西端、広島県との県境の町である。

長い警笛を鳴らし、列車はしばらく動かなかった。それはちょうど広島に原爆が落とされた時だったと宅は書いているが、この部分にはいくらか脚色がありそうだ。原爆が炸裂（さくれつ）した瞬間は、広島市民にさえ何が起きたか分からなかったのだから、遠い笠岡駅で列車が長々と警笛を鳴らすことは不自然な気がする。広島駅は一瞬で破壊され、電話連絡などができる状態ではなかった。

同じ列車に乗っていた菅原は手記『荷風罹災（りさい）日乗註考（ちゅうこう）』で以下のように記している。

〈汽車は夜半一時（引用者注・二時の間違いか）に広島を出発し翌朝九時頃に岡山へ着いた。もし一日遅らせていたら我々は全部原子爆弾で死んでいたのである〉

虫の知らせでもあったのか、菅原は「もう少し広島にいたいわ」とせがむ智子を説得して汽車に乗り、命を拾った。

広島には智子と前夫との間にできた息子がいたといわれ、彼女は一目会いたかったようだが、この翌日（六日）以降の息子の消息は分からない。

五十六日目　八月六日（月）

八月初六、陰、S氏広島より帰り其地の古本屋にて購いたる仏蘭西本を示す、その中にゾラのベートイユメーン、ユイスマンの著寺院などあり、借りて読む、

【ゾラ】フランスの作家（一八四〇～一九〇二）。代表作は「居酒屋」「ナナ」など
【ベートイユメーン】小説の題名、邦題は「獣人」
【ユイスマン】フランスの作家（一八四八～一九〇七）。通常は「ユイスマンス」と表記

六日午前零時（テニアン時間）、米軍テニアン基地の飛行機乗員休憩室。B29「エノラ・ゲイ」の機長ポール・ティベッツ大佐は飛行士二十六人を前に訓示を始めた。この日、大佐と任務に就く部下たちである。「われわれが落とそうとしている爆弾は、これまで諸君が見たり聞いたりした爆弾とは違うものだということをよく覚えておいてほしい……」

三日前、グアム島からやって来たカーチス・ルメイ少将から受け取った命令書。それには攻撃日が八月六日とあり、目標都市などが列記されていた。ルメイはB29による低空焼夷弾攻撃で日本を焦土化する作戦の立案者である。

特別爆撃任務命令書第十三号――「第一目標・広島市街工業地域　第二目標・小倉兵器廠および市街地域　第三目標・長崎市街地域」。

午前二時前、テニアン基地から三機のB29が飛び立った。気象観測の任務を帯びた三機はそれぞれ広島、小倉、長崎へ向かう。続いて午前二時四十五分、「リトルボーイ」を搭載したエノラ・ゲイが未明の空に駆け上がった。同行の二機も相次いで離陸を完了。先に出発した三機を加えて、この歴史的な作戦に参加したのは六機だった。

テニアンと日本の時差は一時間。テニアン時間の午前二時四十五分は、日本時間の午前一時四十五分である。ここからは日本時間で記述を続ける。

午前二時前といえば宅孝二や菅原明朗らが広島駅に停車中の呉線経由の汽車に乗って、発車を待っていた時刻。列車が動き出した同二時十五分前後にはエノラ・ゲイは集合地の硫黄島上空を目指して飛行を続けていた。

午前四時過ぎ、東京・田無の陸軍特種情報部はある無線電波をキャッチした。「われら目標に向け、進行中」。硫黄島の米軍基地に向けて発信された電波のようだった。が、聞こえたのはこれだけ、以後電波は封印された。

硫黄島上空でエノラ・ゲイが同行の二機と合流したのは午前五時五分頃。空は薄紅色に染まり、朝日が操縦席に射した。眼下の硫黄島は、この年二月から三月にかけての激戦の末、米軍に下った島。この時島には、戦死した兵士たちの屍が累々と積み重なっていた。

三機はエノラ・ゲイを先頭に編隊を組み、四国に機首を向けた。目指すのは第一目標の都市・ヒロシマ。

午前七時九分、先発の気象偵察機は広島上空に到着し、雲の切れ間から広島の市街地を確認した。そして後方を追尾してくるエノラ・ゲイに暗号電文を打った。「第一目標爆撃をすすめる」

それを受けて、エノラ・ゲイのティベッツ機長は硫黄島の基地に一語だけの電文を打つようクルーに命じた。「第一」——攻撃目標が広島に決まった瞬間だった。

広島の空は快晴。爆撃機からは市街がくっきりと見えた。午前八時十五分十七秒。銀色の機体の爆弾倉の扉が開き、リトルボーイが落下して行った。

その少し前の午前八時十二分、広島市の東にある西条防空監視哨(しょう)が西に飛行するＢ29の機影三つを確認。広島城内の中国軍管区通信司令室に直通電話を入れた。連絡は直ちに広島市上流川町のＮＨＫ広島中央放送局に伝えられた。担当のアナウンサーは警報発令のためスタジオへ速足で入った。時計の針は八時十五分あたりを指していた。「午前八時十三分、中国軍管区情報。敵大型三機、西条上空を……」アナウンサーがここまで読んだ時、スタジオがグラグラッと揺れた。

——午前八時十六分。

四十三秒前に高度九千六百メートルから投下されたリトルボーイは広島の上空約五百八十メートルで炸裂した。

それは白い閃光だった。

一万二千度という太陽二つ分の高熱を持つ直径百五十メートルの火の玉が出現し、灼熱(しゃくねつ)と爆風が広島の街を襲った。

広島中央放送局は前々日の夜、宅孝二らがラジオ番組に出演し、演奏した所。爆心地から一キロほどしか離れていない同放送局は、鉄筋三階建ての外壁だけを残して焼け焦げた残骸となり、局員ら三十数人が死んだ。

国鉄広島駅は爆風で構内の屋根は吹き飛び、木造の主要建物は焼失してしまった。朝の出勤時間帯。改札口から駅前広場にかけては二、三千人もの人々が大火傷(やけど)や裂傷を負って倒れた。中国軍管区司令部の置かれた広島城の天守閣はどこかへ消えた。

原子爆弾は広島市内の相生橋を目標点に投下された。太田川が本川と元安川に分かれる場所に架かる相生橋は、現在の平和記念公園の北端にある。珍しいT字型をしており、橋から元安川沿いに少し下った場所にあった旧産業奨励館はいま「原爆ドーム」（世界遺産）として保存されている。


月曜日。上空には夏空が広がっていた。

十五歳の旧制中学三年生平山郁夫はこの朝、広島市東新開町の陸軍兵器補給廠にいた。現在、広島大学医学部や大学病院のある辺りである。

勤労動員の平山少年は、作業着に着替えて小屋を出、空を見上げた。目に入ったのは飛行機から投下された落下傘。ふわりふわりと落ちて来る。少年は小屋に戻り、仲間に知らせようとした。その瞬間閃光が走った。

それからは無我夢中だった。市内の下宿に引き返すと、二階が潰れていた。少年は瀬戸内海に浮かぶ故郷の生口島（現尾道市）を目指して東へと歩き始めた。その道中、少年が見た光景は――〈トラックに山と積まれた死体、焼け爛れた皮膚がぶらさがった人、流れた血がボール状に固まり、それを担ぐようにした人、茫然自失の状態で幽霊のように歩く人、そんな人の群れの中に混じって、私もただ前へ前へと進みました〉（平山郁夫『私の青春物語』）

平山少年のいた陸軍兵器補給廠と爆心地の間には比治山（標高約七十メートル）があり、幸い原爆の直撃を受けずに済んだ。後に日本画家の道を歩んだ平山は原爆の後遺症に悩まされながら日本を代表する画家になった。その時の体験をもとに描いた作品がある。「広島生変図」（一九七九年、広島県立美術館蔵）だ。実際に見た光景ではないが、心に焼き付いた「あの日」を、灼熱の炎に包まれた原爆ドームに表わした。平山唯一の原爆の図である。

広島城の北にあった広島逓信病院の蜂谷道彦病院長はこの朝、前夜からの警防勤務に疲れて自宅の座敷に寝転び、ぼんやりと庭を見ていた。その時〈強い光がすうすうと二度つづけさまに光った。黒い日影が全くなくなり、庭の隅々、石燈籠（いしどうろう）の中まで明るくなった〉。蜂谷が戦後出版した『ヒロシマ日記』の書き出しである。

夢中で妻と家を飛び出した。爆風で丸裸になっていた。ガラス片などが右半身に刺さり、血が噴いた。頬には穴が開き、下唇は割れて片方が垂れ下がっている。そんな状態で、自分の病院までたどり着いた。

道すがら見たのは両肘（ひじ）を上げ、両手をたれた幽霊のような格好の人々、自分と同じように丸裸になった男女、裸のまま血まみれの赤ん坊を抱え、とぼとぼ歩く女性……みんな無言だった。

岡山市生まれの蜂谷は四十二歳。岡山医科大（岡山大学医学部の前身）で学び、一九四二（昭和17）年に広島逓信病院の初代院長になった。

奇跡的に一命をとりとめた蜂谷は気力で院内回診を再開。被爆患者の白血球が減少していることを突き止め、爆心からの距離と白血球数の関係を地図にして戦後発表した。また被爆直後からの体験記『ヒロシマ日記』を公表。米国など世界十八カ国で出版された。蜂谷はその印税で被爆孤児らに奨学金を贈る広島有隣奨学会を設立した。

爆心からおよそ十八キロ、高度八千九百メートルの上空を旋回するエノラ・ゲイから乗員たちは広島市街の上に異様な雲を見た。赤黒い火の玉の上に立ち上がるきのこ雲。その根元には厚い雲が渦巻いて焔が噴き出していた。

広島市の人口は当時三十二万〜三十三万人。軍関係者、疎開作業奉仕者、徴用労働者など流入人口を加えてその日、実質的には約三十四万〜三十五万人がいたとされる（広島市・長崎市 原爆災害誌編集委員会編『原爆災害 ヒロシマ・ナガサキ』）。被爆死亡者数は、この年十二月末までで九万〜十二万人と推定された（同）。

わずか一発で、しかもその大半が即死と考えられた。


原爆が投下されて四十五分がたった頃、岡山駅に宅や菅原らを乗せた広島発の列車が到着した。地獄と化した広島に比べ、岡山は別世界。もちろん広島の人以外、だれもまだその惨劇を知らない。

菅原夫妻が岡山市三門の武南家に帰ると荷風はまだ体調が悪そうだった。荷風が尋ねた。「広島へ行ったのは、断われない義理でもあったのですか？」。さらに続けて「芸術のためか、それとも金のためか」と聞いた。菅原は正直に答えた。「生活のためです」

それを聞くと荷風は、三人であと三年くらい暮らすお金はあるから、これからはそんな仕事はしてほしくないと言った。〈私達が広島へ発つ時彼は病中であった。帰って来た時も未だすっかりは全快しきっていなかった。荷風はその間よほど心細かったのだろうと思う〉菅原は『荷風罹災日乗註考』でこの日のことをこう振り返っている。


「もしもし、岡山放送局、岡山どうぞ……」。広島市から北へ約五キロの田園地帯。茂みの中にある広島中央放送局原放送所（当時・広島県安佐郡祇園町、現・広島市安佐南区）の室内で、技術者の声が響いた。呼び続けること二十分。原放送所から隣県の岡山放送局までの連絡電話はまだかろうじて生きていたらしく、やっと返事が返ってきた。「はい、岡山」

小さな声が聞こえた。そのやりとりを聞きつけたのは同盟通信社（共同通信社、時事通信社の前身）広島支社の中村敏記者。黒い雨をくぐって数時間かけて自転車で同放送所へ駆けつけたところだった。同盟広島支社では空襲の際、原放送所を記者の集合地点と決めていた。

中村は受話器をひったくるようにして「これから読むニュースを岡山同盟に大至急流して」と電話の向こうの岡山放送局員に頼み、大声で原稿を読み始めた。「六日午前八時十六分ごろ、敵の大型機一機ないし二機、広島市上空に飛来し、一発ないし二発の特殊爆弾（原子爆弾やもしれず）を投下した。これがため広島市は全焼し、死者およそ十七万の損害を受けた」――原爆の第一報だった。

中村は爆心に近い広島城付近に借家住まいしていたが、たまたま前夜から市西郊の同僚記者の家に宿泊。命を拾った。

岡山放送局は、岡山市網浜（現岡山市中区赤坂台）の低い丘にあった。高校野球の名門、県立岡山東商業高校（同東山三丁目）のグラウンド南西方向にある小さな丘陵。坂を上ると「岡山市立青年の家」と書かれた門柱があって、三階建ての鉄筋ビルと平屋建ての建物が並ぶ。この平屋が旧岡山放送局である。一九三一（昭和6）年の開局当初の建物なので相当古びてはいるが、当時の姿をほぼ留（とど）めている。放送局は戦後別の場所に移転、青年の家として利用後、二〇〇八年三月末に閉館した。

中村の入れた速報は岡山放送局から同盟通信岡山支局に届けられ、東京本社に転送された。その内容に、本社は大騒ぎになった。しかしやがてこんな声も出始める。「まさか一機や二機が一、二発の爆弾を落としただけで、一度に十七万人もが死ぬはずがない」「そうだ、一、二機は百、二百機、一、二発は百、二百発、十七万人は一万七千人の間違いだろう」

同盟本社内に疑いの空気が漂い始めた。中村記者が続報を送るため再度岡山放送局を呼び出すと、今度は同盟通信岡山支局の手配で速記者が待機していた。その速記者が言った。「大阪と名古屋の軍が、第一報はどうしても信じられないと言っている。同盟本社からも『本当のところはどうなんだ』と聞いてきています」

中村は怒りをこめて答えた。「軍のやつに、大バカ野郎と言ってくれ。うそか本当か、これから送る原稿をじっくり読めと」

報道は軍や情報局の検閲下にあり、中村が送った第一報は同盟幹部が大本営参謀部に届けた。しかしこのスクープは結局「極秘扱い」となり、速報されなかった。

広島の中心部は地獄の光景だった。広がるがれきの原。鉄筋建ての警察署、百貨店、病院のビルなどがわずかに形を残しているだけだった。

川辺や井戸端には多数の遺体があった。水を求めてたどりつき、力尽きた人々である。川に浮かぶ多くの遺体は引き揚げようとするとズルリと皮がむけた。

原爆投下から五十一年が経過した一九九六（平成8）年、世界遺産に登録された原爆ドームは、その「事実」を訴えるために骨組みをあらわにした姿を元安川に映している。

世界で唯一の被爆国・日本と、唯一の原爆使用国・米国。両国の名は人類の歴史にこの日深く刻まれた。しかも地獄は広島だけでは終わらなかった。

荷風は菅原明朗が広島市内の古本屋で買ってきた書物の中からゾラの「獣人」やユイスマンスの「寺院」を借り、読んだ。広島のそんな惨状を知らないまま。

五十七日目　八月七日（火）

八月初七、くもりて風涼し、人家の庭に七夕の竹を立てたるを見る、此（この）地一月おくれの節句をなすと見えたり、

戦後しばらくまで、岡山地方では七夕は旧暦で行われた。願いごとを書いた短冊を笹（ささ）に結び、飾った後、笹は「七夕流し」といって川などに流した。

すべてのものが欠乏した戦時。荷風がこの日見た人家の庭の笹飾りには、どんな短冊が結んであったのか。色紙などはもうなかったはずだ。日本はいまや七夕を祝うどころではない。

東京・永田町の首相官邸二階の内閣書記官長室。時刻は午前三時頃。仮ベッドでまどろんでいた迫（さこ）水久常（みずひさつね）書記官長は電話の音で飛び起きた。受話器からは同盟通信の外信部長の声が聞こえた。「ラジオでトルーマンの声明があり、米国が原子爆弾を広島に投下したと言っています」

前日、広島が途方もない爆弾でやられた、という報告を陸軍省から受けた迫水はそのまま官邸に泊まり込んだ。「まさか」の予感が的中してしまった。

午前中の閣議で物理学者の仁科芳雄博士らを広島に急派し、実地調査することを決定。急きょ、有末精三（ありすえせいぞう）陸軍参謀本部第二部長（中将）を団長とする調査団が編成された。

午後一時半、宮中の御文庫で木戸幸一内大臣は広島に原爆が落とされ、大被害が出たことを天皇に報告した。〈時局収拾につき御宸念あり、種々御下問ありたり〉（『木戸幸一日記』）。御宸念——天子のみ心——は「時局収拾」、すなわち「戦争の終結」だった。

御文庫は堅固な鉄筋コンクリートの建物。皇居西北部の吹上御苑内に建造されていた。地上一階、地下二階の構造で、分厚い屋根の上は芝やツツジなどで擬装されていた。

両陛下はここで起居していたが、五月二十五日の空襲で皇居内の豊明殿などが焼けた。このため陸軍は御文庫のそばに十トン爆弾にも耐えられる地下防空壕を建設。御文庫から地下道で避難できるようにしていた。日本の防空体制は、皇居の上空さえ守れないほど弱体化していたのである。

米大統領の声明は世界を驚愕させた。原爆の開発・研究は、この時フィリピンの首都マニラにいたマッカーサー将軍でさえ投下直前まで知らされておらず、将軍は耳を澄ませて大統領声明を聞いた。『マッカーサー回想記（下）』から引用する。

〈十六時間前、米機が日本の重要な陸軍基地、広島に一個の爆弾を投下した。この爆弾はTNT爆弾二万トン以上の威力をもつものであった。次第に威力を増しているわが軍隊はこの爆弾を得て、新しい革命的な破壊力を加えることとなった。それは原子爆弾で（……）日本人が地上でおこなっているあらゆる生産活動を、これまでよりももっと早く、もっと完全にまっ殺できることとなった。（……）〉

声明文は、スチムソン陸軍長官が発表したもので、原爆投下から十七時間後の七日午前一時半過ぎ（日本時間）のことだった。このときトルーマンは米国に向け大西洋を疾走する巡洋艦にいた。

午後二時、立川飛行場に有末中将を団長とする広島調査団が集結した。メンバーは仁科博士ら総勢十二人。しかし敵機の来襲で全員の出発は翌日に延期され、有末団長と副官の二人だけが危険を押して先発した。

有末の乗る飛行機が大阪上空に達する前の午後三時半、大本営はラジオで「広島の被災」を報じた。ただしこの発表にはまだ「原子爆弾」という言葉はなかった。「一、昨八月六日広島市は敵B29少数機の攻撃により相当の被害を生じたり　二、敵は右攻撃に新型爆弾を使用せるものの如きも詳細目下調査中なり」

日米開戦以来八百三十五回目の「大本営発表」だったが、当初から勇ましい文句が通り相場で虚報も平気でまかり通った大本営発表が「相当の被害を生じたり」と味方の不利を表明したのは異例のこと。被爆から三十一時間以上が経過しての発表だった。

有末団長の飛行機は午後五時半過ぎ、広島上空に着いた。機は大きく旋回して市南部の吉島飛行場に着陸した。爆心から三キロほど離れた陸軍の飛行場である。〈全市は一軒の家屋も見えず一面の焼野ヶ原、（……）飛行場の短く伸びた芝生は、一斉に一定方向、たぶん東へ向ってなびいており、しかも一様に赤く、真っ赤ではなく焦茶色（……）に焼けていた（……）〉（有末精三『終戦秘史　有末機関長の手記』）

鎌倉市に住む作家の大佛次郎は訪ねて来た知人から「広島に原子爆弾が落とされたらしい」と聞いて、配給の焼酎を飲み始めた。外は夜。空を見上げると、満天の銀河。〈ウラニュウムもこの空までは崩せぬ。こう思うのはいつ死ぬかも知れぬと暗に考え初めた人間の負け惜しみであろうか。自分たちの失敗を棚に上げ、本土作戦を呼号し、国民を奴隷にして穴ばかり掘っている軍人たちはこれにどう答えるか見ものである〉(『大佛次郎　敗戦日記』)

原爆が落ちて二日目の夜が、広島に来た。重傷を負った広島逓信病院の蜂谷道彦院長は、病院の診察台に寝かされていた。院内は横たわる患者で足の踏み場もない。肉親や知人を探し求めて訪れる人が後を絶たない。〈血眼になって病院の隅々まで探す母親ほど真剣なものはない。そんな人がきて子供の名を呼びつづけると患者のうめき声が高くなる。「えらいよう」が変って「母ちゃんよう」になる。患者が、皆、母親を偲(しの)びだす〉(蜂谷道彦『ヒロシマ日記』)

真っ暗な広島の夜。平和な世であれば、親子が肩を寄せて銀河を仰いだかもしれない七夕の夜である。

五十八日目　八月八日（水）

八月初八、晴、郵書を東京の五叟に寄す、

【五叟】48頁参照

この日は立秋。岡山市内では午前十時から同市石関町の岡山神社で本土決戦の必勝を祈願する祭典が開かれた。神社は、荷風らが空襲前まで宿泊していた旅館「松月」の近くである。

同神社付近の旭川河畔は荷風がよく散策した所だが、その時眺めた岡山城は焼け落ち、いまもう姿はない。市民には、見慣れた景色に穴が開いたように見えたことだろう。岡山神社も空襲で本殿を焼かれ、境内には焼夷弾で焼け焦げた石灯籠が立っていた。

祭典には小泉梧郎（ごろう）岡山県知事や竹内寛（ゆたか）岡山市長、市内各校の校長、生徒、一般人ら多数が参列した。戦況はもう「神頼み」しかないのが実態だった。

荷風はこの日、いとこの大島一雄（杵屋五叟）に手紙を書いた。手紙は、先月下旬に帰京の決心をしたところ、その朝から腹痛と下痢に襲われてとりやめたこと。ただし、八月に入ったいまは帰京するかしないか「大変迷っている」と書き、その理由として「東京には身を寄せる家もない」と書いた。かといって「岡山も安全とは限らない」とも。

さらに、戦争はいつ終わるか分からない▽岡山で知り合った人と一緒に九月に帰京することも考えている▽やがて冬が来る。冬支度はもう間に合わない▽岡山でメリヤス冬シャツ一枚を手に入れた——などごちゃごちゃと書き連ね、最後にこう列記した。

○御近況御面倒乍（なが）ら御知らせ下さい（終局まで東京に御住いのおつもりか如何（いかん））

○火災保険金はどうなったでしょう御ついでの節御一報下さい
○木戸正の消息御存じなら御知らせ下さい（以前の住所三田功運町三十一また熱海市和田浜南区一三七四
　電話熱海五四二）
○谷崎君勝山から筆紙浴衣など送ってくれました

受け取った大島にしてみれば「一体何が言いたいのか」と首をかしげたくなるような内容だった。

実は、この手紙には一度書いて消された一行が末尾近くにあった。荷風研究家の秋庭太郎が著書『永井荷風伝』などで明らかにしている。岩波書店『荷風全集　第二十五巻』（書簡集）所収の手紙では〈此間一行抹消〉とされている部分である。

その一行とは〈○永井威三郎の住所御存じなら御知らせ下さい〉というものだった。永井威三郎とは兄弟の縁を断っている八歳年下の実弟。秋庭は次のように指摘する。

〈この部分を読み得る程度にかるく一筆抹消してあるのは、知らせて貰いたいが、威三郎と兄弟の縁を断っている手前、従弟大島に弱味をみせまいとする衒いであり、手段であって、かくしながらだしてみせ、返事を期待しているのである〉（『永井荷風伝』）

秋庭はこうも述べる。〈戦争の苛烈さ、流浪のみじめさ心細さは、強情頑固の荷風をかくまで弱気にならしめたのである〉（同）

秋庭は同情的、また好意的に荷風を見ている。しかしそうとばかりも言えないようだ。菅原夫妻に嫌気がさした荷風は、すかさず別の頼るべき人を探し始めているのではないか。そんな気配が、この手紙には感じられるのだ……。わがままで自分本位の荷風が顔をのぞかせているような気がする。

この日夕刻、前日広島入りできなかった理化学研究所の仁科芳雄博士ら後発の政府調査団が飛行機で広島市の吉島飛行場に到着。車で同市宇品の宿舎に向かった。街のあちこちに遺体が転がり、荼毘にふす煙が見えた。

着陸前、機内から広島の惨状を見た仁科は、原子爆弾と認めざるを得ない光景に息を呑んだ。空から見ると、焼夷弾の被害と異なって焼けた範囲の外側に広く倒壊家屋があった。〈明かに普通の爆弾ではないことを示し、私はこれは原子爆弾だと断定したのである〉（仁科芳雄『原子力と私』）

東京を発つ際、仁科は周りの人たちに「今度は生きて帰れないかもしれない」ともらしたという。放射能の恐ろしさを知っていたからで、命がけの現地入りだった。

有末団長と合流した仁科らはその夜、宇品の船舶司令部の無線を使って「広島に落とされた爆弾は原子爆弾である」と大本営に伝えた。

モスクワのクレムリン宮殿、午後六時。サマータイム時間で五時間の時差のある日本は夜の十一時である。

佐藤尚武駐ソ大使は宮殿の一室にモロトフ外相を訪ねていた。ソ連の仲介による戦争終結を画策する日本外務省は、ソ連に対して近衛特使の訪ソ要請をするよう佐藤大使に矢の催促をしていた。六日に、スターリン首相とモロトフ外相がポツダムから帰国、との情報を得た佐藤は外相への会見を申し入れ、やっと実現したのだった。

部屋に入った佐藤を待ち構えていた外相は、机から立ち上がった。「本日はソ連政府から重要な通告があります。いまからそれをお伝えしたい」そう言って大使にいすをすすめ、用意した文書を読み始めた。長いテーブルの両端で二人は向かい合っていた。

「日本に無条件降伏を求めた（……）ポツダム宣言は日本により拒否せられた。これにより、日本政府のソ連に対する調停依頼は、全くその基礎を失った。日本が降伏を拒否したため、連合国は対日戦争に参加するよう、ソ連政府に提案した。（……）ソ連政府は明日、すなわち八月九日より、日本と交戦状態に入ることを宣言する」——それは日本に対する宣戦布告だった。

日本とソ連は四年前、日ソ中立条約を締結した。四カ月前の四月五日にソ連政府は「条約の延長はしない」と通告してきたが、条約の有効期限は来年四月までの五年間。従ってそれ以前のソ連の対日参戦は国際法を無視した行為となる。しかしソ連は法を守るつもりなどなかったのだ。

中立条約を信じ、ソ連の調停に望みを託した日本の指導者は、その見通しの甘さを思い知らされることになる。佐藤大使は急いで大使館に帰り、モロトフ外相から渡された文書を外務省に打電した。だがどこで止められたか、電文は日本に届かなかった。

五十九日目　八月九日（木）

八月初九、晴、節は既に立秋を過ぎたるが如し、〔欄外墨書〕赤軍満洲侵入

【赤軍】ソ連軍の意

〈長崎は京都と同じように、極めて綺麗な、物静かな都であった。石道と土塀と古寺と墓地と大木の多い街であった。花の多い街であった〉

荷風随筆集「紅茶の後」の中の「海洋の旅」の一節である。荷風は旅行を好まなかったという。遊学の地、アメリカ、フランスは別として、生涯に出かけた国内旅で最も遠く、長期間だったのが一九一一（明治44）年夏のこの長崎旅行だった。

八月十三日に横浜港から船で長崎港へ。長崎に滞在した後、足を島原まで伸ばし、二十五日に帰京した。三十一歳の夏だった。

荷風はこのほかに京都、大阪を訪れているが、観光と宿泊を伴う旅行はほかにほとんどなく、東京周辺の伊豆や日光などへ行ったことがある程度。戦火に追われて流れ着いた岡山での暮らしは、荷風の一生の中では不本意ながら異例の長逗留ということになる。

若き日の長崎旅行で、荷風は異国情緒あふれるこの町を大変気に入った。旅情にひたり、心身ともにリフレッシュして帰京した。

それから三十四年後の一九四五（昭和20）年八月九日。荷風の思い出の地・長崎で、広島に次ぐ大

惨事がまた繰り返された。

この日午前十一時二分、長崎市浦上地区の上空約五百メートルで米軍の投下した原子爆弾が炸裂。歴史と造船の町は火の海となった。

荷風が旅した明治期ののどかな長崎は、軍需を中心とする工業都市に変貌。戦艦「大和」と同型の「武蔵」を造った三菱重工長崎造船所や三菱兵器製作所など三菱系の工場が立ち並び、艦艇や魚雷生産の中心地でもあった。一九四一（昭和16）年十二月のハワイ・真珠湾攻撃で雷撃隊が使った魚雷も同兵器製作所で製造されたものだった。

この日の『断腸亭日乗』の欄外に荷風は〈赤軍満洲侵入〉と書いている。「赤軍」はソ連軍、「満洲」は当時の満州国。現在の中国東北部に一九三二（昭和7）年三月、日本が旧清朝の宣統帝溥儀を擁立して建国した国で、日本の傀儡国家だった。

前日、モスクワのクレムリンでソ連のモロトフ外相が佐藤尚武駐ソ大使に突きつけた「対日宣戦布告」が実行されたのだ。

この日、日付が変わったばかりの午前一時過ぎ、満州国の首都・新京（現在の長春）。眠りにつく市街に空襲警報のサイレンが響いた。関東軍総参謀長の秦彦三郎中将は枕元の電話のベルに起こされた。「ただいま空襲あり」受話器から関東軍総司令部の日直将校の緊張した声が響いた。秦は総司令部に急行した。

関東軍総司令部は新京駅から南に延びる大通り沿いにある。城の天守閣を模した白壁・黒瓦の建物で四階の窓の上の菊の紋章が街を見下ろしていた。

総司令部の防衛室には既に数人の参謀が詰めており、やがて攻撃してきたのはソ連機で、ハルビンも爆撃されたことなどが判明。ソ満国境付近の各配備軍からはソ連軍の侵攻を伝える報告が続々と入り始めた。

午前三時頃、迫水久常内閣書記官長も東京・永田町の首相官邸書記官長室で電話に起こされた。迫水は、広島の原爆被災を受けてこの日開く予定の最高戦争指導会議と閣議の準備を午前二時前後まで続け、ベッドに横になったばかりだった。

「短波放送によると、ソ連がわが国に宣戦布告したようです」

電話してきたのは同盟通信の外信部長だった。「ほんとか、……えっ、本当か」迫水は何度も問い直した。同時に、全身の血が逆流するような怒りがこみ上げてきた。ソ連は中立条約を反古にしたのだ。そんな国を信用して和平の仲介役として望みを託した自分たちのおろかさ……。

午前六時頃、陸軍参謀次長の河辺虎四郎中将は宿舎の寝床で階下の電話のベルを聞いた。大本営宿直参謀から「ソ連軍の侵攻」を伝える緊急連絡だった。広島の原爆で片方の頬を殴られた上に、もう片方を思い切り叩かれたような衝撃。思わず「畜生」とつぶやいた河辺は顔を洗い、参謀本部へ駆けつけた。近づく本土決戦の事実上の作戦指導者。四月に参謀次長に就任したばかりである。

ハバロフスクに総司令部を置く極東ソ連軍は兵力百五十八万人、戦車五千五百両、飛行機三千四百機をソ満国境に展開していた。米軍の援助を受け、装備は充実している。

午前零時過ぎ、その大軍がハバロフスクの南のアムール川や西のモンゴル平原の国境を突破してなだれ込んだ。南樺太へも軍を進めた。

これに対し関東軍は七十万人余の兵力。ソ連軍の五分の一の大砲、五十分の一の戦車、二十分の一以下の飛行機しか持っていなかった、ともいわれる。歴戦の兵士や弾薬は南方戦線や日本本土に送られ、満州関東軍の実態は緊急動員で水増しされた老兵の多い、鉄砲も弾薬も乏しい「竹槍（たけやり）師団」（秦中将）だった。

午前九時五十五分、皇居の御文庫。木戸幸一内大臣は天皇に拝謁しソ連の侵攻を報告する。天皇は「至急戦局の収拾をする方向で首相と話し合うように」と命じた。

午前十時十分、木戸は来室した鈴木首相に天皇の思し召し（おぼしめし）を伝えた。もちろん首相に異論はない。鈴木は「十時半より最高戦争指導会議を開き、態度を決したい」と答えた。

予定より少し遅れて午前十一時頃、宮中で最高戦争指導会議の構成員会議が始まった。出席者は鈴木首相、東郷外相、阿南（あなみ）陸相、米内（よない）海相、梅津（うめづ）参謀総長、豊田軍令部総長の六人。会議が始まって間もない午前十一時二分、長崎に原子爆弾が投下された。

この日の払暁、原子爆弾を積んだB29はテニアン島の米軍基地を離陸。鹿児島県・屋久島上空で別の観測機一機と合流し、二機編隊で目標の小倉市（現北九州市）を目指した。搭載された原子爆弾は胴太の形をしていたことから「ファットマン」の暗号名で呼ばれた。

午前九時五十分、小倉上空に到着した。が、雲で爆撃目標が見えない。天候の回復を待ってしばらく旋回したが雲は変化なし。小倉爆撃を断念した機はターゲットを第二目標の長崎市に変更し、機首を南西に向けた。小倉、長崎両市民の運命がこの瞬間、分かれた。

機は、長崎上空で旋回しながら雲の切れ間から三菱重工長崎兵器製作所を視認。午前十一時二分、爆弾倉のハッチが開かれ、重量四・五トンの原子爆弾は落ちていった。

広島と同じように赤紫色の脚を持つおぞましいきのこ雲が長崎の空に立ち上がった。爆心地から約五百メートルの丘にあったカトリックの浦上天主堂教会は一瞬で倒壊。教会内にいた多くの信徒と聖母マリア像は建物の下に埋もれた。

広島の原爆被災に続いてソ連の対日宣戦布告・満州侵攻、そして長崎の原爆被災。「泣きっ面に蜂」という諺（ことわざ）があるが、大日本帝国にとってこの日はまさにその典型のような日だった。

午後一時半、内大臣の木戸を訪ねて鈴木首相が来室。宮中で開かれている最高戦争指導会議の様子を伝えた。結論はまだ出ず、意見は真っ二つに分かれたという。全員が「国体護持」という点では一致したものの「それ以外は無条件でポツダム宣言受諾」という東郷外相、米内海相の主張と、「さらに三つの条件を加えた四条件で受諾」という阿南陸相らの主張が対立。会議は暫時（ざんじ）休憩に入ったという。

陸相らの四条件を列記すると「国体護持」「自主的撤兵」「戦争責任者の自国における処理」「保障占領をしないこと」。連合軍が受け入れるのは難しい条件といえた。

午後三時、ラジオニュースは関東軍発表として「ソ連軍の満州侵攻」を伝えた。首相官邸では政府の閣議が始まっていた。最高戦争指導会議は結論を出せないまま閣議に移行したのである。閣議は夜十時まで延々と続く。

最初に東郷外相がソ連の宣戦布告について報告。次に阿南陸相がソ連軍の侵攻に対する関東軍の防衛体制について説明した。陸相は、本土防衛などで既に多くの部隊を満州から本土に移していることを明かし、弱体化した関東軍の実態を報告。それらを受けて多くの閣僚が、これ以上の戦争継続は不可能であることを主張した。

しかしこれに強く抵抗したのも阿南陸相だった。陸相は陸軍を代表する立場であり、将校や兵士たちの多くが徹底抗戦に燃えていることをよく承知していた。阿南は東郷外相と、あるいは米内海相と、激しくやり合った。結局、閣僚全体の意見はまとまらず、午後十時に閣議は休憩に入った。

夜は深まっていく。

閣議が休憩に入った後、迫水書記官長は総理大臣室に鈴木首相を訪ねた。二人は次のようなやりとりをする。「こうとなっては、ご聖断を仰ぐ以外に道はないです」と迫水。「自分も早くからそう思っていた。実はけさ、陛下にお目にかかった際にそのことはお願いしてある」そう言って鈴木は再び皇居へ向かった。

〈(午後)十時五十分より十時五十三分迄（まで）、拝謁、内閣の対策案変更せられたる件につき言上す。鈴木首相拝謁、御前会議開催並に右会議に平沼枢相と〔ママ〕参列を御許し願う〉（『木戸幸一日記』）

御前会議とは、天皇の前で内閣と軍部が国策の大方針を決める最重要会議。首相の拝謁の直後に会議開催のおふれが関係各方面に飛んだ。

時刻はもうすぐ午前零時。日本の運命を決める長い一日は日付をまたいでまだ終わりそうにない。

六十日目　八月十日（金）

八月十日、晴、広島市焼かれたりとて岡山の人々昨今再び戦々兢々たり、早朝岡山停車場に至り勝山行の切符を買わんとせしが得ず、空しく帰る、書を谷崎君に寄す、

早朝、荷風は岡山駅の窓口の列に並んだ。谷崎潤一郎のいる勝山までの汽車の切符を買うためだった。が、結局買えなかった。

「広島がどえらいことになったらしいで」「ピカッと光って、一瞬で街が消えたそうじゃ」「新型の爆弾らしいがな」

列に並ぶ間に、荷風は人々のこんな会話を聞いたかもしれない。前日九日の合同新聞は一面トップで「新型爆弾を使用　敵少数機広島市攻撃」「戦局の現状に焦慮し　非人道新兵器を使用」の見出しで、大本営発表の広島被災の報を伝えていた。

この日未明、時刻は午前二時過ぎ。場所は皇居・御文庫の地下壕。前日の深夜十一時半から延々と続いた御前会議は大詰めを迎えていた。天皇は列席者を前に、声を絞って「聖断」を下した。髪は乱れ、顔には心労がにじんでいた。

「彼我の物力、内外諸般の情勢を勘案するにわれに勝算はない。（……）忍び難きを忍び、人民を破局より救い、世界人類の幸福のため……」

正面、御座所の前に政府と軍首脳らが二列に向き合って着席している。やがてあちこちからすすり泣く声がもれ、慟哭となった。

御前会議の出席者は以下の顔ぶれである。

総理大臣鈴木貫太郎、海軍大臣米内光政、陸軍大臣阿南惟幾、外務大臣東郷茂徳、参謀総長梅津美治郎、軍令部総長豊田副武、枢密院議長平沼騏一郎、内閣書記官長迫水久常、陸軍軍務局長吉積正雄、海軍軍務局長保科善四郎、総合計画局長官池田純久、侍従武官長蓮沼蕃。

それぞれの机の上には外務省が解釈した「ポツダム宣言」の内容と日本側の回答二案（甲案、乙案）が用意してあった。甲案は、天皇の国法上の地位の変更をしないことを条件に、日本政府はこれを受諾する。乙案は、〈一〉天皇の国法上の地位の変更をしない〈二〉在外日本軍隊は速やかに自主的撤退をし復員する〈三〉戦争犯罪人は国内において処理する〈四〉保障占領はしない――の四条件のもとに戦争の終結に同意する、というもの。両案は、前日開かれた最高戦争指導会議、閣議のいずれでも意見が二分され、決着をみなかった。

御前会議に列席した保科海軍軍務局長の「保科メモ」を基に会議の一部を要約して再現してみよう。議長は鈴木首相。まず迫水書記官長が「ポツダム宣言」を朗読し、次に首相は東郷外相を指名した。外相は「本日の事態となってはポツダム宣言の受諾はやむを得ない」と強調し、受諾条件を絞り込むように提案した。「皇室（の保持）は絶対条件。先方への要求はこの一点に集中すべきであります」。つまり、甲案の支持である。米内海相が東郷案に同意した。

これに対して阿南陸相が反論する。「仮に受諾するとしても四条件は外せない。一億枕を並べて倒れても大義に生きるべきであります。米国に対しても本土決戦の自信はあります。海外諸国にいる軍隊は無条件に戈を収めないでしょうし、国民もあくまで戦うというものもいます。そんなこと（甲案で受諾）になれば内乱になってしまう……」

阿南は、本土決戦で米国に一撃を与えて和解への有利な条件を導こうという腹だった、といわれる。梅津参謀総長が阿南を応援する。「本土決戦の準備はできております。いま無条件降伏しては戦死者に相済まない。四条件は譲れない」

この後、会議は平沼枢密院議長が外相や陸海軍の列席者に質問をする形で進むが、一致点を見いだせないまま意見はほぼ出尽くした。

じっと議論を聞いていた鈴木首相が口を開いた。「長時間の審議ではありましたが、意見の一致がないのははなはだ遺憾。この上はご聖断を仰ぐほかはありません」。首相は立ち上がって天皇の前に進み「ご聖断を仰ぎ、聖慮をもって会議の決定といたしたいと存じます」と宣言した。

天皇は一同を見渡した。そして「自分は外相の考えに賛成である」と前置きして「聖断」を下した。「皇室と人民と国土とが残っておれば国家生存の根基は残る。これ以上望みなき戦争を継続することは元も子もなくなる恐れが多い。彼我の物力、内外諸般の情勢を勘案するにわれに勝算はない。（……）大局上忍び難きを忍び、人民を破局より救い、世界人類の幸福のためかく決心する」

保科はこの時の天皇や列席者の様子を次のようにメモに残している。

〈畏（おそ）れ多くも（引用者注・陛下が）御涙を白手袋にて拭わせらるるのを拝した。時正に八月十日午前二時三十分。

陛下のこの御言葉に参列者の間から感激のあまり慟哭の声が起った〉（保科善四郎『大東亜戦争秘史』）

首相が厳粛な声で会議の散会を告げた。「ただいまのご聖断をもってこの会議の結論といたします」御前会議を終えて午前七時、鈴木首相は中立国のスイス、スウェーデンを通じて連合国側にポツダム宣言受諾の用意があることを伝えた。「国体護持」を認めるなら戦争終結（敗戦）に応じる、という内容だった。

〈（午後）七時に陸相の全軍に対する訓示並びに情報局総裁談。前者は我れ一人在る限りは楠公精神、後者は国体護持の為に国民の奮起を期待せしもの〉（『大佛次郎　敗戦日記』）

作家の大佛次郎は鎌倉の自宅でラジオニュースを聞いた。阿南陸相の布告「全将兵に告ぐ」と、下村宏情報局総裁の談話が流れた。陸相布告の内容はこうだ。「事茲に到る又何をか言わん、断乎神州護持の聖戦を戦い抜かんのみ、仮令草を喰み土を嚙り野に伏するとも断じて戦うところ死中自ら活あるを信ず」

ところが、これは本人の阿南陸相も知らない布告だった。

陸軍報道部から各報道機関に渡された陸相布告は、その日未明に仰いだ聖断（戦争終結）とは逆の「徹底抗戦」の号令そのものだった。

指摘を受けた吉積軍務局長らが取り消しに走ったが、新聞各紙は既に印刷され手遅れ。「布告」は報道されてしまった。またラジオでも、大佛が聞いたように布告は流れてしまった。

国の首脳たちが、号泣して裁定を仰いだ「終戦（降伏）」の聖断は国民には正しく伝えられず、伏せられたまま時は経過した。その裏には、降伏を認めない勢力、つまり軍人を中心とする徹底抗戦派がいたのである。

岡山の合同新聞にも陸相の「布告」は掲載された。「ソ軍の野望粉砕　神州護持に直進せよ　陸相全軍布告」――合同新聞八月十二日付の見出しだ。記事差し止めの連絡は徹底せず「ニセ布告」は二日後、荷風の暮らす岡山ではそのまま報道された。これでは「聖断」まで仰いだ国中枢の動きは全く逆に伝わったことになる。

岡山市三門の武南家でこの日、荷風は谷崎潤一郎宛てに手紙を書いた。

拝呈啓者　いよいよ残暑の時節に相成候　御変もなく増々御清栄の御事と奉存候　扨(さて)小生病気も既に全快致候間早速御機嫌伺に参上致度実は今朝岡山駅へ参候処乗車券制限あり空敷(むなしく)帰寓(きぐう)致候え共明朝もしくは明後日には切符手に入ることと存候　伯備線(はくび)（新見乗換）がよろしき由(よし)に付それにて参(まいる)つもりに御坐候　拝眉の上万事委細御話致度御教示の程願上申候（猶(なお)用意の為玄米五六合持参致可(べ)く候）

八月十一日午後

荷風生

谷崎潤一郎様　侍史

手紙の日付は八月十一日午後。十日に書いて十一日に出すつもりで日付をそうしたのか、それとも単純に日付を間違えたのか分からないが、その朝岡山駅へ行って切符が買えず空しく帰ったと手紙にも日記にもあるのを見ると、十日に書いたのは間違いないようだ。荷風は勝山へ行く気になったらしい。

六十一日目　八月十一日（土）

八月十一日　土曜日、晴、秋に入りて酷暑日に日に甚し、S君夫婦菜蔬果実を獲んとて日盛りに妹尾崎平松氏の果樹園に行く、八月に入りてより米の配給料〔ママ〕も減少し副食物の如き三日目くらいならでは口に入り難くなれり、此日幸にして南瓜茄子の配給を得たり、

【菜蔬】野菜

立秋を過ぎて暑さはやっと本番。冷夏だった岡山地方も遅ればせながら夏らしくなった。

荷風は日乗に、菅原夫妻は暑い中を岡山市西方の妹尾崎にある平松家の果樹園へ出かけた、と書いている。七月中旬に三人で歩いて訪ねた晴耕園だ。夏になって米の配給が減り、大豆やトウモロコシなどが増えた。同園であわよくば米を、米が無理なら野菜や果物類を分けてもらおうと遠出をしたようだ。

菅原の『荷風罹災日乗註考』には、この日は夫婦ではなく菅原一人で行ったとある。その日たまたま晴耕園で会った大学生に北原白秋の詩集が収められた本をもらったという。

この道はいつか来た道、
ああ、そうだよ、
あかしやの花が咲いてる。
……

一九二七（昭和2）年に作詞・北原白秋、作曲・山田耕筰のコンビで発表した有名な童謡「この道」である。白秋はこのほか「ゆりかごの唄」「ペチカ」などいまでも歌い継がれる童謡などの作詞で知られた詩人。荷風より六歳年下だが、既に故人となっていた。

白秋が死んだ日、一九四二（昭和17）年十一月二日付の日乗の欄外に荷風は北原白秋〈歿年五十八〉と朱書している。かつて荷風は白秋の詩「片恋」を読んで、その繊細な色感などを高く評価し、主宰する『三田文学』で紹介した。一九一〇（明治43）年のことである。

白秋は数多くの情緒的な詩作で、平和と愛の詩人として著名だった。しかし日中戦争前後からヒトラーを讃えるなど国家主義的傾向を強め、戦争賛美の歌をつくるようになった。

「少年飛行兵」という作品がある。

兄さん、少年飛行兵、
「ちょっと　行ってくるよ。」
嵐をついて、
支那海越えて、
見事な編隊、ぐんとぐんと飛んでった。
ぐんとぐんと飛んでった。

日本少年飛行兵、
「ちょっと　やってやろか。」

ソラ来て、見えた、
南京（ナンキン）なんてじきだ、
すごい爆弾（ばくだん）、だんとだんとだんと落した。
だんとだんと落した。

万歳（ばんざい）、少年飛行兵、
「ちょっと　行って来たよ。」
夕やけ小やけ、
二千浬（り）ほいだ、
口笛（くちぶえ）ふきふき、さっとさっとさっと帰った。
さっとさっと帰った。

日中戦争が始まった一九三七（昭和12）年、児童雑誌「コドモノクニ」に発表した白秋の詩。日本軍による南京爆撃をうたったものである。

その年十二月、日本軍は南京を占領。空襲は重慶へと移っていく。重慶爆撃は一般住民を巻き込んだ無差別爆撃だった。米軍の東京大空襲や広島・長崎原爆投下は、その報復の口実とされた。

少年飛行兵は二千海里を「ほい」と飛んで、いとも軽やかに破壊と殺戮（さつりく）を行って帰って来た。少年飛行兵は子どもたちのあこがれの的だった。（口絵7頁）

荷風はかつて注目し、ほめた白秋の戦争への加担ぶりを当然知っていただろう。菅原が持ち帰った白秋の本を、荷風は時々開いていたという（『荷風罹災日乗註考』）。

山田耕筰も戦意を鼓舞する歌づくりに励んだ作曲家の一人だった。一八九九（明治32）年、岡山に住む姉とその夫・英国人のエドワード・ガントレットの家に寄宿。一九〇一（明治34）年、養忠学校（現岡山県立岡山御津高校の前身）に入学し、この時代にガントレットの指導で音楽の道に入った。

「赤とんぼ」「中国地方の子守歌」など数々の名曲を生んだ作曲家だが、戦時体制が色濃くなった頃から音楽挺身隊（ていしんたい）を結成し音楽の分野で戦争を応援。軍服姿で行動することもあったという。

一九四四（昭和19）年七月二日付日乗に山田耕筰の名前が出てくる。荷風は匿名氏から届いた手紙文を引用する形で、八方ふさがりの国勢のもとで国民は目的も了見もなくなり、覇気のない野蛮人になったとして、次のように続ける。手紙の引用という形をとったのは当局の追及をかわす荷風の自衛策。

〈銀座丸ノ内辺にて盲動する男女を見ても彼等（かれら）には人格は愚（おろ）カ性格すら具（そな）え居候もの一人として見えざるは世界いかなる国民にも到底見ること能（あた）わざる奇異なる現象なるべく候。かかる人種が山田耕作〔ママ〕つくる処（ところ）の愛国軍歌を高唱しつつ中食休みに濠端辺を行進する光景を想像すればその賤劣（せんれつ）全く国辱に等しきもの有之候以下略〉

北原白秋や山田だけではなかった。戦争の大波の中で、戦いへと国民を鼓舞する作品を生んだ文化人はほかにもたくさんいた。荷風のように徹底してそっぽを向いた人間は、ごくまれな存在だった。

大本営陸軍部戦争指導班の「機密作戦日誌」の八月十一日の項に物騒なことが書いてあった。

〈省部内、騒然トシテ何等カノ方途ニ依リ、和平ヲ破摧セムトスル空気アリ。之ガ為、或ハテロニ依リ、平沼、近衛、岡田〔啓介〕、鈴木、迫水、米内、東郷等ヲ葬ラムトスル者アリ。又陸軍大臣ノ治安維持ノ為ノ兵力使用権ヲ利用シ、実質的クーデターヲ断行セムトスル案アリ。諸氏〔処士〕横議漸ク盛ナリ〉

日誌は、同指導班の参謀たちがリレー式で書き継いできた「機密戦争日誌」を引き継ぎ、陸軍省軍務課内政班長の竹下正彦中佐が八月九日からつけ始めた業務日誌である。

前日、天皇の聖断により決まったポツダム宣言の受諾。つまり日本の敗戦を認めること。これに対し軍部、とくに陸軍内には抗戦の士気に燃える者が数多くいた。戦争継続のためには、テロやクーデターも辞さないとする雰囲気がくすぶっていたのがこの日誌でよく分かる。

軍のそんな不穏ムードが伝えられ、この日午後、木戸幸一内大臣は天皇に二度にわたって約一時間もの異例の拝謁をする。

そうした動きを抑える意味もあって、木戸はラジオによる勅語の放送を天皇に言上した。実現すれば、天皇の肉声が国民の耳に初めて届くことになる。

「いつでも実行する」

天皇は木戸に答えた。

荷風のいる岡山市ではこの日、同市国富の安住院で全市の戦災死亡者の慰霊祭が行われた。操山の中腹にあるこの寺の多宝塔は岡山後楽園の借景として知られる。市民にはなじみの寺院だ。

「今や戦局いよいよ急を告げ、本土決戦の神機まさに至らんとするの秋、我等獅子奮迅の勇を鼓し、不倶戴天の米鬼殲滅に邁進せんとす……」(『岡山市百年史』上巻)。軍人出身の竹内寛市長は居並ぶ遺族らを前に、力を込めて祭文を読み上げた。東京では戦争終結へと時局は大転回しつつあったのに……。

八月に入って米の配給量(注・日乗本文の「配給**料**」は「配給**量**」の誤り)は減少し、副食物となると三日置きぐらいにしか口に入らなくなった。

六十二日目　八月十二日（日）

八月十二日　日曜日、晴、Ｓ君夫婦食料を得んとて吉備郡総社町の旅宿に往く、晩間裏山に登り見るに妙林寺林間の墓地に線香の烟たなびき草花携えて往来する村人多し、夕月佳し、

「山野に摘む食糧　可食資源は悉く採ろう」――この日の合同新聞にこんな見出しの記事があった。逼迫する食糧不足をしのぐため、山野の物は可能な限り食用にする計画が岡山県内で進んでいた。本土決戦に備え戦い抜く食糧戦線の確立を、と記事は呼びかける。

「本土決戦」「食糧戦線」と威勢のいい文句が並ぶが、中身は何とも哀しい。カボチャやサツマイモの葉柄、ズイキ、ダイコン・カブラ・ニンジンの葉、クズ根……具体例として挙げられていたのはこんな物だった。そのそばには岡山県が八月から中学校や国民学校の生徒・児童を動員して民有地や国有林伐採地、河川敷など八千町歩を開墾し食糧を増産するという記事もあった。

菅原夫妻はこの日、岡山の西隣の総社町に出かけた。菅原は前日に続いて食糧調達の遠出である。目的地は現在のＪＲ東総社駅の近くにあった旅館「以呂波」。そこには菅原の知人で慶応大学教授の村田武雄一家が疎開していた。田舎のこの町なら何か食糧が手に入ると考えたのだろう。日本中で多くの国民が毎日の食べ物に困窮していた。

「なにっ！　原子爆弾？」広島市内の広島逓信病院でこの日、院長の蜂谷道彦は大声を上げてベッドに身を起こした。八月六日、広島市内の自宅で被災し、火傷(やけど)や裂傷の重傷を負いながら奇跡的に体を動かせるまでに回復していた。

見舞いに来た同郷の岡山出身の海軍大尉から「米国に原子爆弾を落とされた」と知らされたのだ。広島の人々はこの頃になってやっと何が起こったのかを知り始めた。

蜂谷が力を振り絞って回診する院内は、横たわる患者で足の踏み場もない。菰(こも)をかぶり、玄関口に横になった老女が手を合わせて訴えた。「先生さん、早う死なせてくだしゃんせーや、まだお迎えがありませんがの」

慰めの言葉をかけても「早う参らせてくだしゃんせーや」と繰り返すばかり。家族は死んでしまい、生きる意欲もないと言う。蜂谷にはどうすることもできなかった。

その日、同じ広島市内。中国新聞の大佐古一郎記者が同市上流川町の本社の焼け跡へ行くと、知り合いの社員らがメガホンでニュースを叫んでいた。名付けて「口伝隊」。もともとは軍が考えていたもので、緊急時に憲兵隊員らがトラックの上から情報や連絡事項を伝える計画だった。

発想はよかったが、原爆の惨禍以降は軍人に対する市民の信用がなくなり、新聞社員や放送局員が代役としてニュースを伝え、情報に飢えた市民から喜ばれていた。

大佐古記者はあの八月六日、地獄絵の広島市内の路上で、もんぺ姿の主婦が若い将校に食ってかかるのを目撃した。

「……とにかく、お前たち軍人のやり方がわりいけえ（悪いから）、こういうことになったんじゃ」

「自分たちは陛下のご命令通りにしてきたまでだ」負傷しているのか、破れた軍服で軍刀を杖(つえ)にした将校は答えた。

「ばかをいうな。警報も出さんで……それがご命令か。この怪我(けが)人や町の中で焼けて死による人がわからんのか。兵隊さんや、わしゃあ恨むぞ……。子供や主人をどうしてくれるっ！」
「それはアメリカへいうことじゃ。自分らは責任をとっていつでも切腹してみせますぞ」
「そうじゃ、腹を切れっ！　腹を切れっ！　くやしーっ！」
その後は、泣くともわめくともわからない女の声がいつまでも続き、将校はとぼとぼと総軍司令部のある方向へ歩いた——大佐古は、一般市民が軍人に怒りをぶつける光景を自著『広島　昭和二十年』に書き残した。

ソ連軍が侵攻した満州ではこの日午後一時、関東軍の山田乙三(おとぞう)総司令官らが飛行機で通化(つうか)へ移動。夜には満州皇帝溥儀が特別列車で新京（現長春）を脱出。翌日には秦彦三郎総参謀長らも通化に移る。通化は南満州山岳地帯の中心都市で、朝鮮との国境近くにある。関東軍はこの地に立てこもってソ連軍の朝鮮への南下を阻む作戦だった。

「居留民を置き去りにして、関東軍はさっさと後方へ逃げて行った」——後々まで非難されることになった関東軍の「撤退」だった。当時、新京の放送局に勤めていた森繁久弥は軍人たちの動向を見ていた。放送員という立場上、各国の電波で敵方の情報が入手しやすく、この十二日頃には日本はポツダム宣言受諾（降伏）へと動かざるを得ない情勢であることを感じていた。

〈終戦の日の一週間あたり前から、新京には軍人の姿が消えて行った。（……）白頭山麓の最後の要塞(ようさい)に立てこもって邀撃(ようげき)を試みるというまことしやかな噂(うわさ)のかげに、軍はまず家族を列車の健全なうちにどんどんと南下させ、最後の車には本人たちも乗って、私たちを置きっぱなしにし、新京の城を明け渡していたのである〉

戦後、俳優になった森繁は、著名人らの終戦時の回想集『八月十五日と私』にこのように書いている。

国民の軍に対する信頼が失墜する一方で、東京では宣言受諾に反対する軍人たちが最後の抵抗を続けていた。

この日、日付の切り替わったばかりの午前零時四十五分、サンフランシスコ放送が日本の返答に対する連合国側の回答を流すのを外務省ラジオ室と同盟通信社がキャッチした。外務省は宣言「受諾」の方針を打ち出し、鈴木貫太郎首相にも同意を得た。

ところが陸海軍の軍令系統はあくまで受諾反対を主張。午前八時二十分、梅津美治郎参謀総長と豊田副武（とよだそえむ）軍令部総長がそろって皇居に参内（さんだい）し「受諾絶対反対」を天皇に上奏した。

これは帷幄上奏（いあくじょうそう）といって、陸軍の参謀総長、海軍の軍令部総長などが内閣とは独立して軍事に関する事項につき、天皇に直接意見を奏上すること。明治憲法で認められた行為だが、軍の政治介入につながるとして問題視されていた行動。軍部はいわば奥の手を使って「降伏阻止」に動いたのだ。

午前十一時、東郷茂徳外相が参内し連合国側の回答を奏上。国体の護持に関する部分につき外務省の解釈や検討結果を説明し、天皇の了解を得た。

午後一時四十分、今度は平沼騏一郎（きいちろう）枢密院議長が宮中に木戸幸一内大臣を訪ねた。平沼は連合国の回答には問題ありとして、東郷とは逆の反対論を述べて帰った。木戸は直後に拝謁し、天皇に平沼の見解を伝えた。

平沼は「連合国の回答は、国体護持に関する部分などが不明確であり、再照会して確認すべき」という意見だった。これは軍部の考えに通じるところがあり、この日の東京・西大久保の平沼邸は抗戦派の本部となった観を呈するほど軍人が出入りしたという（迫水久常『機関銃下の首相官邸』）。

午後三時、閣議が始まった。テーマはもちろん連合国の回答に対し、政府として「受諾か否か」である。せめぎ合う両派、その間で揺れ動く指導者たち。日本の運命はまさに岐路にあった。

午後六時半、東郷外相が木戸内大臣を訪ねて「鈴木首相が平沼議長の意見に賛成したようだ」と心配顔で語った。木戸が要請したのかどうか、夜遅くになってその鈴木首相が木戸を訪ねて来た。天皇の終戦への強い決意を知る木戸は、鈴木とひざを突き合わせた。

〈(午後)九時半、鈴木首相来室、今日種々協議の経緯につき話あり。余は今日となりては仮令(たとえ)国内に動乱等の起る心配ありとも断行の要を力説、首相も全然同感なる旨答えられ、大に意を強うしたり〉(『木戸幸一日記』)

この時点で、一時は揺れた首相の腹も決まったようだった。

晩方、荷風は武南家の北裏にある墓地に行った。あすからはお盆。墓地には花や線香を手向ける人々の姿があり、線香の香りが漂っていた。空には三日月。あすは念願の勝山行きが実現し、谷崎潤一郎と再会できるはずである。

第十五章　白米のむすび

六十三日目　八月十三日（月）

　八月十三日、未明に起き明星の光を仰ぎつつ暗き道を岡山の停車場に至るに、構内には既に切符を購わんとする旅客雑遝し、午前四時札売場の窓に灯の点ずるを待ちいたり、構外のところどころには前夜より来りて露宿するもの亦尠からず、余この光景に驚き勝山往訪の事を中止せんかと思いしが、また心を取直し行列つくれる群集に尾して佇立する事半時間あまり、思いしよりは早く切符を買い得たり、一ト月おくれの盂蘭盆にて平日より汽車乗客込み合う由なり、余は一まず寓居に戻り朝飯かしぎこれを食して後、再び停車場に至り九時四十二分発伯備線の列車に乗る、僅に腰かけることを得たり、前側に坐しいたる老婆と岡山市中罹災当夜の事を語る、この老婆も勝山に行くよし、弁当包をひらき馬鈴薯小麦粉南瓜を煮て突きまぜたる物をくれたれば、一片を取りて口にするに味案外に佳し、汽車倉敷

【雑遝】込み合うこと

【朝飯かしぎ】朝飯を炊き

を過る頃より沿線の丘陵左右より次第に迫り来り短き隧道に会うこと再三に及ぶ、沿道には到処清渓の流るるあり、人家は山に攀ず、籬辺時に百日紅の爛漫たるを見る、正午の頃新見と云う停車場に着しここにて津山姫路行の列車に乗替をなす、車窓より町のさまを窺うに渓流に沿い料理屋らしき二階家立ちならびたり、人家皆古びて清潔ならず、鉄道従業員この地に住居するもの多きが如し、新見の駅を発するや左右の青山いよいよ迫り、渓流ますます急なり、されど眺望広からざるを以て風光の殊に賞すべきものなし、一歩々々袋の中に追い込まれ行くが如き心地す、車中欧人夫婦幼児を抱きて旅するものあるを見たり、午後一時半頃勝山に着し直に谷崎君の寓舎を訪う、駅を去ること僅に二三町ばかりなり、戦前は料理店なりしと云、離れ屋の二階二間を書斎となし階下には親戚の家族も多く頗雑遝の様子なり、初めて細君に紹介せらる、年の頃三十四五歟、痩立の美人なり、佃煮むすびを馳走せらる、一浴して後谷崎君に導かれ三軒先なる赤岩という旅舎に至る、谷崎君のはなしに谷川べりの好き旅宿に案内するつもりなりしが独逸人収容所になりて如何ともしがたしと、余が来路車中にて見たりし洋人は思うに独逸人なりしなるべし、やがて夕飯を喫す、白米は谷崎君方より届けしものと云う、膳に豆腐汁、町の川にて取りしと云う小魚三尾、胡瓜もみあり、目下容易には口にしがたき珍味なり、食後谷崎君の居室に行き閑話十時に至る、帰り来って寝に就く、岡山の如く蛙声を聞かず、蚊も蚤も少し、

【隧道】トンネル
【攀ず】はりつくように上る
【籬辺】垣のほとり
【閑話】雑談

午前九時四十二分、永井荷風を乗せて岡山駅を出た伯備線下り列車は十時過ぎに倉敷駅に着いた。伯備線は中国山地を横断して山陽と山陰を結ぶ。倉敷を過ぎると機関車は右にカーブを切って高梁川に沿って北上し、中国山地へと分け入る。

この朝、荷風は未明に起きて岡山駅の切符売り場の列に並び、待望の勝山行きの切符を手にした。車中、向かい合って座った老女と親しくなり、岡山空襲の話をしたり、女性からジャガイモとカボチャと小麦粉を突き混ぜてつくった食べ物をもらったりした。

北上に従い車窓の風景は徐々に緑を増していく。トンネルを抜ける度に山の斜面と高梁川の流れが迫って来た。山腹にしがみつくように点在する民家、庭先に咲き乱れる百日紅の花……荷風の筆は車窓を流れる風景を彩り鮮やかに写す。

当時の時刻表によると、伯備線下りは午前中は三本しかない。うち岡山駅発は午前四時五十五分発と同九時四十二分発の二本だけ。荷風が乗った〇九：四二発は倉敷一〇：一一―西総社一〇：二八―備中高梁一一：〇七と通過し、新見着は一二：〇三。

新見駅で十二時二十六分発の姫路行き姫新線に乗り換えた。汽車は新見を出て岩山一二：四〇―丹治部(たじべ)一二：五三―刑部(おさかべ)一二：五八―富原一三：〇〇―月田一三：一八と走り、中国勝山に一三：二五に着いた。

二〇〇九（平成21）年八月五日は炎暑の日だった。筆者は新見駅発九時五十一分の姫新線で中国勝山駅を目指した。一両編成のワンマンカーだ。

強い日差しの下をゆっくりと走る。左右の窓際に一列座席のある車両は間もなく中国山地へと潜り込んだ。しばらくは中国自動車道ともつれあいながら緩やかなカーブを繰り返し、木々の迫る緑の回廊をゴト、ゴトと進む。景色の開けるところは少なく〈一歩々々袋の中に追い込まれ行くが如き心地す〉と書いた荷風の気持ちが分かるような沿線風景である。

新見駅から中国勝山駅まで現在は五十分ほどで着くが、当時はほぼ一時間かかった。


〈八月十三日、晴れ（……）午前中永井氏より來書、切符入手次第今明日にも来訪すべしとの事なり。ついで午後一時過頃荷風先生見ゆ。（……）カバンと風呂敷包とを振分にして担ぎ外に予が先日送りたる籠を下げ、醤油（しょうゆ）色の手拭（てぬぐい）を持ち背広にカラなしのワイシャツを着、赤皮の半靴を穿（は）きたり〉（谷崎潤一郎「疎開日記」、注・ルビは引用者）

荷風のいでたちが谷崎の日記で分かる。見た目は意外に元気そうな荷風だったが〈醤油色の手拭〉に谷崎は大先輩の困苦を見て取ったようだ。


岡山県真庭郡勝山町（現真庭市）は木材の集散地として栄えた。駅の北に広がる街並みの西を旭川が南流する。

谷崎が疎開する小野はる方は、駅から歩いて数分の所。女将（おかみ）のはるは以前は料理屋を経営していたが、店を閉めて山林や家屋の売買を仲介する不動産業をし、女性ながら土地の顔役的存在だった。

通りからやや奥まったところにある二階建ての離れを谷崎夫妻や親戚の者で借り切っていた。二階は六畳二間があり、夫妻が使っていた。日の当たる南側の部屋を谷崎は書斎とし、夫人にしか出入りを許さなかった。階下の八畳間では親戚の人たちが共同生活をしていた。

この日、荷風は初めて松子夫人を紹介され、日乗には〈年の頃三十四五歟、痩立の美人なり〉と書いているが、実際は四十一歳。夫人は、谷崎の代表作の一つ「細雪」の二女幸子のモデルとされる。陸軍の圧力で発表差し止めになった「細雪」の後編を、谷崎はここ勝山で書き続けていた。

昼下がり、荷風は佃煮入りのおにぎりと風呂を振る舞われる。そして谷崎の案内で近くの赤岩旅館へ。瓦ぶき二階建ての宿だった。

荷風が谷崎と再会し、小野はる方に落ち着いた頃だろうか。午後二時十分、東京・皇居に東郷茂徳外相が参内し、天皇に拝謁した。

その早朝、連合国側から日本のポツダム宣言受諾についての正式回答が外務省に入電。それを受けて午前八時半から首相官邸で最高戦争指導会議の構成員会合が開かれたが、これまで同様「受諾」を主張する三人（鈴木首相、東郷外相、米内海相）と、それを認めない三人（阿南陸相、梅津陸軍参謀総長、豊田海軍軍令部総長）が真っ向対立したまま散会となったことなど、東郷はこれまでの経緯を天皇に報告した。

宮中で開かれる予定だったこの日の最高戦争指導会議は、米軍艦載機の来襲で首相官邸に場所を変えて開かれた。トルーマン米国大統領は前日の十二日、戦略空軍に日本に対する攻撃停止命令を出した。ところが、マッカーサー将軍指揮下の極東空軍と日本近海にいた艦隊は、宣言受諾（降伏）の明確な回答を寄せない日本に対して攻撃の手を緩めず、計一千機の艦載機を出撃させ、東京に空襲をかけた（『マッカーサー回想記（下）』）。

外相の報告に、天皇はこれまでと同じように言う。「既定の方針通り終戦の手続きをとるように。総理にもその旨伝えよ」

午後三時。それを受けて首相官邸で閣議が開かれた。普段、閣議ではほとんど発言しなかった鈴木首相は別人のように厳然として出席者全員の意見を求めた。閣僚たちは指名に従って意見を表明した。東郷外相の手記「時代の一面」によると、その結果は以下の通りだった。

「ポツダム宣言受諾」賛成——米内光政海相、広瀬豊作蔵相、石黒忠篤農商相、太田耕造文相、安井藤治国務相、左近司政三国務相、岡田忠彦厚生相、小日山直登運輸相、下村宏国務相、東郷茂徳外相。

「同」反対——阿南惟幾陸相、松阪広政司法相、安倍源基内相。

「去就不明」——豊田貞次郎軍需相。

「総理一任」——桜井兵五郎国務相。

最後に鈴木首相が自らの意見を述べた。以下はその要旨である。

「彼我の形勢、ご聖断の次第を考慮し、私は戦争終結の決心である。国体の護持について不安があることは事実だが、といって戦争を継続することはあまりにも危険。君臣の道からすれば戦い抜くことも当然だが、陛下のご聖断はもっと高いところから国を保存し、国民をいたわるという思し召しによるものと拝察する。私は本日の閣議の模様をありのままに申し上げ、重ねてご聖断を仰ぐ所存である」

首相官邸の閣議が終わったのは午後七時頃。東京の空はもう暮れていたが、荷風のいる岡山県・勝山は薄暮だった。

閣議が緊張の中で進んでいた時間、赤岩旅館の夕膳に豆腐汁、小魚三匹、キュウリもみの献立が並んだ。それに白い飯。白米は谷崎が差し入れてくれた。荷風は、一箸一箸噛みしめた。

食後、荷風は谷崎を再度訪ね、積もる話を夜中の十時頃までした。

勝山で文豪二人の談笑が続いていたこの夜、東京・渋谷区松濤に新築されたばかりの外相公邸では、東郷外相主催の小宴が催されていた。招待客は外務省の親しい仲間たちだ。戦争終結に反対する軍の若手急進将校らから命を狙われ、ここ数日、身辺に護衛官が増強されていた東郷外相は、気の抜けない毎日だったが、この夜は友人に囲まれ、久しぶりに和やかな雰囲気に浸っていた。

突然そこへ迫水書記官長から呼び出しが来た。「梅津、豊田両総長から緊急の面談申し入れが……」と迫水。前日、天皇に異例の並立奏上をした二人である。面会申し入れの意図は察しがつく。気持ちを切り替え、東郷は指定場所の首相官邸へ急いだ。

午後九時、官邸の閣議室で両総長と外相の会談は始まった。部屋には、少しでも雰囲気を和らげようと迫水がとっておきの紅茶とウイスキーを用意していた。が、両総長はそれには目もくれず、東郷にポツダム宣言を受諾しないよう懇請した。

しかし東郷は「それはできない」とそっけない返事を繰り返した。

岡山県・勝山――。赤岩旅館に戻り、荷風は床に就いた。東京、岡山の空襲をくぐり抜けて守ってきた未発表の草稿「ひとりごと」（のち「問はずがたり」と改題）「踊子」「来訪者」はこの夜、谷崎に預けた。もう心残りはない。

涼しい勝山の夜。岡山のように騒がしいカエルの声もなく、蚊やノミも少なくて、荷風は快適な眠りに落ちた。

時計の針が午後十一時を回った深夜、海軍軍令部次長の大西瀧治郎中将が首相官邸を訪ねて来た。

まだ東郷と両総長の押し問答は続いていた。

大西は前年、一九四四（昭和19）年のフィリピン・レイテ沖海戦で、禁じ手ともいうべき特攻作戦を指揮し「特攻生みの親」といわれた男。大西は悲壮な面持ちで両総長に訴えた。「軍は天皇陛下のご信任を失った。それを取り戻すために、起死回生の案を上奏し、ご再考を仰ぐ必要があります」と、途方もないことを言い出した。「今後二千万の日本人を殺す覚悟で特攻として用いれば、決して負けはしません」

皇軍兵士は入隊したその日に「身を鴻毛の軽きにおく」ことを叩き込まれる。大君（天皇）の前には兵士の命は鳥の羽毛のように軽い、という意味。つまり、兵士は進んで戦場で死ぬ心構えを持てというのである。特攻を生む土壌がここにあった。

とはいえ二千万もの命を犠牲にしようとは――この発言にはさすがに両総長も口をつぐんだ。大西は今度は東郷に迫ったが、東郷は厳しくはねつけた。このやりとりは、東郷外相の孫・東郷茂彦氏が著書『祖父東郷茂徳の生涯』で明かしている。

ちょうどその時、警戒警報が発令され全員が席を立った。東郷は帰宅の車中で決意を新たにした。二千万人が砲火の餌食になるのは絶対に避けねばならない――。

この日、陸軍に不穏な動きがあった。陸軍省軍務課の竹下正彦中佐の「機密作戦日誌」には次のように記されている。〈吾等少壮組ハ、情勢ノ悪化ヲ痛感シ、地下防空壕ニ参集、真剣ニクーデターヲ計画ス。（……）計画ニ於テハ要人ヲ保護シ、オ上ヲ擁シ聖慮ノ変更ヲ待ツモノニシテ、此ノ間国政ハ戒厳ニ依リテ運営セムトス（……）〉
日誌にはこのほかにも行動計画が書いてあり、クーデター実行日は十四日となっていた。またこの日の記述には「大臣」の文字が何度も出てくる。それは阿南惟幾陸軍大臣を指したものだった。一部の将校たちは阿南を先頭に立てて天皇を奉り、戦争継続の道を突き進もうと企てていたのである。

この日（八月十三日）、政府の原爆調査団の仁科(にしな)芳雄博士は広島から飛行機で被爆直後の長崎に入った。広島同様、長崎のすさまじい惨状を目の当たりにした仁科は戦後、雑誌「改造」＝一九四六（昭和21）年四、五、六月合併号＝に「原子力の管理」と題して寄稿している。仁科は岡山県浅口郡里庄町出身の日本を代表する原子物理学者である。

〈（原爆投下直後の広島、長崎を目撃して）自分は、その被害の余りにもひどいのに面を被(おお)わざるを得なかった。至る処(ところ)に転がって居る死骸は云う迄(まで)もなく、目も鼻も区別できぬまでに火傷(やけど)した患者の雑然として限りなき横臥(おうが)の列を見、その苦悶(くもん)の呻(うめ)きを聞いては真に生き地獄に来たのであった。（……）自分は小高い丘の上から広島や長崎の光景を見下して、これがただ一個の爆弾の所為(せい)であるという事実を、今更しみじみと心の底に体得し、深い溜(た)め息の出るのをどうすることもできなかった。そして戦争はするものではない。どうしても戦争は止(や)めなければならぬと思った。（……）〉

六十四日目　八月十四日（火）

八月十四日、晴、朝七時谷崎君来り東道して町を歩む、二三町にして橋に至る、渓流の眺望岡山後楽園のあたりにて見たるものに似たり、後に人に聞くにこれ岡山を流るる旭川の上流なりと、其水色山影の相似たるや蓋し怪しむに及ばざるなり、正午招がれて谷崎君の客舎に至り午飯を恵まる、小豆餅米にて作りし東京風の赤飯なり、余谷崎君の勧むるがまま岡山を去りこの地に移るべき心なりしが広島岡山等の市街続々焦土と化するに及び人心日に増し平穏ならず、米穀の外日用の蔬菜を配給せず、他郷の罹災民は殆食を得るに苦しむ由、事情既にかくの如くなるを以て長く谷崎氏の厄介にもなり難し、依て明朝岡山にかえらんと停車場に赴き駅員に乗車券のことを問う、明朝五時に来らざれば獲ること難かるべしと言う、依て亦其事を谷崎氏に通知し余が旅宿に戻りて午睡を試む、燈刻谷崎氏方より使の人来り津山の町より牛肉を買いたればすぐにお出ありたしと言う、急ぎ小野旅館に至るに日本酒も亦あたためられたり、細君下戸ならず、談話頗興あり、九時過辞して客舎にかえる、深更警報をききしが起きず、

【東道して】案内して、の意
【蓋し】確かに
【午飯】昼飯

ＪＲ姫新線の中国勝山駅（岡山県真庭市）の駅前広場には路線バスの発着場と待合室があり、客待ちのタクシーが一、二台停車している。山あいののどかな駅である。

駅のすぐ北を国道一八一号が東西に走っている。勝山は旧出雲街道の宿場町。国道を渡ると、斜めに伸びる昔ながらの家筋がある。乗用車がすれ違えるほどの道だ。木材の町にあやかっていま通りには「ウッドストリート」の名がついている。

大きな木櫓（やぐら）をくぐって通りを西へ進むと「酒」の漢字を白抜きにした青い暖簾（のれん）のかかる酒店の前に出る。旦（たん）酒店という珍しい名前の酒屋さん。筆者が勝山を訪れた際には向かって右隣に白いビルがあり「JAまにわ勝山支所」の看板が見えたが、いま支所は別の場所に移転。跡地は駐車場になっている。

通りから細い路地を入って旦酒店の南庭の方に回ると、二階建ての和風家屋が顔をのぞかせていた。「そこなら、歩いてすぐですよ」駅の観光案内所でガイドマップに印をつけてもらった家。この建物が谷崎潤一郎が妻や親族を連れ、戦時中に疎開していた小野はる方の離れである。表通り側は模様替えしたが、離れはほぼ当時のままという。

通りがかりの地元の人に聞くと、荷風が泊まった旧赤岩旅館は同じ通りの旦酒店のほんの目と鼻の先、JA支所の西隣にあった。つまりJA跡地（駐車場）を挟んで東に旦酒店、西に旧赤岩旅館の並びだ。黒瓦ぶきでなまこ壁の建物は、サッシなどが入って一部改造されているが、かつての宿場宿の面影を残している。（口絵14頁）

荷風が勝山の朝を迎えた一九四五（昭和20）年八月十四日の早朝七時、谷崎潤一郎は赤岩旅館を訪ね、荷風を散歩に誘った。

西に進むと旭川がある。二人は川に架かる鳴門橋を渡り、右手対岸に勝山の街並みを眺めながら上流の「中橋」の方へと歩いたとみるのが妥当だろう。中橋はいま歩行者専用橋となっている。

古い街並みの商店がとりどりの暖簾をかけ「暖簾の街」として売り出す現在の勝山は、岡山県指定の「町並み保存地区」。白壁の蔵、高瀬舟の船着き場跡の石の階段、武家屋敷や寺院の甍、酒造場の煙突……旭川の西岸から眺める街並みは、渓流と背後の山々に抱かれて鄙びた風情を醸している。瀬音の絶えない水辺にはアユ釣りの人々が散らばっていた。

その朝散歩した文豪二人も、同じような光景を見たのだろうか。情景描写に定評のある荷風はさすがにちゃんと景色を見ていて、勝山の風景が岡山の後楽園近辺に似ていることに気付く。旭川の流れは勝山から約九十キロ下って岡山市にたどり着く。

筆者は中橋を東に渡った。橋のたもとに谷崎ゆかりの水島呉服店があり、店の角を左へ曲がると勝山郷土資料館。谷崎直筆のはがきや色紙、写真などが展示してある。

鈴木貫太郎首相と木戸幸一内大臣が皇居で天皇に拝謁したのはこの日午前八時四十分。首相を呼ぶよう木戸に命じたのは天皇自身だった。

天皇は一刻も早く会議を開き、終戦の手続きに入ることを望んでいた。会議とは、閣議と最高戦争指導会議を同時に開き、その場に天皇が臨席する御前会議を意味した。

その日の早朝から「日本がポツダム宣言受諾を申し入れた」という内容のビラが連合国の飛行機で都内や周辺都市にまかれ始めた。天皇は、それを見た一部軍人たちによるクーデターを心配したのだった。「受諾」に反対する将校たちの不穏な動きは天皇の耳にも逐次入っていた。

天皇の臨席を仰いで御前会議を開くには、陸海軍両総長の署名花押が必要である。しかしいまは単純に両総長から花押がもらえる情勢ではない。そう判断した迫水久常書記官長は「陛下から直接お召しをいただいて御前会議を開く」案を鈴木首相に進言。首相もそれに同意し、朝の拝謁の際に天皇にその旨内奏し、内諾を得ていた。

天皇が召集した会議であれば、軍に抵抗の余地はない。御前会議の開催時刻は午前十一時と決まった。

午前十時から首相官邸で閣議が開かれた。閣議の途中で鈴木首相が突然「お召しです」と声を上げた。手はずの通り、宮中から御前会議召集の連絡が入ったのである。「服装はそのままで」首相は、全員そろっての参内を促した。中には開襟シャツの閣僚もいて、官邸職員からネクタイを借りて行く慌ただしさだった。

午前十一時、御文庫の地下防空壕内の一室で御前会議は始まった。臨席した迫水書記官長の著書『機関銃下の首相官邸』から会議の流れを追ってみよう。

玉座に向かってイスが三列に並び、天皇から見て手前第一列の左端に鈴木首相、平沼騏一郎枢密院議長、右端には陸海軍の両総長が座った。他の閣僚は席次順に着席した。

九日の御前会議と同じ部屋。天皇の入室の後、鈴木首相が立ってこれまでの経緯を説明。意見の不一致で聖慮を煩わさざるを得ないことをおわびして阿南陸相、梅津、豊田両総長に発言を促した。

三人はこれまでと同じように戦争を継続して「死中に活」を求める主張を繰り返した。

意見が出尽くしたのを見計らって天皇は「聖断」をくだした。

「私の考えは、この前言ったことに変わりはない。私はこれ以上戦争を継続することは無理と考える。（……）私自身はいかになろうとも、私は国民の生命を助けたいと思う。この上戦争を続けては、結局、わが国が全く焦土となり、国民にこれ以上苦痛をなめさせることは、私として忍びない」

「これからは日本は平和な国として再建するのであるが、（……）国民が心を合わせ、協力一致して努力すれば、必ずできると思う。私も国民とともに努力する」

白い手袋をはめた手で頬を何度もぬぐう天皇は、声を絞り切々と訴えた。そしてこうも言った。

「この際、私のできることはなんでもする。私が国民に呼びかけることがよければいつでもマイクの前にも立つ。陸海軍将兵は特に動揺も大きく、必要があれば、私はどこへでも出かけて親しく説き諭してもよい」

全員が泣きながらその言葉を聞いた。

御前会議が終わったのは正午。皇居の森は蝉の声に包まれていた。

ちょうどその頃、荷風は谷崎を訪ねていた。谷崎から昼飯の誘いがあったのだ。

献立は赤飯。なかなかお目にかかれないご馳走である。谷崎の「疎開日記」によると、これに豆腐汁がついていた。

荷風の心境は微妙に変化し始めていた。これまで谷崎の勧めるままに勝山に移住する気になっていた。しかしそれもどうやら叶(かな)わぬ夢。戦況の悪化で勝山でも食糧の配給が滞り、とくに疎開者には厳しい情勢であることが分かってきた。それを聞いたのは朝の散歩のときである。岡山へ帰ろう——荷風は腹を決めた。

赤飯を食べた後、荷風は中国勝山駅へ行った。そして駅員に翌日の乗車券の予約ができないか尋ねた。午前中の新見行きは六時台、八時台、十一時台の三本だ。

「あしたの切符はあした売る。朝五時には来んと、とても取れんぞな」こんな言い方でもしたのか、駅員はつれない返事。荷風はそのことを谷崎に伝えて赤岩旅館に帰り、畳にごろりと転がった。

戦況の行き詰まる日本。食糧の欠乏、原爆の脅威、やがて上陸して来るだろう恐ろしい米英兵……さまざまな暗い材料が素朴な山里、勝山の人々の心をもかき乱していた。

戦争の終結を決めた御前会議の後、首相官邸で午後一時から閣議が開かれた。丸テーブルに座った閣僚十四人は、不眠不休の日が続き、どの顔も疲れ切っていた。いよいよ大詰め。この閣議で終戦の詔勅案を審議し、全閣僚が署名をし、戦争に幕が引かれようとしていた。

午後二時半、大本営陸軍部の第一会議室。帝都内に集合命令がかかり、将校全員が整列していた。梅津参謀総長から天皇の「聖断」が伝達され「今後陸軍はあくまでその方針に従って行動する」ことが告示された。最前列中央に立っていた参謀次長の河辺虎四郎（かわべとらしろう）中将は、背後に広がる男たちのすすり泣きを聞いた。総長も泣いていた。河辺は冷静にそれらの泣き声を聞いていた。やがてこの男に、屈辱に満ちた大役が回ってくる。

一方、阿南陸相も閣議を中断して陸軍省に戻り、首脳会議を開いて御前会議の決定に従うよう周知徹底した。「皇軍はあくまでご聖断に従い行動するように」と。

午後三時頃、ガリ版刷りの終戦の詔書案が迫水書記官長や内閣府担当者らによってまとまった。漢学者の安岡正篤（まさひろ）らが作成に協力した。

東京に夕刻が迫る。

陸軍参謀本部のある市ケ谷台では各棟の二階から秘密書類などが投げ落とされ、焼却処分する煙や炎があちこちで上がり始めた。

午後八時半、鈴木首相は天皇に詔書を示し、天皇はこれを裁可した。手続きはすべて完了である。時計の針は午後九時を回っていた。


「津山から牛肉が届いたのでどうぞ」

天皇が終戦の詔書に署名をする数時間前の夕暮れ、岡山県勝山町の赤岩旅館に谷崎の使いが来て、荷風を誘った。

　津山市周辺は作州牛の本場。谷崎のたっての依頼で、津山市の知人が一貫目（三・七五キロ）以上を届けてくれたのだった。その前に勝山でも一貫目の牛肉を買い込んだので、肉屋が開けるほどの牛肉が集まった。谷崎は、あす別れる荷風をすき焼きでもてなそうと考えたのである。

　牛肉は庶民にとってご馳走の代表格。このご時世、国の要人や大金持ちでも手に入れることは容易ではなかった。谷崎の「疎開日記」には、この日地元勝山で入手した牛肉一貫目の値段は二百円だったとある。戦争中には千円あれば百坪の土地に八畳、六畳、四畳半の家が建った――と映画監督の新藤兼人（二〇一二年死去）は自著『「断腸亭日乗」を読む』に書いている。


〈細君下戸ならず、談話頗興あり〉

　荷風は、その夜の宴を一緒に楽しんだ谷崎の妻・松子のことをこう記した。

「罹災日録」では同じ場面をこう書く。〈細君微酔。談話すこぶる興あり。羈旅（きりょ）の憂愁初めて一掃せらる〉

　羈旅とは旅のことで、勝山に来てやや鬱屈（うっくつ）していた荷風の気分は、松子夫人の魅力と明るさで晴れたようだった。

　松子夫人は、戦後出版した追想集でその夜の荷風の印象を次のように語っている。〈いかにも罹災者らしい服装でお着きになった荷風先生は、思っていたよりはるかに気難かしくなく、大そう取っつき易（やす）いお人柄で、お夕飯を御一緒に頂くことになった。大した御馳走でもなかったが、私もほろ酔気味であったらしく、時局の話に四方山（よもやま）話がはずんで興深い夕になった〉（「湘竹居追想　潤一郎と『細雪』の世界」）。大阪は船場の御寮（ごりょん）さんとして育った松子夫人は、愛きょうある美人と評判だった。

夫人をまじえての談笑が続いていた午後九時。ラジオから「明日正午、重大放送がある」とのニュースが流れた。極めて重要なことのようだったが、谷崎のところにラジオはなく、荷風らは知らなかった。午後九時半頃、談笑を切り上げて荷風は赤岩旅館に戻った。天皇が終戦の詔書に署名をしたのはこの時間帯である。

床に就いた深夜、警報が出たが荷風は気にせずまた眠りについた。

帝都東京は「長い夜」を迎えようとしていた。

午後十一時、終戦の大詔（たいしょう）が渙発（かんぱつ）された。引き続き各報道機関への発表。午後十一時五十分、皇居の内廷庁舎の政務室で天皇の詔書読み上げの録音が終了した。翌十五日正午に予定されている「玉音放送」の音源となるものだ。

陸軍大元帥の軍服を着た天皇は、独特の抑揚で詔書を二度にわたり朗読した。外に明かりがもれないよう、密閉された部屋は、蒸れるような暑さだった。

日付が変わり、全国の新聞各社では「終戦」を伝える八月十五日付の紙面作りが始まっていた。輪転機の始動はいつもより遅い。新聞は正午の玉音放送が終わるまで、配達しないよう当局から指示があったからである。

六十五日目　八月十五日（水）

八月十五日、陰りて風涼し、宿屋の朝飯、雞卵、玉葱味噌汁、はや小魚つけ焼、茄子香の物なり、これも今の世にては八百膳の料理を食するが如き心地なり、飯後谷崎君の寓舎に至る、鉄道乗車券は谷崎君の手にて既に訳もなく購い置かれたるを見る、雑談する中汽車の時刻迫り来る、再会を約し、送られて共に裏道を歩み停車場に至り、午前十一時二十分発の車に乗る、新見の駅に至る間隧道多し、駅毎に応召の兵卒と見送人小学校生徒の列をなすを見る、されど車中甚しく雑沓せず、涼風窓より吹入り炎暑来路に比すれば遥に忍び易し、新見駅にて乗替をなし、出発の際谷崎君夫人の贈られし弁当を食す、白米のむすびに昆布佃煮及牛肉を添えたり、欣喜措く能わず、食後うとうとと居眠りする中山間の小駅幾個所を過ぎ、早くも西総社また倉敷の停車場をも後にしたり、農家の庭に夾竹桃の花さき稲田の間に蓮花の開くを見る、午後二時過岡山の駅に安着す、焼跡の町の水道にて顔を洗い汗を拭い、休み休み三門の寓舎にかえる、S君夫婦、今日正午ラヂオの放送、日米戦争突然停止せし由を公表したりと言う、恰も好し、日暮染物屋の婆、雞肉葡萄酒を持来る、休戦の祝宴を張り皆々酔うて寝に就きぬ、

〔欄外墨書〕正午戦争停止

【八百膳】「八百善」が正しい。江戸料理で有名な東京の老舗料亭

【正午ラヂオの放送】昭和天皇による「大東亜戦争終結ノ詔書」、いわゆる玉音放送

合同新聞社の臨時印刷工場は岡山県上道郡幡多村兼基（現岡山市中区兼基）の民家に置かれていた。同社は六月二十九日の岡山空襲で本社を焼失。その後は、外壁だけ焼け残った岡山市中心部の天満屋百貨店二階に本社機能を移し、新聞発行を続けていた。

この朝、朝刊の印刷を終えた兼基工場の社員たちは二階の窓から、近くの神社に戦勝祈願のお参りに行く子どもたちの列を見ていた。毎朝見る光景だった。

徹夜で紙面をつくり、この日正午の「重大放送」が何であるかを知っていた整理部記者たちは、無量の感慨を込めてこの列を眺めた（『山陽新聞百二十年史』）。

新聞は未配達のまま工場にまだある。政府筋から正午の放送が終わるまで配らぬよう通達があったからだ。

東京では、前夜からの「長い夜」が続いていた。

日付の変わった十五日午前二時前、近衛師団司令部で銃声が響いた。陸軍省軍務局の畑中健二少佐が拳銃を発射し、森赳師団長の胸を撃ったのだ。同時に上原重太郎大尉が軍刀で斬りつけた。クーデターへ近衛師団の出動を求めたものの、同意しない師団長に対しての凶行だった。一緒にいた参謀も斬殺された。

クーデターを画策した青年将校たちの構想は「宮城を占領し、天皇を擁して軍人だけの軍事政権を樹立し、聖断の変更をお願いする」ことだった。

畑中らは命令書を偽造して兵を動かし、宮城を占拠。すべての門を閉じ、外部との電話線を切断した。彼らの当面の目標は天皇の録音盤を奪い、玉音放送を阻止して戦争継続を図ろうというのである。

だが録音盤は宮内省内に隠され、発見を免れた。天皇は御文庫に、また木戸幸一内大臣、石渡荘太郎宮内大臣は宮内省地下の金庫室に隠れ、無事に朝を迎えた。

午前二時前、阿南惟幾陸相は三宅坂の官邸で半紙に遺書を認めた。「一死以テ大罪ヲ謝シ奉ル……」阿南は、妻の弟の竹下正彦中佐（軍務課内政班長）に見守られ、自刃した。

午前五時十分、田中静壱（しずいち）東部軍管区司令官が近衛師団司令部に到着。近衛歩兵第一連隊がまさに出動しようとする正面へ車を乗りつけ、阻止した。クーデターは鎮圧された。

午前七時三十五分、蓮沼蕃（はすぬましげる）侍従武官長は御文庫の天皇にクーデターの収束を報告。あわせて森師団長の死亡などを上奏した。

岡山県勝山町（現真庭市）の赤岩旅館で荷風が朝食の膳に向かったのは、蓮沼侍従武官長が天皇への報告を終えた後ぐらいだったろう。勝山は朝曇りで涼しかった。

献立は生たまご、タマネギの味噌汁、ハエのつけ焼き、ナスの糠（ぬか）漬け、それに白飯。待ちに待った終戦が目前に迫っていることも知らず荷風は味噌汁をすすり、白飯を頬張った。

朝食を終えて谷崎潤一郎を訪ねると、帰りの切符が用意してあった。前日、駅員にあしらわれた自分とは違って、簡単に手に入れたようだ。自分の非力を痛感せざるを得なかった。荷風は帰途に就いた。

東京・内幸町、放送会館二階の第八演奏室。

正午の時報の後、放送員の和田信賢（のぶかた）がマイクに向かった。演奏室には宮内省、情報局、東部軍管区、日本放送協会（ＮＨＫ）幹部らが集まり、天皇の玉音の録音盤も持ち込まれていた。

「ただいまより重大なる放送があります。全国の聴取者の皆さま、ご起立願います」

下村宏情報局総裁がマイクの前に立った。「天皇陛下におかせられましては、全国民に対し、かしこくもおんみずから大詔を宣(のたまわ)らせたもうことになりました。これより、謹みて玉音をお送り申します」

「君が代」の演奏に続いて天皇の玉音放送が始まった正午過ぎ、荷風を乗せた汽車は終点新見駅の二つ手前の丹治部駅付近を走っていたと推定される。新見到着予定は午後零時二十五分。

車中は混みもせず、窓からは心地よい涼風が入った。岡山県北部はもう秋がしのび寄る季節。「最後の一兵まで」のスローガンが徹底されているのか、こんな山里の鉄道沿線でも駅ごとに応召する兵隊とそれを見送る家族や児童の列が目についた。この時期にも各地で新兵たちが戦地に向かっていたが、これらの人々に終戦の朗報が届くのはもう間もなく。長かった戦争に、その放送がやっとピリオドを打ってくれるのだ。

徳川夢声は東京の自宅で妻と娘と三人で正座してその放送を聞いた。五十一歳。この日の『夢声戦争日記』を引用する。

〈コーン……正午である。
――コレヨリ畏(かしこ)クモ天皇陛下ノ御放送デアリマス、謹シンデ拝シマスルヨウ
――起立ッ！
号令が放送されたので、私たちは其場で、畳の上に直立不動となる。
続いて『君が代』の奏楽が流れ出す。（……）

曲は終る。愈々、固唾をのむ。
玉音が聴え始めた。（……）〉
荷風のいとこになる作家の高見順は鎌倉市内の自宅で正午を迎えた。三十八歳。高見はこんな日記を残している。

〈十二時、時報。
君ガ代奏楽。
詔書の御朗読。
やはり戦争終結であった。
（……）
——遂に敗けたのだ。戦いに破れたのだ。
夏の太陽がカッカと燃えている。眼に痛い光線。烈日の下に敗戦を知らされた。
蟬がしきりと鳴いている。音はそれだけだ。静かだ。〉（『敗戦日記』）

岡山県の中国勝山駅で荷風を見送った谷崎は、正午に天皇陛下の放送があることを知り、近所のラジオのある家へ走った。〈然しラヂオ不明瞭にてお言葉を聞き取れず、ついで鈴木首相の奉答ありたるもこれも聞き取れず、ただ米英より無条件降伏の提議ありたることのみほぼ聞き取り得（……）〉（「疎開日記」）

米海軍士官ドナルド・キーンは天皇ヒロヒトの放送をグアム島の米軍基地で聞いた。日本語を専門に勉強したキーンは放送の解読を命じられ、めぼしい日本人捕虜三人とその声に耳を傾けた。〈わたしは天皇が言っていることがほとんど理解できなかったが、放送が終わった時、同行した捕虜が泣いている姿を見て、それが何を意味するかわかったのだった〉（ドナルド・キーン『日本人の戦争 作家の日記を読む』）

キーンは当時二十三歳。戦後、日本文学研究家として活躍し、谷崎潤一郎ら日本の作家と交友。二〇〇八（平成20）年には文化勲章を受章し、その三年半後、日本国籍を取得した。

推理作家の横溝正史（せいし）は岡山県吉備郡岡田村字桜（さくら）（現倉敷市真備町（まびちょう）岡田）に疎開していた。桜は三十戸ほどの集落で、ラジオがあるのは横溝の家と他にもう一軒だけ。地区民は二手に分かれてラジオを囲んだ。

ところが横溝のラジオの調子は最悪で、さっぱり聞こえない。座がざわざわとし始めた時、一瞬はっきりと聞こえた言葉があった。「これ以上戦争を継続せんか……」

「終戦」を直感した四十三歳の横溝は、心の中で「さあ、これからだ！」と叫んだ。戦時中は発表できなかった推理小説がまた書ける。言論圧迫の時代が終わった、と小躍りした。戦後、横溝はこの町で「本陣殺人事件」「獄門島」「八つ墓村」などの代表作を書き、名探偵金田一耕助（きんだいちこうすけ）の活躍で横溝ブームを起こす。

野坂昭如は福井県春江町（現坂井市）の道端で放送を聞いた。一緒にいた中学生が「連合艦隊どないしてん」と叫ぶように言った。すると、浴衣姿の老人が「そんなん、とっくにあらへん」と平然と言った。
十四歳の野坂少年は「とにかく終わった、空襲はもうない」と、体の芯がとろけるような安堵感を味わった。われに返り、頭に浮かんだ一句。
戦争は終ったという蝉時雨
一緒にいた一歳四カ月の妹は餓死寸前だった。

中国山地を縫って走る姫新線。荷風を乗せた汽車は一一：二五に新見駅に着いた。玉音放送が終わった後である。乗り継ぎの岡山行きはホームにいた。一二：三四発車予定だ。

荷風は勝山を発つ際に松子夫人からもらった弁当を広げた。輝くような白米のむすび。牛肉と昆布の佃煮が添えてあった。

一三：二一備中高梁着。玉音放送が終わって約一時間後だ。ちょうどこの頃、東京の放送会館で平川唯一アナウンサーはマイクに向かっていた。四十三歳。日本放送協会（NHK）の海外局米州部の放送班長である。

「朕深く世界の大勢と帝国の現状とに鑑み……堪え難きを堪え忍び難きを忍び以て萬世の為に太平を開かんと欲す……」――平川は天皇の読み上げたこの漢文調の詔書を英訳し、流ちょうな英語で国際放送した。荷風を乗せた伯備線の列車が通過しようとしていた旧津川村（現高梁市）が平川の故郷だった。戦後、ラジオの人気番組となった「カムカム英語」の平川先生である。

西総社一三：五五、倉敷一四：一七……満腹になった荷風がうとうとするうちに列車は岡山に近づく。倉敷―岡山間は田園地帯。夏の日差しの中で、農家の庭先の夾竹桃が風に揺れ、稲田が青々と波打っている。レンコン田では白やピンクのハスの花が輝いていた。
岡山駅到着時間は一四：四〇。荷風は焼け跡の町の水道で顔を洗い、汗をぬぐった。駅周辺には岡山市水道部の無料給水場が開かれていた。休み休み歩いて岡山市三門の武南家に帰り、終戦を知った。
〈恰も好し〉――日記のこの一言に喜びが凝縮されている。

大分市の別府湾に注ぐ大分川の河口東には現在、大洲総合運動公園が広がる。一帯はかつては海軍の基地で、終戦直前は第五航空艦隊が司令部を置いていた。

この日、玉音放送が流れた頃、同基地の飛行場を望む土手の上で第七〇一航空隊の若い搭乗員たちが赤飯とパイナップル（缶詰）の昼食をとっていた。彼らは出撃命令を待つ特攻隊員だった。

この日午後、隊員たちの身に起こったことは、戦後さまざまな反響を呼んだ。関わった者の中で、事の顛末までを見届けて生還した者は一人もいなかった。

松下竜一著『私兵特攻　宇垣纏長官と最後の隊員たち』などを参考に、その日を再現してみたい。

隊員らが昼飯を食べていると、飛行場の西端で整備兵が直立不動で整列しているのが見えた。だが、何をしているのか分からない。玉音放送があるのを彼らは知らなかった。

基地の最高責任者である宇垣纏第五航艦司令長官（海軍中将、五十五歳）は基地の壕を出て玉音放送を聞き、長官室に戻って日誌に記した。〈正午君が代に続いて天皇陛下御自ら御放送被遊。ラヂオの状態悪く、畏れ多くも其の御内容を明かにするを得ざりしも大体は拝察して誠に恐懼之以上の事なし。親任を受けたる股肱の軍人として本日此の悲運に会す。慚愧之に如くものなし。嗚呼！〉（『戦藻録』）

米軍が沖縄本島に上陸した直後の四月六日、宇垣長官は「菊水一号作戦」を発令した。沖縄の米艦隊に爆弾を抱いた飛行機で体当たりを敢行する「特攻」である。以後、菊水作戦は六月二十二日の第十号まで発令され終了する。その翌日、沖縄の守備隊は全滅した。

その間、沖縄戦だけで日本の特攻機は延べ二千三百九十三機（海軍千四百三十九機、陸軍九百五十四機）に上った（黒羽清隆『太平洋戦争の歴史』）。

〈一六〇〇幕僚集合、別盃を待ちあり。之にて本戦藻録の頁を閉づ〉午後四時、宇垣は太平洋戦争開戦前の一九四一（昭和16）年十月十六日から書き続けた日誌『戦藻録』の最後の記述を終え、筆をおいた。

午後、分隊長の中津留達雄大尉以下二十二人の七〇一航空隊員に出撃命令が出た。沖縄の米艦隊に特攻をかけるというものだった。午後四時過ぎ、隊員が飛行場に整列したところへ宇垣長官が車で到着、訓示を始めた。

——それは、長官自らが沖縄の米艦艇に特攻をかけるという衝撃的な内容だった。飛行場にはエンジンを始動した暗緑色の艦上爆撃機「彗星」十一機が、通常の倍の爆弾八百キロを抱いて待機していた。大分基地に残る最後の彗星である。

宇垣は五機を用意するよう命じた。だが、隊員たちの強い要望で中津留が機数を増やしたといわれる。宇垣は終戦の事実を知りながら、それを黙認した。

午後五時頃、中津留大尉の一番機が別府湾上に舞い上がった。後部座席には宇垣、そしてその足元に遠藤秋章飛曹長がうずくまっていた。彗星は二人乗りで前に操縦席、後ろに偵察員席がある。出発時、宇垣が後席に乗ろうとすると、遠藤が既に乗り込んでいて「降りろ」という長官命令を聞かなかったのだ。

十一機は次々に離陸し、南の空に小さな点となって消えた。残った者たちがその機影を「帽振れ」

で送った。

宇垣特攻隊の出撃は、岡山市三門の武南家へ帰った荷風が一息ついた頃だった。勝山訪問の三日間を日記に書き留めていた時だったかもしれない。

宇垣の母校は岡山城の中にあった旧制岡山中で、一九〇九（明治42）年の卒業。二学年上には作家の内田百閒、一学年下には原爆調査団の中心メンバー仁科芳雄がいた。

防衛庁戦史室編纂の「沖縄方面海軍作戦」によると、宇垣の乗った指揮官機の突入は二〇二五（午後八時二十五分）だった。特攻機は突入の際に無線機のキーを押したまま突っ込んで行く。その音が消えた時が「激突」の瞬間だ。大分基地では、電信員が十一機の電波を追っていた。

この日夕刻の岡山。染物屋の大熊世起子が鶏肉とぶどう酒を持って荷風と菅原明朗・智子夫妻を訪ねて来た。気さくな奥さんで、荷風らが岡山空襲で焼け出された際、武南家の間借りを世話してくれたのも彼女だった。

「罹災日録」では彼女のことにふれて荷風は次のように書き加えている。〈余がこの地に流寓中貸室の周旋をはじめとして日常のこと何くれとなく大熊氏を煩すこと少しとなさず。感謝常に措かざるところ。その厚情、ただにこの夜の珍羞のみに限らざるなり〉

「珍羞」とは珍しい食べ物という意味。その珍羞の鶏肉を食べ、ぶどう酒を飲んで平和の回復を祝い、心地よい酔いとともに荷風らは眠りに就いた。

祝宴を囲んでいた頃だろうか、遠く離れた沖縄で宇垣長官らの特攻機が無線キーを押し続けて、相次ぎ体当たりの突撃をしたのだった。

沖縄本島の北に浮かぶ伊平屋島(いへや)。その日午後八時過ぎ、島民は二機の飛行機が島に激突する音を聞いた。海岸に墜落した一機から宇垣と中津留、遠藤と思われる三人の遺体が収容された。

終戦を知りながら、前途ある若者たちを引き連れて行った「宇垣特攻」には戦後、厳しい非難が浴びせられた。途中三機がエンジントラブルなどで不時着したが、十一機・総勢二十三人の大半が還(かえ)って来ず、不時着のうち一人はその際に死亡、生還したのはわずか五人だけ。死亡した隊員のうち三人は新婚だった。

岡山市中区奥市の岡山県護国神社の山際に、宇垣とその日死んだ隊員たちの慰霊碑が建つ。「なぜ一人で行かなかったのか」と問いかけても、碑は答えてはくれない。

第十六章　月佳なり

六十六日目　八月十六日（木）

八月十六日、晴、郵書を奈良県生駒郡法隆寺村に避難せる島中雄作に寄す、また礼状を勝山に送る、月佳なり、

【島中雄作】嶋中雄作。中央公論社社長

夜が明けた。

「やっと戦争が終わった。これで安心して眠れる」

多くの国民の思いはこの一言に尽きたのではないか。平和の到来だ。敗戦は悔しい。やがてやって来る占領軍も怖い。しかしきのうまで身近にあった死という恐怖が、ひとまずは遠のいた。その安心感に挫折感も加わり、国民は気力を失ったように見えたという。

この日午前八時頃、神奈川県川崎市の東久邇宮家の別荘の電話が鳴った。あるじの東久邇宮稔彦は五十七歳。皇族の陸軍大将である。前夜、松平康昌内大臣秘書官長が訪ねて来て、あらかじめ打診があったので朝七時に起床し、準備だけは整えていた。

電話は東京・麻布の本邸からだった。侍従職から、陛下のお召しがあったので午前九時半に宮中に参内を、との連絡だった。

多摩川を望む高台にある別荘を車で出た東久邇宮は、まず東京・麻布市兵衛町（現東京都港区六本木）の本邸に向かった。本邸は四月十五日の空襲で焼け、仮住まいのバラックが建つだけだった。

麻布市兵衛町といえば永井荷風の自宅「偏奇館」があった所で、荷風邸と東久邇宮邸は「ご近所」の関係。もちろん相手は皇族で陸軍大将だから、荷風とはそれ以上の関わりはない。ただ、いわば隣組なので『断腸亭日乗』には東久邇宮邸に関する記述はよく出てくる。

〈麻布の地を去るに臨み、二十六年住馴れし偏奇館の焼倒るるさまを心の行くかぎり眺め飽かさんものと、（……）巡査兵卒宮家（引用者注・東久邇宮邸）の門を警しめ道行く者を遮り止むる故、余は電信柱または立木の幹に身をかくし、小径のはずれに立ちわが家の方を眺むる時、（……）唯火焔の更に一段烈しく空に上るを見たるのみ、是偏奇館楼上少からぬ蔵書の一時に燃るがためと知られたり〉（昭和二十年三月九日付）

日乗の中で最も有名な偏奇館炎上のシーンである。

このひと月余り後、東久邇宮邸は警護兵たちの奮闘もむなしくB29の焼夷弾で焼け落ちた。

本邸の防空壕から取り出した軍服に着替え、皇居に向かった東久邇宮はまず木戸幸一内大臣を訪ねた。

〈九時四十分、東久邇宮殿下御参内。
十時より十時五分迄、拝謁（御文庫）。
十時十分、殿下組閣の大命を拝受被遊〉（『木戸幸一日記』）

拝謁に先立って木戸は東久邇宮に、これから組閣の大命が下ることを伝えた。それを辞退することは陛下を困らせることになる、と釘を刺した。「陛下は、わが国民を救うためならば自分はどうなってもよいという固いご決心を持っておられます。この難局を乗り切るには陸軍を統制できる人物が絶対に必要です。今回は重臣会議を開かず、陛下の思し召しで決まったことです」

東久邇宮は、天皇の妻である香淳皇后のおじに当たり、天皇家とは縁の深い皇族。真剣な木戸の顔を見て東久邇宮は腹を決める。〈この未曾有の危機を突破するため、死力をつくすことは日本国民の一人として、また、つねに優遇を受けて来た皇族として、最高の責任であると考えた〉（「東久邇日記」）

御文庫で拝謁した東久邇宮に、天皇は言う。

「帝国憲法を尊重し、詔書を基とし、軍の統制、秩序の維持に努め、時局の収拾に努力せよ」

天皇から、東久邇宮に大命は下った。

後は時間との戦いだ。組閣にもたつけば、軍の徹底抗戦派の動きに火をつけることになりかねない。

一方この日（八月十六日）、連合軍最高司令官に就任したマッカーサー元帥は日本政府・大本営に宛てて「日本軍による戦闘の即時停止を命じる」と最初の命令を出した。同時に元帥は、終戦の手続きや段取りを打ち合わせるため、翌十七日に日本政府の代表をフィリピンに派遣するよう命じてきた。マッカーサーはフィリピンの首都マニラから日本の動向を監視していた。

天皇の許しを得て、宮内省が赤坂離宮を組閣本部に提供してくれたので、東久邇宮は早速組閣にかかった。新聞人から政治家になった旧知の緒方竹虎を内閣書記官長（現在の官房長官）に据え、残りの人選は首相経験者の近衛文麿や木戸内大臣、石渡荘太郎宮内大臣の協力で進んだ。

陸軍大臣については、陸軍が従来の慣例によって土肥原賢二教育総監を推挙してきたが、東久邇宮は

「古い慣例は認めない」

と、きっぱり拒絶した。

陸軍大臣の任命については陸軍三長官（陸軍大臣、参謀総長、教育総監）が推薦する人物に限るという原則が大正時代から定められ、軍が政治の実権を握る端緒となっていた。

午後四時、大本営は陸海全軍に「即時戦闘行動を中止せよ」との命令を発令。同時にマニラ派遣の代表の人選に入った。連合国の指示は「十七日午前中に日本本土を飛行機で出発せよ」だった。しかし最適任者とみられた陸軍参謀総長の梅津美治郎が受けず、人選は難航。とりあえず「十七日の出発は不可能である」との電報が打たれた。

荷風は筆をとり、奈良県生駒郡法隆寺村（現同県斑鳩町）に疎開する元中央公論社社長の島中（嶋中）雄作に手紙を書き、岡山県勝山町の谷崎潤一郎にも礼状を認めた。

島中は戦前、谷崎潤一郎の現代語訳『源氏物語』（谷崎源氏）で一大ブームを生んだ出版人。『細雪』連載中に雑誌「中央公論」が軍の圧力で廃刊に追い込まれた後、出身地の奈良県桜井市に近い法隆寺村に避難していた。前々から荷風と谷崎に特別の援助を続けていた島中。荷風は「終戦」の声を聞いて、おそらく中央公論の復刊と自分の作家としての前途に再び光明が射したことから、早速島中に連

絡を取ったものと思われる。文筆に生きる荷風の素早い行動だ。

この日昼前、東京・南平台の海軍官舎で「特攻の生みの親」といわれた大西瀧治郎軍令部次長（海軍中将）が息を引き取った。大西は未明に自刃し、駆けつけた医師の手当てを拒み、絶命した。五十四歳。「特攻隊の英霊に曰す　善く戦ひたり深謝す……」とつづった遺書があった。

岡山の夜空に、半輪の月が昇った。〈月佳なり〉荷風は日乗にこう記した。岡山へ流れ着いて何度も月を見上げたが、この夜の月がおそらく最も輝いていただろう。

日記「断腸亭日乗」に昇る月は、いつの世も荷風の心を映す鏡のような存在だった。

六十七日目　八月十七日（金）

八月十七日、晴、郷書を認む、休戦公表以来門巷寂寞たり、市中の動静殆窺知りがたし、隣人たまたま津山に赴かんとて停車場に行きしが従業員出勤せず、汽車の運転殆中止の状況なりと語れり、

【門巷】門前の小道

荷風の故郷といえば東京。荷風はこの日の『断腸亭日乗』に〈郷書を認む〉と記しているから、たぶん東京にいるいとこの大島一雄に手紙を書いたはず。内容はおそらく帰京に関することだろう。岩波書店『荷風全集　第二十五巻』（書簡集）に、日付は一日ずれて〈八月十八日夕認〉となっているが、東京の大島一雄宛ての手紙が収めてある。おそらくこれがこの日認めた郷書だったろう。

手紙には〈一　失礼ですが取急ぎ用件のみ申上ます〉の書き出しで、帰京のことばかりが書いてあった。以下要約するとこんな内容だ。

休戦になったので、私たちは九月早々に岡山を出発し帰京します▽汽車の乗車券が取れない場合は別の方法を取ります。そうなれば後便で伝えます▽第一ホテルの申し込み手続きをもう一度お願いします。岡山からも申し込んでおきます。万一重複してもその費用は私の方で払います――等々。

敗戦のショックで世間は静まり返り、まるで喪に服したような雰囲気だったが、荷風の胸中では東京への帰心だけが大きく膨らんでいたようだ。

前日の十六日、組閣の大命を受けた東久邇宮はこの日未明、部屋を借りた東京・麻布市兵衛町の住友邸でやっと床に就いた。住友邸は通りを挟んで東久邇宮家本邸の向かい。荷風の自宅の焼け跡近くにあった。財閥・住友家の別邸や宮家のある一角だから高級住宅街である。

組閣作業はこの日も赤坂離宮に置かれた組閣本部で朝から行われたが、重光葵の外務大臣受諾でひとまず人選を終えた。

午前十一時、東久邇宮は宮中に参内し閣僚名簿を天皇に奉呈。その四十五分後、総理大臣親任式。午後二時、全大臣の親任式に続き大臣が集合しての記念撮影、同四時から約一時間、首相官邸で初閣議……組閣とそれに伴うセレモニーは予想以上に順調に進んだ。

夜八時からは最高戦争指導会議が開かれた。この中で、フィリピン・マニラに派遣する政府代表が陸軍参謀次長の河辺虎四郎中将に決まった。随員は陸・海軍、外務の各省から若干名を選抜することになった。

しかしきのうまでの仇敵の前に白旗を掲げて行く役回りだけに、随員になるのを尻ごみする者が多く、河辺は気分が悪かった。〈特に主として当たるべき第一部系において頑拒の態度を示す者多きは、（……）少なからず予の不快を覚えせしめたり。このような気分に対する教誨のためにも予はすすんで（甚だイヤな事ながら）この任に服せんと心に期したり〉（河辺虎四郎「参謀次長の日記」）。第一部系とは、一課（教育）と二課（作戦）で構成された陸軍中枢の参謀本部第一部を指す。

河辺全権団の出発は十九日と決まった。夕刻、河辺は次の電報を連合国最高司令官あてに打った。「我方ノマニラへ赴クベキ代表ノ人選決定セリ　尤モ国内ノ手続キノ関係モアリ八月十九日東京出発ノ予定ナリ　詳細追報スベシ」

六十八日目　八月十八日（土）

八月十八日、食料いよいよ欠乏するが如し、朝おも湯を啜り昼と夕とには粥に野菜を煮込みたるものを口にするのみ、されど今は空襲警報をきかざる事を以て最大の幸福となす、夕飯の後月よければS氏夫婦と共に三門神社の山に登る、涼風水の如し、帰途染物屋の老媼に逢う、此の媼親切にて世話好きと見え余が宿泊する貸二階の周旋をなせしのみならず其後も絶えず野菜小麦粉などを贈り来れり、此夜胡瓜の塩漬を貰う、

【老媼】 年とった女性

地方都市の岡山でも食糧難が深刻になってきた。この朝、荷風と菅原明朗・智子夫妻はおも湯をすすっただけの朝食だった。

東京では、難航した陸軍のフィリピン派遣団の顔ぶれが午前中にやっと決まった。午後、河辺虎四郎参謀次長らは首相官邸に呼ばれ、海軍、外務省の随行メンバーと初顔合わせをした。河辺は東久邇宮首相から正式に全権に任命された。

「恥辱にまみれたそんな任務は絶対に受けない」とメンバー入りを拒絶する者が目立った参謀本部中枢部。その陸軍を代表して、というより国を代表して連合国最高司令官のマッカーサーのいるフィリピンに乗り込む大任が、五十四歳のこの男に課せられた。

敗戦となって、軍人に対する風当たりは日増しに強まっていた。作家の大佛次郎が日記に書き付けた怒りもそんな声の一つだ。

〈驚いてよいことは軍人が一番作戦の失敗について責任を感ぜず、（……）戦争に敗けたのは自分たちのせいだということは誰れも考えない。（……）レイテ、ルソン、硫黄島、沖縄の失策を現地軍の玉砕で申訳が立つように考えているのなら死者に申訳ない話である。人間中最も卑怯なのが彼らなのだ〉（『大佛次郎　敗戦日記』八月十六日の項）

大佛が指弾する軍人の中に「まだ闘う」という者がいるのは事実だった。やがて、河辺全権団が持ち帰る連合軍の日本進駐日程の前に立ちはだかる一団が現れる。

粥に野菜を混ぜ込んで煮ただけの夕食を済ませた荷風と菅原夫妻は武南家のすぐ西にある神社に行った。荷風は「三門神社」と書いているが「国神社」が正しい。神社は標高三十メートル余の小さな丘の頂にあり、社殿まで登れば夜風が涼しい。七月九日に初めて登った丘だ。

〈涼風水の如し〉丘の上を流れる風は天然のクーラーである。空襲のない平和な夜空に弦月がかかっていた。しかし、まだ灯火管制は解かれず、三門の家並みは真っ暗だった。

帰り道で三人は染物屋の大熊世起子に会った。大熊の家は神社と武南家との中間付近にあり、たまたま戸外で夕涼みでもしていたのだろうか。いつもこまめに世話をやいてくれるこの女性は、野菜や小麦粉などをくれる親切な人。荷風は、この夜もまたキュウリの塩漬けをもらった。

六十九日目　八月十九日（日）

八月十九日日曜日　**陰**くもり**後に晴、重ねて大賀氏に書を寄す、木戸正にまた書を寄す、一別以後音信なければなり、午後寓居**ぐうきょ**の裏庭より松林の間の小径を登り妙林寺の墓地に入り樹陰に午睡す、寓居の主人武南氏は年五十余中風にて言語歩行共に自由ならず、八月初広島市火災の後老妻に扶**たす**けられ岡山より汽車一時間ばかり隔りたる福渡**ふくわたり**という邑**むら**に避難せるなり、三代前の主人は岡山の藩儒なりし由**よし**、其父は初め県の教育家後警察署長たりしと云**いう**、深夜月佳**か**なり、**

【大賀氏】弁護士の大賀渡

【木戸正】226頁、255頁参照

玉音放送から四日目。岡山は朝曇りの空である。終戦以降は毎日が静かで、カエルさえも声をひそめているようだ。

荷風は午前中、手紙を書いた。大賀とあるのは大賀渡という弁護士。一九四二（昭和17）年秋に銀座で知り合い、その後手紙のやりとりなどをしていた。歌人吉井勇の知り合いで、住所は東京都芝区白金台（現港区）だった。

木戸正は前にも紹介したが、日乗に登場する回数はトップクラス。住所は静岡県熱海市。木戸への手紙は、しばらく連絡の途絶えていたのを心配しながら、自分は岡山で終戦の日を迎えたことを知らせ、本題に入る。

（……）同行中の一二人早々帰東の仕度致居候故小生も帰りたく存居候ものの東京には身を寄すべき処なく如何すべきかと思案に暮れ居候　且又唯今至急に汽車切符が手に入るものか否かそれも判明せず然し幸に乗車帰京致す事を得候節は貴兄を唯一のたよりとお頼ミ致候間何卒々々よろしく御願申上候（……）

この後に木戸に預けていた草稿のこと、谷崎潤一郎に木戸の熱海の住所を教えたことなどを続け、最後にこう書く。

勝手ながら冬物の御心配被下候はば一生の高恩と存申候

木戸はもともと文学好きの荷風ファン。家が実業家で、荷風には食べ物など何かと援助をした熱心な後援者だった。しばらく音信が途絶えていたが、終戦とともに木戸のことを思い出したのだろう。荷風の関心は帰京のことばかり。日乗には記していないが、同じ日に東京の相磯凌霜にも便りを出している。

（……）小生至急帰京致度と存候え共目下汽車乗車券を入手致し得るや否や未判明せず何かと思案に窮居候　幸に帰京致す事を得候節ハ何卒御庇護に与度懇願致候

おそらく大賀にも同じようなことを書いたのだろう。荷風得意の手紙作戦である。

この朝、東京は快晴だった。午前六時、参謀次長の河辺虎四郎中将らが乗り込んだ飛行機は羽田を離陸し、東京湾を越えて千葉県の木更津基地（海軍第三航空艦隊）に降りた。河辺を全権とする政府のフィリピン派遣団十六人の集合地はここ木更津基地である。

河辺の日記、回想録などをもとに全権団の足取りを追おう。

一行の行動は極秘だった。米軍の指示に従って機体を白く塗り、胴体と翼に緑十字のマークを描いた一式陸攻二機に分乗し、午前七時十五分頃木更津を出発。まず沖縄の伊江島（いえじま）に向かう。そこで米軍機に乗り換える予定だ。

木更津を飛び立った二機は、通常ルートをはずれて八丈島の南方約三百キロの鳥島付近まで南下し、そこから大きく西に旋回して機首を沖縄に向けた。

極端な迂回（うかい）コースをとったのは、神奈川県・厚木飛行場の海軍航空隊に降伏に反対する不穏な動きがあり、その哨戒網（しょうかいもう）を突破するためだった。

同じ頃、機体を白く塗った囮（おとり）の航空機が電波を出しながら九州方面で飛行していた。実は前日の十八日、テスト飛行をした際に厚木航空隊の戦闘機が追尾して来たとの情報があり、この偽装工作となった。

本物の機内では、談笑する者もなくみんな黙り込んでいた。沖縄が近づくと米軍機が現れ、その誘導で午後一時半前後に伊江島に着陸した。

島の飛行場は占領後に整備されたらしく、滑走路を目にした河辺は敵の力をまざまざと見せつけられた思いがした。それだけではない。一行が乗り換えた米軍の大型機ＤＣ４にはゆったりした座席が多数あり、広い通路もあった。「機内は狭いもの」という固定概念しかなかった一行には相当な驚きだった。

ＤＣ４は午後二時過ぎフィリピンへ向けて離陸。機内でサンドイッチやジュースのもてなしを受け、同五時四十五分（日本時間）にマニラに降りた。いよいよ、きのうの敵の本陣である。

時間を少し前に戻す。

河辺全権一行の一式陸攻がまだ沖縄の手前を飛んでいた正午頃、南方軍の総司令部が置かれたベトナムのサイゴン（現ホーチミン）に陸軍少将の閑院宮（かんいんのみや）が天皇の特使として到着。寺内寿一南方軍総司令官に天皇の終戦の決意と聖断を伝えた。出迎えた寺内はステッキをついて立っているのがやっとの状態で、見る影もなく痩せていた。その姿は、戦い敗れて崩壊した帝国陸軍を象徴するものだった。

寺内が閑院宮を迎えていた頃だろうか、岡山の荷風は武南家の北裏にある妙林寺の墓地に行き、木陰で読書の後、昼寝をした。涼しい風、蝉（せみ）の声。平和な午睡の時間が流れた。

白樺（しらかば）の林をソ連軍のジープが走り抜ける。

ここは極東ソ連の中心都市・ウラジオストクの北、ソ連と満州（中国東北部）の国境にある興凱湖の南西部にあるジャリコーウォ。ソ連極東第一方面軍司令部が置かれた寒村である。

ジープには関東軍総参謀長の秦（はた）彦三郎中将、作戦主任参謀の瀬島龍三中佐、ロシア語に堪能なハルビン総領事の宮川舩夫ら五人の日本人が乗っていた。ソ連軍と停戦交渉に当たる関東軍の軍使一行だ。ソ連の輸送機でハルビンを出発したのはその朝七時。河辺全権一行らが木更津を飛び立ったのとほぼ同時刻だった。

ジープは小屋のような建物が散在する地域に着き、五人はそのうちの一軒に案内された。食パンとピロシキの昼食の後、秦総参謀長と瀬島参謀、宮川総領事の三人が再びジープに乗り、真新しい丸太小屋に案内された。この小屋が日ソ停戦交渉の会場である。時刻は午後三時頃。

ソ連側の代表者はワシレフスキー極東軍総司令官。ドイツ軍とのスターリングラード攻防戦を勝利に導いたソ連の英雄だ。交渉の席にいたマリノフスキー・ザバイカル方面軍司令官がその日のことを書き残している。

〈彼らは、困惑と憂慮の色を顔面に漂わせて、小屋に入り、帽子を取ってソビエト軍代表に敬礼した〉(エル・ヤ・マリノフスキー『関東軍壊滅す』)

張りつめた空気をなごませるかのように、近くの丘から兵士の弾くロシア民謡のアコーディオンの音が流れていた。

これに対し、瀬島参謀の回想録。

〈会見所には極東軍総司令官・ワシレフスキー元帥を中央に、ザバイカル方面軍司令官・マリノフスキー元帥、第一極東方面軍司令官・メレツコフ元帥(……)ら五人の元帥が連なり、他に幕僚らしい二、三人が後方に控えていた。(……)

しかし、我々が入室しても、ソ連側は座ったままであり、我々は最初、立ったままだった。勝者と敗者の立場を免れることはできなかった〉(『瀬島龍三回想録　幾山河』)

この交渉で秦総参謀長は「両軍の戦闘行為の速やかな停止」「日本軍人の名誉の尊重」「居留民保護

とその本国帰還」「将兵の本国帰還」などを強く要求。ワシレフスキー元帥は「自分の権限外のこともあるので、本国政府に報告する」と回答し、千島列島方面などの停戦促進について要求した。

千島列島の最北端、カムチャツカ半島に最も近い占守島（シュムシュ）には日本軍の堅固な要塞（ようさい）があった。ソ連軍は十八日未明に同島への上陸作戦を敢行。日本の守備隊は戦車隊を中心に激しく抵抗を続けていた。玉音放送はあったものの、大本営は防衛のための戦闘は許可していた。

戦争の終結宣言があったにもかかわらず、ソ連の千島列島上陸作戦はその後も続き、十日後の二十八日には樺太（からふと）（サハリン）から転戦した別働隊によって日本固有の北方四島（択捉（えとろふ）、国後（くなしり）、歯舞（はぼまい）、色丹（しこたん））に侵攻。九月上旬に占領を終えた。戦後の北方領土問題の原点はここにある。

〈この会見は交渉というよりも勝者の敗者に対する示達だった。ソ連軍は少しでも早く満鮮方面、樺太・千島方面に進出し、占領の既成事実をつくることに焦っているように感じられた〉

（『瀬島龍三回想録　幾山河』）

この停戦交渉で秦が要求した事項はほとんど守られず、やがてソ連政府によって大陸にいた日本将兵や民間人の多くが死と隣り合わせの抑留生活を強いられることになる。

フィリピンの首都・マニラの夕暮れは蒸し返る暑さだった。河辺全権一行はホテルに入り、夜八時半からの交渉に備えて入浴、食事などを済ませた。

あらかじめ提供された連合軍の日本進駐スケジュールを見ると、降伏調印は「八月二十八日に東京湾内の米国軍艦で」と指定され、そのために先発隊が二十三日、マッカーサー最高司令官が二十八日にそれぞれ厚木飛行場に到着するとあった。

頑強な徹底抗戦派がいる海軍基地・厚木飛行場はいま混乱の修羅場と聞いている。とても受け入れられる日程ではない。河辺は交渉の焦点は「いかに進駐日程を遅らせるか」だと判断した。

一行はマニラ市庁に向かった。ここにマッカーサー司令部はある。別室で軍刀をはずし、三階の部屋に入った。勝者と敗者の対面である。

広い部屋に机が一線に並べられ、米側は七人が着席していた。一行はそれぞれ名札のある席に着いた。河辺は、スムーズな進駐のためには東京周辺に集中している日本軍人を他の地域に移す必要があること、民心の安定を図ることが急務であることなどをあげ、進駐日程の再考を訴えた。米側は「先発隊の到着二十六日、マ元帥の厚木入り二十八日、調印三十一日」と修正したが、それ以上は譲らなかった。

岡山——。菅原の『荷風罹災日乗註考』によると夕食の時、荷風は妙林寺の墓地の木陰で昼寝をしたことを話した。夫妻は食後、片道約六キロを歩いて食糧の調達に出かけたという。夫妻が夜何時頃に帰宅したかは分からないが、荷風はこの日の日乗に〈深夜月佳なり〉とだけ書いている。

時刻は深夜十一時過ぎ。満州国の首都・新京（現長春市）上空をソ連軍用機の爆音が響いた。機内には秦総参謀長、瀬島参謀ら三人が乗っていた。この日夕、ソ連側との停戦交渉を終えた日本側の五人は新京組とハルビン組に分かれ、ソ連機でそれぞれ帰途に就いたのだった。

飛行場側が枯れ草を燃やして機を誘導し、それを目標に滑走路に着陸した。総司令部に入った秦らは停戦交渉の結果を幕僚たちに報告。全員手分けして電話や無線などで各部隊に停戦命令を伝えた。

翌早朝、満州国を陰で操った男がこの新京で死ぬ。男の名は甘粕正彦といった。

七十日目　八月二十日（月）

八月二十日、晴、休戦となりたれば昨日帰東の意を五叟の許にかき送りしが国内治安の維持確立する日まで猥に庶民の入京することを禁止する由、新聞紙にも見えたれば重て郵書を五叟の許に送る、午前庭瀬なる果樹園の主人平松氏来話、午後近隣にただならぬ車の響聞ゆ、出でて見るに寓居の裏手に起伏する丘陵に横穴を掘りそこにかくし置きたる小形の飛行機を岡山停車場の方に曳行くなり、路傍の人の語るをきくに是武装解除のためなるべく其数を算するに午前中既に七十機程も運去られたりと云、妙林寺墓地の山後松林深きところに余も散策の際怪し気なる洞窟あるを見、軍部の食料品にても隠くし置くにやと気味わろく思いし事ありしが、今は幸にして此の如き疑懼の念も一掃せられたり、水田の間を走るセメント敷の道路にも休戦以来職工を載せたるトラックの疾走する音途絶えたり、兎に角に平和ほどよきはなく戦争ほどおそるべきものはなし、

果樹園の主人平松氏に贈る

桃つくる翁めでたき齢かな　荷風

某子に送る手紙のはしに

旅に出て聞く鳥や皆閑古鳥　仝

【疑懼】疑い恐れること

【仝】「同じ」の意

満州国の首都新京（現長春）の洪熙街にある満州映画協会の理事長控室。朝六時前、その部屋からうめき声と人の倒れる音を聞いて、社員の内田吐夢は室内に飛び込んだ。

内田が見たのは、ソファの上で両肘を曲げて苦しむ甘粕正彦理事長の姿だった。直感的に理事長が青酸カリを飲んで自殺を図ったと判断した内田は、馬乗りになって腹を押さえ吐かせようとした。しかし甘粕の顔はみるみる青白くなっていった。

〈テーブルの上の灰皿から、シガーの最後の煙がゆらゆらと立ち上って、永井荷風の「墨東綺譚」（引用者注・正しくは「濹東綺譚」）の本の頁に、三通の遺書がはさんであった〉（内田吐夢『映画監督五十年』）

まるで映画のト書きのような描写。内田は戦後「宮本武蔵」「飢餓海峡」などの話題作を生んだ映画監督である。この年五月に満映に入社したばかりの四十七歳で、いま荷風のいる岡山市が内田の故郷である。

内田がその最期をみとった男は、特異な経歴の持ち主だ。元軍人。憲兵大尉だった甘粕は一九二三（大正12）年九月一日の関東大震災の直後、無政府主義者の大杉栄とその妻、六歳のおいを殺害した罪で服役。後に中国大陸に渡って関東軍に協力しながら満州事変や満州国建国に暗躍し、泥沼の日中戦争の端緒をつくった陰の人物の一人である。

清朝最後の皇帝溥儀を潜伏地・天津の日本租界から連れ出し、初代満州国皇帝に担ぎ上げたのもこの男。「満州の昼を支配するのは関東軍、夜を支配するのは甘粕」といわれた。享年五十四歳。

内田の回想記によると、この映画のワンシーンのような場面の小道具の役回りを果たしたのが荷風の代表作「濹東綺譚」の本だった。軍人と戦争を忌み嫌った荷風の本を甘粕が手元に置いていたこと自体が皮肉なことだが、実は戦争末期に荷風作品は、前線の兵士たちに愛読されるようになっていた。一九四四（昭和19）年九月二十日の『断腸亭日乗』にこんな下りがある。〈岩波書店編輯局員佐藤佐太郎氏来り軍部よりの注文あり岩波文庫中数種の重版をなすにつき拙書腕くらべ五千部印行の承諾を得たしと言う。（……）何等の滑稽ぞや〉

戦局が傾いて、戦意を鼓舞するような作品は第一線の兵士から嫌われ、辛く厳しい軍隊生活を癒やしてくれるものが求められるようになった。情報局も、荷風や谷崎作品の出版を許すようになって「腕くらべ」を戦地に送ったのだ。荷風の本が満州で見られても不思議はなかったわけである。

荷風自身は満州で甘粕正彦が死んだことなど知るはずもなく、午前中にいとこの五叟（大島一雄）に手紙を書いた。昨日「近く帰京したい」との手紙を書いたものの、政府が帰京者の入京制限をするという記事を新聞で見たので、しばらく様子を見たいと知らせるためだった。

そこへ珍しい人が武南家を訪ねて来た。妹尾崎の果樹園「晴耕園」の主人である。荷風とは七月十三日に菅原夫妻と訪ねて以来の再会だ。

〈（主人は）兵隊貝と果物を持って来てくれたのである。荷風は此の貝の美味を喜んだ〉

菅原は「荷風罹災日乗註考」で晴耕園主人の来訪の目的を説明している。二日前、菅原は自転車で妹尾崎まで行き、その時主人から「近く兵隊貝を届けるよ」というありがたい言葉をもらっていたのだ。
この貝は児島湾の特産で、むき身の姿が背嚢を背負った兵隊に似ていることから岡山地方では兵隊貝とも鎮台貝とも呼ばれていた。アゲマキガイ（関東ではマテガイ）のことで、岡山では一九六〇年代頃までたくさん捕れた。しかし近年はめったに見られない珍味だ。

菅原は、荷風がこの味を好んだと書いているが、この貝については逸話も残っている。一九六〇（昭和35）年四月二十四日付の地元山陽新聞の連載企画「文学のふるさと」（永井荷風と岡山）にこんな一文が見える。〈松月旅館で、食卓にチンダイ貝が出たことがある。すると荷風は「この貝は兵隊のかっこうをしている。僕は兵隊はきらいだ」と、とうとうハシをつけなかった〉

荷風の軍隊嫌いを示す逸話としては面白い話だが、これは後でつくられた荷風の「岡山伝説」のような気もする。形が嫌いというだけで、食糧難の時に貴重なタンパク源を口にしないのは、いかに変わり者の荷風でもありそうにないからだ。加えて菅原の証言もある。

園主持参の果物は夏の岡山を代表する桃かブドウだっただろう。お礼の意を込めて荷風は主人に一句贈呈した。

その午後、近所から何事かと思える車の響きが聞こえてきた。出て見ると、小型飛行機がガラガラと引かれて行くところだった。武南家の裏山に横穴を掘って隠してあったのを処分するため運んでいるのだ。以前、裏山散歩の際に荷風は妙林寺の墓地の背後の松林に怪しい洞穴を見つけ、気味悪く思ったことがあった。その謎も解けた。

武南家の南を走る舗装道路では、休戦前は作業員らを乗せたトラックが疾走していた。しかし戦いが終わるとそれもうそのように静まった。

〈兎に角に平和ほどよきはなく戦争ほどおそるべきものはなし〉――荷風はしみじみと平和をかみ

しめる。
「罹災日録」は次のようにこの日の記述を結んでいる。〈薄暮後丘に怪鳥の鳴くを聞く。梟(ふくろう)に似て梟にあらず。何の鳥なるを知らず。
旅に出てきく鳥やみな閑古鳥　荷風〉
閑古鳥はカッコウのこと。この夜から灯火管制が解除され、家々から明かりがこぼれる夜が戻ってきた。

輝く十三夜の月。その下を一機の一式陸攻が日本本土を目指して飛んでいた。

ガラス天井を通して差し込んでくる月光の中で河辺虎四郎参謀次長は眠り込んでいた。この日午前十時半から前夜と同じフィリピン・マニラ市庁の一室で、連合軍側と最後の交渉を終えた河辺全権一行は昼過ぎにマニラを出発。約五時間の飛行で沖縄・伊江島に着き、飛行機を乗り換えて午後六時半頃に島を飛び立った。

運悪く一機が故障し、河辺ら数人だけが重要書類を持って先発し、帰る途中だった。一刻も早く帰国し、連合軍の進駐に備える体制を整えねばならない。

ところが思わぬトラブルが河辺らを襲う。

「不時着します。準備を」突然、乗員に揺り起こされた河辺は機体の異常を告げられる。機は浜松市の天竜川の河口近くの浜に不時着した。随行員の外務省調査局長が頭に傷を負っただけで、後は全員が軽傷だったのが不幸中の幸い。

原因は燃料切れ。〈どうして燃料がなくなったのか、いささかおかしな話だが、私は追及する気にはならなかった〉(『河辺虎四郎回想録　市ヶ谷台から市ヶ谷台へ』)

往路は迂回コースを取りながらも燃料の問題はなかったのに、距離の短い復路で燃料切れとは。しかも別の一機は急に故障した。冷静に考えれば腑(ふ)に落ちないことだが、河辺は任務の達成に集中し原因究明はしなかった。

第十七章　帰心

七十一日目　八月二十一日（火）

八月二十一日、陰、後に晴、涼風あり、重ねて郵書を法隆寺村なる島中氏に寄す、漂泊の身若しかの地に至ることもあらば其人の厄介にならん下心あればなり、余も今は心賤しき者になりぬ、正午用事ありて焼跡の町に行く、残暑の日光焦土に赫々たるのみにて通行人数るばかりなり、手荷物さげたる女多く、軍人兵卒また職工の姿を見ること稀になりぬ、休戦後僅に数日にして世の変遷かくの如し、焼跡の町の角々に黒葡萄を売る商人を見る、路上到る処葡萄の皮捨てられたり、兵卒の隊より除かるるもの、職工の解雇せらるるもの多きがためなりと云、化学的製薬に葡萄を用ゆる事少くなりし為なりと語る人もあり、災前電車の乗換場なりし山下町の角に飲食店出来コーヒー五銭の貼紙を出したり、是亦休戦後新に見るところなり、汗まみれになりて寓居にかえるに三門町染物屋の媼葡萄一籃を持ち

【島中氏】308頁参照

【赫々】明るく輝くさま

来れり、一貫目七円なりと云、露店商人の町角にて売りいたるものよりは品質遥によし、此夜月まどかなり、思うに旧七月の幾望なるべし、来月は早くも中秋なり、漂泊の身今年はいずこの里いずこの町に至りて良夜の月を見るならん、東京を去りてよりいつか九十日に近くなりぬ、

【幾望】 満月に近い陰暦十四日の月

東京都永田町の首相官邸大会議室。午前九時半、東久邇宮首相を筆頭に重光葵外相、米内光政海相、近衛文麿国務相、梅津美治郎参謀総長、豊田副武軍令部総長が顔をそろえるところへ河辺虎四郎参謀次長らが到着した。

河辺全権一行は前夜、飛行機が浜松市の海岸に不時着した後、浜松飛行部隊に助けを求めて朝まで仮眠。重爆撃機で早朝に浜松を発ち、午前八時頃調布飛行場に着いた。負傷した外務省の調査局長は頭に白い包帯を巻いていたが、元気だった。

官邸でフィリピンでの交渉結果を報告した後、河辺は首相と皇居へ参内した。

〈(午後)一時十五分、首相殿下、河辺〔虎四郎〕中将を帯同御参内、マニラに於ける会見の状況を河辺中将をして報告せしめらる。

一時四十分、河辺中将よりマニラに於ける会見の状況を聴く。先方の態度は案外良好なるに一応安心す〉(『木戸幸一日記』)。最後に木戸内大臣と蓮沼蕃侍従武官長に報告して、河辺の大任は完了した。

河辺が首相官邸で閣僚たちに報告をしていた頃だったろうか、岡山の永井荷風はこの日も手紙の執筆にいそしんでいた。相手は奈良県法隆寺村にいる元中央公論社長の島中(嶋中)雄作。「寄る辺ない流浪の身。万一の場合はそちらにお世話になりたい」というようなことを書いたのか。

先日も同様の便りをしたばかりだったので、書きながらさすがに荷風も気がとがめたのか〈余も今は心賤しき者になりぬ〉と珍しく自嘲の弁を綴っている。

〈正午用事ありて焼跡の町に行く〉日乗にはこうあるが、菅原明朗の『荷風罹災日乗註考』によると、荷風はＮＨＫ岡山放送局にお金を受け取りに行った菅原について来たのだという。お金とは、広島放送局に智子とラジオ出演した際の出演料だったと思われる。

岡山放送局は旭川東岸の網浜（現岡山市中区赤坂台）の小高い丘にあった。八月六日、同盟通信広島支社の中村敏記者が原爆の第一報を電話で吹き込んだのがこの放送局。ここを経由して広島被爆の報は東京に届いたのだった。

岡山駅を過ぎ、バラックが建ち並び始めた市街地を抜け、同放送局までは速足でも一時間前後はかかる距離だ。京橋、中橋、小橋を東に抜ける。その先、門田の交差点から南へかけての通りをかつて「放送局通り」と呼んだのは、同放送局の名残である。荷風らは厳しい残暑の日差しの下を歩いた。

行き戻りの道々、荷風は精力的に焼け跡の街を観察している。通行人はまばら。手荷物をさげた女性が多く、軍人や一般兵卒、労働者がごく少ない。終戦以来、市街の雰囲気は一変していた。街の角々に、おそらくキャンベルと呼ばれる種類だろう、黒色のブドウを売る露店が出ていて、あちこちに皮が吐き捨てられていた。除隊者や失業者が増え、敗戦の挫折感とともに市民の気持ちがすさんできたようにも感じられた。

〈災前電車の乗換場なりし山下町〉とあるのは荷風の記憶違いだろうか「山下町」という乗り場はない。電車の乗り換え場なら「城下」なのだが……。

その角に飲食店が開店し「コーヒー五銭」の貼り紙が出ていた。辺りは荷風らが旅館「松月」に滞在した当時、よく散策した所である。

菅原によると、二人は一杯五銭のコーヒーを飲み、露店の黒ブドウも買って歩きながら食べた。バラックの店が建ち、どこから湧いて出たのか、終戦の声を聞くまでは見もしなかった品物をあちこちの店が並べていた。必要でもないのに荷風がそれを買おうとする。

「もったいないからやめましょうよ、先生」菅原が止めると、荷風は「無駄遣いの出来ない日を長いこと過ごしたんですぜ。ですからきょうは、久し振りに無駄遣いを楽しみましょうや」と言ったそうだ（『荷風罹災日乗註考』）。

汗だくになって帰ったところへ染物屋の大熊世起子がブドウを持って来た。一貫目（三・七五キロ）七円で荷風はこれを買ったようだ。その日街で食べたものよりはるかに質のいいブドウだった。

東京の新宿東口には前日の二十日、戦後初の闇市ともいえるマーケットがオープン。日本各地で人々が焦土から立ち上がり始めていた。

新聞にも生活感の匂う記事が目立ってきた。この二日間の合同新聞をのぞいてみよう。以下、見出しと記事の要約。

「皮靴や鍋釜　使用制限規則の撤廃で出まわる」――これまで軍需用以外に使えなかった皮革やニッケルなどの金属が使用制限を解かれ、家庭用などに回されることになった。今後は革靴や鍋釜なども出回るだろう（「合同新聞」八月二十日付）。

「戒めよ心の弛み　増えた若い女性の洋装姿」――服装をもう一度見直そう。口紅、化粧が濃すぎはしないか、もんぺのひもはしっかり結んでいるか。服装のゆるみからくる心のゆるみを警戒しよう（同）。

「南瓜船来る　邑久農民の尊い供出」――岡山市の東方にある邑久町から特産カボチャが船で京橋

港に着いた。農家の人々の気持ちを一片もむだにしてはならない（同）。

「電車の復旧進む」——岡山市民の足である市電（路面電車）は県の指示でまず岡山駅と東山間の復旧を急いでいる。目下架線の取り替え中（同二十一日付）。

福井県春江町。十四歳の野坂昭如少年はこの日夕、餓死した一歳の妹の遺体を田んぼのわきで荼毘に付した。残ったちっちゃな骨をドロップ缶に入れて帰る夜道で、少年は燃えるように明るい町の灯を見た。灯火管制解除の知らせが北陸の田舎町にも届いたのだ（野坂昭如『「終戦日記」を読む』）。

岡山の夜空に浮かぶ丸い月。荷風はこの夜もまた日乗に月を昇らせている。いつの間にか中秋の名月が近い。

七十二日目　八月二十二日（水）

八月二十二日、晴、清潭氏来書、梓月子について句を学ぶと云、晡下驟雨、須臾にして晴る、夜月色清奇なり、
夕立につゞく小雨や虫の声　荷風
庭の夜や踊らぬ町の盆の月　々

【清潭氏】川尻清潭（216頁参照）
【梓月子】籾山仁三郎の俳号
【清奇】生き生きとしている

〈五時起、（……）駅ノ電燈未ダ灯リオル。（……）ラジオ重大発表ヲヤリオリ、六時ヲ待チテ聴ク、即チ二十六日ニアメリカ軍神奈川県方面ニ進駐ノ事〉（『夢声戦争日記』）

この朝、早起きした徳川夢声は駅の電灯がついているのに気付いた。帝都の灯火管制が解け、世の中が平穏になった証しである。近所の家のラジオが重大発表と言っているのが聞こえたので午前六時のニュースを聞くと、米軍進駐のことだった。二十六日に神奈川県にやって来るという。先日、河辺全権一行が連合軍と交渉した日程がニュースで流れたのである。

連合軍側から指令されたスケジュールは、二十六日に最初の進駐部隊が厚木飛行場に到着。海上部隊も東京湾に入る。それまでに日本は全飛行部隊の武装を解除すること。二十八日にはマッカーサー連合軍最高司令官が厚木飛行場に到着――というものだった。

「戦後」はいや応なく動き始めている。

〈(午前)十時、鈴木前首相以下閣僚を招かれ賜茶、余も陪席す〉(『木戸幸一日記』)

天皇はこの日昼前、鈴木貫太郎前首相以下前内閣の閣僚を皇居に招いた。「賜茶」とは平常なら天皇との会食を意味するが、終戦直後だけに文字通りお茶と茶菓子程度だったかもしれない。

戦後、国民は宮中の行事や天皇家の生活などについて知るようになった。しかし戦前はごく一部の者が知るだけで、一般国民には天皇は別世界の人、というより現人神として祭り上げられた特別な存在だった。何を考え、何を食べ、どう暮らしているのか、想像することさえ畏れ多いことだった。

天皇は神格化され、宮中はベールに包まれていた。若者は「国のため、天子さま(天皇)のために死ねる人間たれ」と教育され、多くが戦地や特攻で「天皇陛下万歳」と叫んで死んでいった。

戦後、さまざまな資料が公開され、戦時中の天皇家の暮らしぶりもいくらか窺えるようになった。ここでは「天皇の料理番」として知られた宮内省主厨長の秋山徳蔵を偲ぶ会(秋偲会)がまとめた『天皇家の饗宴』から食生活などについて数例紹介する。

まずは終戦のちょうど一年前の一九四四(昭和19)年八月十五日、小磯国昭新内閣の閣僚を豊明殿に招いた午餐のメニューである。サイパン島が陥落し暗雲がたちこめた頃。食糧事情も日ごとに悪化し、出たのは三品だけである。

一　鮮魚冷製
一　牛肉焙焼
一　凍菓

戦前最後の鈴木内閣が発足した一九四五（昭和20）年四月には午餐を開く余裕もなかったのか不明。豊明殿も五月二十五日の空襲で炎上してしまった。

普段の天皇の食事はどんなものだったのか。『天皇家の饗宴』には「天皇のお食事」として次の一文が載っている。

〈戦中、戦後の食糧事情の悪い時、天皇はヤミ買いを絶対に許されなかった。そのために、魚類にしても、配給のスケソーダラやイワシ、サバの類（たぐい）しかお出しできなかったと、秋山徳蔵氏は述懐する。ときたま、タイやカツオの類が配給されたが、これは、実は魚河岸の人たちが船橋のヤミ市で自腹を切って仕入れてきたものであったという〉

そしてこうも書いてある。

〈戦争末期は、いま思い出してもゾッとする程、食べるものがなかった。（……）その頃でも、軍部には驚くほど食料品があった。肉、魚、缶詰、砂糖、味噌（みそ）、醬油（しょうゆ）の類はもとより、日本酒、ビール、ウイスキーなどが山ほどあった。（……）

（宮中では）信州地方の乾燥野菜のつくり方を研究し、備蓄しておいた乾燥野菜に乾パンというような粗末な食事であった〉

鈴木前内閣の閣僚を招いての賜茶の席は午前中で終わったのか、正午をまたいだのか不明だが、この日、東京のラジオは正午のニュースの後に天気予報を流した。

「東京地方、きょうは天気が変わりやすく、午後から夜にかけて時々雨が降る見込み」――東京地方限定だったが、日米開戦以来三年八カ月ぶりに天気予報が復活した。新聞に天気図の掲載が許されたのもこの日。太平洋に連合艦隊が戦闘配備について以降、天気予報は軍の機密事項となり、国民は台風の接近も知らされることなく暮らしていたのである。

この日午後、満州国・新京（現長春）の関東軍総司令部を山田乙三総司令官らが後にした。ソ連軍の明け渡し命令が出たのだ。ソ連の先遣部隊が新京、ハルビン、奉天（現瀋陽）など主要都市に入った二十日頃から、満州の支配権はソ連に移っていた。

この時、関東軍総司令部が持っていたのはトラック一台だけ。総司令部の職員のほとんどが徒歩で海軍武官府に移った。満州国を実質支配し、栄光を誇った関東軍はついに崩壊したのである。

南方ビルマ（現ミャンマー）の戦線では日本軍の敗走が続いていた。

決死のシッタン渡河を終え、日本兵の小田敦巳はラングーン（現ヤンゴン）東方の山野をさ迷っていた。岡山県から出征した輜重兵。とにかく東へ。五月以降逃げるだけの毎日だった。

手榴弾を抱いて自決し腹に穴の開いた遺体、谷川で水をくもうとして息絶えた遺体……。白骨街道と呼ばれたビルマの山野で無残な日本兵の最期を見飽きるほど見た。

そんな日々に、この二十二日頃からちょっとした異変が感じられるようになった。敵の攻撃が途絶え、敵機からビラがまかれているといううわさが流れてきたのだ。ビラには「日本は降伏した。戦争は終わった」などと書いてあるらしいが、だれも信じなかった。しかしうそだと決めつける根拠もなかった。

やがて小田らは英軍の捕虜になり、終戦から二年目の一九四七（昭和22）年にやっと故郷の岡山県赤磐郡可真村（現赤磐市）に生還した。

小田は戦後、体験記「一兵士の戦争体験　ビルマ戦線　生死の境」を出版。日本軍の人命尊重の欠如を強く訴えた。

小田は自分たちが生死の境をさ迷わされたインパール作戦の無謀さを後になって知った。同作戦は戦後、大きな非難を浴びたが、作戦の強力な推進者で指揮を執った牟田口廉也中将は終戦の前に作戦失敗の責任を取る形で帰国。まもなく陸軍予科士官学校の校長に就任した。東久邇宮首相の「東久邇日記」八月十九日の項にその名が出てくる。〈（午前）十一時半、陸軍予科士官学校長牟田口廉也中将に面会。同士官学校解散について要談〉

士官学校の解体は戦後処理の一つだが、莫大な日本兵を餓死させ「陸のガダルカナル」といわれた地獄を生み出した責任者は、ビルマで野垂れ死んだ兵士たちの声も届かない東京でしっかりと生き残っていた。

荷風はこの日、東京芝明舟町に住む劇評家の川尻清潭からのはがきを受け取る。「安否を心配していましたが、ご無事でなにより」という内容。ほかに籾山書店主人の籾山仁三郎（俳号・梓月）に俳句を習っている近況などが書いてあった。荷風がかつて主宰していた『三田文学』は籾山書店から発行しており、梓月子とはその頃からの付き合い。

川尻の便りに刺激を受けたのか、荷風はこの夜、句をつくった。気付けば虫の声が聞こえる季節になっている。夜にはまた素晴らしい月が輝いた。

七十三日目　八月二十三日（木）

八月二十三日、晴、S氏夫婦と共に九月三四日頃帰京の途につく心なりしが汽車には容易に乗り難きのみならず縦令東京に至り得る事あるも食料の配給を受くる道あるや否や、前途頗暗澹となり愁眉をひらくこと能わざる境涯に陥りたるが如し、また此地岡山に止るも食料の不足は日に従って甚しくなり、米は一日に一二合の配給を得るのみなるべし、二十五六日条約調印の暁には支那の軍隊上陸して岡山に駐屯すべしなど噂するものもあり、余は軽軽しく東京を去りし事を悔い悲歎の淵に沈む身とはなれり、午前宅氏夫人八浜より来りてS君夫婦を訪う、池田氏亦来る、S君夫婦池田氏と共に汽車にて弓削という処に行く、

【愁眉をひらく】心配ごとがなくなり安心する

【条約調印】八月十四日に受諾したポツダム宣言の調印。九月二日に行われた

寝ても覚めても東京に帰ることしか頭にない荷風は、あれこれ考えては一喜一憂する。帰心は矢のようでも汽車の切符は取れそうになく、また帰っても東京の食糧難は目に見えている。前途は真っ暗である。

といって、岡山にとどまっても食糧事情は日に日にひどくなっており、米は日に一、二合の配給があるだけで当分は改善されそうもない。うわさでは二十五、二十六日頃の連合軍との条約調印で中国軍の岡山進駐もささやかれている。

荷風は、東京を離れたこと自体を後悔する始末。死を逃れて脱出したはずの東京だが、いざその恐

怖が去ったとたんにまるで子どものような論理で大げさに悩む。

前夜、岡山にはいい月が出ていたが、東京は夜になって天気は大荒れ。せっかく復活した天気予報も残念ながらはずれた。

〈終夜大荒れであった。（……）電柱も折れて道路に落ちている（……）敵の艦隊近海にあることなれば神風がとまどいして吹きしものかと話す〉（『大佛次郎（おさらぎ）　敗戦日記』八月二十三日付）

鎌倉市に住む作家の大佛次郎は日記にこう書いた。

この日、岡山の武南家へピアニスト宅孝二の妻が訪ねて来た。疎開先の八浜（現玉野市）から来た。池田優子の父親も姿を見せた。菅原夫妻は弓削（現岡山県久米南町）へ帰る池田に付いていった。知り合いの熊谷忠四郎が大阪から弓削へ来ていると聞き、会いに行ったのである（菅原明朗『荷風罹災日乗註考』）。

ソ連のスターリン首相が極秘指令を出したのはこの日のこと。日本兵捕虜のシベリア移送についてである。極東やシベリアでの肉体労働に耐えられる捕虜の日本兵約五十万人を選抜し、千人単位の建設大隊を組織してシベリアを中心に建設現場などに送る、というものだった。過酷な労働を強いられた日本人は五十七万五千人（うちモンゴル一万四千人）に上り、推計で五万五千人（同約二千人）が帰国を果たせずに極寒の地で死んだ。

夜八時過ぎ、有末精三参謀本部第二部長（中将）のところへ緒方竹虎内閣書記官長が訪ねて来た。日程が迫っている連合軍厚木受け入れの責任者を引き受けてほしい、という用件だった。有末はかつてイタリア大使館付武官をしていた頃、ムソリーニと親交があった。そのため任命に当たっては東久邇宮首相から疑義が出たが他に適任者もなく、最終的には有末に厚木接伴委員長の任を託すことになったのである。

有末は、駐伊武官から陸軍省軍務課長に昇任した頃にかけて、太平洋戦争の誘因となった日独伊三国同盟を強力に推進した人物。また、有末が駐伊武官だった頃、先に全権特使としてフィリピンに乗り込んだ河辺虎四郎参謀次長（中将）は駐独武官を務めており、ともに三国同盟の交渉時代からの親しい間柄だった。この二人が期せずして戦争の幕引きの大役を果たすことになったのも、何かの因縁か。

七十四日目　八月二十四日（金）

八月二十四日、晴、小堀四郎氏また大嶋氏に書を寄す、午前宅氏細君来り八浜に産する鰻（うなぎ）の蒲焼（かばやき）を恵まる、正午畷（なわて）町の衣類配給所にて罹災者に限り衣類を売る由（よし）、町会の通知により往（ゆ）きて見たりしが人々炎天に列をなしいたれば立ち帰りぬ、

【小堀四郎氏】66頁参照

荷風の手紙執筆は日課のように続く。この日は長野県に疎開する小堀四郎・杏奴（あんぬ）夫妻といとこの大島一雄に書いた。いずれも、もらった手紙への返書だったようだ。

小堀夫妻には残暑見舞いをかねて近況報告。汽車の混雑などで簡単に帰京できず悲観していること。しかし空襲の恐れもなく、岡山にも明かりが戻ってきて何より、という内容だった。

午前中に宅孝二の妻がやって来て、八浜産のウナギのかば焼きを差し入れてくれた。児島湾南岸の八浜には遠浅の海が広がり、ここのウナギは「八浜ウナギ」と呼ばれて、湾の北部で捕れる「青江ウナギ」と並んで有名。頭が小さくて胴太、背中が青色という特徴があった。

戦後、児島湾は締め切り堤防で淡水化され、環境や生態系は一変したが、当時は瀬戸内でも指折りの豊かな海だった。

荷風はウナギのかば焼きが大好きだ。菅原夫妻はきのう訪ねて来た池田優子の父親と弓削に行き留守。独り占めのご馳走（ちそう）となった。

正午、荷風は岡山駅の西口に近い畷町の衣類配給所へ行った。

岡山空襲から一カ月余が経った七月三十一日付の合同新聞に「戦災者へ作業衣などを配給」という小さな記事が載っていた。冬に備えて岡山県が、戦災に遭った市民や市外疎開罹災者に「作業衣一着、同ズボン（モンペ）一着、シャツ一枚、パンツ（ヅロース）一枚、足袋一足、縫糸二匁を近日中に配給する」というものだった。これがやっと実現したようだ。

荷風は配給所のそばまで行って炎天下の長い列に恐れをなして帰ってしまった。暇町は、ＪＲ岡山駅の西にある岡山市立石井小学校（岡山市北区寿町）の少し北付近にあった町名である。

東京地方はこの日も朝からぐずついた天気。午後二時、有末精三参謀本部第二部長らを乗せた木炭自動車は東京・市ケ谷の大本営を出て、泥水を跳ねながら神奈川県・厚木飛行場を目指していた。油不足で自動車はめったに動かせないし、そもそもまともな車はほとんどなかった。道中、空からはビラがまかれ、道は東京方面に向かう戦車やトラック、荷物を担いだ人々でごった返していた。「徹底抗戦!!」「マッカーサー機へ体当り!!」ビラにはこんな文句が書いてあった。軍の一部には、まだ降伏を認めない勢力が残っていた。そんな一団の根拠地が、実は有末がこれから乗り込む海軍基地・厚木飛行場である。政府は連合軍の進駐を控えて、飛行機の武装解除とプロペラの破壊や燃料の抜き取りなどを進めていたが、まだこうしたビラがまかれていたのだった。

東久邇宮首相の悩みのタネもこの厚木問題だった。〈海軍では、海軍大臣が命令を出しても飛行隊がなかなか承知しない。ことに厚木飛行隊は非常にがん強で、（……）まったく、毎日毎日、剣の刃渡りをしている気持である〉（「東久邇日記」八月二十四日付）

河辺全権一行がマニラで交渉を終えて帰国した頃には、関東地方にまだ数十万人の陸海軍部隊が武装解除されたまま待機していた。大本営陸海軍部は、これら部隊に二十四日までに復員を完了するよう厳命。終戦の混乱と復員ラッシュが重なり、この日有末が見た厚木街道は関東大震災後を思い起こさせる様相を呈していた。

有末は激務の連続だ。広島の被爆直後には陸軍の調査団の団長として仁科芳雄博士らと広島入り。ポツダム宣言受諾の聖断が下ったため、調査の途中で東京にとんぼ返り。その後、河辺全権一行の持ち帰った連合軍の進駐日程などを受けてマッカーサー最高司令官らの受け入れの責任者に指名され、この日が初の厚木入りだった。

米国先遣隊の到着する二十六日まで二日しかない。

厚木飛行場は広大な敷地に滑走路や兵舎、修理工場などが整った海軍の最強基地。しかしその夕方たどりついた基地は荒れ果てた状態で、建物のガラスは割れ、滑走路では飛行機が煙を上げてくすぶり、取り外されたエンジンが転がっていた。電気もガスも使用不能。短時間でこれらを整え、マッカーサーを迎えることはほぼ不可能に近い。

厚木基地には東京周辺の防空を任務とする海軍三〇二空戦闘機部隊（司令・小園安名大佐）が配備されていた。小園は元ラバウル航空隊の猛将で、日本の降伏には絶対反対を主張していた。十五日の玉音放送の直後には、この厚木から「日本ハ神国ナリ、絶対不敗ナリ（……）」と徹底抗戦を訴える声明文を発信。海軍上層部をあわてさせた。

終戦時の厚木基地の戦力は搭乗員を含めて兵力五千五百人、保有機は修理可能機を入れて約千二百機。さらに食糧・弾薬・燃料はおよそ二年分が貯蔵されていた。ここを本拠とする三〇二空は、本土決戦に備えて海軍が温存する最精鋭の戦闘機隊だった。

天皇の弟である高松宮（海軍大佐）までが乗り出して説得に当たり、二十一日に小園司令は精神錯乱者として病院に強制収容されて騒動は収束に向かった。

連合軍を厚木に迎えるため、有末が指揮を執る厚木委員会は陸海軍を中心に外務、運輸、大蔵など各省から選抜された委員で構成。これに神奈川県、横浜市の職員も加え総勢二百人の大所帯だった。

七十五日目　八月二十五日（土）

八月二十五日、陰、午前再び衣類販売所に至り職工用白木綿ズボンを得たり、代価十一円十銭なり、作業服上下一着を買いし人の価を払うを見るに、四十九円五十銭なるが如し、正午村田氏（慶応教授）の細君来りて語るをきくに、東海道行汽車は沼津より東へ行かず、この数日間東京へ帰る道なき由（よし）、これ米軍上陸また条約調印其他（その）の為なりと云、午後微雨、忽（たちまち）にして暴風雨となる、昏暮（こんぼ）S君等弓削より帰る、汽車中乗客の談話より推察するに恐るべき食料難刻々切迫しつつありと云、余の如き老衰の者果して無事に東帰することを得るや否や、憂慮眠る能わず、風雨深更に歇（や）み月明水の如し、

【昏暮】夕暮れ時

〈さて、明くれば二十五日、早朝からグラマンを始め、艦載機、陸上機が雲霞（うんか）のごとくやってきて、乱舞する。ものすごい爆音が、厚木原の熱気をひとしおあおり、我々は粛然とした思いで、米機に占められた空を打ち仰いだ〉

連合軍の厚木進駐を迎える大役を担った有末精三が一九五六（昭和31）年八月号の雑誌『文藝春秋』に寄稿した回想記の一節である。

この日早朝から厚木はもちろん、東京とその周辺地域の上空は米軍機の爆音に包まれた。

〈敵機がさかんに低空で飛ぶように成った。雨雲が低い〉（『大佛次郎　敗戦日記』）

大佛次郎は日記にさらりと書いている。大佛と同じ鎌倉市に住む高見順は、作家仲間で営業する貸本店「鎌倉文庫」へ行く途中に空を見上げた。

〈途中、小袋坂のところで監視飛行の敵機が低空で頭上を通りすぎた。口惜しさが胸にこみあげた〉（『敗戦日記』）

次は徳川夢声の日記。

〈紺の機体に白く星を描いた、敵機が頭上を低く、スイスイと飛ぶ。監視飛行だ〉（『夢声戦争日記』）

戦後日本の再出発を図ることを第一目標に船出した東久邇宮内閣。朝から飛び回る米軍機を見て、首相はまた別の感慨を漏らす。

〈本日朝から日没まで、一日中、米軍飛行機が編隊あるいは単機で、東京上空を飛び廻（まわ）った。（…）幸い、本日はわが飛行機は一機も飛べないようになっていた。もし、これが昨日だったらどんな不祥事が起ったかわからない〉（「東久邇日記」）

これらの記述から、この日どれだけ多くの米軍機が東京上空とその周辺を飛び回ったかが分かる。

午前中、荷風は再び岡山市暇町の衣類配給所に行き、今度は十一円十銭で労働者用の白い木綿ズボンを手に入れた。作業服上下を買った人が支払った代金は四十九円五十銭だった。金銭に敏感な荷風の観察眼が光る。

正午、村田武雄慶応大学教授の夫人が疎開先の総社町からやって来た。総社は汽車で四十分ほどの西隣の町。彼女が語るには東海道本線は静岡県・沼津駅より東は足止め。これは米軍の進駐や条約調印を控えているためで、ここ数日間は東京へは帰れないという。

岡山市の天候は午後から急に荒れた。夕方、悪天の中を弓削から戻って来た菅原夫妻を見ても、荷風は表情一つ変えなかった。切符が手に入らず、苦労を重ねてやっと岡山に帰り着いた菅原にはそれが冷酷にさえ映った。〈彼の心は三門を去る考えで満たしきられていたのである〉（『荷風罹災日乗註考』）――菅原の直感だった。

その夜、荷風は眠れない時を過ごした。菅原が列車内で聞いた話によれば、食糧難はますます深刻化。荷風のような老人に無事に帰京ができるかどうか、見通しは厳しく、不安が湧き上がってきたのだ。

深夜、天候は落ち着き、明るい月が出た。

日中、村田夫人とどんな会話が交わされたのか分からないが、やがて荷風は意を決したように岡山の武南家を離れる。それは、菅原夫妻との決別を意味していた。

この日朝、四国・室戸岬の南方から北上した台風は小型だったが、中心気圧九百八十ミリバール（現在の表記はヘクトパスカル）のまぎれもない台風で、めったに台風が接近しない岡山市近辺を夜十時過ぎに通り抜けた。

この台風接近のためか、あるいは空からの監視機の報告で厚木の受け入れ準備の遅れが分かったのか、米軍から厚木進駐日程を四十八時間延期する連絡が入った。時間に追われ、てんてこ舞いだった有末ら受け入れ部隊は思いがけない朗報に小躍りした。滑走路や建物の修理、電気・ガスの復旧などのインフラ整備はもちろん、飛行場周辺や移動沿線の治安確保、自動車・食事・宿泊など受け入れ態勢づくりと接待、費用の問題など懸案は山のようにあった。

七十六日目　八月二十六日（日）

八月二十六日　日曜日、半晴半陰、籾山梓月氏の書に接す、箇末の句に

かまくらひと月おくれの盂蘭盆（うらぼん）の日に平和克服したりければ

生身魂（いきみたま）九年のいくさやみにけり　　梓月

敵機来ずもなりてはじめて一夜の安きねむりを得たるつとめて

朝顔や困苦新たに来たるの日　　々

【生身魂】 盂蘭盆会の日に健在の両親にご馳走（ちそう）したりしてもてなすこと

【つとめて】 明け方、早朝

荷風はこの日、俳句の師とする籾山梓月（本名・仁三郎）から手紙をもらい、文末にあった添え書きと俳句を日記に書き留めた。どちらの句も共感できるものがあったのだろう。とりわけ朝顔の句は、帰京できても食糧難という新たな困難に直面せざるを得ない荷風の心境そのものだったかもしれない。

添え書きの〈敵機来ずもなりてはじめて一夜の安きねむりを得たるつとめて〉とは「敵機が来なくなって初の安眠の一夜を過ごした朝」という意味か。

――この日午前十一時の大本営発表である。「本八月二十六日以降実施予定の連合国軍隊第一次進駐日程中連合国艦隊相模湾入港以外は夫々（それぞれ）四十八時間延期せられたり」連合軍の進駐が四十八時間延期されること、ただし艦隊の相模湾への進入は予定通り、という内容。

大本営発表といえば一九四一（昭和16）年十二月八日午前六時の発表が有名だ。

「帝国陸海軍は本八日未明西太平洋において米英軍と戦闘状態に入れり」

ハワイ・真珠湾の奇襲攻撃を成功させ、米英との開戦を告げる第一回の発表である。その一時間後の午前七時、ラジオの定時ニュースで高らかに放送され、国民を歓喜と興奮の渦に巻き込んだ。

それから三年八カ月。その間、この二十六日の発表を含め計八百四十六回の大本営発表があった。開戦初期は破竹の進撃を誇らしく伝えた発表も、戦況の陰りとともに虚飾や欺瞞が盛り込まれ、戦果や損害などを国民に正しく伝えないばかりか、味方軍までも欺いた。

その始まりは一九四二（昭和17）年六月のミッドウェー海戦だった。この戦いは、ハワイ北西にあるサンゴ礁の島・ミッドウェー島を攻略し、米太平洋艦隊をおびき出して壊滅しようという海軍の作戦だった。しかしまさかの大敗北を喫してしまった。

日本の連合艦隊は主力の空母四隻や熟練パイロット、乗組員ら三千人余りを失う致命傷を負った。米軍も多くのパイロットと空母、駆逐艦各一隻を失ったが、日本に比べれば軽微といえた。

ところが海軍は、日本側は「敵空母二隻撃沈、撃墜飛行機約百二十機など」と水増しした戦果を掲げ、損害は「航空母艦一隻喪失、同一隻大破、巡洋艦一隻大破、未帰還機三十五機」などと虚偽の数字を公表。国民だけでなく味方の陸軍にも真相を隠した。

一方、陸軍は一九四三（昭和18）年二月、惨敗してのガダルカナル島の退却を「転進」と発表。しかも「激戦敢闘の末、敵を島の一角に追い詰め、その目的を達成した」と欺瞞に満ちた発表をした。

嘘はうわさや陰口になって広がり、やがて大本営発表は「嘘の代名詞」のように国民から受け取られ、信用されなくなった。

――そして終戦。最後となったこの日第八百四十六回の発表はさすがに欺瞞はなし。もう嘘のつきようもなかったのである。

この日の合同新聞に「『勝札（かちふだ）』は『復興札』に改称」という見出しの記事が載った。戦費調達のために売り出されていた「勝札」が、国土復興の目的に切り替えられ名称を一新するというのである。最終的には「宝くじ」という名でこの年十月に発売された。いまの宝くじの始まりだ。ちなみに復興札は一枚が十円、一等賞金は十万円だった。

この日午後三時半、満州国（中国東北部）とソ連沿海州地方の国境を流れるウスリー川を望む山腹に築かれた関東軍の虎頭要塞（ことうようさい）は、ソ連軍の攻撃を受け壊滅した。要塞は一週間前の十九日、秦（はた）彦三郎総参謀長らがソ連の極東軍総司令官らと停戦交渉をしたジャリコーウォの北方にあった。

ソ連軍の侵攻に備えて山腹をくり抜きコンクリートで固めた要塞には、第十五国境守備隊の日本兵約千四百人がいた。そのうち半数近くは七月の「根こそぎ動員」で召集された寄せ集め兵だった。

八月九日午前一時過ぎにソ連軍の侵攻が始まって以来、守備隊は要塞にこもり、口径約四十センチの巨大砲などで善戦したが、周辺の日本軍は撤退して孤立無援。堅牢（けんろう）無比といわれた要塞はこの日ついに陥落した。多くの日本兵や逃げ場を失ってろう城した民間人は終戦の事実も知らず、死んだ。あるいは終戦を信じず、死んだ。玉音放送から十一日、秦らの停戦交渉から七日が経過していた。

第十八章　東京行二等切符

七十七日目　八月二十七日（月）

八月二十七日　月曜日、晴、三門町の寓居には同宿人との関係追々日を経るに従いいいとわしき事の多くなりたれば、未明に岡山駅に至り汽車切符を購い、午後吉備郡総社町の旅宿以呂波に至る、戦争以来日本国中旅館は大小に限らず戸を閉して客をことわるが例なれど、総社町の以呂波と云うは二三個月前より其主人東京よりの避難者某氏等と心安くなりし事あり、目下村田武雄氏の一家泊り居れば余も赴きて暫く逗留せんと思えるなり、総社町は岡山より汽車四十分ばかりの西方、田園の景色しずかなる処に在り、人口二三千人と云う、鉄路岡山より三門、大安寺、一宮、吉備津、高松、足守、服部の諸駅を過ぐ、一宮および吉備津には老松深き処に名高き神社あり、又高松の丘陵にはむかし豊臣秀吉の為に水攻めにせられし古城の廃址わずかに存すと云、沿道の眺望、右手は山、左手は曠然たる水田に

【村田武雄氏】77頁参照

【曠然】広々としたさま

て三門町郊外にて見る処に似たれど山の姿行くに従い次第にやさしくなりて、時には京都東山の姿よりも更に佳しと思わるる処もあり、足守と服部という駅の間に小川二流あり、日でりにて水涸れ白き砂に野草の花の点々とさけるを見る、総社町にも松林の間に古祠あり、境内ひろく回廊長し、水清き池は菱の葉に蔽われたり、停車場前の道よりこの神社の境内をぬけて歩むが宿屋以呂波に至る捷路なる由、既に聞き知り居たれば、其のあたりに遊べる子供に聞きただして行くに迷わずして宿屋の前に至るを得たり、此の道長く東西に走りて西総社の町より倉敷の町に達すと云、両側に立つづく人家の中には今猶雑貨薬など売る商店あり、人家のうしろは皆畑にて南瓜の花さきたり、村田氏余の来るを見、喜びて其室に迎え程なく晩飯の膳持来る女中にこまごまと注意するところあり、八時頃まで夕凪いつもの如く蒸暑甚しかりしが、眠に就きてより風次第に涼くなり、深夜明月の光窓より入りて蚊帳を照しぬ、（宿泊料一日三食にて十円なり）

【捷路】近道

岡山市と吉備郡総社町（現総社市）を結ぶ鉄道・吉備線は全長二十キロ余り。岡山駅を出た列車は備前三門―大安寺―備前一宮―吉備津―備中高松―足守―服部―総社と走り、終点の西総社駅に着く。計十駅を結ぶ単線のローカル線だ。

同鉄道は大正の末に西総社駅ができて伯備線と連結した。当時の時刻表を見ると現在の総社駅は「西総社」と表記され、いまの東総社駅が「総社」となっている。戦後しばらくはこの「総社」、つまり現在の東総社駅が町の玄関だった。

永井荷風はこの日未明に起き、二カ月近く住んだ岡山市三門の武南家を後にして岡山駅に向かった。バッグと風呂敷包みを手ぬぐいでくくり合わせ、振り分けにして肩に担ぐいつものスタイルだ。時刻表＝一九四四（昭和19）年六月十日改正版＝によると、吉備線下りの岡山駅発は午前中に三本、午後に五本あった。この日の「断腸亭日乗」に、荷風が総社の旅館に着いてほどなく夕食の膳が運ばれたとあるから、岡山発一五：五五（総社着一六：四四）か同一七：四二（同一八：三五）のどちらかに乗ったものと推定される。

〈同宿人との関係追々日を経るに従いいとわしき事の多くなりたれば〉と荷風は突然の総社行の理由をこう記している。同宿人とは誰を指すのか。菅原明朗・智子夫妻ともとれるのだが、ここは菅原の『荷風罹災日乗註考』の解説を尊重しよう。

それによると数日前、武南家の階下に新たに入居した一家がいて、わがもの顔に振る舞った。二日前に訪ねて来た宅孝二の妻はこの一家に脅迫され、いやな思いをした。荷風はこのことが引き金になって岡山を離れる決心をしたと菅原は書く。〈二十歳を過ぎたその（一家の）娘が二階の部屋に来てショートパンツ一枚の姿で荷風の前に寝そべって口を利く。我々は浅草のコーラスの女がそれより遥かに教養も礼儀もあるのを懐しく想い廻らせたのである。私も岡山を去る時が来たと心に決めた〉（『荷風罹災日乗註考』）

総社行きの汽車に乗った荷風は心も解放されたのか、沿線の風景を細かく観察している。汽車は岡山駅を出て世話になった武南家近くの備前三門駅を通過、以下総社まで荷風はすべての駅名を書き、おそらく後から聞き足して沿線のさまざまなことを記したと思われる。

備前一宮駅と吉備津駅の近くには吉備津彦神社、吉備津神社という由緒ある神社がある。備中高松駅の北方には豊臣秀吉が毛利攻めの際に水攻めした高松城址があること、足守駅と服部駅の間には川が二本あり、日照りで乾いた砂地に野草が咲いていたこと……。

ついでにふれると、おとぎ話の「桃太郎」の舞台はこの吉備線沿線。洗濯していたお婆さんの前に桃が流れて来た笹ケ瀬川もある。岡山から総社にかけてのこの一帯には、全国第四位の長大墳丘を持つ造山古墳や五重塔で知られる備中国分寺などもあり「吉備路」と呼ばれる岡山屈指の観光・歴史ゾーンである。

総社駅（現東総社駅）に降りてからも荷風の観察は続く。

駅を出ると目の前にあるのが総社宮。松林に囲まれた神社の前庭には島を浮かべた池があり、ヒシの葉に覆われていた。水面には松の大木が樹影を映す。

旅館までは、神社の境内を抜けて行くのが近道であることを聞いていたので、遊んでいた子どもたちに道を尋ねながら迷うことなく以呂波旅館に着いた。

総社宮から旅館に通じる道は松山往来と呼ばれた旧街道で、神社の門前町だった。荷風は沿道の家並みに、薬などを売る商店があるのを目ざとく見つけている。大正から昭和初期にかけて総社は「備中売薬」の拠点として栄えた。その名残で薬の看板を掲げる店が通りにはたくさんあった。

荷風は少年時代から虚弱で、兵役も免除され、五十歳前後まで外出の際は必ず薬を持っていた。それもあって薬には敏感に反応したのだろう。

以呂波旅館は総社宮の東隣の総社高等女学校（現岡山県立総社高校）のすぐ南にあった。瓦葺き二階建ての和風旅館だ。

旅館のあった場所は現在、駐車場になっている。普通車が五、六台置ける程度の広さだから、小さな旅館だったことが分かる。駐車場からは総社高校の体育館の屋根が目と鼻の先に見えた。

旅館に着くと村田武雄慶応大教授が笑顔で迎えてくれ、まもなく夕食の膳が来た。荷風を気遣い、教授は宿の女性にこまごまと注意をした。「この方は著名な作家だから、失礼のないように」おそらくこんなことだったのだろう。

村田家は夫人と子どもの三人家族。村田は三十六歳だから、子どもは小学生ぐらいだったろう。

岡山市よりやや内陸に入った総社も、瀬戸内特有の蒸し暑さ。午後八時を回って床に就いた頃にやっと風は涼しくなった。深更、月の光が窓から蚊帳を通して入ってきた。

この日荷風が乗った吉備線の沿線には最上稲荷という岡山では有名な神仏習合の寺がある。場所は備中高松駅の近く。その境内に比島観音と名付けられた像がある。岡山で編成され、満州（中国東北部）からフィリピンへと転戦した陸軍歩兵第十連隊（通称・鉄兵団五四四八部隊）の生き残りの兵士たちが戦後建立したものである。三千人の将兵のうち生き残ったのはわずか二百二十人。数字が部隊の過酷な戦歴を物語る。

荷風が総社へ移ったちょうどその頃、フィリピンでは食糧も弾薬も尽きた日本兵たちがジャングルをさ迷っていた。草や木の根をかじる毎日は飢えとの戦いでもあった。第十連隊の兵らが終戦を知るのは、荷風が総社へ行ったこの二十七日の二日後、二十九日だった。

沖縄には日本兵が立てこもって抵抗する壕（ごう）がまだあった。有名な「沖縄県民斯（か）く戦えり」の決別電報を打って自決した大田実海軍中将らがこもっていた海軍司令部壕にも生存兵がいた。「戦争は終わった」という戦友の呼びかけにも応じず、壕内に入った米兵と戦闘になり、死亡する兵もいたという。

玉音放送から十日以上が経過しても、戦地には戦い続ける日本兵がいたのである。

満州ではソ連軍による関東軍兵士、一般人のシベリア移送が始まっていた。この二十七日、日本政府と大本営はソ連政府に武装解除後の将兵の安全保障、衛生、補給などについて要請したが、既に手遅れだった。

作家の大佛（おさらぎ）次郎のこの日の日記。〈敵艦隊が見えるというので由比ヶ浜（ゆいがはま）へ出て見る。浪（なみ）の高い沖に「やあ」と苦笑を感じるばかりに垣根のように並んでいる。二十一隻が数えられた〉（『大佛次郎　敗戦日記』）由比ケ浜は相模湾に臨む鎌倉市の海岸。二十九日付の朝日新聞によると、この日の連合国軍艦隊は戦艦、巡洋艦、駆逐艦などざっと数えて六十隻に上ったという。

あす二十八日は、連合軍の先遣隊が神奈川県厚木飛行場にやって来る日だ。

七十八日目　八月二十八日（火）

八月二十八日、晴、早朝村田氏に案内せられてあたりを歩む、午後村田氏の細君岡山に行き東京行の汽車乗車券を獲べき手筈をなすべしと云、村田氏既に東帰の念止み難きものあり、余にも此際意を決して同行せよ、毎夜ラヂオを聞いて時勢を推察するに、荏苒として日を送らば遂に帰るべき機会を失う虞ありと勧めて止まず、余もとより蘇武俊寛の悲しみに陥らんことを恐るる者なり、唯東京行切符を得ることの難きを慮うるのみ、然れども村田氏の語るをきき地獄の沙汰も金次第の諺あれば万事を依頼して細君のかえるを待ちたり、夕飯に鰻を食す、

【蘇武】中国・漢の武帝に仕えた名臣。匈奴に使いして捕らえられ十九年後に帰国する

【俊寛】平安末期の僧。後白河上皇に信任されたが、平氏討伐計画が露呈して島流しにされ一生を終えた

総社の夜が明けた。早朝、荷風は村田教授の案内で以呂波旅館の近所を散策した。

多分その時間帯だっただろう。神奈川県・厚木飛行場の上空には米軍の戦闘機や爆撃機の爆音が響き渡っていた。地上に不穏な動きはないかを監視する飛行機群である。

飛行場は緊張した空気に包まれ、政府や大本営の連合軍受け入れ委員たちがあわただしく動き回っていた。この日午前九時、連合軍先遣隊が空からやって来る予定である。

その二時間前、飛行場に張られたテントの中では有末精三厚木委員長らが最後の打ち合わせの最中だった。

この厚木委員会のメンバーには大蔵官僚の橋本龍伍がいた。このとき三十九歳。荷風が前日から滞

在している総社町（現総社市）の出身で、戦後政界に転身して厚生大臣などを務めた。橋本龍太郎元総理大臣、橋本大二郎元高知県知事の父親である。

足の悪かった龍伍は杖を手に精力的に動いた、と有末は自著『終戦秘史　有末機関長の手記』に書いている。龍太郎はこの時八歳の小学生、大二郎氏はまだ生まれていない。

委員らがテントで打ち合わせていると突然、飛行場の西南の空から爆音が届いた。小さな点がだんだんと大きくなって、それが米軍の大型輸送機の編隊であることが分かった。

翼で上空を覆うように旋回した米軍機は、やがて相次いで降りて来た。計十三機。先頭の四発大型輸送機Ｃ46から長身で精悍な顔をした指揮官のテンチ陸軍大佐が降りた。と同時に、自動小銃や機関銃を構えた兵士が飛び降り、続いてジープが続々と出て来た。約束の時間を早めて、日本側の虚をついた着陸だった。

その時の様子を、東久邇宮首相が朝日新聞の記者に聞いた話として日記に書き留めている。〈米軍は二十八日早暁、多数の戦闘機、爆撃機が警戒飛行する中を、テンチ大佐が指揮する約八百名の先遣隊数機が、わが地上部隊の抵抗に備えて、戦闘体形で同時に厚木飛行場に着陸した。地上に降りた先頭部隊は、直ちに機関銃を列べて戦闘配置についたという。（……）有末中将を長とする接待委員はあわて気味であったが、自動車で出迎え、同大佐をテント張りの接待所に案内した〉（『東久邇日記』）

先遣隊の進駐は無事終了した。何事もないことを祈っていた首相は、この日の日記をこう締めくくる。

〈本日の進駐が無事に済んだことは、敗戦日本が平和的新日本建設の第一歩をふみ出すのに、さいさきよい前兆として心から喜んだ〉（同）

首相はこの日午後四時、官邸で内閣記者団と会見し「私は軍官民、国民全体が徹底的に反省し懺悔しなければならぬと思う。全国民総懺悔をすることがわが国再建の第一歩であり、わが国内団結の第一歩と信ずる」などと語った。いわゆる「総懺悔」発言である。

首相は、敗戦の理由を記者に問われて「戦力の急速な潰滅、原子爆弾、ソ連の参戦、国民を統制で縛り上げたこと」を挙げ、さらに「政府や役人、軍人が無意識のうちに戦敗を招いたこと、また国民道徳の低下も一因」と指摘した。「総懺悔」の言葉はこの後に出たものだった。

このほか、国民がかん口令の猿ぐつわをはめられていた事実をあげ、政党や新聞社の自由な言論を奪ったことを遺憾とした。

これまで国民が言いたくても言えなかった首相のこうした発言を八月三十日付の新聞で読んだ作家の高見順は感動する。〈首相宮の記者団との会見で仰せられた言葉は、われわれの今まで言わんと欲して言い得ざりしところをズバズバと言ってのけておられて胸のすく思いであった〉(『敗戦日記』八月三十日付)

しかしこの総懺悔発言は「敗戦の責任を国民全体に押し付けるもの」と批判を受ける。「総懺悔」は流行語になった。

午後、厚木は快晴だった。河辺虎四郎参謀次長は二日後のマッカーサー連合軍最高司令官の到着に備えて、視察を兼ねて厚木飛行場に立ち寄り、有末委員長から先遣隊の進駐状況を聞いて、横浜へと車を走らせた。マッカーサーの当面の宿泊先は横浜市内に用意されていた。

道中、河辺が見たのは沿線の惨状だった。道にはリュックを背負った男女が行き交い、勝ち誇ってやって来る米兵に見せたくない敗戦国のみじめな光景ばかりが目についた。

この日午後、岡山・総社では切符の手配のため、村田教授夫人が岡山駅へ向かった。「地獄のさたもなんとやらだからね」と言って、教授は妻を送り出した。

結論からいえば、やはり金の力に勝るものはなかったようだ。切符確保の確約がとれ、村田夫人はその足で岡山市三門町の菅原夫妻を訪ね「荷風先生は私たちと一緒に帰京します」と伝えた。

その夕、以呂波旅館の膳に荷風の好きなウナギが出た。めったに揮毫（きごう）をしない荷風だが、帰京への展望が開けたことと重なってよほどうれしかったのか、村田の目の前で短冊に短詩を書いて旅館の主人に贈った。

七十九日目　八月二十九日（水）

八月二十九日、晴れて風涼し、正午村田氏の細君と共に岡山駅に至り、ツーリストビューローの事務員に面会し、金子一包を贈り、東京行二等の切符を手にすることを得たり、事皆意外の成就にて夢に夢みる心地なり、駅より直に三門町の寓居に至り食料配給証東京転出の手筈をなし、五時過の汽車にて総社の旅宿に帰る、村田氏の一家と共に赤飯を食す、蓋し帰京出発の前祝なり、

【三門町の寓居】武南家
【蓋し】まさしく

話の本筋には関係ないが、この日朝、厚木委員長の有末精三中将がちょっとしたエピソードを残した。だれにもありそうな子どもじみた怒りが原因だが、当時の軍人の尊大ぶりや思い上がりが多分にうかがえる話である。軍人の天下は終わったことにまだ気づいていないのか、あるいはそれは承知の上で赤恥をかいた自分のぶざまさについ頭に血が上ったのか。

問題はこの日の新聞各紙が載せた写真にあった。

前日、テンチ大佐ら連合軍先遣隊が厚木飛行場に降り立った際、有末は先頭に立って大佐らを迎えた。きのうまでの敵同士が勝者と敗者に分かれて対面するその瞬間を、報道各社は当然カメラで狙う。ところが悪いことに長身のテンチ大佐らに比べて有末は小柄。まるで小学生が大きな進駐軍兵士を仰いで直立しているような後ろ姿が、そのまま新聞に載ってしまった。

例えば朝日新聞——中央にテンチ大佐、右にバーワー少佐が写っていて、有末委員長があごをやや上げて二人を見上げている。大佐は肩に拳銃ホルダーをつるし、左手に黒カバンと上着を持って有末を見下ろしている。直立する有末の右後方からのアングルである。

さすがに「このままではまずい」と感じた有末は、大佐らをテントに招き入れて並んでいすに座り直し、再度報道陣に撮影を促した。しかし彼の意をくんでかどうか、東京の新聞でテント内の写真を掲載したのは読売新聞だけ。他紙はそろって進駐軍を仰ぎ見る有末の写真を載せた。

この朝、有末が下した処分は、読売以外の記者の厚木飛行場への立ち入り禁止だった。元新聞記者の緒方竹虎書記官長から諭され、その処分はすぐに撤回したが、有末には後味の悪い出来事だっただろう。

長野県でその写真を目ざとく見つけた若者がいた。疎開先の飯田市にいた医学生の山田誠也、後の作家山田風太郎である。山田は日記に書く。

〈厚木飛行場に着陸した米将校を出迎えているわが有末委員長の敬礼しているみっともない姿。今日の新聞にのった写真のこの惨めな醜態から当分の日本の生きてゆく路が生ずるのである〉
（『戦中派不戦日記』八月三十日の項）

山田が見たのは八月三十日付の信濃毎日新聞と思われる。当時、地方は一県一紙だから毎日や朝日、読売などの全国紙は原則的には地方では読めない。

その日の信濃毎日新聞は、朝日新聞と同じアングルの写真を丸枠囲いにして掲載していた。テンチ大佐と有末委員長の二人だけがトリミングされて写り、有末は大佐の前で緊張して突っ立つ小学生のようにも見える。

荷風のいる岡山県内の新聞は合同新聞である。以呂波旅館が購読していたら、まず間違いなく荷風はこの朝の紙面を見ただろう。中央の動向はいま荷風の最大の関心事なのだ。

合同新聞も三十日付で「進駐第一陣は百五十名」の見出しを掲げ、先遣隊の到着を大きく扱っていた。写真は二枚掲載し、一枚は厚木飛行場に並んだ巨大な輸送機群と兵士たちを写したもの、もう一枚はテント内の様子を写したものだった。読売と同様、合同はテントの中で談笑する日米両代表の写真を使っていた。

地方紙は同盟通信の記事と写真を受信して掲載するのが通例。写真はおそらく複数あったはずで、どんな図柄を掲載するかは各紙の判断だった。

進駐軍先遣隊の到着は無事終わったが、これはあくまで前段。本番はもちろんマッカーサー最高司令官の到着である。

それを翌日に控えて天皇はこの日午後、木戸幸一内大臣を召した。

〈一時四十分より二時五十五分迄(まで)、御文庫にて拝謁、其節、戦争責任者処罰の問題につき左の意味の御話ありたり。

戦争責任者を連合国に引渡すは真に苦痛にして忍び難きところなるが、自分が一人引受けて退位でもして納める訳には行かないだろうかとの思召(おぼしめし)あり〉(『木戸幸一日記』)

天皇の念頭にはマッカーサーの来日があったことだろう。木戸は、天皇の「宏大(こうだい)な誠」に感じ入りながらも自分の考えを天皇に伝える。「連合国の現在の考え方では、そのくらいではなかなか承知しないでしょう。ご退位を言い出されることは皇室の基礎に動揺を与えることになります。ここは、慎重に相手の出方を見て研究するのがよろしいかと……」

荷風はこの日、村田夫人と一緒に総社を出て、正午に岡山駅に着いた。後は、前日の村田夫人の交渉通りにことは運ぶ。

岡山駅のツーリストビューロー（旅行相談所）で二人は「金子一包」を事務員に渡して東京行きの二等切符をついに手に入れた。鼻薬の大成功に、日乗に書き込む荷風の筆は躍っている。

ちなみにここのくだりは「罹災日録」にはこうある。〈ツーリスト・ビューローの事務長某氏に面会しひそかに請うところあり。東京行汽車二等切符を得たり。事みな村田氏夫人の斡旋によるといえども、意外の好運にして昨日までは夢にも見ざりしところなり〉。戦後間もなく発刊した「罹災日録」では関係者に配慮して「金子一包」のことは伏せてあった。

切符を入手して、二人は岡山市三門町の武南家に向かい、食料配給証の東京転出の手続きなどをして総社に帰った。

村田夫人と足取り軽くやって来て「切符が取れた」「帰京できる」とはしゃぐ荷風に、菅原明朗はややしらけ気味だった。

〈三門へ帰って来た時の荷風は遠足日前夜の小学生以上、之が永井荷風かと呆れるほどだった〉
（『荷風罹災日乗註考』）

荷風の異常な喜びようにも無理はない事情があった。それほどこの時期の遠距離切符の入手は一般人には難しかった。例えばこの二日後、三十一日付の合同新聞は、新任の岡山駅管理部長の談話を載せているが、大要こんな内容だった。

「いま一番求められているのは気分の引き締めである。鉄道従業員はもちろん、一般旅客においても同じで、気分のゆるみからくる不急旅行は日本の再建にそむく行為である。ここ半年は復員輸送その他に力を注ぎ、不急の旅行は抑制が必要だ。従ってここしばらくは一般人の乗車制限の緩和は不可能である」

見出しには「不急旅行は『再建』に叛(そむ)く」とあり、一般旅客の乗車を厳しく制限しているのが分かる。ただ皮肉なことに、管理部長が合同新聞の記者の取材に応じたのは荷風らが岡山駅のツーリストビューローで鼻薬を使った二十九日だった。

この日、旅館の夕食で村田一家三人と荷風は赤飯を食べた。旅館の主人心づくしの前祝いだった。主人は帰りの車中で食べる四人分の弁当も用意してくれた。それは一人につき四食分もあった。

八十日目　八月三十日（木）

八月三十日、未明に起き九時頃に三門町に帰り急ぎ旅装を理む、染物屋の媼をたのみ行李を岡山停車場に持ち行かしむ、媼餞別にとて手づくりの葡萄汁二罎、胡瓜の糟漬を贈る、深情感謝すべし、改札口にて媼と見送りのS君とにわかれプラトフォームに入りて村田氏が家人を携え来るを待つ、氏は約の如く総社町より吉備線の汽車にて午後二時近く同じプラトフ〈ママ〉ホームに来り会す、停車場の構内は休戦以来日々除隊の兵にて雑遝すること甚しく、わが乗るべき列車の如き定刻に発するものは知らぬ間に廃され新なる臨時列車亦容易に来らず、待つこと二時間、わずかに貨物車の空しきものあるを見てこれに飛び乗り夜九時大坂の駅に着す、ここにて東京行乗替の車を待つこと更に亦数時間、翌朝未明に至り初めて乗ることを得たり、呉軍港より放たれて帰る水兵にて車中雑沓す、

【S君】 菅原明朗

未明に起きた荷風は汽車で岡山を目指した。午前九時頃に岡山市三門町の武南家に着き、あたふたと旅支度をした。

岡山滞在日数はこの日でちょうど八十日。多少の荷物もあったので、染物屋の大熊世起子に頼んで人を雇い、行李を岡山駅まで運んでもらった。ほかに布団や谷崎潤一郎からもらった硯、因州半紙などがあったが、後で送ってもらうことにした。

世話焼きで親切な大熊は、菅原明朗と二人で岡山駅まで送ってくれた上に、餞別として手づくりの葡萄汁二瓶とキュウリのかす漬けをくれた。大熊はその後しばらくたって初めて荷風が著名な作家だということを知ったという。

駅の改札口で二人と別れた荷風は午後二時前、打ち合わせ通り総社から汽車でやって来た村田一家と合流した。四国や山陰と連絡する岡山駅のホームは復員兵で雑踏していた。

その頃、神奈川県の厚木飛行場は歴史に刻まれる瞬間を迎えようとしていた。フィリピン・マニラから沖縄を経てのフライト。連合軍最高司令官のマッカーサー元帥を乗せた専用機は厚木に接近しつつあった。

〈その日の午後二時、機の鼻先に「バターン（引用者注・Bataan）」と書いた私のC54型機は、鎌倉の大仏を越え、美しい富士山を飛び過ぎて、厚木へ向きを変えた〉（『マッカーサー回想記（下）』）——午後二時五分、マッカーサーの乗る大型輸送機C54は超低空で飛行場の上を旋回した後、強い南風に向かって着陸した。今度も予定より一時間も早い到着だった。

銀色の専用機のドアが開いた。カーキ色の軍服にサングラス。姿を現したマッカーサーは柄の長いコーンパイプをくわえ、右手を後ろポケットに軽く差し入れて、辺りを睥睨（へいげい）するように顔を左から右に振って、ゆっくりとタラップを降りた。

照りつける日差し。軍楽隊のマーチ。出迎えのアイケルバーガー中将と握手を交わし、元帥は報道陣のカメラにサングラスの顔を向けた。

バターンはフィリピン・ルソン島の日米の激戦地だった半島名。太平洋戦争開戦の翌年の一九四二（昭和17）年四月、日本軍の捕虜になった米兵やフィリピン兵、民間人ら多数が炎天下を数十キロから百キロも歩かされ、多くの死者を出したことから「バターン死の行進」と呼ばれた。

当時、米国のフィリピン防衛極東軍を率いていたマッカーサーは立てこもっていたマニラ湾入り口のコレヒドール島を脱出。オーストラリアへ撤退して、「アイ・シャル・リターン（必ず戻って来る）」との声明を発表し、再起を図った。それだけにマッカーサーにとって「バターン」は特別な意味があったのだ。

マッカーサーは記者団に語った。「メルボルンから東京までは長い道のりだった。長い長いそして困難な道程だった。しかしこれで万事終わったようだ」

飛行場内のテントのそばにはアンテナ付きの米軍機が駐機していた。この日の様子をラジオで全世界に放送するためだった。

元帥がタラップを降りた時、出迎えの中に日本人の姿はなかった。その朝、元帥に先立って到着した米軍のスウィング少将から「出迎えのセレモニーは一切不要」と一方的な命令を受けたためだった。さらに「元帥の宿舎は横浜のグランドホテルだ」と指示された。

日本側は儀式の手順、横浜までの沿道警備、宿舎の手配などをしていたが、米側は元帥の身辺の安全を考えてか、そのほとんどを変えた。

ちなみに日本側は元帥の宿舎に横浜市内の個人の別荘を用意していた。米側の指定した「グランドホテル」とは、同市内の「ホテルニューグランド」のことで、現在も横浜港の山下公園前にある老舗ホテルである。

旧式のリンカーン車に乗ったマッカーサーは、早々に横浜へ向けて出発した。他の将校たちの車列も後に続く。おんぼろ車ばかり。それでも日本側がやっとかき集めた自動車だった。

一台の古い消防車がサイレンを鳴らし、横浜まで二十四キロの先導を務めた。出発の際、消防車のエンジンの「バーン」という爆発音が何人かの将校をギクリとさせた。

車列はやがて横浜の中心部へ。幽霊の町のようだった。商店のショーウインドーは日除けをおろし、歩道には人影もまばら。車列はそんな町を通って、宿舎となるホテルニューグランドに入った。元帥が三日間泊まった部屋は「マッカーサーの部屋」としていまも同ホテルに保存されている。


こちらは岡山駅。

荷風と村田一家はプラットホームで自分たちが乗る列車を待ったが、全然来る気配がない。聞くと、その列車は廃止されていた。新たな臨時列車も来そうにない。入って来るのは引き揚げの軍用列車か、そうでなければ立錐の余地もない満員列車ばかりだった。


〈先生は手拭で背負い分けした鞄と風呂敷包みとを背にして四食分の弁当を重そうに手にしながらぼんやりとホームに立っていられる〉（村田武雄「終戦直後の永井先生」）


待つこと二時間。どうにか大阪行きの貨物列車に乗り込んだ。ちょうどマッカーサーが横浜のホテルに着いた頃だった。

屋根付きの貨車で床には筵が敷いてあったが、扉は開いたままだった。岡山・兵庫の県境には船坂トンネルという長いトンネルがある。列車がトンネルをくぐる間、荷風は手拭いでマスクをし、目を閉じて舞い込んで来る煤煙に耐えていた。

トンネルを抜ければ岡山とはおさらば。長い長い岡山生活にやっと決別できたのである。

四日前の合同新聞には鹿児島—大阪、広島—大阪、門司—大阪など大阪止まりの臨時列車が七往復増発されるとあった。同じ紙面には、四国鉄道局が一般客に貨物車を開放するとの記事も載っていた。

当時の国鉄乗車券は一、二、三等があって、一等は要人や富裕層が乗るためのもの、一般旅客用は二等か三等だった。三等にはスリやかっぱらいも混在し、治安上も問題があったが、料金の高い二等は座席も客層も上質で、車掌も親切丁寧だった。荷風らはこの二等切符を持っていた。が、終戦直後の混乱期とあってそんな区別を守る乗客はいなかった。

夜九時、大阪駅に着いた。駅には乗車の順番待ちがあふれ、東京行きには簡単に乗れそうになかった。四人は駅の待合室前のコンクリートに荷風を中心にへたり込み、夜を過ごした。

荷風は意外に元気で、座ったまま眠る特技を発揮して心地よいいびきをかいていたという。〈孤独な生活になれていたからであろう〉とは、タフな荷風に驚いた村田の感想である（「終戦直後の永井先生」）。

翌未明までそんな窮屈な姿勢で過ごし、四人はやっと東京行きに乗ることができた。車内は広島県・呉軍港から除隊して帰郷する水兵でごった返していた。

ところで、菅原と大熊が荷風を岡山駅まで送った際、永井智子の姿はなかった。菅原は〈智子は軽病で家に残った〉（『荷風罹災日乗註考』）と書いているが、おそらくこれは仮病。智子は「どこでも三人一緒に」と言っていた荷風が、自分だけ先に帰京したことに激怒したのだった。

智子はこの日、大島一雄宛てに手紙を書いた。その内容は喜々として岡山を去って行く荷風に罵声を浴びせるものだった。東京に住む大島の名はこれまで何度も出てきたが、帰京する荷風がまず頼るはずの人物。

智子の手紙。〈（……）誠に恐れ入りますが次のことを永井先生におことづけ願えれば幸いです。一、人間誰れでも他人のことは考えず自分の思ったままのことが出来たらこんな都合のいいことはないでしょう。二、三人一緒に東京を出て来たのだから三人一緒に東京にかえる可きもので、もしも一人で行動を取る様なことがあったらそれは道義にはずれる、人間のすべきことではないと常々おっしゃっていた先生が道義も何も無く、突然人間でない行いを実行されました。（……）尊敬していただけに私達の裏切られた心の淋しさは一代の大家をみそこねていた気持の悲しさで一ぱいです。（……）〉

この手紙は、秋庭太郎著『考證　永井荷風』に紹介されているもので、身勝手な荷風に対する智子の強烈な絶縁状だった。受け取った大島は、後に荷風にそれを見せた。そのとき荷風と菅原夫妻との間にミゾができた、と秋庭は書いている。

荷風はこれに怒り、戦後間もなく出版した「罹災日録」から智子の名を消し去った。

三人で東京を脱出して明石、岡山と約三カ月。助け合って生き延び、待望の終戦を迎えながら、最後に仲たがい。戦争に翻弄された三人の長い夏は、後味悪く幕を閉じようとしていた。

一九三八（昭和13）年に荷風が脚本を書き、菅原が作曲、智子が歌って浅草の劇場で大成功したオペラ。以来夫妻は親身になって荷風の身の回りの世話をした。夫妻にとって荷風は当初は雲の上の存在だった。信奉を受ける側の荷風は「夫妻は自分の世話をすることに喜びを見出している」と受け止め、互いの思いはうまく均衡がとれていたはずだった。

しかし戦争という異常な空間が互いのエゴやわがままを炙り出し、そうした人間関係を壊してしまったのだ。

エピローグ　八月三十一日（金）

八月三十一日、終日車中に在り、総社町以呂波旅館のつくりし握飯、岡山の嫗(おうな)より貰(もら)いたる奈良漬を食い葡萄(ぶどう)汁に咽喉(のど)を潤す、美味終生忘れまじと思うばかりなり、雨降りては歇(や)み風俄(にわか)に冷なり、夜七時過品川の駅より山の手線に乗換をなし渋谷の駅にて村田氏に別れ、余は代々木の駅前なる鈴木薬舗方に間借をなせる五叟を尋ぬ、然(しか)るに五叟は既に三十日程前熱海木戸氏方に転居してここには在らずと、鈴木氏のはなしに余は驚愕(きょうがく)し又(また)狼狽(ろうばい)するのみ、雨いよいよ降りまさり風雨にならんとす、鈴木氏に歎願(たんがん)して一夜を其(その)家の三階にあかす、五叟は何故転居せしことを報知せざりしにや、人情の反覆波瀾(はらん)に似たり、

【岡山の嫗】大熊世起子を指す

【鈴木薬舗】空襲で焼け出された五叟（大島一雄）が間借りしていた薬局。126頁参照

大阪駅で夜を明かした永井荷風と村田武雄一家は、この日の朝にやっと東京行きの汽車に乗ることができた。

〈いざ乗車となると大混乱が起きた。そのとき先生と私達はどうしたことかはぐれてしまって先生は別の二等車に乗られてとにかく坐(すわ)ることが出来たのである〉（村田武雄「終戦直後の永井先生」）

荷風はここでもそつなく立ち回り、しっかりと座席を確保したのである。

文豪荷風の行動は、村田たちをよく驚かせた。とくに食べることに関しては、独特の流儀を発揮した。目の前の物は一度に全部を食べてしまおうとし、総社の旅館の主人が用意してくれた四食分の弁当も、村田夫妻の制止もきかず一度に食べると言ってきかない。夫妻はまるでだだっ子をなだめるような思いをしたという。

旅館にいた時には、植木鉢を茶碗代わりに食事をしたりした。鉢の底穴にたくわんでふたをして食べるのを村田の子どもが嫌がったそうだが、荷風はわれ関せずだったという。

『断腸亭日乗』には、大熊世起子がくれた奈良漬と葡萄汁について〈美味終生忘れまじと思うばかりなり〉と書いているが、おそらく一人で味わい、村田一家に振る舞ってはいないだろう。多くの証言から、荷風には他人に分けるといった美徳はなかったらしい。

午後七時過ぎ、列車は品川駅に着いた。ほぼ三カ月ぶりの東京はもう夜。荷風は山手線の渋谷駅で村田一家と別れた。村田夫人の両親の家が渋谷にあって、焼けずに残っていた。しかし荷風は誘ってもらえなかったのである。

その後、村田のところに荷風から礼状が届いた。村田と荷風の付き合いはそれ以上の進展はなかったという。村田の回想記「終戦直後の永井先生」の最後の一節を紹介する。この手記は、戦後十四年たった一九五九（昭和34）年、荷風の死を知って村田が『三田文学』に寄せたものである。

〈それから数日して（……）極めて淡々たる調子の葉書をいただいた。まるで苦しい思いはいっさい忘れたいように、その後先生とお会いしたときも総社での生活と引きあげのことには一言も触れる機会がなく、先生はむしろそれを避けていられるようであった。それだけ先生には何かこのときの生活が強いショックとして残っていたのに違いない〉

村田は戦後、音楽評論家として活躍。毎週日曜日の朝、NHKラジオ（第二）で放送されているクラシック音楽番組「音楽の泉」の二代目解説者を一九五九（昭和34）年から二十九年間続けた。

村田一家と別れた荷風は代々木駅前の鈴木薬局を訪ねる。そこにはいとこの大島一雄一家がいるはずだった。一家は五月の空襲で家を焼かれて以来、知り合いのこの薬局に間借りをしていた。

薬局の主人の話に、荷風は立ち尽くしてしまった。大島一家は一カ月ほど前に熱海に転居していたのである。折から風雨は強まり、途方にくれた荷風は主人に懇願して一晩泊めてもらう。大島はなぜ自分に転居を知らせなかったのか。その間に手紙のやり取りもあったのに……その夜、あれこれと考えたことだろう。

〈人情の反覆波瀾に似たり〉

念願の帰京を果たした荷風は、日乗にこう記した。菅原夫妻を裏切った自分のことは棚に上げて――。

二日後の九月二日、東京湾に浮かぶ米国の戦艦「ミズーリ」で日本の降伏文書の調印式が行われた。

その数日後、菅原明朗と智子は帰京を果たす。

戦後の出版ブームで荷風は超売れっ子作家になり、文化勲章も受章した。菅原はその後一、二度荷風に会ったが、智子は二度と会うことはなかった。

――終戦から十四年の歳月が流れた一九五九（昭和34）年四月三十日の夕方。菅原夫妻が東京・銀座のレストランで食事をしていた時だった。ふと見た窓の外の電光ニュースに「永井……」という字がチラと見えた。繰り返し流れるオレンジ色の文字を目で追って、夫妻は荷風の死を知った。

（了）

あとがき

幼い頃、父親から聞いた戦争の話は一つしか覚えていない。

農家の長男だった父は陸軍上等兵で終戦を迎えた。奈良県内の高射砲部隊にいたという。戦争末期、米軍の空襲が始まり、B29は奈良の上空を通り過ぎて行った。兵隊たちは最初は迎え撃った。しかし弾は届かず、そのうち黙って見送るようになった。

「まるで鉄砲届きせんのじゃからなあ」

洒落（しゃれ）になっていたのに気づいていたのかどうか、父のため息だけが強く印象に残っている。小学生だった私は、山中の高射砲陣地であんぐりと口をあけて空を見上げる砲兵たちを思い描いた。その中に戦闘帽姿の若い父もいた。

父は一九一二（大正元）年八月十五日、岡山市生まれ。一九四五（昭和20）年の終戦の日が三十三歳の誕生日だった。農家の長男である父の応召は遅かった。戦局が傾き「最後の一兵まで」のスローガンによって徴兵された一兵卒だった。最前線の死闘や行軍、飢餓などを知らない父の体験談はどこかのどかだったが、高射砲の話をした後、父は「ばかな戦争をやったもんじゃ」と吐き捨てた。

父の軍隊の話はもっとあったはずだ。しっかり聞いておくべきだったと悔やんでももう遅い。

一九四五（昭和20）年夏の、永井荷風の「岡山の80日」を追いかけることは実はあの戦争を追いかけ直すことだった。ふと思いついて始めたことなので、自己満足の域を出ていない。取材に行きたかった場所すべてに行けず、会いたかった人にもすべてには会えていない。だが、長年気になっていたことを曲がりなりにもまとめることはできたと思う。

荷風は必ずしも私の好きな作家ではない。だが、彼が生涯をかけた「断腸亭日乗」はこれからも読まれ続けるだろう。「岡山の80日」は日乗のほんの一部に過ぎないが、荷風にとっても日本にとってもわれわれにとっても、忘れてはならない時代の瞬間だったのではないだろうか。

先の戦争でわが国の軍人、一般人は約三百十万人が死んだ（厚生労働省）。アジア各国の死者は約二千万人、全世界の死者は数千万人に上ったといわれる。終戦間際には人類最悪の原爆が広島、長崎に落とされた。日本の約九十都市が無差別爆撃され二百三十六万戸が焼失、八百四十万五千人が罹災したといわれる。

個人的には何の恨みもない人間同士がその名のもとに憎しみをかき立て、知恵や技術を殺戮兵器開発のために駆使し、殺し合う。それが戦争だ。その結末がこの数字だ。

一人一人の兵士には故郷があり、帰りを待つ妻や子、父母や兄弟がいただろう。手や足を失っても、帰れた兵士はまだ幸いだったか。いや、そのために新たな辛酸を舐めた兵士も多数いただろう。戦争の惨苦は生きている限り続く――。

最後に『断腸亭日乗』の一行を掲げておきたい。戦争が終わって五日目、一九四五年八月二十日付の日乗。本文で一度は紹介したが、おそらく荷風の心底からのつぶやきだったと思われる。

〈兎に角に平和ほどよきはなく戦争ほどおそるべきものはなし〉

二〇一六年十一月七日

三ツ木　茂

謝辞

山陽新聞夕刊に連載中は、日下知章同社編集局長（当時）をはじめ江見肇編集局次長、白神幹雄同ニュース編集部副部長、植木肇同写真映像部カメラマンなどスタッフの皆さんの一方ならぬ協力に支えられ、ゴールまでたどり着くことができました。

また、取材中には同社ＯＢの山崎隆夫氏から足代わりになっての手助けをいただき、出版に当たっては同じく同社ＯＢの高野葵氏から貴重な助言をいただきました。

読者の皆さんからも的確な指摘や温かい激励をいただきました。

心より感謝を申し上げます。

二〇一七年夏　筆者

「荷風を追って――1945夏・岡山の80日」山陽新聞夕刊掲載日一覧

はじめに　2016年5月9日

第一章　正午岡山着

一日目　六月十二日（火）上　2016年5月10日
一日目　六月十二日（火）下　2016年5月11日
二日目　六月十三日（水）上　2016年5月12日
二日目　六月十三日（水）下　2016年5月13日
三日目　六月十四日（木）上　2016年5月14日
三日目　六月十四日（木）下　2016年5月16日
四日目　六月十五日（金）　2016年5月17日

第二章　旅館「松月」

五日目　六月十六日（土）　2016年5月19日
六日目　六月十七日（日）　2016年5月20日
七日目　六月十八日（月）上　2016年5月21日
七日目　六月十八日（月）下　2016年5月23日
八日目　六月十九日（火）上　2016年5月24日
八日目　六月十九日（火）下　2016年5月26日

第三章　京橋界隈・岡山城

九日目　六月二十日（水）上　2016年5月27日
九日目　六月二十日（水）下　2016年5月28日
十日目　六月二十一日（木）上　2016年5月30日
十日目　六月二十一日（木）下　2016年5月31日

第四章　前兆

十一日目　六月二十二日（金）上　2016年6月2日
十一日目　六月二十二日（金）下　2016年6月3日
十二日目　六月二十三日（土）上　2016年6月4日
十二日目　六月二十三日（土）下　2016年6月6日
十三日目　六月二十四日（日）　2016年6月7日

第五章　ツバメ

十四日目　六月二十五日（月）上　2016年6月9日
十四日目　六月二十五日（月）下　2016年6月10日
十五日目　六月二十六日（火）上　2016年6月11日
十五日目　六月二十六日（火）下　2016年6月13日
十六日目　六月二十七日（水）　2016年6月14日

第六章　空襲

十七日目　六月二十八日（木）上　2016年6月16日
十七日目　六月二十八日（木）下　2016年6月17日
十八日目　六月二十九日（金）上　2016年6月18日
十八日目　六月二十九日（金）下　2016年6月20日
十九日目　六月三十日（土）　2016年6月21日

第七章　天竺葵の家

二十日目　七月一日（日）　2016年6月23日
二十一日目　七月二日（月）　2016年6月24日
二十二日目　七月三日（火）　2016年6月25日
二十三日目　七月四日（水）　2016年6月27日
二十四日目　七月五日（木）　2016年6月28日
二十五日目　七月六日（金）　2016年6月29日

二十六日目　七月七日（土）上　2016年7月1日
二十六日目　七月七日（土）下　2016年7月2日
二十七日目　七月八日（日）　2016年7月4日

第八章　白雲行く

二十八日目　七月九日（月）上　2016年7月5日
二十八日目　七月九日（月）下　2016年7月7日
二十九日目　七月十日（火）　2016年7月8日
三十日目　七月十一日（水）　2016年7月9日
三十一日目　七月十二日（木）上　2016年7月11日
三十一日目　七月十二日（木）下　2016年7月12日

第九章　白桃

三十二日目　七月十三日（金）上　2016年7月14日
三十二日目　七月十三日（金）下　2016年7月15日
三十三日目　七月十四日（土）　2016年7月16日
三十四日目　七月十五日（日）　2016年7月19日
三十五日目　七月十六日（月）　2016年7月21日

第十章　山あいの道

三十六日目　七月十七日（火）　2016年7月22日
三十七日目　七月十八日（水）　2016年7月23日
三十八日目　七月十九日（木）　2016年7月25日
三十九日目　七月二十日（金）　2016年7月26日
四十日目　七月二十一日（土）　2016年7月28日
四十一日目　七月二十二日（日）　2016年7月29日

第十一章　小包

四十二日目　七月二十三日（月）　2016年7月30日
四十三日目　七月二十四日（火）上　2016年8月1日
四十三日目　七月二十四日（火）下　2016年8月2日
四十四日目　七月二十五日（水）　2016年8月4日
四十五日目　七月二十六日（木）　2016年8月5日
四十六日目　七月二十七日（金）　2016年8月8日
四十七日目　七月二十八日（土）上　2016年8月9日
四十七日目　七月二十八日（土）下　2016年8月12日

第十二章　南瓜の蔓

四十八日目　七月二十九日（日）上　2016年8月13日
四十八日目　七月二十九日（日）下　2016年8月15日
四十九日目　七月三十日（月）　2016年8月16日
五十日目　七月三十一日（火）　2016年8月18日

第十三章　やせ細りし身

五十一日目　八月一日（水）　2016年8月20日
五十二日目　八月二日（木）　2016年8月22日
五十三日目　八月三日（金）　2016年8月23日
五十四日目　八月四日（土）　2016年8月25日

第十四章　広島焼かれたり

五十五日目　八月五日（日）上　2016年8月26日
五十五日目　八月五日（日）下　2016年8月27日
五十六日目　八月六日（月）上　2016年8月29日
五十六日目　八月六日（月）中　2016年8月30日
五十六日目　八月六日（月）下　2016年9月1日
五十七日目　八月七日（火）　2016年9月2日
五十八日目　八月八日（水）　2016年9月3日

五十九日目	八月九日（木）上	2016年9月5日
五十九日目	八月九日（木）下	2016年9月6日
六十日目	八月十日（金）上	2016年9月8日
六十日目	八月十日（金）下	2016年9月9日
六十一日目	八月十一日（土）上	2016年9月10日
六十一日目	八月十一日（土）下	2016年9月12日
六十二日目	八月十二日（日）上	2016年9月13日
六十二日目	八月十二日（日）下	2016年9月15日
第十五章　白米のむすび		
六十三日目	八月十三日（月）上	2016年9月16日
六十三日目	八月十三日（月）中	2016年9月17日
六十三日目	八月十三日（月）下	2016年9月20日
六十四日目	八月十四日（火）上	2016年9月23日
六十四日目	八月十四日（火）中	2016年9月24日
六十四日目	八月十四日（火）下	2016年9月26日
六十五日目	八月十五日（水）上	2016年9月27日
六十五日目	八月十五日（水）中	2016年9月29日
六十五日目	八月十五日（水）下	2016年9月30日
第十六章　月佳なり		
六十六日目	八月十六日（木）上	2016年10月1日
六十六日目	八月十六日（木）下	2016年10月3日
六十七日目	八月十七日（金）	2016年10月4日
六十八日目	八月十八日（土）	2016年10月6日
六十九日目	八月十九日（日）上	2016年10月7日
六十九日目	八月十九日（日）下	2016年10月8日
七十日目	八月二十日（月）上	2016年10月11日
七十日目	八月二十日（月）下	2016年10月13日
第十七章　帰心		
七十一日目	八月二十一日（火）上	2016年10月14日
七十一日目	八月二十一日（火）下	2016年10月15日
七十二日目	八月二十二日（水）上	2016年10月17日
七十二日目	八月二十二日（水）下	2016年10月18日
七十三日目	八月二十三日（木）	2016年10月20日
七十四日目	八月二十四日（金）	2016年10月21日
七十五日目	八月二十五日（土）	2016年10月22日
七十六日目	八月二十六日（日）	2016年10月24日
第十八章　東京行二等切符		
七十七日目	八月二十七日（月）上	2016年10月25日
七十七日目	八月二十七日（月）下	2016年10月27日
七十八日目	八月二十八日（火）	2016年10月28日
七十九日目	八月二十九日（水）上	2016年10月29日
七十九日目	八月二十九日（水）下	2016年10月31日
八十日目	八月三十日（木）上	2016年11月1日
八十日目	八月三十日（木）下	2016年11月4日
エピローグ	八月三十一日（金）	2016年11月5日
あとがき		2016年11月7日
〈番外編〉これまでのおさらい		2016年8月19日
筆硯に親しむ（川本三郎）		2016年11月8日
主な参考文献　上		2016年11月10日
主な参考文献　下		2016年11月11日

〈主要参考文献〉（50音順）

『あ、厚木航空隊』　相良俊輔　光人社　１９７１年
『明日への道』　横井庄一　文藝春秋　１９７４年
『１９４５・６・22　水島空襲　「米軍資料」の33のキーワード』　日笠俊男　岡山空襲資料センター　２００１年
『一兵士の戦争体験　ビルマ戦線　生死の境』　小田敦巳　修学社　１９９８年
『映画監督五十年』　内田吐夢　三一書房　１９６８年
『エノラ・ゲイ　ドキュメント原爆投下』　ゴードン・トマスほか　ＴＢＳブリタニカ　１９８０年
『おかやま文学の古里』　富阪晃　山陽新聞社　１９９２年
『岡山市百年史（上・下）』　岡山市
『おかやまを語る』（1〜16巻）　おかやまを語る会編　１９８８年〜２００４年
『沖縄健児隊』　大田昌秀・外間守善編　日本出版協同株式会社　１９５３年
『大佛次郎　敗戦日記』　大佛次郎　草思社　１９９５年
『回顧八十年』　佐藤尚武　時事通信社　１９６３年
『核と共に50年』　木村一治　築地書館　１９９０年
『荷風外伝』　秋庭太郎　春陽堂書店　１９７９年
『荷風さんと「昭和」を歩く』　半藤一利　プレジデント社　１９９４年
『荷風全集』（全二十九巻）　永井荷風　岩波書店　１９７３年
『荷風日記研究』　大野茂男　笠間書院　１９７６年
『荷風罹災日乗註考』　菅原明朗　私家版　２０００年
『河辺虎四郎回想録　市ヶ谷台から市ヶ谷台へ』　河辺虎四郎　毎日新聞社　１９７９年
『関東軍壊滅す』　エル・ヤ・マリノフスキー　徳間書店　１９６８年
『機関銃下の首相官邸』　迫水久常　恒文社　１９８６年

『木戸幸一日記』　木戸幸一　東京大学出版会　１９６６年
『朽葉色のショール』　小堀杏奴　講談社　２００３年
『原子物理学の父　仁科芳雄』　井上泉・イシイ省三編著　日本文教出版　２００４年
『原子力と私』　仁科芳雄　学風書院　１９５０年
『原爆災害　ヒロシマ・ナガサキ』　広島市・長崎市原爆災害誌編集委員会編　岩波書店　２００５年
『考證　永井荷風』　秋庭太郎　岩波書店　１９６６年
『考証　永井荷風』（上・下）　秋庭太郎　岩波現代文庫　２０１０年
『山陽新聞百二十年史』　山陽新聞社　１９９９年
『時刻表昭和史』　宮脇俊三　角川書店　１９８０年
『私兵特攻　宇垣纏長官と最後の隊員たち』　松下竜一　新潮社　１９８５年
『「終戦日記」を読む』　野坂昭如　朝日新聞社　２０１０年
『終戦秘史　有末機関長の手記』　有末精三　芙蓉書房　１９７６年
『昭和語　60年世相史』　榊原昭二　朝日新聞社　１９８６年
『昭和二十年八月十五日　夏の日記』　河邑厚徳編著　角川書店　１９９５年
『新考永井荷風』　秋庭太郎　春陽堂書店　１９８３年
『鈴木貫太郎自伝』　鈴木一編　時事通信社　１９６８年
『図説　永井荷風』　川本三郎・湯川説子　河出書房新社　２００５年
『聖断　昭和天皇と鈴木貫太郎』　半藤一利　ＰＨＰ研究所　２００３年
『瀬島龍三回想録　幾山河』　瀬島龍三　産経新聞ニュースサービス　１９９５年
『戦藻録』　宇垣纏　原書房　１９６８年
『戦中派不戦日記』　山田風太郎　講談社　１９９４年
『祖父東郷茂徳の生涯』　東郷茂彦　文藝春秋　１９９３年
『ソ連が満洲に侵攻した夏』　半藤一利　文藝春秋　１９９９年

『大本営機密日誌』　種村佐孝　ダイヤモンド社　1952年
『大本営発表という権力』　保阪正康　講談社　2008年
『大東亜戦争秘史』　保科善四郎　原書房　1975年
『太平洋戦争の歴史』　黒羽清隆　講談社　2004年
『大本営陸軍部戦争指導班　機密戦争日誌（下）』〈新装版〉　軍事史学会編　錦正社　2008年
『谷崎潤一郎全集』　第二十三巻、第二十五巻（書簡集）　谷崎潤一郎　中央公論社　1983年
『「断腸亭日乗」を読む』　新藤兼人　岩波書店　2009年
『「断腸亭」の経済学　荷風文学の収支決算』　吉野俊彦　NHK出版　1999年
『探偵小説五十年』　横溝正史　講談社　1972年
『父荷風』　永井永光　白水社　2005年
『天皇家の饗宴』　秋偲会（秋山徳蔵を偲ぶ会）編　1986年
『東京焼盡』　内田百閒　筑摩書房　2004年
『トルーマン回顧録（1）』　ハリー・S・トルーマン　恒文社　1966年
『永井荷風』　磯田光一　講談社　1989年
『永井荷風・その反抗と復讐』　紀田順一郎　リブロポート　1990年
『永井荷風伝』　秋庭太郎　春陽堂書店　1981年
『永井荷風という生き方』　松本哉　集英社　2006年
『永井荷風の昭和』　半藤一利　文藝春秋　2000年
『永井荷風論』　飯島耕一　中央公論社　1982年
『仁科芳雄　日本の原子科学の曙』　玉木英彦・江沢洋編　みすず書房　1991年
『日本人の戦争　作家の日記を読む』　ドナルド・キーン　文藝春秋　2009年
『日本のいちばん長い日』　半藤一利　文藝春秋　2007年
『敗戦日記』〈新装版〉　高見順　文藝春秋　1991年

『八月十五日の空　―日本空軍の最後―』　秦郁彦　文藝春秋　１９７８年
『B‐29墜落　甲浦村１９４５年6月29日』　日笠俊男　吉備人出版　２０００年
『東久邇宮日記―日本激動期の秘録』東久邇稔彦　徳間書店　１９６８年
『秘録大東亜戦史　原爆国内篇』　田村吉雄　富士書苑　１９５３年
『ヒロシマ日記』（新装版）　蜂谷道彦　法政大学出版局　２００３年
『ヒロシマはどう記録されたか―NHKと中国新聞の原爆報道』　NHK出版編集部　NHK出版　２００３年
『広島　昭和二十年』　大佐古一郎　中央公論社　１９７５年
『古川ロッパ昭和日記〈戦中篇〉』新装版　古川ロッパ　晶文社　２００７年
『文学報国会の時代』　吉野孝雄　河出書房新社　２００８年
『「文藝春秋」にみる昭和史（二）』　半藤一利監修　文藝春秋　１９９５年
『米軍資料で語る岡山大空襲　少年の空襲史料学』　日笠俊男　岡山空襲資料センター　２００５年
『放送の五十年―昭和とともに―』　NHK編　日本放送出版協会　１９７７年
『ぼっこう横丁』　岡長平　夕刊新聞社　１９６５年
『続・ぼっこう横町』　岡長平　岡山日日新聞社　１９７２年
『ポツダム会談』　チャールズ・ミー　徳間書店　１９７５年
『マッカーサー回想記』（上、下）　ダグラス・マッカーサー　朝日新聞社　１９６４年
『夢声戦争日記』　徳川夢声　中央公論社　１９７７年
『森繁自伝』　森繁久弥　中央公論社　１９７８年
『罹災日録』　永井荷風　中央公論社　１９６５年　『日本の文学第19』所収
『ルメイの焼夷電撃戦』　奥住喜重・日笠俊男　吉備人出版　２００５年
『連合艦隊の最後』　伊藤正徳　文藝春秋　１９６８年
『私の青春物語』　平山郁夫　講談社　１９９７年
『吾は語り継ぐ』　岡山空襲資料センター編　吉備人出版　２００３年

◇その他新聞・雑誌など◇
朝日新聞
合同新聞（1945年6月～8月）
山陽新聞
信濃毎日新聞
中国新聞
毎日新聞
『朝日ジャーナル　新年合併増大号』　朝日新聞社　1971年
『九十九段（第八号）』　聖徳学園短期大学文学科編　1976年
『暮しの手帖　特集戦争中の暮しの記録』　暮しの手帖社　1968年
「時刻表」
『昭和ニッポン　一億二千万人の映像（第1、2巻）』　講談社　2005年
『中国短期大学紀要』第14号　1983年
『値段史年表　明治・大正・昭和』　朝日新聞社　1988年
『婦人公論』　1959（昭和34）年七月号　中央公論社
『三田文学』　1959（昭和34）年六月号　慶応大学三田文学会

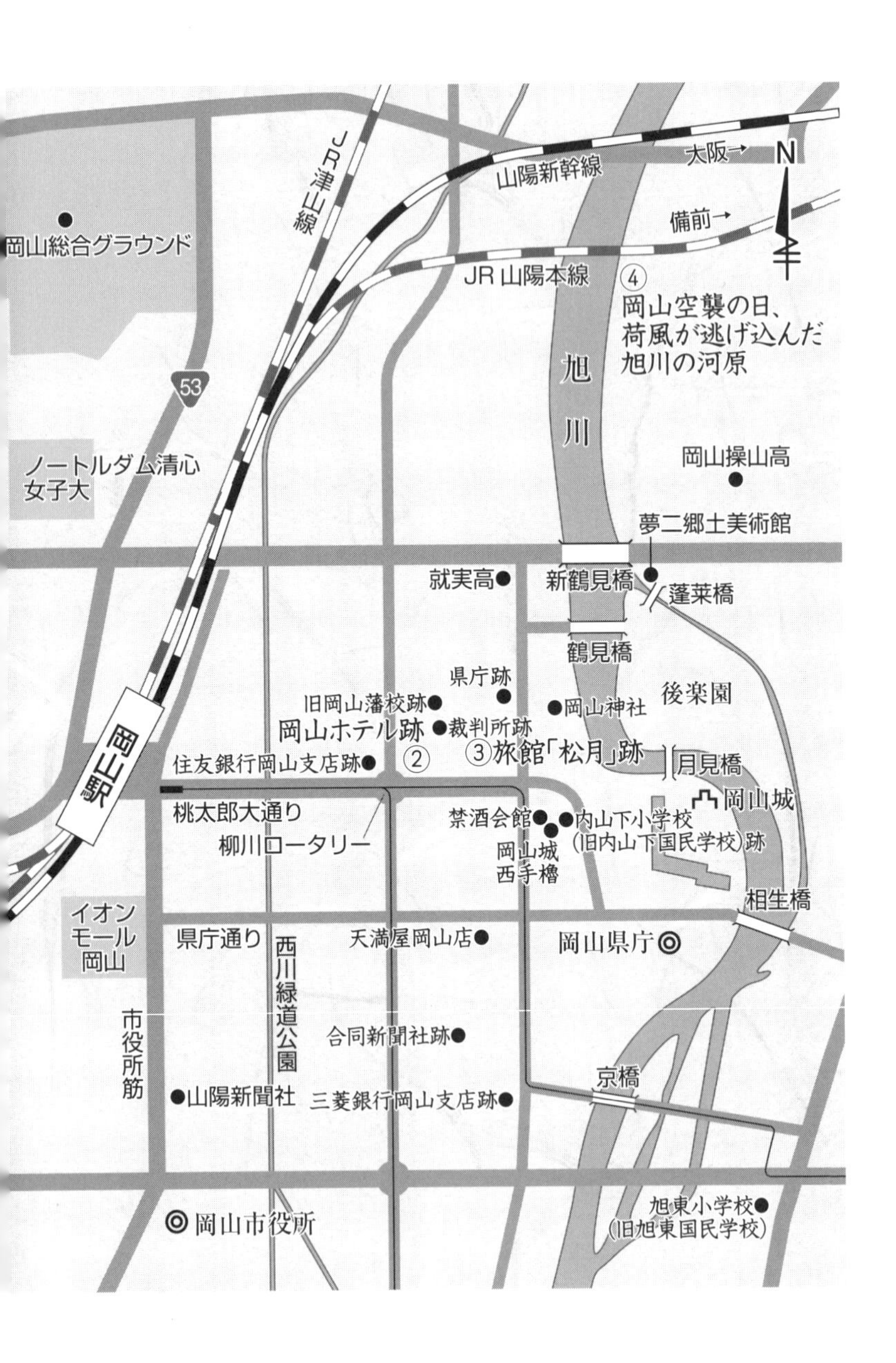
JR津山線
山陽新幹線
大阪→
N
備前→
JR山陽本線
岡山総合グラウンド
④
岡山空襲の日、
荷風が逃げ込んだ
旭川の河原
旭川
53
ノートルダム清心
女子大
岡山操山高
夢二郷土美術館
就実高
新鶴見橋
蓬莱橋
鶴見橋
県庁跡
後楽園
旧岡山藩校跡
岡山神社
岡山ホテル跡
裁判所跡
岡山駅
住友銀行岡山支店跡
②
③旅館「松月」跡
月見橋
岡山城
桃太郎大通り
禁酒会館
内山下小学校
(旧内山下国民学校)跡
柳川ロータリー
岡山城
西手櫓
イオン
モール
岡山
相生橋
県庁通り
西川緑道公園
天満屋岡山店
岡山県庁
市役所筋
合同新聞社跡
京橋
山陽新聞社
三菱銀行岡山支店跡
旭東小学校
(旧旭東国民学校)
岡山市役所

荷風の疎開先

	月日	疎開先	当時の地名(現在の住所)
①	昭和20年6月12日	最相家	上石井大正町(北区駅元町)
②	6月13日〜	岡山ホテル	西中山下(北区蕃山町)
③	6月16日〜	旅館「松月」	弓之町(北区天神町)
④	6月29日未明	※岡山空襲で焼け出される	
⑤	6月30日〜	佐々木家	三門町(北区三門中町)
⑥	7月3日〜	武南家	巌井三門町(北区三門東町)

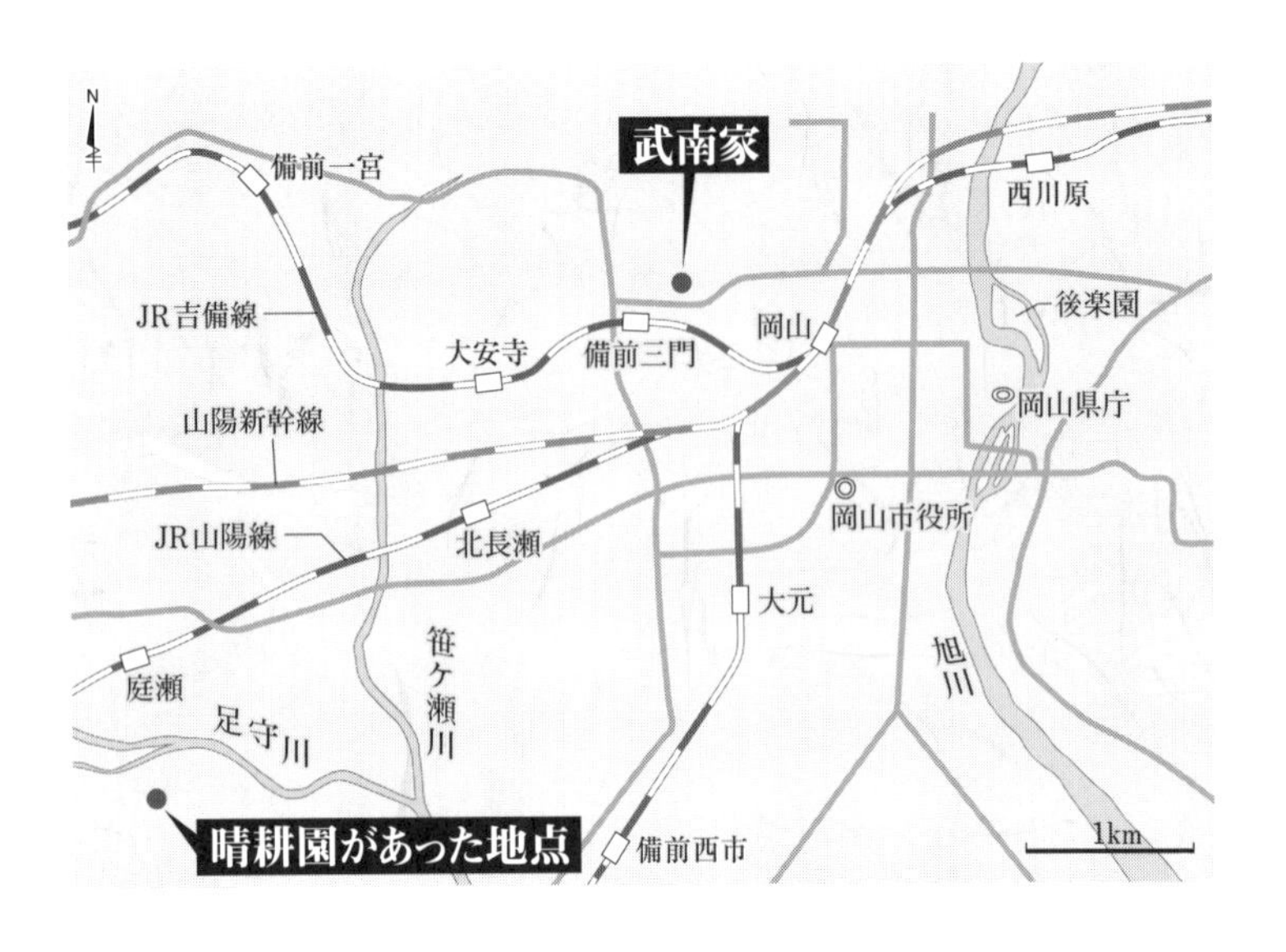
武南家
備前一宮
西川原
JR吉備線
後楽園
岡山
大安寺
備前三門
岡山県庁
山陽新幹線
岡山市役所
JR山陽線
北長瀬
大元
笹ケ瀬川
旭川
庭瀬
足守川
1km
晴耕園があった地点
備前西市

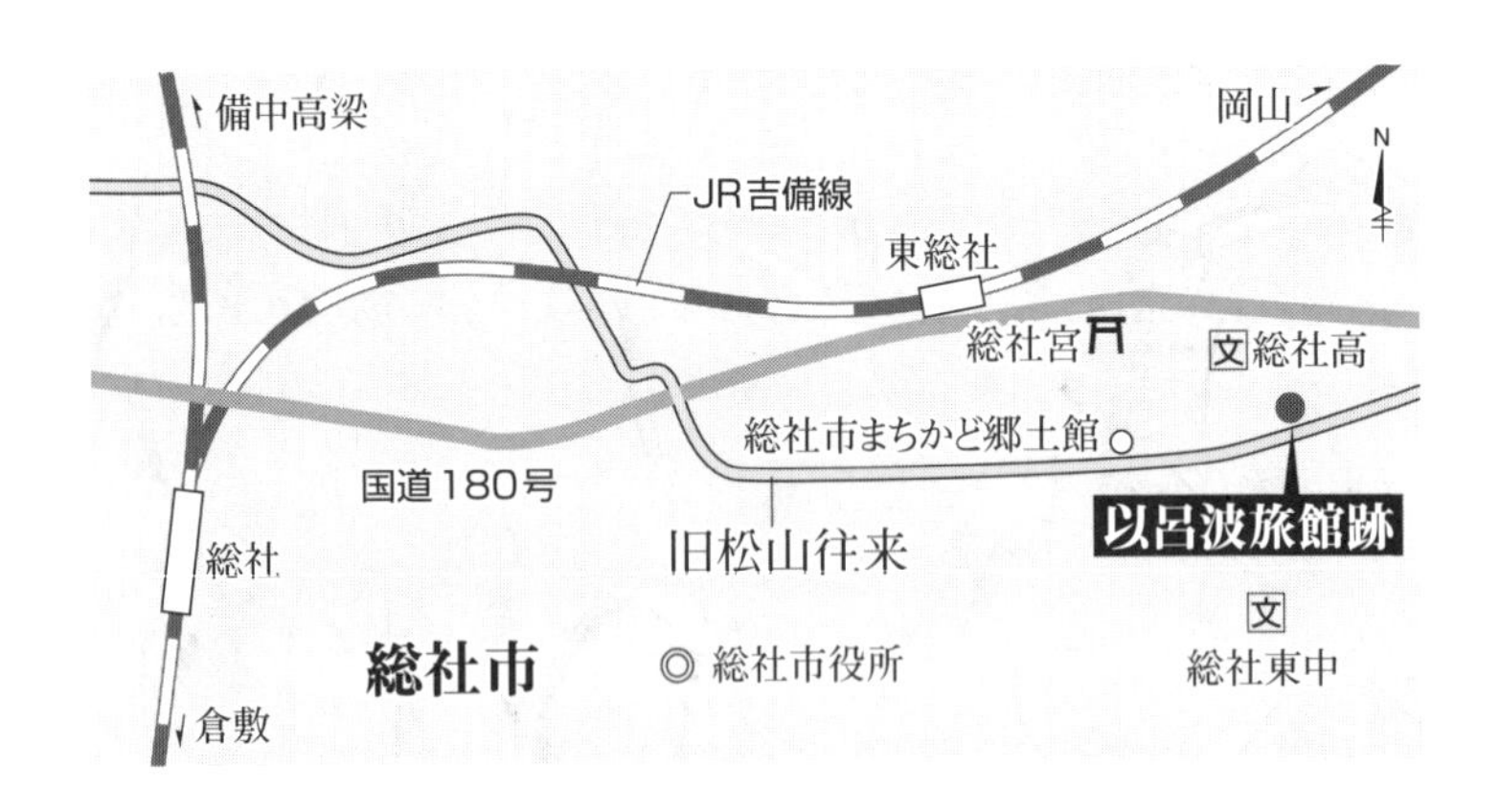
備中高梁
岡山
JR吉備線
東総社
総社宮
総社高
総社市まちかど郷土館
国道180号
以呂波旅館跡
総社
旧松山往来
総社市
総社市役所
総社東中
倉敷

■や・ら・わ行

■は行

■ま行

■さ行

か行

主要人名索引

・本文に登場する人名の主なものに限った。ただし、「永井荷風、永井壮吉、断腸亭」は項目から省いた。
・数字はページを表す。太字は本文中でゴチック体で表記した『断腸亭日乗』の引用箇所、イタリックは口絵のページを指す。
・同一人が、姓のみ、名のみ、その他の語形で登場する際は、抽出した語形を（　）で示し、姓名の項目に一括した。〈　〉は簡単な注記。→は参照項目。

■あ行

三ツ木 茂
（みつき・しげる）

本名・森茂。1947年、岡山市生まれ。横浜市立大卒。元山陽新聞記者。短編小説「伯備線の女―断腸亭異聞」で2013年、内田百閒文学賞優秀賞、「漱石の忘れもん」で2015年、同文学賞最優秀賞を受賞した。岡山市中区平井在住。69歳。

「荷風を追って――1945夏・岡山の80日」

2017年10月5日　初版第1刷発行

著　　者　三ツ木茂　
発 行 人　江草 明彦
発 行 所　株式会社山陽新聞社
〒700-8534 岡山市北区柳町二丁目1番1号
電話(086)803-8164　FAX.(086)803-8104
デザイン・装丁　尾上 光宏
イ ラ ス ト　日名 雅美
印 刷 所　山陽印刷株式会社

ISBN978-4-88197-752-1